内蒙古师范大学文学院学术出版基金资助出版

新时期小说的文学建构与嬗变

郭亚明／著

中国社会科学出版社

图书在版编目（CIP）数据

新时期小说的文学建构与嬗变／郭亚明著 . —北京：中国社会科学出版社，2012.8
ISBN 978 - 7 - 5161 - 1196 - 3

Ⅰ.①新…　Ⅱ.①郭…　Ⅲ.①小说研究 - 中国 - 当代
Ⅳ.①I207.42

中国版本图书馆 CIP 数据核字（2012）第 150580 号

出 版 人	赵剑英	
责任编辑	任　明	
责任校对	林福国	
责任印制	李　建	

出　　版	中国社会科学出版社	
社　　址	北京鼓楼西大街甲 158 号　（邮编 100720）	
网　　址	http：//www.csspw.cn	
	中文域名：中国社科网　　010 - 64070619	
发 行 部	010 - 84083685	
门 市 部	010 - 84029450	
经　　销	新华书店及其他书店	

印　　刷	北京奥隆印刷厂	
装　　订	北京市兴怀印刷厂	
版　　次	2012 年 8 月第 1 版	
印　　次	2012 年 8 月第 1 次印刷	

开　　本	710×1000　1/16	
印　　张	15.5	
插　　页	2	
字　　数	253 千字	
定　　价	50.00 元	

目　　录

绪　论

　　1976 年，十年政治动乱结束。历史的重大转折，带动了中国社会生活的急剧而全面的变化，也促使文学发生了全方位的重大变化。为突出这一巨大的历史转折，人们约定俗成地将这之后称为"新时期"。毋庸置疑，中国社会新时期以来急剧变化的现代性转变、社会民主化程度的不断提高、经济改革的深入发展以及全球化经济体系的逐步渗透，都在一定程度上促进或制约着新时期小说的历史进程。杜威说过："历史无法逃避其本身的进程。因此，它将一直被人们重写。随着新的当前的出现，过去就成了一种不同的当前的过去。"① 回顾新时期三十多年来的小说创作，我们所面对的无疑是异常丰富的文学景观。一方面，在 20 世纪中国文学的纵向坐标中，梁启超等近代启蒙主义者在世纪之初所竭力标举并为五四及其以后数代作家认真贯彻的启蒙主义小说理念在新时期作家这里得到了自觉继承，现代文学史上的众多作家流派及小说潮流亦对后者有着明显的影响；另一方面，近代以来特别是 20 世纪的外国文学对于新时期小说的形成和演进又有着更加巨大的影响。在短短的三十多年中，小说从新时期最初的伤痕小说、反思小说、改革小说等现实主义的恢复和深化，到意识流的引进，寻根小说对拉美魔幻现实主义的借鉴，先锋小说及 90 年代晚生代作家对欧美现代、后现代主义的接受，这种纷繁变化与发展及所取得的骄人成绩是有目共睹的。

　　"文革"结束之后，"伤痕"与"反思"文学曾使当代文学一度进入了创作和阅读的黄金时期。这些作品带给当时读者的震撼力更多地来源于对刚刚过去的历史现实的沉痛揭露和抨击，以此赢得了读者的强烈

---

　　① ［美］约翰·杜威：《逻辑：探究的理论》，王长荣译，见 ROBERT E. SPILLER《美国文学的周期》，上海外语教育出版社 1990 年版。

共鸣和社会的普遍欢迎。总的来说，由"伤痕"至"反思"和"改革"小说所体现的主要是一种社会启蒙，而他们的创作原则是以"真实"为核心，塑造典型人物成为许多作家的共同追求，这首先标志着现实主义的复归。刘心武的《班主任》是伤痕小说的代表作，它令人震惊地揭示出愚昧的两种类型：宋宝琦和谢慧敏。"伤痕小说"之后涌现的"反思小说"是现实主义的继续深化。"反思"小说沿着"伤痕"小说的批判思路，由近至远、由表及里地追溯极"左"思潮在"文革"登峰造极之前的恶化脉络，探究十年动乱为什么会产生，从政治、经济、文化和人的精神等方面寻找历史的答案。表现极"左"路线对于干部、知识分子和普遍民众造成的深重苦难（如《天云山传奇》、《绿化树》、《李顺大造屋》等）、揭露其对基本人性（如《男人的一半是女人》、《被爱情遗忘的角落》）和人与人之间的关系（如《剪辑错了的故事》、《月食》等）的扭曲和残害，使"反思"小说在启蒙的程度上达到了新的水平。随着经济改革的启动和逐步深入，"改革"小说崛起，作家们纷纷将历史反思的目光转注当下，着力书写经济体制改革的不断深化。无论是直接书写城市中改革与保守斗争的《乔厂长上任记》、《沉重的翅膀》，还是反映农村改革引出的种种新课题，如高晓声的"陈奂生"系列、贾平凹的《鸡窝洼人家》，人们都可以发现理性与启蒙的主题。这些小说都包含了这样的含义：愚昧与貌似神圣的精神贫困将是工业文明和农村经济现代化的巨大障碍。

可以说，"伤痕"、"反思"和"改革"小说所从事的启蒙工作主要还立足于社会政治层面，也就是说，它们的叙事目的主要还是为当时的社会政治实践进行"文学"论证。它们完全继承了现实主义传统，反映现实生活，在矛盾冲突中塑造典型人物。可以说，这三个小说潮流是完全沿着现实主义的轨迹发展的。

新时期小说第一次现代主义与现实主义的交叉局面集中显示在以王蒙、宗璞、谌容等为突出代表的一批作家的"意识流"小说中。意识流小说不仅改变了叙事的内容和对象，而且拓宽了文学表现的疆界，将意识或潜意识等原来不属于文学描写范畴的东西吸纳进来。这类小说不再关注外在叙事情节的连贯，而是以自由联想、内心独白、放射性结构、象征手法等多种技巧直接、深透地展现人的内心世界，力求忠实、细腻地展现心灵意识流程。尽管"意识流"作为一种叙述及结构手段在 20 世纪 30 年代的新感觉派小说中就已经被广泛运用，并获得了一种本体论的文体结构地位及价值。但由于长时期以来文化上的专制及一元化色彩，"意识流"被贴上"资产阶级"的标签而遭拒绝和排斥。所以，当王蒙以"意识流"技巧写作并发表他的《布礼》、《夜的眼》、《海的梦》、《春之声》、《风筝飘带》、《蝴蝶》等作品时，对文坛所产生的震动甚至被描述为"集束手榴弹"。意识流小说开辟了当代小说走向人性与心灵世界的方向，这些心理小说开创的内心世界探究，将作为一个永恒的主题长存于小说艺术创作之中。

到 20 世纪 80 年代中期，当时文坛并存两种均具现代意识、审美品格却截然不同的文学思潮。一个面向民族文化，意在以现代意识观照民族文化，被称为"文化寻根"；一个面向世界，取法西方，意在构建具有现代意识的中国现代主义文学，被称为"先锋小说"。

文化寻根小说产生于"文革"留下的文化创伤、人们对"改革"的期待以及全球文化热的大背景下。一些小说家怀着民族固有的文化自豪感和"文革"带来的文化失落忧患感重新审视民族文化。这是一种文化选择，也是一种文化意识的自觉。寻根小说可以分为三类：第一类是以明显的文化批判意识来表现中国民族文化的劣根性，比如韩少功的《爸爸爸》、王安忆的《小鲍庄》，这一类在"寻根"小说中占主导地位；第二类是侧重肯定民族文化中生命的活力，像阿城的《棋王》和张承志的《北方的河》；第三类是以贾平凹的商州系列小说和郑万隆的《异乡异闻》中的一部分为代表，体现民族文化的魅力和超然脱俗的自然规律。

在西方现代主义思潮的影响下，一批被称作先锋派的小说出现了。先锋派小说的创作和现实主义小说比较，其创作观发生了很大的变化，尤其是在对什么是小说的"真实性"问题上，先锋派小说作了很多的尝试。他们认为，现实主义小说对真实的理解是不正确的，是把虚构的东西当做真实来看待。因此，先锋派作家认为小说的真实属于某种文学成规所产生的艺术效果，而不能简单地等同于生活的真实。既然小说是虚构的，那么，企图把小说所描写的世界当做真实的生活，实际上是虚妄。由马原开始，这一小说潮流在 80 年代末期先后聚集了洪峰、苏童、余华、格非、北村、潘军等为中坚的一大批作家，他们最为引人注目的文化挑战便是以所谓的"后现代性"对 80 年代现实主义启蒙和理性的精神意识和审美追求进行解构，"先锋"小说从价值取向到叙事原则等各方面都已颠覆了现实主义传统。

到 1987 年、1988 年，"新写实"小说的主要作家池莉、方方、刘震云的《烦恼人生》、《风景》、《单位》等"新写实"小说的代表作发表并产生了影响。有人说"新写实"小说是现实主义外观和现代主义内核组成的混合体。从外观形态看，"新写实"小说在写实姿态、世相描摹、情节铺叙和平实的叙述等方面都有着明显的现实主义特征，但我们同时也发现这类小说的一些新质：原生态描写、情感的零度介入、反英雄、无情节等。这些都是后现代的特征。可以说，新写实小说是悄悄接过了"先锋"小说的观念，并将它转化为客观事实的叙述，在自然客观的写实语境中，对生活进行原生态描写，以冷漠淡然的态度来叙述历史和现实中的繁庸人世、灰色人生和无奈生活。如果说先锋派小说是从话语方面对现实主义小说创作观进行解构的话，新写实小说则是从内容方面对现实主义小说的创作模式进行调侃与反讽。新写实小说消解现实主义小说的经典化特色，把现实主义所表现的经典化、模式化、戏剧化的生活还原为生活的原汁原味，"还原原生态"几乎成了新写实小说的一个统领性的口号。因此，新写实小说首先抛弃了"塑造典型环境中典型人物"的现实主义原则，不追求生活的理想精神和文化的哲学意味的升华，它只表现现实生活的原汁原味，表现世俗化的现实生活。概括地说，新写实小说的创作观是：还原、除幻、世俗化。也就是说，新写实小说既不批判、否定、超越日常生活，也不赞美、诗化日常生活，它只是以一种不浓不淡、不紧不慢的态度"描述"日常生活，"还原"日常生活。在新写实小说家看来，小说的真实是对生活进行描述而非编造。

除活跃于 90 年代初的新市民、新写实小说之外的又一重要景观，便是女性文学的崛起。这支 20 世纪以来涌动的涓涓细流从暗隐到 80 年代"浮出历史地表"，再到 90 年代终于汇成时代大潮，一批女性作家从女性性别立场出发，对有史以来的女性不公正处境发出声声呐喊，引起社会普遍关注。历史地看，新中国成立以来这种女性意识乃——女性文学发展大致经历了三个阶段，即 20 世纪 50 年代至 70 年代的女性"男性化"或"中性化"阶段，80 年代从性别本质主义立场对女性性别的重新发现，以至到 90 年代在西方当代女性主义理论影响下对女性性别的理论自觉。它以西蒙娜·波伏娃"一个女人之为女人，与其说是'天生'的，不如说是'形成'的"① 这一著名论断为基础，进而区分出"生理性别"和"社会性别"双重性别身份来考察女性境遇，并以长期以来"形成""女人"的男权文化传统为颠覆目标，以打破两性冲突，重构无性别差异的理想双性世界为终极理想。女性文学以深刻的女性体验讲述女性的成长历程（《纪实与虚构》、《一个人的战争》），嘲弄甚至解构异性爱关系的传统意义（《爱又如何》），重写母亲形象，无情鞭挞男权中心文化语境中异化了的"母亲神话"，表现其猥琐、丑陋、变态的恶劣品质（《山上的小屋》、《玫瑰门》），以及以"私人化"和躯体写作为策略，展现生命形态的物质性、心理性（《私人生活》、《瓶中之水》），以求摆脱女性长期被书写的命运等，但躯体写作客观上又使女性重新沦为"被看"的尴尬境地。从总体看，新女性小说的兴起呈现出作家极为开阔的文化视野。

　　20 世纪 90 年代产生的新生代的创作集中关注当下自我人生，因此他们的写作被称为"个人化"写作。新生代作家对小说的理解极端倾向个人性，他们解构崇高、亵渎神圣、沉潜世俗，反感文学的政治化、群体化，躲避文学的崇高与责任，在创作中将个人的生活经历与感受置于十分突出的地位，他们注重描写个体生活的真切与真实感受，个体情感的真挚与生动，而不在意所表达的思想是否崇高与深刻、所描述的情节是否生动与曲折。他们将每个个体在现代都市生活中欲望的追求、心灵的困惑、人生的挣扎率真坦直地、毫不掩饰地展示出来，明明白白地描写各种欲望以及在追求这些欲望的过程中的孤独、痛苦、无奈、挣扎。新生代超越了现实主义小说、新写实小说关注群体生活、群体经验的局限，具有更加鲜明的个性化色彩：韩东描写普通人的生存状态；徐坤展示知识分子的尴尬处境；鲁羊坦陈冥想者的生存状态和心理历程；

---

　　① ［法］西蒙娜·德·波伏娃：《第二性》，陶铁柱译，中国书籍出版社 1998 年版，第55 页。

朱文探讨现代人的生活态度与追求；刁斗坦陈都市人失败的逃遁、心理的变态；李冯叙写现代人的爱情游戏与性爱追求；何顿直陈市场经济中的尔虞我诈……每个人都用自己认为最真实的经验写作小说，具有不同程度的自传色彩。与新写实相比，新生代小说继承了新写实小说对当下生活的描写方法，但抛弃了新写实小说中所表现的那种对现实生活的认同与无奈，表现的是对世俗生活的充满激情的追求。先锋派小说所叙述的充满迷人光彩的历史和现实主义所展望的光辉的未来在新生代小说那里都消失了，一切都是现在，"不求天长地久，只求此刻拥有"成为新生代小说的精神内蕴。显然，新生代小说对传统的颠覆比先锋派更为彻底。

新时期30多年来，小说创作无疑在理性内涵的拓展、艺术观念的更新及表现技巧的丰富上都取得了骄人的成绩，在由这一成绩所构织的艺术画廊里，人性描写是最引人注目的一笔。新时期小说所走过的30年历程，事实上是一个不断向文学本体回归的历程，因而也是一个将人性的表现不断引向深入和多样化的历程。

关于人性的内涵，历来就有各种不同的概括。马克思说："评价人的一切行为、行动和关系等等，就首先要研究人的一般本性，然后研究在每个时代历史的发生了变化的人的本性。""人只有将现实的、感性的对象作为自己的本质即自己的生命表现的对象，或者说，人只有凭借现实的、感性的对象，才能表现自己的生命。"① 对于人性，我们可以作这样的理解和概括：人作为一种以生命的形式置身于自然的存在物，有着其基本的、相对稳定的自然欲求，或称自然属性和一般本性；人的一般本性的实现有赖于相应的对象，只有通过相应存在对象的确认，人自身的生命表现才能实现；人的一般本性在现实的生命活动中，或者说一般本性一旦进入具体的、现实的生命活动，就不再是抽象的、凝固不变的，而会有不同的表现形态和特征。根据这种归纳和概括，我们对人性的内涵便有了比较清晰的理解：人性是人在其生命活动中所表现出来的全部自然属性的综合，是人在现实活动中所体现出的全部规定性。很

---

① ［德］马克思：《1844年经济学—哲学手稿》，中共中央马克思恩格斯列宁斯大林著作编译局译，人民出版社2000年版。

显然，完整的人性内涵应包括两个方面，即一般的、普遍的人性和现实的、具体的人性。前者事实上指的是人与生俱来的自然属性，如食欲、性欲、享受欲、进攻欲、获取欲等，这些人的本能欲望在现实中则体现为一种生理需要（如衣、食、住、行、性、睡眠等）；后者指的是人性在特定的社会、历史、经济、文化背景下的具体环境中的表现形态，这些形态在现实中则体现为种种心理活动和行为，反映着人的心理和行动的需要，如人的交往、理解、爱、尊重以及自我实现中表现出的善良、同情、正义、仇恨、嫉妒、邪恶等善恶心理和情感。这两方面的内容基本上构成了完整的人性内涵。尚需明确的是，除了人的自然属性具有相对稳定性外，现实的、具体的人性则是随着社会历史文化的变化而变化，随着具体环境的不同而表现出差异性，具有明显的可变性和开放性。正是这种可变性和开放性才使人性呈现出无限丰富的形态，显示出变动不居的特征。当然构成人性这一特点的不仅是外在的社会历史条件，不同个体的个性心理气质的差异在事实上起着更为根本的、关键的作用，它是构成人性丰富性、多样性和可变性的最本质、最内在的动因。

　　作为以人为表现对象的文学，它在探悉和摹写人的个体心理活动及其特征方面有着独特的优势：不论是社会变革还是现实人生遭际，抑或个体之生命体验，其所激发起的人的心理感受和情感活动，均能借助于文学加以形象地表现。当然，文学作为人类表达心智情感、心理活动、思想理念的语言艺术，它对人性的表现自然要遵循其固有的艺术法则和规律，因而文学中的人性虽以现实中的人性为模本或依托，但在经由作家的艺术创造之后，现实的人性便会在不同的程序上发生变化，被演绎、融合成艺术作品中的人性。所谓文学中的人性，就是作家依凭自身对现实中所观察和体验到的人性现象，经由取舍和艺术加工后，成为作品艺术魅力之重要构成的人性内容。文学中的人性较之现实中的人性具有以下几个特征：一是感性化与形象化。文学作品不论是对一般人性还是现实人性的描写，都是或借助于生动的感性材料或借助于具体可感的形象来表现的。任何抽象的、理性化的人性内容都将对作品的艺术品质构成损害。文学中的人性表现是与作家的个人艺术气质和所秉持的艺术观念相联系的，是经由作家主观审美情感投射后的产物，它虽与现实人性有着诸多的联系，但已经明显区别于现实人性而具有感性化、形象化的特征。二是变异性与凸显性。由于现实中人的个性心理特征和意识倾向的互不相同，也由于个体自身心理和意识的矛盾性和可变性，决定了人性的极端复杂性与无限多样性。文学不可能完全穷尽现实人性的复杂状态，但文学却能以其独特的方式去揭示和表现人性的矛盾性、变化性。以文学观照和表现世界的手法所揭示出的人性的矛盾性与可变性，相形于现实人性就有了某种向度上的变异，或者说作家在某个向度上对人性进行了重新打造，从而凸显了人性的某一方面内容与特征。三是主观色彩与个性化。文学中的人性虽然根源于现实人性，但由于艺术创造过程中作家个人美学情趣、价值观念的渗透，通常要将现实的人性材料按照个人的意志和审美理想进行重新编码，从而构织成带有强烈主观色彩的人性形态。此外，由于小说作品常常要以人物、情节结构及话语方式来传达人性内容，这样，不同人物各自特有的心理、情感及思维方式所构成的个性化世界、不同作家笔下相同人性内容的不同传达和表现方式所呈现出的独特性，就形成了文学中人性显现所具有的个性化特征。

综观新时期 30 年的小说创作，在人性描写上大致可分为三个时期：一是人性的觉醒期（1977—1985），这一时期在两个向度上展开人性描写。新时期伊始，当人们刚刚从荒谬的政治理性阴影和文化荒原中走出时，长期的精神窒息、文化饥渴和人性压抑所积郁的巨大心理情感能量，迫切需要有一个宣泄、释放的通道。在电视还远离人们生活的时候，这时的小说理所当然地承担起传达人们情感和心声的主要作用，迎来了它值得骄傲的辉煌时期。20 世纪 70 年代末 80 年代初，伴随着思想解放的脚步声，小说创作一开始就将艺术的笔触聚焦在人性描写上。虽然这时期小说的人性描写尚未在整体上表现出足够的深度和广度，但已经在两个向度上卓有成效地展开了：以觉醒了的人性意识去观照刚刚结束的非人性的政治意识统摄下的畸形人性；以解除禁锢后的自主心态去叙写作家真实之个人情怀，表现出富有个性的人性情感。前者以一批引起强烈反响的"伤痕"、"反思"小说为代表，后者以一批初涉文坛的中青年作家创作为主体。这两个向度上的人性表现，迅速打破了"十七年文学"在人性描写上的缺失，使新时期小说一开始就向文学的本体复归，获得较高的美学品质。

　　在经历了一场历史性的精神劫难之后，作家们积郁于胸的感触无疑是复杂的。但无论这些感触有多么复杂，在这一时期几乎都指向了酿就如此众多非人性事件与情景之历史动因和人性动因的追问，指向对人的尊严的深切呼唤。卢新华的《伤痕》、刘心武的《班主任》和《如意》、张贤亮的《吉普赛人》、莫应丰的《竹叶子》等一批小说，以敏锐的艺术触角率先洞悉了历史劫难在人们精神和心灵上留下的深刻印痕。这种洞悉并不单纯是一种作家对社会生活的敏感，更是一种人性意识复苏与觉醒的结果。作家人性意识的觉醒，不仅对人性被扭曲的状况拥有敏感，而且对人性的自我扭曲投以关注的目光。王蒙历经打成右派的长达20 年的人生磨难之后，一旦从政治理性的旋涡中挣脱出来，其对人性便有着较深入的透视和揭示。《布礼》中，在泛政治意识的濡染下，连谈恋爱写的情诗都需与革命联系在一起，更令人感到可悲的是人性已被扭曲的钟亦成非但没有丝毫的痛苦，反而陶然其间，表现出荒谬政治环境里不但人的尊严被剥夺，而且个体自身也将尊严视为异己之物加以推拒。

　　泛政治意识解除后人性意识的觉醒，使上述作家对人性扭曲、尊严丧失的历史境况进行深刻反思和揭示，并试图清理和打捞失落的人性，同时也使另一批作家毅然打开了一扇透视真实人性情怀的窗口，从展呈真情、书写情爱的角度，绘状出一幅情美意深的人性画卷。王安忆、张洁、铁凝、张抗抗、汪曾祺、张炜、黄倍佳等一批新老作家纷纷将笔触伸向以往较少涉及的人性情感空间，给文坛注入了一股蓬勃的生机。

　　爱情不仅反映着人的自然的情感欲求，也反映着个体独特的情感方式、性格禀赋以及对人生的体悟，虽然它同时也映射着一定历史阶段的伦理规范和道德观念，但爱情毕竟是一种个人性很强的情感，蕴涵着丰富的人性内容。一批作家涉足于此，并表现了种种突破传统道德框范的情感方式，率先打破了某些禁区。张洁《爱，是不能忘记的》，张弦《未亡人》、《挣不断的红丝线》，谌容《褪色的信》，王安忆《金灿灿的落叶》，陆星儿《美的结构》、《啊，青鸟》，尤凤伟《因为我爱你》，陈可雄、马鸣《杜鹃啼归》、《飞向远方》等作品，均在爱情的表现上倾注了心力，呈示出新的内涵，从而丰富了新时期小说的人性描写。

　　张洁《爱，是不能忘记的》因涉笔女主人公与有妇之夫的爱情而引起当时评论界的聚讼纷纭，但这部作品的意义并不在于它触及婚姻家庭制度、观念习俗与情感之间的矛盾，而在于它表现了两性之爱在某一既定的人伦规范下所达到的一种极致状态，呈示出爱情所具有的无限伸展性，表现了作家对爱情这一人性之重要构成的大胆肯定。张弦《未亡人》以女主人公内心独白的方式铺写出周良惠在真爱的觉醒后受伦理道德的挤压而痛苦挣扎，最终归于妥协的人生悲剧。不难看出，张洁、张弦对其笔下人物命运的关切与悲悯之心，表明作家意识深处所拥有的一种可贵的精神关怀，即对人的生存质量的关怀。这无疑是根植于人性觉醒基础上的一种现实情怀，一种对真情真爱的呼唤。

二是人性的探索期（1985—1987）。这一时期的人性描写，虽然是前一阶段的自然延伸，但总体上已有较大程度的拓展。主要表现在两个向度上：从反思历史到反思文化，"文化寻根"事实上是历史反思朝纵深发展的逻辑必然，是通过对人性负面的审视以达到对健全人性的张扬；通过对有着现代意识的人物的表现，正面肯定那些有助于实现人从传统到现代转化的人性品格，这一表现在客观上与负面地反映人性形成了对照，二者殊途同归，目的都在探寻和建立与现代化的民族理想相适应的人性品格。由这两个向度上展示的人性描写，不单是表明了作家人性思考的深入，而且表明了整个社会在向现代化迈进的过程中，对于那些潜藏、隐伏于文化心理结构中可能或正在构成阻碍现代化进程的人性因素的自觉反省。

这一时期作家们纷纷把笔触伸向传统文化并非偶然，它是富有使命感的作家敏锐地察觉到传统文化塑造的人性品格中，存在着诸多需要扬弃和重塑的东西。尽管文化传承是一个民族繁衍、发展过程中必然要相伴的精神因袭，具有很强的生命活力和历史惯性，但当一个民族面对新的生存抉择和发展契机时，其文化中富有生命力的东西不一定都能成为积极的因素被吸纳利用。许多体现着人性负面的因素甚至是一些正面的因素，其富有生命力的特点未必都有助于民族的新生，反而会成为新的历史变革中最不易逾越的障碍。在现实世界里，任何人性行为是离不开人的意识倾向的，而人的价值理想则是人的意识倾向的重要构成，对人的行为产生巨大的影响。换句话说，个体的行为方向，是建立在个体所处特定文化环境下而形成的对于人生的价值判断上，有什么样的价值判断，就有什么样的现实行为。而价值判断的形成，在相当大的程度上要受制于人所处的文化背景。文化就像一只无形的巨手，它在形成人们对于世界的认知过程中，常常是不知不觉地将已然形成的价值准则像接力棒一样无可推拒地传递给你，从此你就如同接受了既定的运动规则一样，身不由己地按照既定轨道向前运动，任何脱离规范的行为都将被认定为违规而被社会视为异类，而这种违规是否有利于人的发展和正常人性的张扬，则无人问津。王安忆的《小鲍庄》借助一个偏僻、落后乡村人们生存状态的描写，着力揭示出传统文化规约下烙印着浓厚的农业文明色彩的一种内敛、委顿、寡欲、麻木以及随遇而安的人性形态，表现出作家面向现代社会、面向世界的姿态下对民族文化的积极审视。韩少功的《爸爸爸》则摹写出同一文化传统统摄下的一种单一化的、亘古不变的人性形态。王安忆、韩少功的创作，从发掘民族文化的"根"出发，着力于探寻那些酿就了种种历史悲剧而至今依然普遍存在的人性形态，其所依赖的文化土壤是怎样产生并延续着与文明相悖的人性内容。这样一种富有人性内涵的文化反思，无疑可作为人们在建构新的社会文化秩序时所依凭的一种有益的参照。此外，还有一些作家则从当代人的心理模式、行为习惯、人生态度入手，去捕捉和揭示隐藏其后的民族文化心理之特质，其笔下的人性描写表现出同一文化心理基础上的多向性特点，如陈建功、张承志、贾平凹、郑义、李杭育、阿城等作家的小说。所有这些作家均以自身的艺术方式，将笔触深入到人的内在心理情感和思维层面，不仅揭示出人性形态的文化基元，而且展示了现实中人性表现的内在动因，这与"伤痕"、"反思"文学相比，在人性的开掘上无疑向前迈进了一大步。

　　如果说寻根小说是以现代观念去审视民族文化，那么徐星、刘索拉们的创作则是借助具有浓厚个性意识的人物的摹写，传达出对人性张扬的积极态度与价值肯定，在最直接的层面上展呈现代观念和价值理性，表现符合现代社会之价值需求的人性形态。作家赋予了小说人物以新的人性内涵：不但在诀别传统中获得个体人生设计的自主权利，而且能通过现实的实践努力获得对个体价值的真正确认。很显然，与寻根作家不同，徐星们的创作绕开了历史，绕开了文化，绕开了传统，直接以现时的需要为出发点，表现出一种截然不同于传统人格的人性形态。

　　三是人性的拓展期（1987—2000 之后）。当历史步入 20 世纪 90 年代前后，迅速掀起的商业大潮使整个社会被物质主义洪流所淹没，这一客观社会环境的移变以及由此引发的相当一部分作家创作主体精神世界的蜕变，致使这一时期的人性描写呈现出斑斓多姿的面貌。在对物质利欲的趋附中，在对价值理想失落后的精神重建中，在社会结构调整导致利益重组的矛盾纠葛中，甚至在商海弄潮儿并非全然得意的心态中，人性势必会表现出繁复多姿、千奇百态的形态来。置身于这一被激活了的人性所装扮起来的人情世相中，作家的感受无疑是极为丰富的，这些感受不仅是作家的创作之源，同时还会激发其对人性的深入思考，从而使作品的人性表现更为深入和多样。

　　这一时期小说的人性描写主要在三个向度上展开：通过表现远离崇高和神圣的普通人的日常生存状态及其人生态度，展示人的生存本相中所蕴涵的人性内容；借助新的文体形式和叙事方式所展现的带有后现代特征的人物情感、意识氛围，表现身处特殊社会环境中人性的特异形态和可能形态；以强烈的鲜明的个性化体验为基础的“私人化”写作，表现富有个性特征的情感与心灵体验，拓宽了人性描写的视域。这些向度上的人性书写，或注重于当下现实人性状况，或依凭作家对人性的独特理解加以表现，在广度和深度上都有了引人注目的拓展。

　　80 年代末，文坛出现了一批表现城市普通百姓平凡生活的作品。这批作品主要有池莉的《烦恼人生》、《不谈爱情》、《热也好，冷也好，活着就好》，方方的《风景》、《白雾》、《白梦》，刘震云《一地鸡毛》；王朔的《空中小姐》、《顽主》、《过把瘾就死》等。这些小说之所以引人注目，关键在于其透露出一个新的信息——作家的创作开始从表现重大、严肃和富有社会文化意义的主题，转向现实世界中无足轻重的普通百姓的生存本相。作家心态和意识的平民化，使他们自觉地拒绝崇高和伟大，而趋同于凡俗人情。同样出现于 80 年代末的苏童、格非、余华、洪峰、孙甘露等一批新锐作家的小说，构成了这一时期人性描写的又一道景观。表面上看，这批作家格外热衷于在历史的语境中叙说个人或家族的故事，但事实上这些“历史故事”只是作家借以表现人性、传达对历史和生命之独特理解的一种载体。值得注意的是，这批作家不仅在对历史框架的叙写上与既往作品迥然不同，而且在人性内容的表现上也迥异于传统历史小说。传统历史小说通常是借助事件中人与人的关系来展示和表现人性，注重人性表现的因果关系，而苏童们则是将历史虚拟化为一种模糊的背景存在，注重于在某种隐然可感的历史氛围中去凸显人性形态。这种凸显常常是一种淡化了外部联系的直视与审察，是对某一人性构成的显微式的观照。因而他们通常是将单一的人性欲望从人性的整体结构中抽离出来进行表现，并使人物成为这种人性欲望的化身或符号，这虽然失却了人性的立体感和复杂性，但却在特定的角度上逼近了人性的真实，从而唤起人们对人的生命之本质存在深沉思考。

进入 90 年代后，虽然商业社会的价值导向致使消费性的大众文学占据中心地位，许多作家迫于生存压力要么弃笔从商，要么走向媚俗，造成文学一度沉寂的局面，但仍有不少作家固守着自身的精神追求，特别是一些女作家，她们在商业浪潮中既不在精神上流于低俗，消弭自身独立的精神品格，又能从多元选择、崇尚个性的社会氛围中形成自己独立的个性品质和艺术追求。陈染、林白、海男等的“私人化”女性小说，便以其独特的对女性内心体验的细腻描写及其所表现出的强烈的女性意识，成为 90 年代文坛不可忽视的创作现象。这些人性形态是一种既体现着强烈的女性意识，又具有现代人追求独立的个性空间的孤寂感，更富有鲜明的个人趣味倾向的生命感受。毫无疑问，这种人性形态的摹写，在一个新的向度上拓宽了人性描写的视域，使这一时期小说的人性描写呈现出多元化的特点。

以上三个向度的人性表现表明，这一时期小说的人性描写在广度与深度上有了显著的拓展，这一方面体现着作家人性探索的延续性和执著精神；另一方面也表明转型期商品经济所确立的社会运行机制和人际交往规则，在打破旧的价值系统、建立新的价值体系的过程中，人所面临的危机与生机使人性处于动荡而又活跃的状态，这不仅给作家提供了更丰富多样的素材，而且能带给作家更多的思想启迪、激发更多的灵感。这使得 90 年代之后的小说创作得以绘状出多样化的人性形态，为新时期小说人性的描写增添了浓墨重彩的一笔。

20 世纪 70 年代末改革的浪潮以空前的力度与速度闯入了我们长期封闭、节奏缓慢的生活，猛烈地冲击着我们社会生活的各个方面以及传统观念的各个领域。人们的生活方式、思维方式、价值观念、审美意识都开始发生了变化，自然，传统的小说模式也受到了严重的挑战。一个开放型的社会，要求拥有活跃的、多样化的小说局面，不能容忍僵化封闭的艺术模式。新时期的开放和交流导致了更多的西方哲学和人文思想的进入，尤其是西方现代主义的文学观念和文学流派，极大地影响了原有的文学观念、创作模式及理论批评，不仅造就了一大批勇于探索、善于实践的作家及理论家，而且促成了文学新形式的产生和新流派的形成，带来了文坛新气象。现实主义一枝独秀的局面随着现代主义的"侵入"被打破，中国原有的文学态势发生了极大的变化。新时期以来的20多年中，由于中西文化碰撞、深度融会，中国小说的叙述观念发生了重大的变化，特别是普鲁斯特、乔伊斯、卡夫卡等西方现代主义大师们在叙述技巧上的试验及美国文学批评家韦恩·布斯"隐含的作者"（《小说修辞学》）的提出，对中国小说叙述形态的变化产生了深远影响。

新时期小说文体的革新与突破，大致体现在四个方面：

第一，在题材与题旨表现方面有了较大的突破与超越，扩大了小说的艺术视野和表现空间。所谓艺术视野和表现空间，实际上是指由题材和题旨共同构成的一个艺术涉猎范围，一个小说艺术的深度与广度的有机结合体。表面看来，小说的题材与题旨所指涉的似乎只是一个写什么的问题，实则不尽然，它还包含着一个更深层次的怎么写的问题。它是由作家的生活观、世界观和艺术观综合构成的创作主体对于文学的表现对象的具体把握和自身表现能力的现实发挥。

80年代小说在题材和题旨方面的开拓与突破，首先表现在出现了小说创作题材的丰富性，一批描写范围跨领域跨行业的作品，打破了过去以领域或行业机械划分作品题材的定式。与此相适应，出现了主题的多向性。原来小说那种单一明了的主题表现方式相应变得复杂模糊起来，不再像过去的作品那样能够让人一眼就洞穿其全部底蕴。如王蒙的作品，乡土文化小说，新历史主义小说等。进入20世纪90年代以后，我国文坛上从作家到理论批评家大都认识到了这样一个基本事实：在90年代的中国汉语（文化、文学和语言）语境中，冲突和矛盾依然存在于传统和现代观念之间、本土和外来文化之间、精英和大众之间、先锋和保守之间。基于这种清醒的认识，90年代的小说家们在创作过程中几乎是不约而同地采取了一种宽容的态度，对官方的、精英的和大众的文学所构成的"共享空间"不仅在理念上给予确认，而且在创作实践上做到了身体力行。以"五个一工程"获奖作品为标志的官方文学在高奏主旋律、反映重大题材、传达时代精神的同时，也不乏精心营构的艺术质量上乘之作，如周梅森的《人间正道》、《苍天在上》、《中国制造》，何申、谈歌、关仁山的部分作品等。精英文学在艺术上呕心沥血极尽精致蕴藉的同时，也不乏主旋律文学高昂的精神高度和大众文学的可读性特征，如陈忠实的《白鹿原》、二月河的《雍正皇帝》、王安忆的《长恨歌》等。而大众文学的精英化和庙堂化追求则更是有目共睹的事实。在这种共享空间当中，多种文学因素纷然杂陈，以互补的方式满足着人们精神生活的多种需求。

　　超越传统题材与题旨规范的另一个表现，是人物形象的多样性。与以往那种只描写"阶级代表"、只重视人物的阶级属性，致使艺术形象单一化、脸谱化的情况相比，新时期小说作者敢于触及真情实感，艺术形象的内心世界显得丰富，有些作者叙述视角内转，还细致描摹人的潜意识活动，展现人物深不可测的精神奥秘，使人的内在心理世界与外部现实世界在文学表现中获得了同等重要的地位和意义。要突破典型观念政治化的旧有窠臼，需要来自美学方面强有力的补充和支持，而美学方面的突破恰恰来自对"人"理解的丰富，来自对人多角度、多方位、多层次、多侧面的表现与描写。如果重温一下代表新时期人物形象塑造最高成就的众多形象，如田玉堂（《内奸》）、陈奂生、张种田（《西望茅草地》）、魏天贵（《河的子孙》）、田家祥（《拂晓前的葬礼》）、金斗（《桑树坪纪事》）、陆文婷（《人到中年》）、朱自冶（《美食家》）、徐秋斋（《黄河东流去》）、倪吾诚（《活动变人形》）、王一生（《棋王》）、四爷爷（《古船》）、白嘉轩（《白鹿原》）等就会发现，他们无一不是建立在丰富的人性基础上，具有多重性格特征的"圆形人物"。并且在某些形象身上，善与恶、美与丑、崇高与卑鄙等对比强烈的性格特征错综复杂地纠合在一起，又成为一个有机的整体。特别值得一提的是陆文婷这一形象。因为从某种意义上来说，这一形象标志着典型观念上的一次崭新的突破。具体地说，在典型化的观念上，陆文婷形象的塑造将分轨而制、分道而行的两极文化特质和审美特质进行了奇妙的综合。一方面，她具有英雄与新人的特质——心灵纯净美好、严于律己、宽以待人、恪尽职守、舍己为人以及超人的意志与耐力等，具有新中国成长起来的优秀知识分子的优良素质，表现出一种肯定性和建设性的文化向度。她身上没有一点像乔光朴那样的英雄形象所表现出的剑拔弩张、咄咄逼人的"盛气"与"霸气"。另一方面，她又奇妙地表现出平凡人、"小人物"的异常质朴、亲切的一面。同"英雄"形象对世俗性生活的拒绝相反，她在爱情、婚姻、家庭等日常性的生活中表现出一个普通女性正常的需求与合理的愿望。陆文婷等形象的成功塑造，标志着英雄人物和新人形象的塑造终于走出了"神"的阴影，走出了"高大全"的窠臼，使"英雄"获得了普通人的面目、普通人的心理，获得了现实中"人"的生活形态。这样一个英雄世俗化的过程，实际上是一个感性化、审美化的过程，是人性的丰满带来了典型内涵的丰富和典型化的复活。

还有一些作品在描绘人与社会的关系和场景的时候，有意识地加入了一些有关人与自然环境、动物世界、文化氛围等的关系的内容，使作品所展现的艺术世界更为雄浑，更为博大，思想内涵更为丰富，更为深刻，艺术韵味也更为多彩，更为秀丽隽永。如邓刚的《白海参》、《迷人的海》，郑义的《远村》，乌热尔图的《七岔犄角的公鹿》，孔捷生的《大林莽》，贾平凹的"商州系列"，李杭育的"葛川江系列"等。

如果说题材范围的横向扩展还只是一种量的增加的话，那么这种把文学表现对象由过去的着重对于物理时空的描绘到新的向着心理时空、文化时空的推进，则可以说是一种质的演化与进步。由于这种超越，题材与主旨的单一与否已不再是问题，小说由于由生活表象进入到了人自身生命活动的内在构成之中，也就自然摒除了那种人为的狭隘选择造成的错漏与偏颇，更能够揭示出生活的本原状况和整体形态，因而也大大提高了小说自身的艺术魅力。

第二，超越传统结构模式，寻求能够更好地表现生活的整体面貌和内在律动的新的结构方式。应该说小说采用什么样的结构从来没有固定的格式，都是随着特定的题材、主题、人物和作者对生活的独特感受、理解，对审美理想、艺术风格的独特追求而决定的。小说结构形态是小说内容的外在体现，是小说情节组合和故事演进的框架，对作品的艺术魅力的形成起着重要的作用。但是也应该看到，形式和内容是对立统一的。黑格尔说："内容非他，即形式之回转到内容，形式非他，即内容之回转到形式。"① 所谓找到恰当的结构，就是指按照现实生活的变化和生活自身的规律，发掘出事物之间的内在联系，从而运用一种能最足以表现主题和人物、最有力度地显示审美效应的最佳组合。但是结构作为一种重要的艺术手段。也有它自身相对独立的规律、意义和价值。王蒙80年代初期的一些小说之所以采用时空颠倒的结构形式，固然首先是由于所表现内容的需要，但不可否认也是与借鉴、改造西方现代派意识流艺术手法分不开的。他曾说：在创作那些小说时，原来按时间顺序写下去，结果完全是一本流水账，很困难，也很泛。而新的心理结构一旦孕育诞生，就对作品的内容起了积极的反作用，显得对比强烈，形象鲜明，震撼人心。由此可见，新的小说结构的探索和创造，虽然主要是靠内容的推动，但也需要其他结构形式的借鉴和利用，而后者的道路是宽广的，不仅各流派的小说之间其结构可以相通相用，而且对其他各种艺术体裁的结构也是可以融合的。

既然如此，小说结构自然应该是多种多样，而且必须会出现各种例外。新时期小说结构艺术的新的突破，使得人们不得不对小说结构的意义和作用重新进行评价。诸多的作品也说明了小说结构绝不是被动的从属的东西，它作为小说的要素之一，不仅起着剪裁和组合题材的作用，而且能表达作家的情绪和审美意识，能观照更广阔的包括理性和非理性、可认识和不可认识的生活面。

传统小说以讲述故事为主，追求情节的戏剧化和结构的完整性，对生活往往作简单化处理，摹写"自然"而非主体参与创造。而新时期小说则从情节安排、意象营造等方面入手，努力创造一些新的结构方式。对新时期小说的结构式样我们大致归纳为以下四种：（1）情节结构。一般是围绕一个中心事件展开矛盾冲突，表现情节自始至终的发展过程。这种小说往往情节曲折、波澜起伏、扣人心弦、引人入胜。新时期小说对传统小说的情节结构进行改造，仍然保留一定的故事框架，但并不刻意叙述一个完整的故事，而是运用有意的断裂、空白或推衍、加

① ［德］黑格尔：《小逻辑》，贺麟译，商务印书馆1980年版。

楔子等手法，表现某种超情节的独特意蕴和旨趣，比如何立伟的《花非花》、阿城的《遍地风流》等作品就是如此。（2）人物结构。人物结构的小说倾注全力刻画人物形象，不是情节支配人物，而是人物支配情节，走进读者记忆中的是完整的人物，而不是完整的情节。（3）心理结构。以人物的主观感受、自我感觉、情绪变化为主线重新组合甚至颠倒事件、情节中的时空序列，充分展示人物心灵世界的波动性。小说会以极活跃的心态变化、意识流动为线索，把各种貌似无逻辑联系的人物、场景、冲突等组合在一起。这样的小说结构对创作是一个极大解放。即使不能完全天马行空、随心所欲，但至少用不着处处有呼应，事事有交代，不必井然有序、细密如织。它关键的意义在于小说冲破了"开端、发展、高潮、结局"的结构模式，甚至有意降低情节的烈度，竭力摆脱笨重情节的拖累，于是那些非情节的因素，如抒情、议论、内心独白、自由联想、氛围渲染等乘虚而入。从心理描写的手法加以竭力扩大，以致撑破了情节的框架，变为以心理活动来结构整篇小说，是新时期小说结构艺术的一个重大发展。（4）细节结构。从来作家都把细节作为小说的小零件，似乎只能作为情节这个大机件的点缀、补充、延伸、深化，无力充当小说结构的主体，但是在新时期小说中我们看到一些作品特别注意细节的运用和场面的积累，大量琐碎的细节成为结构的元素，似散杂而非散杂，浑然一体。也有对一些人生经历或感受随手记取的散文化、杂文化、笔记体小说结构，如孙犁的"芸斋小说"、林斤澜的"怪味小说"等。需要最后说明的是，这四种基本的小说结构形式虽分别叙之，但似乎又不可截然分开，因为事实上有的小说综合运用诸种结构形式，难于归属一种。从某种意义上讲，小说结构形态的这些变革趋势，也体现了小说在表现生活方面繁富、开阔、多彩这一活跃兴旺的情势，可以肯定，结构的变异提高了文学的审美价值。

在我们的阅读视野中，90年代占主流地位的大批小说作品之所以引人注目，正是因为它们创造出了独特的叙述方式，尤其是作品的组织与结构方式。新颖、繁富的叙事技巧，与传统小说不同的编码方式，对传统小说单一的线性时间和因果律、必然律的消解和颠覆，是90年代小说结构形式的根本特征。正是在这种大的文化语境下，"断裂与空缺"、"重复与循环"成了90年代不少小说所经常选用的结构套路。总的说来，新时期小说结构形式的演变趋向是由单一走向多元，由表象走向深层，由平面走向立体，由封闭走向开放。

第三，超越传统的叙述观念，叙述视角的选择和转换更加自由灵活，也更加新鲜多样。与说教性目的和简单化结构相适应，我国传统小说往往采用外在旁观式或者叫全知全能式的叙述方式。新时期小说一开始就打破了这种单向式、直线式叙述视角的一统格局，表现出叙述视角的多元化特点。所谓叙述视角多元化是指在小说创作中设置多个叙述视角，构成复合交错的态势。每个视角都保持着自己的独立性和感官化，相互之间并不受制于和遵循着一个先存的外在的和完整的叙述框架，有时甚至不一定集中于同一线索。这些叙述视角既按照各自独立的人格和意志表现自己的中心意向，又彼此参照互为补充，共同建构一个交织着错综复杂的生活经纬的世界。这种彼此转换的叙述方式在现代文学中已有涉猎，但是真正受到普遍关注还是在 80 年代以后。如靳凡的《公开的情书》和汪浙成、温小钰的《土壤》都是采用四元视角，王兆军的《拂晓前的葬礼》采用三元视角，苏童的《祭奠红马》中的视角则是急遽而巧妙地不断转换，在谌容的《人到中年》、高行键的《有只鸽子叫红唇儿》、韦君宜的《洗礼》、张承志的《北方的河》等一批小说中，作家都设置了两个以上的视角。这些多元视角复合交错、各臻其妙，呈现了一种辐射性的开放的多重阅读审美效应。这也表现在经过十年浩劫的洗礼后，人们不再用单一的眼光去看世界和人，他们本是纷繁复杂的，人的审美眼光也应是多层面多角度的。

但新时期的有些作家也惯用单一视角，如张承志、阿城、陈村、莫言等作品中的"我"的视角。但是这些"我"与传统作品中的第一人称已有明显的不同，其中包含了他们对社会、人生的深思熟虑以及对小说新形式追求之后的蜕变和回归，产生了一种新的张力，意味着一次新的综合。苏童也惯用第一人称，但在具体过程中"我"的角度又往往不止一个。在他的第一人称叙述中常出现的就有两个，像《故事：外乡人父子》便是通过回忆写祖父讲的一个外乡人的故事。由于小说对祖父讲的故事又套在我的记忆中，所以在祖父的视线外又隐隐约约地投射着我记忆的阴影。这种叙述的套层是给时间以自由的天然跳板，可供叙述者调度的时空显得很宽广，苏童的《井中男孩》也运用了同一种手法。

这些都充分证明了新时期小说发展的一个重要侧面是表现在对视角艺术的追求上不再是单一的运用，而是高质量高品位的艺术选择和艺术处理。

基于此，新时期的新历史小说中，很多作家在认识历史，取材历史时，消解了历史的真实性，并用个人的话语重新解说或叙写历史，用个人的方式对历史进行改写、重写甚至戏写，出现了刘震云的《故乡天下黄花》、《故乡相处流传》，刘恒的《苍河白日梦》等不再按正统史观（反映主流意识形态的历史观）表现历史，而是以自己的眼光和话语重叙历史，致力于稗史、野史、秘史的新历史小说作品。莫言的《红高粱》系列，写"土匪抗日"，在题材上便突破了传统的局限，在写作中，作者以第一人称"我"出现来叙述"我爷爷、我奶奶"的风流韵事，"我"既不受时空束缚，又具有极强的主观意识。他笔下的人物不受抽象化概念的约束，不被理想化所左右，主人公余占鳌既杀人越货又精忠报国，通身透出一种率性而活的酒神精神。

其次是叙述者的多重性。80 年代中期，中国作家从后结构主义小说寻求形式的借鉴，着手实验一种以结构主义为其精髓的叙述手段，这种手段的最大特点就是作者与叙述者的多重性。在小说中，作者和叙述者不再像传统小说那样合二为一，或以全知、或以旁知、自知的方式进行叙述，而是把作者与叙述者分离开来。作者有时在小说中露面或插入情节，通过注释性或自言自语式的话语与读者照面；有时还把作者分化为一两个化身式的人物，作为叙述者介入小说。《冈底斯的诱惑》将作者马原引进小说，直接成为叙述对象，造成一种弄假成真、存心抹杀真伪的特殊效果。有时他是叙述者马原，有时是被写进小说成为叙述对象的马原，还有时借助于两个虚构出来的人物——姚亮和陆高——作为他的替身："让三个人物三种视角分别表现自己、袒露自己"。韩少功的《归去来》中运用重叠的"我"，一个真实姓名叫黄治先的人，为寻求做生意的香米和鸦片来到北村，结果被北村淳朴的山民误以为是先前在这里插过队的知青"马眼镜"，山民念着过去"马眼镜"的种种好处，用种种感激和照顾让黄治先来承受，而黄也在恍惚中变成了另一个自我。由于叙述人的双重身份，视点产生了一种类似和声的效果，在历史与现实、梦境与实境、真我与非我之间的黄治先成了具有双重人格的人。这样，"我"的视点也成了双重的。韩少功通过视点的重叠为小说创造了可供转喻的阐释空间。在《罂粟之家》里，苏童运用三种人称来叙述小说，这三种人称不是一般意义上的从各自的视角把故事重新再现一遍，而是力图把三种人称之间的距离缩小到最低的限度，使读者也参与到作家的创作之中。

这些多方位多角度的叙述使得小说的视角具有了人们在日常交流中的真实感。如果再把这种观察扩散开来的话，那将会发现扩大视点功能的追求是新时期小说中的一个普遍现象，它是小说对自身反省与超越的必然结果。然而对于传统小说的突破，是在继承前提下的革新，并非对传统文学中优秀成分的摒弃，80年代以后，仍有一部分优秀作品，如陆文夫的《美食家》、阿城的《棋王》、邓友梅的《那五》、苏童的《米》、格非的《大年》等都吸取了中国说书艺术和民间艺术的精华，采用全知视角为主，艺术技巧娴熟，为广大读者喜闻乐见。

第四，超越语言工具论，向语言深层内蕴不断掘进，语体、语流变化更加灵动、活泼。结构方式的纷纭变幻直接带来了小说语义的多元化与复杂化。一部分小说作品不论题材重大或细碎，篇幅是长是短，不同的读者总能够从中读出不同的生活意蕴或艺术哲学指归。如史铁生的《我与地坛》、刘震云的《故乡面和花朵》、阎连科的《日光流年》、李佩甫的《羊的门》等作品，你都很难用一个主题、一个观念对之进行总结与概括，小说表现的可能性被它们无限地延展了。

以刘索拉、徐星、莫言、残雪为代表的主体自叙的新潮小说，其发生学的社会心理基础近似于"文化寻根"。文学人道主义精神的深入拓展导致个人意识的觉醒和主体意识的强化。在存在主义思潮的影响下，人们面对生存的荒诞反省自身，于是文学很自然地从政治意识形态中游离出来。《无主题变奏》把个性生命的冲力和独立精神生存空间，通过非规范性的叙述语言，以偏激的、玩世不恭的、感知内容极度夸张的语调去表现，显示了一个反叛者自我人格的独立。莫言的文本更具个性化，叙述视点指向变异的感觉世界，使叙述"天马行空"更自由、开阔。把这种感觉变异的叙述发展到极致的是残雪。《山上的小屋》、《苍老的浮云》都从个人心灵体验出发，经过扭曲的叙述变成精神变态叙述人的梦呓。这种非常态叙述产生一种特殊的审美效果，使文本充盈随意性、神秘感，让人对这一生存困境和人性丑恶产生某种压抑感、孤独感、恐惧感。这种个人化叙述与宏大叙述的不同在于：其一，叙述人是受压抑的叛逆者；其二，叙述视点指向个人的情感世界；其三，叙述语调戏谑调侃、玩世不恭。

从本质上说，小说的语言绝不仅仅是创作的一种修辞手段或表述符号，它还因为联结着人们的思维和文化环境，而成为作品生机与活力的直接渊源和内在构成要素。新时期小说家们很清楚这一点，因此在语言的变革方面用力极勤，从语言形态方面来看，这种变革主要表现在两个比较大的方面。一是追求语言的诗意化或者说审美化。如汪曾祺、阿城、张承志的作品，或于简洁凝练中显现出珠圆玉润的老到，或于激情跌宕中透射出深沉厚重的内蕴，形态虽然各异，却都洋溢着丰富的诗情画意。颇具代表性的如莫言的《红高粱》，其语言的独创性产生了强烈的冲击力。例如，称其父亲为"我那土匪种子的父亲"，描绘他的故乡为"高密东北乡无疑是地球上最美丽最丑陋、最超脱最世俗、最圣洁最龌龊、最英雄好汉最王八蛋、最能喝酒最能爱的地方"等，他这种将一些悖反语言相连使用的方法，使读者产生了一种新奇的感觉。小说中，他既写出了令人作呕的剥人皮的场面，又把红高粱的场景写得让人回味无穷，恣肆汪洋，其对语言运用达到了随心所欲的境地。二是追述语言的原生化、本质化，有意识地运用一些常规意义上的非文学语言来建构和丰富自己的语言体系，获得某种奇异新鲜的审美效果。如王蒙的《说客盈门》，陈建功的《辘轳把胡同九号》，吴若增的《关于一张脸皮的招领启事》等，或选用程式化的数理语言，或借用日常口语，或干脆模仿社会实用语言如广告、公文等的语体语式，既使小说的可读性大大增强，也使其具备了引人深思的反讽化效果。

进入20世纪90年代，小说的文体革命虽然不再大张旗鼓轰轰烈烈，却更加深入到了小说本质内部，因而也具有了更深刻的实证意义和实用价值。个人化写作的尝试无限扩展了小说的可能性，使小说的现实形态日趋多元，并不断得以提升。

就创作实践的维度来看，现代小说理论认为："一个作家必须具有个人特点，他才能有创造，有新见。在其他类型的写作中，也许需要隐匿作者的个性，但是小说创作过程一开始就会体现作者的个性，体现作者个人表现其情感的自由，这种自由对小说作家是极其珍贵的。个性的丧失将导致作品的彻底失败。"① 正因如此，个人化写作在 90 年代的中国才成为可能并迅速蔚为大观。小说家们自身开始逐步走向成熟，这种成熟的标志在于：既纠正了艺术的过于前倾而带来的姿态浮躁和虚妄，也放弃了急功近利所导致的矫饰与猎奇，开始进入一种本真的个人写作状态——这种状态所调动的是作家本人全部的生命倾注和能动，从而避开了公共话语中非文学性质的词语侵扰，既保持了对传统小说的某种承继和现实主义的艺术努力，同时也摒弃了叙述方式的浅薄、单一和趋同，开始进入现时的话语情境和个性化的叙述，使小说拥有了一种精致、丰蕴的当代意趣。这种个人化写作的直接结果，是出现了一大批卓具个性、风格独特，已开始具备某种现代经典意味的小说作品和一批优秀的小说家。贾平凹、张炜、张承志、李佩甫、二月河、刘震云、余华、韩少功的作品是最典型的例证。而以邱华栋、毕飞宇、徐坤等为代表的一批更年轻的新锐作家的创作，其个人化写作带来的个性化风格同样显著。更值得一提的是，一大批女性小说家以纯粹个人经历与体验为指归创作的作品，成了 90 年代中国小说的一道最亮丽的风景线。个人化写作的日趋成熟与完善，导致了传统小说观念的不断弱化。表现在文体变化上，则是历史表象体系和叙事策略的全面变动。这批作家以个人记忆为基础，质疑经典的历史叙事或者创建新的非历史化的符号体系。在格非的《褐色鸟群》、《青黄》，刘震云的《故乡相处流传》，朱文的《我爱美元》，唐颖的《夏天的禁忌》和《宋词的覆灭》，李冯的《孔子》等作品中，对经典的历史叙事的质疑与颠覆的意象随处可见。某种意义上，他们对历史的叙述其实就是关于历史的失忆。而与此同时，他们也创造出了一种新的文学景观。他们对生活细枝末节的把握和对生活主流的把握一样，达到了令人惊叹的精微和准确，反映在文本外观，则呈现出一种华美、精致、深刻、尖锐、犀利的特征。象征与隐喻成了他们创作的常备手段，而日常生活的神圣化或反讽化则构成了一个奇妙的两极世界。

---

① ［美］利昂·塞米利安：《现代小说美学》，宋协立译，陕西人民出版社 1987 年版，第 22 页。

　　总之，新时期小说在形式的选择中呈现了多元化的趋势，在讲究叙述技巧与语言的奥妙、注重语义的含蓄与多层次性都有新的突破，新时期小说的文体革命在 20 多年的发展历程中走出了一条由遮蔽到澄明，由潜隐到彰显，越来越缤纷多姿，意蕴越来越深刻复杂的道路。

　　"文革"的空前灾难，造成了人性的扭曲和心灵的污染，普遍存在的怀疑情绪和到处弥漫的文化失落感，为现代主义文学思潮的大举进入提供了社会心理土壤。人们，尤其是作家们，经过对历史的反思，文学意识开始觉醒，怀着对文学新领域新手法探索的渴望，具有了借鉴西方的内在愿望和自觉需要。而作为借鉴吸收西方现代主义的另一个内因则是人们对新的审美情趣、审美理想的追求和探索。新时期以来，人们的审美要求进入了多样化的选择时期，随着个性和审美意识的不断自觉，人们对文学的要求不再仅仅停留在它的认识和教育作用上，而更盼望着它能提供心灵的共鸣和审美的愉悦。因而，当文学开始尊重自身的审美属性的时候，发现只有突破旧有的创作模式和单一的艺术色调，进行多样化的艺术选择和变革，追求艺术个性的张扬，才能实现文学的自觉，才能满足人们多样的审美追求。而西方现代主义文学思潮对新时期我国小说创作的影响主要表现在两个层面上，即外在的写作技巧和内在的思想观念。这两方面对新时期中国小说的影响和渗透，已然成为中国文学史上的客观存在而引起人们的重视和探究，意识流、荒诞派、存在主义、魔幻现实主义、超现实主义作为对新时期小说影响力较大的现代主义思潮、流派而为人们所熟知。

　　首先，西方现代派文学对中国新时期小说在技巧、手法方面的影响是显而易见的。如：大量运用人物"内心独白"，注重联想和幻想，时空倒错；采用多层次的结构和多角度的叙述；艺术形象的变形处理；不注重情节或没有主要人物，等等。这些新的艺术手法的借鉴运用，大大增强了文学反映生活，尤其是揭示人的内心世界的能力。意识流，作为最早被中国作家运用于小说创作中的现代主义手法，其主要特点是以心理结构来表现整个意识范围，尤其注重表现潜意识领域，描写艺术活动的非理性内容等。王蒙、茹志鹃、张贤亮等作家都是意识流写作的主要实践者。

　　"荒诞"是西方现代主义的最主要特征。现代派小说家认为世界是

荒诞的、非理性的甚至是丑恶的，人在这样的社会中失去了自我和个
性，荒诞感在新时期小说中也被较多的借鉴和运用。如宗璞的《我是
谁》，就以颠倒错乱、荒诞变形的方式表现出"文革"时异化的现实给
主人公造成的心灵的巨痛；再如谌容的《减去十岁》，方方的《风景》
中都或深或浅地运用了"荒诞"的写作手法，以表现主题，突出中心。
另外萨特的存在主义、拉美以马尔克斯的《百年孤独》为代表的魔幻
现实主义等，对新时期小说的影响也颇大，不再一一赘述。总之，西方
现代主义各种写作技巧、艺术手段的引入与运用，不仅使文学作品给人
耳目一新之感，激发了人们的阅读兴趣，重新激活了大众的审美心理，
而且把深刻的历史蕴涵、复杂多变的人生命运、生活波流呈现在了读者
面前，引发人们的深思，从而使得作品的表现力和艺术氛围大大增强。

　　其次，对于中国新时期文学来说，观念的发展或改变才是有根本意
义的文学进步，现代主义的观念集中体现为抽象的荒诞感、异化感以及
存在主义的介入方式等，当文学作品以形象的方式把这些种种感受传达
出来时，则给许多处在同一生存境况中的人们的震撼和启发是巨大的。
"文革"使中国人长期的被欺骗、愚弄，缺乏人的尊严，失落了自我。
因而当现代派文学进入国门后，便很快触发了浩劫过后的中国人的被异
化的生存感受以及不正常的生活给予他们的荒诞感。普通人的生存状
态、生活命运等都受到了关注。人们开始再次呼唤人性，张扬起"人"
的旗帜。作家们自然地把艺术的审视力由外部世界转向人的心灵，力求
恢复人的主体价值。从戴厚英的《人啊，人》、张抗抗的《爱的权利》、
卢新华的《伤痕》到宗璞的《我是谁》，再到刘索拉的《你别无选择》、
残雪的《山上的小屋》等，作家们都在不断地从人性、人道主义角度
探求人的个体生存和价值观念。同西方现代主义的异化感、荒诞感相
比，新时期作家的这类现代意识是带有现实的指向的，在文学表现中也
未完全抽象化，有更多的现实的印痕，悲观、反理性色彩也不像西方现
代主义的文学那么浓厚。作品往往是在荒诞的表面下表达了一个严肃的
社会主题，回荡着对人的尊严和个性精神的呼唤。王蒙、谌容、宗璞等
中年作家，尽管经历了"文革"中的种种磨难，但新时期的到来使他
们更加确信正义与光明的存在，确信人生的价值和生命的意义；稍后的
青年作者如刘索拉、莫言、残雪等则是对现代主义从形式到观念的全面

吸收，他们往往回避社会政治主题，而关注人的生存处境及精神危机，但在这一切背后，所传达出的却是失望后的希望，迷茫后的追求，否定中的肯定，这就同西方现代派拉开了距离。

　　再次，随着经济、信息等的全球化，文化（包括文学）的全球化也逐渐为人们所认识和关注。人类历史进入 20 世纪以来，随着物质生产的发展和科学技术的进步，任何国家的文学发展都不可能在孤立封闭的状态下进行，都将置身于国际文化的大背景之下，各国间文学的交流和融会成为势不可当的历史潮流。西方现代主义在中国的流变则显然是文学全球化在中国的集中体现——中国小说在这一切合点上对西方文学进行了借鉴和学习，而西方文学也通过这一切合点使中西文学得到了交融。文学的全球化已成为不因人的意志为转移的客观存在。然而，文学的全球化倾向（或文学间的互动）并不应该意味着对文学本土化的消解和摒弃。相反，我们应该更加关注全球化语境下的文学本土化。任何一个民族、一个国家的文学首先应植根于自身的民族传统与民族心理之上，应该具有自身所独有的特色，这样的文学才有实力、有机会进入全球领域。否则，一味的模仿只能使自身毫无创见，永远跟随于他人之后。西方现代主义的引入和借鉴，正是新时期作家站在自身民族、历史传统的土壤之中，对现代派表现手法、艺术观念的扬弃。如张贤亮在《绿化树》、《男人的一半是女人》等作品中，既采用了西方现代派意识流的表现技巧，又照应了中国传统的审美习惯，使作品更有一番新意。其他作家同样也无一不是立足于民族的文化根基之中，反映时代精神和民族内省的内容。无论任何民族、国家的文学，只有汇入世界文学的大系统，才会不断获得新质，不断超越自我，不断发掘出新的生命活力。西方现代主义的涌入中国，是文学全球化的表征之一。但这并不妨碍我们自身文学的本土化和民族化，也并不影响我们自身文学的进步和发展。两者并不矛盾，完全可以做到恰到好处地结合。这一点，我们的许多作家业已做到，推动了我国文学的进步。总之，文学不能脱离自身历史、文化传统的影响，只有那些能够将自身的民族性同外来文学作恰当结合的文学，才会在世界文学的大系统中获得价值的体现和认可。

　　西方现代主义对新时期中国小说的影响是人所共知的，它已融入并渗透进了中国文学创作和批评理论的角角落落、方方面面。即使是寻根

文学、新写实小说以及后来的新生代小说等中都或多或少地运用了现代
派手法、技巧。西方现代主义创作原则已经成为中国化的现代主义。现
代派文学思潮以及现今的现代派作品均以它的醒目特色而使人刮目、使
人难忘。或许我们今天还难以对中国现代派小说做出客观公正的评说，
这一切还有待于历史做出最后的评判。

第一章　现实主义小说创作的回归

　　总的说来，新时期现实主义文学的发展是对五四以来传统现实主义的回归，在创作上它恢复了传统现实主义的一些美学原则，继承了它一贯的创作手法，在新的历史条件下，新时期的现实主义又有了发展和深化。体现现实主义恢复和深化的作品包括：伤痕小说，反思小说，改革和社会问题小说及知青小说。

第一节　伤痕小说：新时期现实主义文学的恢复

　　在新时期最初的几年里，由于"两个凡是"观点还处于支配地位，① 还在严重地束缚着人们的头脑，而"文化大革命"仍被当做一场反修防修的革命加以肯定着。这种情况在创作中，表现为尽管作品的政治标签改变了，但是作品的基本模式并没有改变。过去作品中是写与"走资派"的斗争，这时的作品则转化为与"四人帮"的斗争，仍然带有公式化、概念化的倾向。新时期文学能否从这种模式中解脱出来，迈上现实主义的道路，成为当时文学界的重要问题。为此，《人民文学》编辑部在 1977 年 10 月召开了短篇小说创作座谈会，与会作家一致表示要冲破"四人帮"文艺教条的束缚，把创作搞上去。后来，关于"实践是检验真理的唯一标准"的讨论，对于促进文学创作的发展起了极为重要的作用。正是在这种情况下，刘心武的《班主任》、卢新华的《伤痕》等一大批小说脱颖而出。

　　概括地说，伤痕小说就是以"文革"为题材的小说，是以"文革"

────────────

① 　当时中共中央的主要领导人提出："凡是毛主席作出的决策，我们都坚决拥护；凡是毛主席的指示，我们都始终不渝地遵循"。见 1977 年 2 月 7 日《人民日报》社论《学好文件抓住纲》。

中人的苦难和人的抗争为描写对象的小说，是以彻底否定"文革"为指归、为特色的小说。伤痕小说的得名，源于 1978 年 8 月 11 日发表在《文汇报》上的卢新华的短篇小说《伤痕》。但伤痕小说真正的奠基之作则应是 1977 年 11 月《人民文学》上刊发的刘心武的《班主任》。

伤痕小说的基本内容是揭露和批判"文革"的。有的作品，如《班主任》、《穿米黄色大衣的青年》、《醒来吧，弟弟!》、《最宝贵的》、《铺花的歧路》、《生活的路》、《在小河那边》、《蹉跎岁月》、《聚会》等，展示了"文革"给青少年所留下的肉体的和精神的创伤，反映了知识青年上山下乡运动中的不幸遭遇和悲惨命运；有的作品，如《邢老汉和狗的故事》、《许茂和他的女儿们》、《张铁匠的罗曼史》、《阴影》等，表现了极"左"思潮对农村经济和农民生活造成的严重摧残和破坏；有的作品，如《从森林里来的孩子》、《眼镜》、《我是谁》、《三教授》、《啊》等，描写了知识分子在"文革"中横遭摧残的悲惨境遇；有的作品，如《神圣的使命》、《大墙下的红玉兰》、《惊心动魄的一幕》、《小镇上的将军》、《将军吟》、《弦上的梦》、《愿你听到这支歌》、《土牢情话》等，表现了老一代革命家、普通的干部、群众与林彪、"四人帮"进行斗争并付出了沉重的代价，反映了十年动乱给亿万人民尤其是普通人和家庭带来的灾难和悲剧。可以看出，伤痕小说的主要内容是揭露"文革"给人民带来的灾难和造成的外伤和内伤，多方面地再现了"文革"期间荒唐而又残酷的现实。很多人通过伤痕文学作品认识到了"文革"的荒谬性与罪恶性。正是基于此，伤痕小说的特征是它的猛烈的批判性和愤激的控诉性，即批判"文革"的反人民、反人道的本质，控诉林彪、"四人帮"所实行的封建法西斯专政的罪行。

伤痕小说的作者们力求摒弃"主题先行"论和"三突出"的"创作原则"的影响，① 他们力求从生活出发，依据生活给予的暗示提炼主

---

① 于会泳在《让文艺舞台永远成为宣传毛泽东思想的阵地》（《文汇报》1968 年 5 月 23 日）文中说，"根据江青同志指示"，提出"在所有人物中突出正面人物来；在正面人物中突出主要英雄人物来；在主要英雄人物中突出中心人物来"的"三突出"创作原则。这一"原则"后来由姚文元改定为"在所有人物中突出正面人物；在正面人物中突出英雄人物；在英雄人物中突出主要英雄人物"。见上海京剧团《智取威虎山》剧组《努力塑造无产阶级英雄人物的光辉形象》，《红旗》1969 年第 11 期。

题和构思作品。"文化大革命"结束后，1977 年 10 月至 1978 年上半年的文坛上总的说来还是一些旧的形式，直到 1977 年第 11 期《人民文学》上发表了刘心武的《班主任》，才标志着新时期小说创作的新突破。这篇小说最突出的意义在于，它突破当时小说对"四人帮"直接批判的模式，而着重揭示了"文革"期间推行的愚民政策给人们带来的"内伤"，正是出于对这"内伤"的忧虑，作者才在作品中发出了"救救被'四人帮'坑害了的孩子"的呐喊。这在某种程度上触及到了当时社会的敏感点，为一种新的文学的出现拉开了序幕。刘心武在谈到《班主任》的创作体会时说："《班主任》是我摆脱'主题先行'的枷锁的产物，它有一个相当长的酝酿过程。它的主题不是事先拟定出来的，而是无数在我的心中时时拱动的生活场景，大量牵动我感情丝缕的人和事，经过多次交融、剪裁、提纯、冶炼……一直到构思接近完成时才初步凸显，而且直到写成后才明确起来的。"[1]

《班主任》中的小流氓宋宝琦，是一个在"文革"中灵魂被扭曲的畸形儿。尽管他"身上长着一疙瘩一疙瘩的横肉"，营养不错，然而发育并不健全。他满脑子是流氓集团的低级趣味：从给书籍插图中的女人脸上画胡子的恶作剧中寻找刺激，把流氓们互相扇耳光当做最大乐趣。他并非是读了坏书而中毒，恰恰是因为他什么书也不读而坠入了无知的深渊！

谢惠敏是作者不经心的一个创造，然而却产生了意想不到的艺术效果。谢惠敏作为一个共青团员、班干部，思想进步，品行端庄，但在思想上却"左"得可怕。评论家朱寨是这样分析她的性格的："谢惠敏看来同宋宝琦迥然不同。她体貌端庄，品质纯正；她具有劳动者后代的气质和纯洁的阶级感情。由于社会工作占去的时间精力太多，致使她的功课并不太佳，作业有时完不成，但她并无丝毫投机心理。任何一个中学似乎都会有这样的'团员干部'、'积极分子'被重用，但一种表面上看不出的病症，侵入了她的肌体内部，深入了骨髓。""她在思想观念上形成了一种'铁的逻辑'：凡是当时被禁止的书全部都是黑书、黄书；要阅读什么书，先要问一问当时受'四人帮'控制

---

① 刘心武：《沿着正确的道路前进》，《光明日报》1978 年 10 月 3 日第 4 版。

的报刊是否'推荐过'。她真诚地相信'四人帮'宣传的那一套，以此作为自己立身行事的准则。她视野狭窄，是非模糊，热情而盲从，真诚而糊涂，把自己禁锢起来，又去禁锢别人。人们并不喜欢这种人，但又不敢断然否定她，甚至还得遵从她，因为浸透了她整个灵魂的那一套极"左"的东西，曾经在相当长的时间内被林彪、'四人帮'鼓吹成最革命，深受'四人帮'毒害的谢惠敏这样的人物变成了青年学生的'标兵'。也就是说，'四人帮'给这种封建专制主义的思想披上了迷惑人的革命外衣。作者透过这个人物的端庄体貌，揭示了她灵魂的黑色烙印，从而赋予这种形象以比宋宝琦更深刻、更普遍、更典型的社会意义，在我们文学史的形象画廊里增添了一个新的'熟悉的陌生人'。"① 这是最早对谢惠敏畸形性格和人格缺损提出的系统而有权威的分析。像有人提议过组织生活可以去爬山，女同学夏天可以穿短袖衫和带褶短裙，这样一些平平常常的事，她都认为是资产阶级思想和作风的表现，不能容忍。甚至连《青春之歌》她都认为是"黄书"，尽管她并未看过，但从前的报纸上批判过。她和宋宝琦有着根本不同的人生观和走着完全不同的人生道路，然而他们两人在均未看过小说《牛虻》的情况下，却异口同声肯定这是本"黄书"。这一细节极其深刻地揭示出他们不同中的相同之处：他们身上和心灵上都留下了极"左"思潮的深深的伤痕，他们都是林彪、"四人帮"推行的愚民政策毒害下的牺牲品！

谢惠敏的形象具有深刻的悲剧意义：她对革命的忠诚被导向迷信和盲从，她的正直和原则性却发展为偏执与守旧，她的性格在"左"倾教条主义的重压下扭曲、变形，灵魂的活力被窒息，这是第一层悲剧意义；这种扭曲和窒息发展到了她本身并不感到苦闷和痛苦的程度，这是第二层悲剧意义；当她在力所能及的范围之内再去压抑、扼杀另一些活生生的灵魂时，这是第三层悲剧意义。

《伤痕》中的王晓华也是一个来自生活、具有鲜明个性的人物形象。王晓华出生在一个老革命的家庭，"文革"中她成为数以百万计的

---

① 朱寨：《对生活的思考——谈刘心武的〈班主任〉等四篇小说》，《文艺报》1978年第3期。

"革命小将"中的一员。出于狂热的革命激情，王晓华毅然和定为"叛徒"的母亲划清界限，偷偷地提前毕业，去农村插队。离家时给母亲留下一个纸条："我和你，也和这个家庭彻底决裂了，你不用再找我。"在乡下，她用艰苦的劳动磨炼来证明自己，母亲给她寄去的衣物和信则看也不看就退回去。尽管她的"革命态度"如此坚决，却还是因家庭关系影响了入团，甚至不得不和恋人分手。粉碎"四人帮"后，王晓华得到组织上寄来的关于妈妈平反的公函后，终于踏上了归途，然而母女俩终未见面，母亲带着没有见着女儿的遗憾死去了。小说充分写出了王晓华内心的矛盾。她由开始的对革命的狂热与盲从，到后来的"茫然"、"灰冷"以至最后的觉醒，真实表现了一个纯真少女在严酷的现实重压下心理变化和思想成长的过程。

在新时期早期思想解放的潮流中，伤痕文学作品是带有前锋性的，它"从生活出发"，而不是从先验的"主题"、"概念"出发，坚持现实主义道路，拒绝瞒和骗，向"文革"以来所造成的沉闷局面，向由诸多教条和极"左"观念所形成的网罗和桎梏，进行了勇敢的、义无反顾的冲击。在第四次作家代表大会上，张光年在他的报告中对伤痕文学作了充分的、热情的肯定："《班主任》、《伤痕》、《大墙下的红玉兰》等一系列扣动群众心弦的带着浓重的悲壮色彩的作品接连出现，评论界和广大读者立即敏感地觉察到它们所蕴含的思想解放的意义，及时地、旗帜鲜明地给予了有力的支持，这些后来被称为'伤痕文学'的大批作品出现的时间，恰恰是在1978年下半年在各种范围内开展关于实践是检验真理的唯一标准问题讨论和年底党的具有重大历史意义的十一届三中全会胜利召开的前后，这决不是偶然的巧合，而是文学敏锐地感应着时代的节奏的表现。这些作品的出现，犹如巨石投入深潭，立即打破了当时文学创作和文学评论的过渡性局面，而使社会主义文艺的全局骤然生动起来，活跃起来。它们带给人们的思想上的解放感和艺术上的新鲜感，是所有身临其境的人至今难忘的。随着时间的推移，这批作品在文学史上所产生的开拓作用，人们也就看得越清楚。所谓'伤痕文学'，依我看，就是在新时期文学发展过程中，率先以勇敢的、不妥协的姿态彻底否定'文化大革命'的文学，是遵奉党和人民之命，积极地投身思想解放运动，实现拨乱反正的时代任务的文学。"他还说：

"我们应该以马克思主义的历史主义的眼光，来充分地估计所谓的'伤痕文学'在新时期社会主义文学发展中披荆斩棘，敢为天下先的作用。"① 这是对伤痕文学的准确概括和科学评价。

第二节　反思小说：回归中的现代性追求

反思小说是伤痕小说的延伸和深化。作为新时期早期的一个创作潮流，它的出现稍晚于伤痕小说，两者先有一段时间的并存，接着它就基本上取而代之了。

反思小说的基本性质与伤痕小说相同。当作家们沿着伤痕小说的思路和取向，想要说明"文革"中人的不幸、悲剧和劫难何以会发生时，这就不能不把叩问与追寻的触角伸向"文革"以前，于是就出现了反思小说。

反思，是借用了一个现成的哲学观念。但在用来表述新时期早期的这个特定的文学潮流时，其具体释义主要包含了回顾、反省、再思考、再认识、再评价，并从中引出必要的教训，避免历史悲剧的重演等多重意思。像伤痕小说一样，反思小说的着眼点也主要在政治，在从政治上对历史是非的辩证，以及与此相关的人的命运的展示，人的心理的剖析，人对自己所走过的道路的反省等。政治性的反思，从现实背景上来说，与新时期初期的"拨乱反正"有一定关系。而到底"正"在何处，人们认识并不一致。有人以为，既然"文革"是动乱，那么"正"就在"文革"之前，回到"文革"之前，就是拨乱反正的终极目标。但事实上"文革"的出现是有一个历史过程的。因而清理"文革"的错误，不能不触及"文革"前的十多年，不能不把眼光投向那些在反胡风、反右派、大跃进、公社化、反右倾、"文革"前夕的文艺界整风等运动中作为对立面而罹祸的人们的命运，以及更广泛的普通百姓的命运。作为伤痕小说的延续，反思小说既保持了伤痕小说的基本特点，同时又有新的发展。

① 见张光年《新时期社会主义文学在阔步前进》，《人民文学》1985 年第 1 期，第 6 页。

一　悲剧和人道主义精神的复归

关于反思文学的悲剧特点，以往评论者大多是从社会角度寻找根据。的确，作为酿成整个时代悲剧的这一历史谬误实在是太显而易见了。在十年浩劫中，法制荡然无存，代之以诬陷、欺诈、草菅人命、血腥暴力和精神折磨，人失却了起码的价值、尊严和权利，许多人被随意批斗、逮捕、刑讯以至折磨致死。特别是从1957年反右派扩大化以后，一系列以"阶级斗争"名义开展的政治运动和思想批判运动风起云涌。大批干部群众遭到无辜迫害。如果从文学的角度来考察，反思文学所传达出来的这种触目惊心的悲悯效应和思想道德力量与其所描写的对象是密不可分的。反思文学如此直接而普遍地把人的生命、人格、价值、精神的受难呈示给人看，不仅引发了新时期关于悲剧问题的文艺争鸣，也使人道主义思潮作为客观的历史必然在"人性沦丧、兽道横行"的十年动乱之后在中国大地上重新崛起。可以说人道主义正是以这场史无前例的悲剧为契机，作为"物极必反"的历史反拨而大规模爆发出来的，而反思文学的悲剧性又因为站在人道主义的高度上，从而使其整个思想性和艺术感染性较之个体的性格悲剧更广泛更沉郁，较之泛化的社会悲剧也更深刻更本质。悲剧和人道主义精神的复归在反思文学这里达到了契合，而这种相互以对方为存在条件的紧密的契合在中国文学史上也是罕见的。

至于如何用悲剧来展开对"人性、人道主义"的思考，反思文学在发展过程中又表现出不同的层次特征。反思文学是秉承"伤痕文学"的余续而兴起的。因此，最初对人的思考往往也是从察看伤疤开始，借伤疤所带给读者深刻的悲愤与同情出发，对"四人帮"倒行逆施的血泪控诉与维护人起码的生命安全的正义呼声。《山中，那十九座坟茔》是对于一种曾被称为无比神圣的精神圈禁的愤懑控诉和对现代个人迷信、愚忠思想的无情嘲弄。小说通过对这些被扼杀、被践踏被扭曲被摧残的普通个体生命的刻录，肯定了人的基本生存需求的合理性，也在读者为之愤懑不平与心酸落泪的同时赋予小说以崇高与悲壮的审美特征。如果说造成《山中，那十九座坟茔》的悲剧特征的因素，除了这种顺之者昌、逆之者亡的严肃而又荒谬的政治力量外，还有点现代个人崇拜的盲从与愚昧在其中的话，那么《犯人李铜钟的故事》则凸显了这种强大力量的毋庸置疑与不可抗拒性，以及人在那个本末倒置的年代的生存危机。在《犯人李铜钟的故事》中，李家寨四百九十余口人已经断粮七天，牲畜、树皮，一切可以吃的东西已经吃尽，而离此不远的靠山粮店就囤积着李家寨、柳树拐、椿树坪等各公社农民在大旱之年上缴的几百万斤粮食（包括口粮在内通过"反瞒产"而上缴国家的粮食）。人要吃饭是人之为人最起码的生存需求，粮食本是服务于人的一种手段，但在那个"人有多大胆，地有多大产"、"大旱之年三不变"的疯狂的年代却发生了目的与手段的倒置。李铜钟出于一个真正共产党员的责任感和捍卫人的生存权利的内在要求做出了"借粮救命"的悲壮之举，他抗争的代价是为此付出了年仅 31 岁的生命。但李铜钟作为作者对那个荒谬时代人的普遍生存状态和一个集多种美德于一身的英雄形象的艺术概括，其个体的毁灭已远远超过了一个群体的覆亡从而带给读者强烈的震撼感受和悲悯情怀。

如果把维护人的生存需要和生命安全作为反思文学中人道主义思想的第一个层次的话，那么向人的人格尊严与伦理道德领域的扩展，可以说是新时期文学中人道主义思想的第二个层次了。多年来政治生活的不正常和"左"倾思想的泛滥在社会生活中不仅造成了人的人格尊严被随意践踏的可悲事实，而且也带来人的道德原则在政治利害的尖锐冲突中扭曲变形的恶果。《大墙下的红玉兰》是较早从维护人的人格与尊严方面表现出革命人道主义精神的一篇作品。老干部葛翎在大墙之内除了要在肉体上忍受章龙喜、马玉麟之流丧心病狂的"四人帮"走狗及地痞恶棍施加给他的惨绝人寰的酷刑与苦役外，还要在精神上、人格上忍受他们的肆意凌辱与诽谤。然而这种迫害越是惨烈，葛翎作为一名共产党员的凛然正气和作为一个人的尊严感越是得到了净化与升华。作者将"四人帮"施与葛翎的惨无人道的暴行与他所寄予葛翎的人道主义同情形成了鲜明的对照，"维护人格尊严"的主题也在这种强烈的悲愤效应中得到了巩固和加强。而冯骥才的《啊！》则从人的道德自我异化的角度审视了整个社会公德、时代风尚因为受政治利害的驱使而发生扭曲的客观事实，从而发出对道德人格的振聋发聩的呐喊。小说中的吴仲义本是个言行谨慎、软弱平和的人，在那个人人自危的历史氛围中因为不断受到专案组的威胁与讹诈而陷入极度的恐慌，最终以怨报德告发了他的哥哥，从而造成了自己与哥哥一家人的巨大痛苦。而赵昌与吴仲义原本是一对无人不晓的好朋友，但当他发现了吴的秘密后，想到如果吴仲义真有严重问题，他自己就会被陷进去受到牵连，而且也不排除吴仲义有检举他的可能时，他也背信弃义地对吴仲义落井下石了。像吴仲义这种自尊自信的人的人格丧失和赵昌这种迫于政治利害而抛弃道德准则的反人道的举动在那种人身自由、生命安全都无法保障的特定历史环境中几乎比比皆是，为了争得自己的清白，可以歪曲、夸大事实，委过于亲朋、老师、上级甚至父母夫妻。人在这个时代不仅其日常生活被搞成了"非人"状态，在精神层面上一些诸如诚实、厚道、友爱、同情等传统美德也被政治的暴力弄得变了形。反思文学的这一转向表明，人们对新时期悲剧成因的思考已经不仅只停留在全部归结为政治外因的简单判断上，而是开始用一种批判的眼光转向对人自身的打量了。

既然"文革"十年已使人们痛感失去自由、平等、博爱与人格、价值、尊严的可悲，也就必然会大大强化人们对这些要求的憧憬与追求，而这一倾向作为对"控诉"主题的对应产物也在反思文学中得以进一步发展并很快凸显出来。《天云山传奇》中与罗群相濡以沫的冯晴岚，在罗群与宋薇热恋时，她退居一旁默默为之祝福，而当厄运降临到罗群身上，宋薇也因性格软弱离开了罗群时，冯晴岚便毅然以她柔弱的肩膀接纳了他。为此，她付出了安逸、青春与健康，得到的却只有物质生活的清贫和政治生活对其肉体精神的残害。然而冯晴岚作为"宽容"、"善良"、"美"与"爱"的化身，这一形象类型的出现对反思文学悲剧的补偿效应产生了积极的拓展作用，同时在充斥着铺天盖地的"怨恨"、"复仇"思想的反思道路上，冯晴岚这一圣母形象无疑也给读者心头染上了一层柔和温热的玫瑰色。在《人到中年》中，陆文婷同样也是一位爱的天使。她爱丈夫、爱儿女、爱工作、爱病人。对待工作，她兢兢业业、一丝不苟，即使是一个上午连续做三个精确系数要求很高的眼科手术，她也一如既往在只有钢笔帽口大的光滑的角膜上把十二个针脚缝得漂漂亮亮；对待病人，无论是官位显赫的老干部，淳朴憨直的农村老大爷，还是正处童稚的小女孩，她同样耐心对待，一视同仁。也许正因为"文革"中有太多的恨，人们已深切体会到人际关系中这些过多的恨已给我们的国家、民族，甚至我们自身带来了多么惨痛的祸害，因而才以十倍的激情歌颂爱、呼唤爱、追求爱。所以冯晴岚、陆文婷式的悲剧，其价值就在于打破了"仇恨"一统天下的格局，而开始在人们心中播撒以宽容融化仇恨，用博爱感动麻木的真、善、美的种子。

随着人们对历史反思的深入，以及新时期在经济改革和文化开放带动下涌进国门的许多西方哲学诸如叔本华、尼采和柏格森的非理性主义生命哲学，萨特的存在主义，弗洛姆、马斯洛的新人本主义和弗洛伊德的精神分析等各种学说的撞击，人们对反思文学的再思考已经不独表现在对人的尊严、权利、价值的重视上，而是将人作为个体开始关注其主体意识的觉醒与活动。王蒙《杂色》中的曹千里，从一匹忍辱负重、受人轻视的杂色老马，想到自己光阴虚度、碌碌无为，不禁发出了对人生和生命的慨叹。对外部环境的消极顺应使他一度磨钝了曾经充满活力的心灵，而山峰草原自然生命的感化，又使他启悟到了人生哲学的永恒。小说试图把生命意识同历史意识相联系，使人们能够从个体生命的悲剧来透视窒息人活力的外部环境，从个体存在方式来思考民族的生存状态。《蝴蝶》则截取了张思远一段时期的思想流动过程，借助他的迷幻困惑与思考觉醒，对干群关系的历史积弊和作为个人的传统心理结构进行了深刻的剖析和冷静的审视。张贤亮的《绿化树》从人的食色本能与道德理性、高尚与卑鄙的对立搏斗入手，展现了知识分子心灵的扭曲和痛苦，表现出人对痛苦的心理感受。这些作品无疑都属于"反思文学"的范畴，而且它们也仍是"人的主题"的延续，但它们同时又突破了当时"人的主题"的外延，它们不仅揭露了极"左"政治对人的个性、尊严、自由、权利的剥夺与戕害，也触及到了诸如人的生命意识、思考状态、动物本能以及伦理道德对人的阉割等一些相对恒常的问题。可以说，反思文学发展到这一步，已经从激情的张扬向哲学的思辨更靠近了。

回顾这段历史，反思文学大致是沿着"作为社会人的生存困境—人格尊严—价值心态—作为个体的生命意识"这样一条流脉，体现出对人思考的步步深入，而作为一次悲剧浪潮，反思文学的悲剧审美效应又因其理性思考程度的不同而表现出一种从悲愤到悲悯、从怨恨到宽容、从芜杂到净化、从凡俗到超升的成熟。

二　丰富深厚的表现内容

由于时间被延伸，空间被扩大，反思小说涵盖了更广的历史内容。但重点反思的内容集中在两个方面。一是对新中国成立后发生的一些重大事件进行重新认识。如《天云山传奇》（鲁彦周），《灵与肉》、《绿化树》、《男人的一半是女人》（张贤亮），《泥泞》、《远去的白帆》、《雪落黄河静无声》、《风泪眼》（从维熙），《月食》（李国文）等，反思了"反右"斗争扩大化及其给人们带来的严重伤害；《剪辑错了的故事》（茹志鹃），《黑旗》（刘真），《犯人李铜钟的故事》（张一弓）等，则反思了"大跃进"运动及其造成的严重恶果。

《天云山传奇》并非是"传奇"，它围绕一件冤案该不该平反的问题，真实而深刻地描绘了天云山区几个干部升降沉浮的命运，苦乐悲欢的爱情，提出了一些发人深省的问题。1956 年春天，罗群作为天云山特区综合考察队的新任政委，改变了前任吴遥歧视和压制知识分子的错误做法，代之以团结一致搞建设的正确方针，使考察工作很快取得了重要成果。在工作中，罗群和青年技术员宋薇成为恋人。1957 年罗群被划为右派分子，下放到天云山郊区农村。宋薇在吴遥等人以组织名义施加的压力下，断绝了与罗群的恋爱关系，不久，与吴遥结了婚。宋薇的女友冯晴岚毅然将身处逆境的罗群接到自己身边，建立了虽然贫寒却相敬相爱的家庭。罗群在冯晴岚的支持与协助下，继续进行天云山的考察研究工作，于困苦和屈辱中写出了卷帙浩繁的著作。"文革"之后，宋薇担任地委组织部副部长，忙于纠正冤假错案。年轻的技术干部周瑜贞的天云山见闻，让她震动，她决定立即讨论罗群的申述材料，为他平反。而宋薇的丈夫吴遥利用职权，强行阻挠，这使宋薇进一步认清了他虚伪自私、僵化保守的真面目，她决心离开这个貌似幸福的家庭，离开这个同床异梦的丈夫，开始自己的新生活。冯晴岚在历尽人间坎坷之后溘然长逝。罗群在周瑜贞的帮助下，恢复了工作，被任命为天云山特区党委书记，他率领着庞大的建设队伍，重新开进了天云山。作品较早地把反思的触角延伸到 50 年代，真实地表现了"反右斗争"扩大化所造成的不幸后果。作品结构颇具匠心，它把女主人公坦露肺腑的自述，同对各种人物心灵深处的探索融合在一起，字里行间跳跃着感情的烈火，散发着浓郁的诗意。小说作者并没有把主要人物吴遥和罗群之间的矛盾冲突局限在狭小的范围，而是放在从 50 年代中期直到平反冤、假、错案的 1978 年底这样漫长的历史背景上来展示，又对这场复杂的斗争在各种人物——恋人、妻子、朋友的内心世界所掀起的波澜作了细腻的描绘，从而突出了有关不同的遭遇的各种人物不同性格的强烈对比，使这场冲突浓缩着十分丰富的社会历史内容。

《剪辑错了的故事》以 50 年代"大跃进"为背景，剪辑了 40 年代和 50 年代不同历史时期中的一些故事片段。主要围绕粮食、果树问题写出了干群关系的明显变化：战争年代同生死共命运，"大跃进"时期关系疏远、情分凉薄，革命也不像过去那么真刀真枪了，"好像掺了假，革命有点像变戏法……戏法还是变给上面看的"。作品就关系到党和国家命运前途的重大问题进行了历史的反思，并借助老寿嘶声的呼喊"回来啊！跟咱同患难的人！回来啊！咱们党的光荣！回来啊！咱们胜利的保证！"表达了人民群众要求恢复党的优良传统和作风的强大心声。作品回答了时代和生活提出的新课题，正面接触了具有重大社会意义的主题。

主题的变化也带来了人物的变化。《剪辑错了的故事》中的老寿，是个普普通通的农民老党员，在战争年代，他深明大义，倾全力支援革命战争，和干部患难相随，生死与共。1947 年为送老甘去新区，他宁愿忍饥挨饿，把全家仅有的一点粮食倒进了亲人的干粮袋；1948 年为支援淮海战役，他把土改刚分到的心爱的枣树砍了送往前线；公社化时，他虽年近古稀，仍然兢兢业业为群众工作，保持着党的优良传统和作风；1958 年"大冒进"时，他挺身而出，和带头搞"冒进"的老甘进行斗争，遭到错误批判和斗争后，念念不忘的仍然是党和国家的命运，他想唤醒蜕变了的甘书记的灵魂，想找回党的优良传统和作风。老甘在革命战争年代，是与人民群众鱼水相依、甘苦与共的好干部，他处处关心体贴群众，宁愿自己饿着肚子上前线，也悄悄地为老寿留下一半"安家粮"；老寿砍树枝前时，他抱着老寿的膀子，要老寿留下两棵给孩子解馋；他含着热泪，把乡亲称为"革命的衣食父母"，发誓永不忘他们对革命的贡献。但是，在"大跃进"年代，他变成了欺上瞒下的官老爷，为了加官晋爵，不惜弄虚作假，大放亩产16000斤的"高产卫星"，逼迫群众按高指标交"余粮"；他不顾群众死活，强迫群众三天之内砍掉他们赖以为生的已是硕果累累的梨树，改种小麦，以实现他的"以粮为纲"计划；他把曾与自己情逾骨肉的战友、老交通、老党员老寿，打成了"右倾分子"，老寿被撤职处分之后，他自己却得以高升，当上了统管全县粮棉油的县委书记。这一形象的意义在于：深刻地揭示了极"左"思潮损毁了党的优良传统和作风，割弃了党和人民、干部和群众的血肉关系。这两个人物形象既是对那段历史反思的深切感悟，也是对现实思考的高度概括，具有较大的思想深度。

《黑旗》中的那个刘大炮，在"大跃进"中夸海口说："保证亩产20万斤。"他不但没受到批评，反而受到表扬；坚持说真话的老实人丁尽忠，报了亩产800斤，却被批评是"拖了全社的后腿"，发给他一面"黑旗"。坏干部与好干部颠倒，吹牛皮、搞浮夸和讲科学、重实际两种作风价值颠倒，"黑旗"与"红旗"颠倒，颠倒的结果，是老百姓没饭吃，沿街乞讨，造成饭馆里讨饭的比吃饭的多。《犯人李铜钟的故事》写了"大跃进"后的大饥荒。全村400多口人断粮七天，奄奄一息。在万般无奈的情况下，村支部书记李铜钟强行向粮库借粮5万斤，结果因触犯国法，被捕入狱，最后因饥饿和疾病冤死狱中。这些作品为我们展示了1958年"大跃进"的真实情景，特别是揭示了冒进、浮夸所造成的严重后果，使我们从中汲取必要的历史教训。正如《犯人李铜钟的故事》中所说的那样："记住历史这一课吧！战胜敌人需要付出血的代价，战胜自己的谬误也往往要付出血的代价。"

二是对极"左"路线和政策失误进行认真清理。如《李顺大造屋》、《"漏斗户"主》（高晓声），《被爱情遗忘的角落》（张弦），《内奸》（方之），《小贩世家》（陆文夫），《笨人王老大》（锦云、王毅），《芙蓉镇》（古华）等，分别从不同的角度，反映了极"左"路线和政策给人们带来的巨大灾难和不幸。

《芙蓉镇》首次发表于《当代》1981年第1期，1982年荣获首届"茅盾文学奖"。小说共分四章，写了四个不同的历史时期。第一章"山镇风俗画"（1963年）写芙蓉镇从50年代初到"大跃进"、"三年困难时期"农村经济的活跃及曲折变化。女主人公胡玉音在芙蓉镇开办了一个个体米豆腐摊子，因服务周到，善于经营，生意越来越红火，并得到镇粮站主任谷燕山、大队支书黎满庚的支持。靠勤劳致富，胡玉音和丈夫临街盖起了一座颇有气派的新楼屋，引起了以"批资本主义"出名的国营饮食店女经理李国香的嫉恨。第二章"山镇人啊"（1964年），写"四清"运动的开展，芙蓉镇在"左"的路线干预下，人为制造出"新富农"和"反革命集团"的冤假错案。"四清"开始了，调到县上工作的李国香率工作组回到芙蓉镇伙同"运动根子"王秋赦等，逼使胡玉音远走他乡，错划她丈夫桂桂为"新富农"，使其含冤自杀，没收了新楼屋；批斗"右派分子"秦书田，矛头指向谷燕山、黎满庚等。第三章"人情、鬼情"（1969年），写芙蓉镇"史无前例"的社会动乱，小人掌权，好人遭难。在"文化大革命"中，胡玉音作为"新富农寡婆"和"铁帽右派"秦书田一起被罚每天扫青石板大街。患难与共的"黑鬼"生活使他俩产生了爱情，并由谷燕山暗中主婚结为夫妻。不久事情败露，秦书田因"现行活动"被判刑十年，押往外地劳改。胡玉音也被判刑三年，因有身孕，监外执行。当她在难产的生死之际得到谷燕山的帮助，在部队医院生下一男孩取名谷军。第四章"今春风情"（1979年），党的十一届三中全会以后，芙蓉镇拨乱反正，恢复成一个人的世界。胡玉音、秦书田的冤案得以平反，夫妻、父子得以团聚，开始了新的生活。谷燕山走上了新的领导工作岗位。李国香活动转移，调省当上处长，王秋赦疯癫了，像幽灵似的四处叫喊"运动了"。

这部作品通过以上富有代表性年代的描绘，真实地反映出新中国成立30多年来政治风云和历史轨迹的变化，深入地探索了历史发展的某种规律——"左"的错误如何从局部性的问题演变发展，恶性膨胀，以致在十年动乱中产生质变，成为全局性错误。粉碎"四人帮"后，仍未彻底根除。

方之的《内奸》（获1979年全国优秀短篇小说奖）、高晓声的《李顺大造屋》（获1979年全国优秀短篇小说奖）等，同样是从新中国成立30多年甚至从更久远的历史深处回顾、反思我们所走过的道路。《内奸》这篇小说的主要人物是一个"不干不净"的小商人田玉堂。他做的是榆面生意，每年要收几百担榆面，卖给做香的厂店。作为小商人，他机灵狡诈，"眼睛很神气，舌头也不短，交游广阔，手脚大方"。他爱吹爱炫，"话讲得七折八扣"。但他生活在国家动乱的年月，日本兵打进来后，"兵荒马乱，路上不太平"，生意也不易做，他懂得"国家兴亡，匹夫有责"。他讲义气，守信用，有荣誉感，不做昧心事，身上也体现着民族传统的美德。正因为如此，他能在危机关头分清是非曲直，接近共产党。田玉堂对共产党的认识是从严家驹开始的。严家驹家有五六十顷良田，还开着油坊糖坊，是赫赫有名的财主家大少爷，又是法政大学的学生。他改名严赤，首先把自己的家产给"共"了，买枪买炮买子弹，拉起抗日队伍。这支队伍被改编为新四军唐河支队，老红军"黄老虎"任司令员兼政委，严赤任副职。他们让田玉堂借跑生意之际为新四军捎买药品等紧缺物资，新四军支队"一粒不少地付给了小麦"，他心里由衷叹服。这一段历史，23 年后被彻底颠倒了，田玉堂当年所做的一切，被说成搞特务活动，并让他交代严赤、杨曙的问题，被折磨得死去活来。严赤、杨曙被迫害致死，女儿小仙被发配到一个荒僻的农村改造。田玉堂的悲惨遭遇直到粉碎"四人帮"后黄司令接他去看病才告结束。《李顺大造屋》写的是一个普通农民李顺大"造屋"的周折。土改后，李顺大立了志愿，用"吃三年薄粥，买一条黄牛"的精神，造三间屋。因为他吃够了没屋的苦处：1942 年，一场大雪埋掉了他们居住的"木船屋"，爹、娘、弟弟活活冻死在雪地里；为了给妹妹盖个"四步草屋"，他把自己卖了三次。因此，李顺大一家开始了一场艰苦卓绝的战斗——节省每一分钱来造屋。有时，每人少吃半碗粥，把这看做盈余；天气不好无法下地，他们就躺在床上不起来，一天三顿合并成两顿吃，把节省下来的一顿纳入当天的收入；烧菜粥时放几颗黄豆，就不再放油了，因为油本来是从黄豆里榨出来的；常年养鸡却不吃蛋；李顺大一有空闲，就走街串乡，卖糖拣破烂，可他的儿子小康长到七岁还不知道糖的滋味；妹妹李顺珍为帮哥哥造屋一再拖延自己的婚期。就这样，到 1957 年底，李顺大终于买回了三间青砖瓦屋的全部建筑材料。1958 年的共产风袭击农村，他的砖头造了炼铁炉，木料做了推土车，瓦片上了集体猪舍的屋顶。为此，他曾"肉疼得簌簌流泪"，但他想到"天下大同"的幸福日子即将到来，便感到异常欣慰。共产的浪潮过去了，开始退赔私人的东西，但李顺大的建筑材料回不来了。区委书记刘清亲自给李顺大做思想工作，最后决定生产队腾出两间猪舍借给李顺大暂住，瓦以后再还。李顺大呜咽着满口答应了。从1962年到1965年，李顺大又辛辛苦苦地积聚了差不多能造三间屋的钞票，谁知一场风暴袭来，"造反的当权派"和"当权的造反派"又一次革掉了他的希望，砖瓦厂的"文革"主任借口为他买砖骗去了他的钱。但李顺大重又坚定了造屋的决心。他挑起糖担四处打听购买建房材料，却处处碰壁。最后，还是作风正派的老书记刘清帮助了他，让那位"文革"主任出身的砖瓦厂厂长将李顺大的一万块砖头退赔了。李顺大去拉砖时，又不得不递上两条好烟，才将货提出来，对此李顺大觉得是做了腐蚀别人的坏事，想起来就惭愧。小说通过李顺大"三起二落"造屋的辛酸经历，淋漓尽致地揭示了我国农村长期落后的主要原因："自家人拆烂污"。

三 具有更多的理性色彩

反思小说虽然依然充满了难以抑制的情感，但整体来说，其理性、思辨的意识大大加强了。它们在对历史反思时，不再仅仅停留于肤浅的控诉，而是从民主的、文化的和个人的角度，寻找深层的原因，因而具有了一种可贵的"自审"意识。许多反思小说作品中的人物，在他们回过头来审视自己走过的道路，特别是心路历程时，都伴有一种反省的，乃至忏悔的意绪。这种自我反省虽然痛苦，但却表明作家对生活有了更清醒的认识，也只有这样，才能更深刻地反映我们纷纭复杂的社会生活。

张弦的《记忆》讲了受到"左"倾路线迫害的两个人的故事。一个是电影放映员方丽茹，一个是宣传部长秦慕平。方丽茹在一次放映影片时，一不小心把片子放倒了，由于侮辱了伟大领袖毛主席的形象而被打成"现行反革命分子"，并遭到批判斗争，后来喝汽油自杀未遂，被开除团籍和公职，送农村监督改造。而当时负责处理方丽茹事件的宣传部长秦慕平，在"文革"中也因用印有毛主席照片的报纸包鞋，同样被定为"现行反革命分子"。两件事看来是巧合，然而又有其历史的必然性。这是在个人崇拜盛行时期经常发生的荒唐事。《记忆》这篇小说从粉碎"四人帮"后秦慕平见到方丽茹写起，方丽茹是来找秦慕平平反的。面对此时的已不认识的方丽茹，秦慕平想起了十多年前，那个脸上有着一对酒窝的美丽的姑娘，而现在站在他面前的，却是一位显得那样苍老的农村妇女。他由于愧疚而产生一种沉重的负罪感。他觉得是他葬送了方丽茹的青春。"她只不过在几秒钟之内颠倒了影片，而我们十多年来颠倒了一个人！"他诚恳地自责说："在我们共产党人的记忆中，不应当保存自己的功劳、业绩，也不应当留下个人的得失恩怨。应当永远把自己对人民犯下的过错、造成的损失，牢牢地铭刻在记忆里。""左"的一套之所以愈演愈烈，就是因为许多人不把人民的疾苦放在心上了，不仅不放在心上，还一而再，再而三地加深他们的苦难。因此，"文革"的浩劫过后，有责任感的作家们痛定思痛，就不能不首先关注这一点。这也是反思小说涉及这个问题较多的原因。李国文的《月食》通过党的高级干部毕竟与一般干部伊汝两人的曲折经历，探索了我党30 年来在党群关系上出现的某些问题及其经验教训。毕竟和伊汝在抗日战争中与军烈属郭大娘建立了母子般的深厚感情，伊汝还和郭大娘的养女妞妞成了一对恋人。但是，新中国成立以后，毕竟对郭大娘和妞妞却生分起来，他官当大了，又在市民气十足的夫人何茹的影响下，一点点变了。他对专程来看他的郭大娘连说五分钟话的时间都没有。毕竟很快觉察到自己"丢掉了一些可贵的东西"，但这个有了错误又及时纠正错误的干部，却被打成了"右倾分子"。伊汝对党脱离人民的倾向一直有清醒的认识，他在 1957 年发表了一次"冰冻三尺"的谈话，提出丢掉革命传统的危险性，但也被错划为"右派分子"，送到柴达木改造。

张贤亮以 4000 字的小说《四封信》初试锋芒，重新登上文坛，但作为小说家受人瞩目是在 70 年代末发表了《邢老汉和狗的故事》、《灵与肉》之后。虽然这些小说的主题及格调与当时其他的"伤痕小说"相差无几，但作者在演绎这些流行题材时，却有自身的特色。《绿化树》（1984）、《男人的一半是女人》（1985）的发表，给张贤亮的创作生涯带来自身的辉煌。这两部作品是作者计划中的系列中篇《唯物论者的启示录》中的一部分，作者企图通过九部中篇来完整地"描写一个出身于资产阶级家庭，甚至有过朦胧的资产阶级人道主义和民主主义思想的青年，经过'苦难的历程'，最终变成了一个马克思主义的信仰者"的全过程。对他塑造的受难知识分子章永璘的艺术形象，评论家的褒贬程度虽然不全统一，但谁也不能无视无辜的知识分子身心遭受苦难却又无时不想超越苦难的种种惨烈的行径，以及它所折射出的 20 世纪特定年代中国社会触目惊心的荒诞、无道。然而张贤亮此时的创作并未一味的控诉，诉说为着求得理解，也蕴涵着期待。在《绿化树》之前发表的《肖尔布拉克》，结尾耐人寻味："凡是吃过苦，喝过碱水的人都是咱们国家的宝贝！你说是不是，记者同志？"

这是人物的语言，却潜隐着作者期望自己成为国家"宝贝"的深层情结。《绿化树》开首的宗旨表达更为明确，小说主人公要从阿·托尔斯泰的《苦难的历程》中受到启迪，在历尽艰难困苦以后，成为马克思主义的信仰者，也即当今社会的"宝贝"。章永璘就是作者按照这一思路塑造的人物，他超越了难以承受的生存痛苦，最后终成正果。在这里，苦难成了人生价值的必要标志。

但是，人的记忆闸门一旦打开，并不能像事后总结那样理智和清醒，那伴随着为求得最低生存条件而涌来的难言的屈辱、凄苦和悲悯的情感难以抹去。清醒的理智和沉重的记忆相交、相撞、相融又相克，既造成了小说的丰富性，又形成了艺术描写的扭结状。

《绿化树》的主要线索是写 25 岁的"右派"章永璘劳改释放后在西北荒村中的一段经历，那是新中国成立后饥荒最为严重的 1961 年。张贤亮以出色的艺术感受力，细致地捕捉那转瞬即逝的感觉，并将这些平常不易察觉的现象加以生动描绘，形象地勾勒出饥荒年代西北地区贫穷而压抑的荒原生活。那荒漠、空旷的似劳改农场又非劳改农场的寒村，那难以忍受的饥饿以及人们为着最低生存条件而进行的种种挣扎，那看不见、摸不着但无处不在的政治低气压，如获释的劳改犯争着靠墙根而眠的细节，写透了人人自危和人与人之间的相互防范的心态、动作。浸润着悲凉气息的社会环境，为受难知识分子孤寂无援的内心世界创作了一种和谐的艺术氛围。章永璘形象的艺术价值就在于表现这一特定的历史时期受难知识分子丰富、复杂的深层次精神活动，他既想诉说忍受苦难的痛楚感情，又想用自我忏悔、超越苦难来实现种种生命欲望；既想证明自己原本无罪，且有圣徒般的言行，又要按当时的思维方式在自身找寻"原罪"。种种矛盾、复杂思维活动的交织、萦绕，使章永璘的内心世界大大丰富于同类题材小说中的人物形象，使新时期人物形象的人性内涵显得丰富。

四　多样的艺术技巧探寻

表现内容的丰富，也要求小说创作在结构和表现方法上进行变革，于是，传统的单一、线性的讲述式"再现"手法不再一统天下，时序颠倒、时空跳跃、意识流动、蒙太奇等手法大量涌入，促进了小说表现形式的革新和发展。《剪辑错了的故事》打破了以往的叙事结构方式，采用了时空顺序颠倒、交叉、跳跃的结构方式，使现实与历史、现实与梦幻交相叠映，人物被置于尖锐的矛盾冲突之中，性格与情节构成了能动的对比，现实与历史、现实与梦幻的对比被赋予了极为强烈的思辨色彩。作品将老寿的潜意识、印象、联想和幻觉交织、混杂在一起，表现了老寿在受到严重打击后迷惘、恍惚的心境，也展示出老寿的热爱革命、热爱党的水晶般纯洁透亮的心。《月食》在艺术上也取得了相当的成功。围绕对历史与现实的严肃思考和对人民群众的深切依恋这一明朗的主题旋律，作品在短小的篇幅中，将历史和现实相互迭织在一起，相互印证，彼此对照，增加了作品的反思色彩。在结构上，小说以毕部长寻找郭大娘，伊汝寻找妞妞两条线索结构全篇，并以后者为实，以前者为虚，通过伊汝的所思、所见、所想、所忆叙述出来，将长距离的时间跨度，压缩在伊汝去山区的几天日程中，选取生活中的重大事件和感人细节，深化主题，塑造人物，充分体现了短篇小说以小见大的特色。在手法上，小说采用了象征的手法，以"月食"这一自然现象，象征党的肌体及党与人民的关系受到侵蚀这一社会现象，作品形象地表明，新中国成立后不久，"月食"就已悄悄进行，直到"四人帮"肆虐的十年，"天狗"把月亮全部吞食掉了，神州大地都"仿佛跌进了漆黑的深渊"，直到十年浩劫结束，月亮才摆脱了黑影，高悬中天，才"更加明净，更加皎洁"，"又亮堂堂地照着我们啦"。此外，伊汝寻找妞妞，毕部长寻找郭大娘，都是一种象征，作者通过这些意在说明党的干部在重新寻找人民，而且作品使人们看到，只要有诚心，我们就一定能够找到他。在人物刻画上，小说把历史与现实，自然环境的氛围和社会气候的变化交织在一起，吸收了电影"蒙太奇"和"意识流"手法，时序跳跃，历史与现实画面的迭合，形成了扑朔迷离的腾挪跌宕的意境。在反映长距离跨度的时空生活变迁，塑造人物形象时，还运用了心理描写手法，如内心独白、梦幻、错觉、时序颠倒、情节跳跃等，不仅细腻地表现了人物思想，增加了作品的容量，而且又深入挖掘人物复杂深沉的内心世界，使读者随着人物的思绪，阅读其心理流程，一起去反观历史。正是这些形式的创新，直接导致了后来小说艺术观念上的变革。

真正体现出王蒙反思小说独特性的是中篇小说《蝴蝶》。作品记叙的是国务院某部副部长张思远1979年重访他贬官为民的山村时的所感所思，随着这些意识的变幻，不仅展现出他几十年的命运沉浮，而且描绘出一幅发人深省的历史反思图。1949年29岁的张思远担任了这个中等城市的军管会副主任。他以充沛的精力和高涨的热情工作着，"简直是无限的威信和权力的化身"。不久，他爱上了比他小13岁的学生自治会主席海云，并结了婚。但繁忙的工作使他疏远了家庭。1957年海云被打成右派，作为市委书记的张思远坚定地让她"低头认罪，重新做人"。他们终于离了婚。很快，美兰便来填补海云留下的空缺。"文革"初期，张思远像历次运动一样，毫不犹豫地举起了阶级斗争之剑，但接着他自己也被揪出来，美兰则随即离开了他。经过多次批斗，他被关进了自己在任时建造的监狱。释放后，没有任何官衔，也没有任何美名与恶名的张思远被发配到了边远的山村。在这块踏实的土地上，在人民群众中，他——老张头，找到了自身存在的价值。当他官复原职又升迁为副部长，再重访这个给他留下难忘记忆的小山村时，他发现了在张书记、老张头、张副部长之间，分明有一种联系，有一座充满光荣和陷阱的桥。从而也使他进一步认识到保持良好的党群关系、永远不忘人民的重要性。在当时许多刚刚复出或受到迫害的人们还在悲苦地咀嚼着被人给予自己的不幸的时候，王蒙却把批判的锋芒指向自我，这种颇有忏悔意识的内向反思，应当说是相当有力和深刻的。

从艺术上看，《蝴蝶》也是极有特色。小说并未按照事件发展的通常顺序来组织结构，而是将传统的故事情节结构和现代意识流心理结构结合起来，通过张思远的心灵端点，将一条条射线不断放出去，又不断地收回来，而30年的风云变幻、人物遭际与主人公的意识和潜意识，就在这种快速的闪回中显现出来。这种开放式的现代小说结构方式，大大开拓了小说艺术的空间和思想容量。

王蒙是新时期文学探索与创新的先行者。时代的巨大变化，认识的日益深化，社会节奏的加快，国际交换的增多，都要求王蒙寻找"远远大于相应的篇幅的时间和空间的跨度"的创作路子，促使他思索对传统现实主义的写法的突破。于是，他将一束"集束手榴弹"掷向小说界，那就是《夜的眼》、《春之声》、《风筝飘带》、《海的梦》、《布礼》和《蝴蝶》六篇被称为"意识流"的小说。中国的小说从诞生起就独尊线性模式：在有来龙去脉的故事演进中，让人物活动其间，孕育出一个集中、明白的主题。但是，随着现代社会的发展，科学技术的飞速进步，人们发现，人类对客观世界的把握已日趋精微，与此同时，人类对自己的了解，对自身精神世界奥秘的探索，却日见无力，面对人的意识、潜意识的了解，再发达的科学技术手段也难以奏效，因此，借助小说等艺术形式直接窥探和展示人的心灵世界，就成为必然。意识流小说应运而生，并在 20 世纪 30 年代达到了高潮。"意识流"并不是一个文学流派，而是泛指文艺创作中专门表现人类不受理性控制的意识流动状态的一种特殊的描写和表现手法。王蒙的《蝴蝶》等小说采用了西方意识流小说的方法，以主要人物的意识流动来组织情节，结构作品，但同时有其鲜明的艺术个性。第一，与西方一些作品表现种种阴暗的、混乱的、痛苦的、兽行的、疯狂的、绝望的意识与心态不同，王蒙也写丑恶，写变态心理，然而表现的却是积极的社会人生意识。同西方那种表现封闭的、纯个人的意识流动不同，王蒙小说将对人的意识、心理的揭示同对社会现实的表现糅合在一起。他作品中人物的意识、心理既是个人的，又具有丰富的社会内涵。第二，作品中人物意识的流动和心理活动不是漫无边际、毫无节制的，而是能放能收，放得开，收得拢。"意识流"在主题的制约下合理地流动，心理波流在理性的"人工运河"的疏导下正常涌动，以避免陷入非理性的泥潭。第三，这些小说淡化了人物和情节，但并不是完全排斥人物和情节。每一篇作品都有一定的情节和一两个主要人物，不像西方某些意识流小说，人物形象支离破碎，情节错乱，难以把握。第四，作者不完全"退出小说"，而是在必要时介入小说，以沟通作家、人物与读者之间的心灵联系，使传统的中国读者容易接受。

　　王蒙将中国文学传统、审美情趣与西方的艺术表现技巧相结合，将现实主义与现代主义相结合，这些小说创作后来被称作"东方意识流"

的小说。

第三节　"改革小说"和社会问题小说

一　"改革小说"的命名与内涵

所谓"改革小说"，主要是指那些以改革开放初期（主要是指1979—1985 年这个时期）正在进行的改革活动为其题材和主题的小说创作。由于现实的改革是不断发展的，因而"改革小说"创作也是不断变化的。大致说来，"改革小说"经历了前后两个阶段。

前期（1979—1981）小说的特点比较鲜明。第一，主题上着重揭示政治经济体制不适应现代化要求的主要矛盾，展示改革事业必然而又艰难的历程。如《乔厂长上任记》、《开拓者》（蒋子龙），《三千万》（柯云路），《男人的风格》、《龙种》（张贤亮），《祸起萧墙》（水运宪），《沉重的翅膀》（张洁）等，都为人们描绘了一幅"非改革不可"的现实生活图景，强调了这场改革的必要性和紧迫性。第二，这些小说着力塑造了一批体现着改革意志、顺应了时代要求的理想人物，特别是一批大刀阔斧、锐意改革的工商企业和城市领导者形象。如某大型电机厂厂长乔光朴（《乔厂长上任记》）、某省轻工局局长丁猛（《三千万》）、中央某部副部长郑子云（《沉重的翅膀》）、某市市委书记陈抱帖（《男人的风格》）等。他们虽然性格各异，但在改革事业上，却有着惊人的相似之处：他们差不多都是中层以上的领导干部，站在改革大业的第一线；他们都具有高度的社会责任感和共产党人的优秀品质；他们都是一些铁面无私、果断坚决的"铁腕人物"。这些相似的特点，表达了人们对时代弄潮儿的一种共同的向往和呼唤。第三，这些小说在情节的安排上，多采用"改革（开放）/反改革（保守）"的基本矛盾冲突。

"改革小说"最有代表性的作家是蒋子龙。蒋子龙 1964 年开始文学创作。1976 年发表《机电局长的一天》。1979 年应《人民文学》编辑之约，他创作了短篇小说《乔厂长上任记》。这篇小说以"救救工厂"的强烈呼吁和大刀阔斧地兴利除弊的改革和整顿征服了人心，引起了《班主任》之后的又一次强烈的轰动效应。其后蒋子龙又创作了《一个工厂秘书的日记》、《人事厂长》、《拜年》、《开拓者》、《锅碗瓢盆交响曲》、《赤橙黄绿青蓝紫》、《燕赵悲歌》等十几部中篇和短篇小说。这些小说，在《乔厂长上任记》的基础上，经过新的开拓和发展，终于形成了他自己独特的"开拓者家族"系列小说，为新时期改革小说的兴起和发展作出了重要的贡献。

蒋子龙对当代文学最突出的贡献是在新旧交替时期，塑造了一大批锐意改革、大胆开拓的新人形象。这些新人形象的出现，从美学意义上说，改变了一个时期对新人形象塑造的轻视和忽略，在新的历史条件下重新举起了主旋律的旗帜；从社会意义上说，它给了人们以改变现状的希望，鼓起了人们走向未来的信心。蒋子龙小说中成功地塑造了工业战线上的领导干部形象。他们有时代赋予的共性，比如都以现代化事业为己任，都有一颗忧国忧民的心和改变我国工业现状的紧迫感和使命感，都精通业务，有远见卓识，工作中大刀阔斧、雷厉风行等。可以说，蒋子龙准确地抓住了当代改革者的本质特征。当然，这些新时期的领导干部也有其鲜明的个性。

被称为"改革文学"先声的《乔厂长上任记》是蒋子龙的代表作。小说通过几种不同类型的干部对比，深刻地揭示了我国工业行业在经受了十年浩劫之后，所面临的千疮百孔的真实状况，以及十年"文革"给我们的干部队伍造成的精神创伤及其严重后果，较早地提出了领导班子革命化、知识化的问题，尖锐抨击了现阶段在经济体制、工厂管理等方面的种种弊端，热情歌颂了乔光朴这样的开拓者和改革者。

作者描绘了乔光朴的高尚品质和崇高的精神境界。他"明知现在基层的经不好念"、"大难杂乱的大户头厂去的人不多"，他却主动放弃了机电公司经理的位子，"毛遂自荐"甘立军令状，要求重返电机厂"收拾烂摊子"，扭转落后局面。接着又苦口婆心，激昂陈词劝说石敢一起出山，以一颗火热赤诚的心感化了深受创伤的老战友。"出山"这一不平凡的矛盾冲突，集中刻画了乔光朴公而忘私的赤胆忠心和高度的责任感，表现了一个共产党人永不衰竭的革命锐气。在"上任"的一系列矛盾冲突中，又进一步地展示了乔光朴的性格。作为一个企业家立志大干一场，他首先考虑到自己必须得有一个精干的业务助手。童贞是一个"业务上很有才气的女工程师"，以往的爱情纠葛使她受到了伤害。乔光朴虽表示不再与她发生纠葛，但现在他不能没有她，对事业的热爱是他们爱情的基础，他不能再回避矛盾，他要和她并肩战斗，他的热烈而坚定的性格，使童贞恢复了青春的活力，沐浴在爱情的幸福中。这一情节充分表现了乔光朴的企业家的战略眼光和人格魅力。乔厂长没有耀武扬威地走马上任，而是深夜暗访：闯车间，冲党委会，在车间与鬼怪式工人杜兵的矛盾冲突和布置工人学习观看外国专家工作，充分表现了他脚踏实地的工作作风和严格的科学精神与求实态度，说明乔光朴业务上是个懂技术、有能力的实干家，管理上是个刚毅果断、大胆泼辣的改革家。冲党委会是以乔光朴为代表的整顿企业和以冀申为代表的阻碍整顿两种力量第一次正面的直接的交锋。原电机厂厂长冀申是个带有"风派"标记的人物，他善于投机，诡谲多诈，处处钻营，是个不学无术、嫉贤妒能、只谋私利的政治投机商。在这鲜明而强烈的形象对比中和尖锐激烈的矛盾冲突中，充分表现了乔光朴的魄力与才干。如果说"出山"和"上任"已勾勒出乔光朴形象的轮廓，那么"主角"中的一系列情节所构成的矛盾冲突，则浓墨重彩地描绘了这一形象。面对"千奇百怪的矛盾"，乔厂长没有绕道，也不走老道，而是独辟蹊径，一上任就来了个"大撒手"，可暗地里摸底调查，乱中求绪，弄清了"病症"。就像老虎一样"先坐屁股后猛扑"。他知人善任，任人唯贤，不徇私情，敢作敢为。搞大考核，大评议，大减冗员，成立服务大队，大刀阔斧地进行整顿，充分表现了一个社会主义企业家的远见卓识与广阔胸怀。

蒋子龙不仅成功地塑造了一批领导干部改革者的形象，也成功地塑造了一批年轻改革者的形象。他们虽不似他们的前辈那样在重要的工作岗位上领导时代潮流，却也在自己的位置上发出了新时代的光彩。《赤橙黄绿青蓝紫》中的解净和《锅碗瓢盆交响曲》中的牛宏就是其中的佼佼者。解净是个"文革"牌的年轻干部，是那个畸形时代所塑造的"典范"青年。历史的巨变，轰毁了她原有的生活信念，使她遭受了"前辈人没有经历过的精神崩溃和精神折磨"，在"经过痛苦的思想裂变"之后，她毅然离开办公大楼，来到汽车队，在基层劳动中，开始了对新的人生道路的探求。她努力刻苦地学习业务技术，在劳动中改造着自己也改造着环境。在被人另眼相看、不被理解的艰难的环境中，她凭着自己的毅力、聪颖和极大的诚意，最终不仅娴熟地掌握了技术，学会了管理，精神世界得到了丰富和充实，还以自己特有的气质，高尚的情操，扎实细致的工作赢得了汽车队师傅们的信任和钦佩，并和他们一起，从不同的位置起步，追逐时代的步伐和新生活的节奏。总之，这是一个富有个性魅力和艺术光彩的新人形象。而牛宏这个不哼不哈的"牛琢磨"，被派到春城饭店当经理，推行改革卓有成效。接着他又和职工们一道，挖掘饭店潜力，开拓经营的范围，并且开通多种渠道提高经济效益和社会效益。牛宏当经理一年零七个月，利润上缴 57 万元，职工收入大幅度提高，还购置了职工宿舍楼，改善了职工的住宿条件。通过改革，职工的精神面貌焕然一新。正当牛宏在春城饭店大力推行改革的时候，他却被撤了职，公司经理游刚总喜欢把饭店办成"大爷买卖"，他反对牛宏扩大自主权的做法，一再阻挠春城饭店进行改革。在未经党委研究的情况下，他擅自撤掉了牛宏的饭店经理职务。牛宏被撤职后，天天到游刚的办公室里按时上班。最后，在党委书记钟警深、杨总会计师、沈副经理和春城饭店广大职工及众多顾客的坚持下，牛宏重又走上了饭店经理的岗位。显然，从解净、牛宏等人身上，蒋子龙看到了新生的希望，并在他们身上寄予了厚望。

　　后期（1982—1985）"改革小说"和前期"改革小说"相比较，有了比较大的变化。首先，后期"改革小说"在主题表现上，已经由侧重于改革活动的具体过程转向了改革后的精神震荡与道德困惑，把历史运动的政治化转向观念化。如《鲁班的子孙》（王润滋），《果园的主人》（周克芹），《腊月·正月》、《鸡窝洼的人家》（贾平凹）等，都着力表现了改革引起观念冲突和生活方式的变化，揭示了改革的逐步深化过程。其次，人物描写的重点也由叱咤风云的领导者形象变成了普通人，着重表现他们在改革运动中的命运沉浮、喜怒哀乐。他们已不再充满光彩，即使涌入改革大潮中的人物，也常常呈现出某种灰色。如《鲁班的子孙》。再次，情节上复杂的生活矛盾取代了简单化的改革与反改革的冲突。后期"改革小说"发生的这种变化，首先是因为随着改革的深入，作家们对这场社会变革本身有了更深一层的理解。他们认识到，改革事业绝不仅仅是一种简单的社会行为。事实上，它带来的不仅是经济体制的变化，而是整个民族生活方式的变化，其中包括伦理、心理、精神状态、文化构成等多种因素。因此，"改革小说"就不能仅仅局限于改革本身的艺术审视。另外，作家们也认识到，变革的精神不仅体现为少数人的社会理想和自觉行动，更多地应体现为普通劳动者从本能到自觉的要求，只有从他们的身上，才能看到改革的真正成败得失。因此，"改革小说"就不能不关注改革中的普通人。

中国新时期的改革是从农村起步，并在起始阶段曾获得引人注目的成功。一个时期描写农民中的这样"新翻身户"的小说不少，如《黑娃照相》、《在乡场上》等描写新翻身户的从物质到精神的扬眉吐气，也曾脍炙人口。但回过头来看，确有深度的当属高晓声的"陈奂生系列小说"。因为这个系列小说"写出了背负历史重荷的农民，在跨入新时期变革门槛时的精神状态"，"使我们看到了在改革大潮的轰轰烈烈背后更迟缓、更严峻、也更博大的文化内涵"。①

描写农村，描写农民，关注着千百万农民的命运、发掘和认识农民中伟大的物质力量和精神力量的深厚意蕴，探索他们精神世界中的光华和阴影，可以说是中国文学宝贵的传统之一。远的且不说，即从五四以来，以鲁迅为代表的一大批作家，他们的眼里，始终映照着旧中国农民的贫困和悲苦，他们的胸怀始终激荡着对旧中国农民不幸遭际的悲悯、同情和愤懑的感情，在他们现实主义的艺术画幅中，描绘了各式各样的栩栩如生的旧中国农民的形象。新中国成立以后，我们仍有许多作家在描绘民主革命时期的农民生活，但是，更多的则是反映农民在社会主义时期，即土地改革之后，从互助组到合作社以至人民公社化整个历史过程农民的生活、愿望和斗争。多年来，这种题材的作品，有一部分是比较好的，它们一定程度地反映了农村的真实面貌，描绘千百万农民对于社会主义的向往和追求。但是，不可否认，有相当一部分作品陷入了公式化、概念化的泥沼，将纷繁复杂的农村生活锲入一个固定的模式：农民走社会主义道路必然充满了复杂、曲折的斗争，而这种斗争又几乎无一例外地来自"右"的干扰，其中既有地主、富农和各种阶级敌人的仇恨和破坏，更有富裕中农或代表这个阶级的势力的阻挠和反对；两个阶级、两条道路的斗争，无时不在，无处不在，无事不在。而且这些斗争又是互相交织、互为制约的，因此只要抓住阶级斗争的纲，其他各种矛盾都能得以迎刃而解。而农民的生活，总是处于极大地提高和改善之

---

① 陈思和：《中国当代文学史教程》，复旦大学出版社 1999 年版，第 237、232 页。

中，"共产主义是天堂，人民公社架桥梁"，中国的几亿农民都走在通往天堂的金光大道上了。产生这类作品的原因是多方面的，我们不能完全责怪作家，但是，这类作品确实给我们的文学的信誉带来了极大的损害。粉碎"四人帮"后，经过最初的拨乱反正，我们以农村生活为题材的作品逐步地回到了现实主义的道路上。作家高晓声的《"漏斗户"主》、《陈奂生上城》就是这种实绩的表现。

《"漏斗户"主》（1979）是这个系列小说的序曲，"漏斗户"即缺粮户。小说的深刻性在于写出了按照社会主义的客观条件和人物的勤劳刻苦的主观条件都不至于挨饿的陈奂生，却一家人长年累月（从"大跃进"到"文革"近20年）饥肠辘辘，难以卒岁。当年在农民中大割"资本主义尾巴"的结果，固然没有产生"新生的资产阶级"，但却产生了多少类似陈奂生这样的新生缺粮户。时代难道来了一个不应该有的倒流？这"序曲"的作用是呼唤改革。作者通过对陈奂生的命运的描绘，首先集中而尖锐地提出了一个问题，农民的吃饭问题。

陈奂生的青年时代有个绰号叫"青鱼"，"这是赞美他骨骼高大，身胚结实"，"像青鱼一样，尾巴一掉，向前直穿"，但没过多久，陈奂生被叫成了"投煞青鱼"，就是说他像围困在网里的青鱼，心慌乱投了。什么网？饥饿的网。他从田里放工回来，别人端碗吃饭了，他"揭开锅一看，空空如也，老婆不声不响在纳鞋底，两个孩子睁了眼睛盯住他，原来饭米还不知在哪家米屯里。他能不心慌乱投吗！"于是，陈奂生只能到处找人借粮，找私人借，找队里借，队干部有次在拒绝借粮后骂了他一句："你这个'漏斗户'"。从此，陈奂生就是"漏斗户"主了。由"青鱼"到"投煞青鱼"到"漏斗户"主，这是陈奂生几十年命运发展的一个轮廓。

如果陈奂生是一个游手好闲、不务劳动的人；如果陈奂生是一个对生活存有奢望和只图以侥幸之机取得成功的人，那么他的坎坷命运是不会具有震撼人心的悲剧力量的，而只会具有喜剧效果。陈奂生不是这样，他是这样勤劳，这样本分，这样朴实，"爹娘生就他一副好身材就是为了和大地搏斗的"，他所要求于生活的，只是能使一个四口之家有最起码的温饱，"假使他能无粮食之忧——哪怕稍微紧一点也无妨——那么，他就会有成倍成倍的力气去进行劳动"。在这里，我们看到的陈奂生毫无非分之想、侥幸之心，他所希望的、所感到满足的生活，不过是最起码的生活，与他的劳作和贡献相比，甚至是一种很不公平的生活。然而，这样的生活竟也达不到。"想不到竟被'漏斗户'箍住了手脚，窝囊得血液都发霉了。"即使这样，陈奂生并没有躺下来，就是饿得头昏眼花，他"还是同社员一起下田劳动，既不松劲，也不抱怨。他仍旧是响当当的劳动力，仍旧是像青鱼一样，尾巴一掮，往前直穿的积极分子"。就这样，陈奂生力气不比别人小，劳动不比别人差，但是吃不饱，背了一身债，不是钱债，是粮债。社会主义优越性、农业集体化道路的优越性，不是应该他们最先尝到和领受吗？为什么陈奂生还有着如此困顿的生活呢？高晓声在探求这个答案。1971年，对陈奂生来说是"大有希望"之年，不仅增产了，而且按陈奂生的工分，得到的奖励粮，已经足够使他踢开"缺粮户"的帽子了。但是，想不到竟是骗人的，结果仍是"有一斤余粮就得卖一斤"，这且不说，包队干部还别出心裁，为了争取产量达到1000千克，稻子轧下后不晒太阳就分给社员，等到晒干，100斤只剩下98斤，好端端一个丰收年景，农民就这样被弄得所得无几。这种"吊足了胃口，骗饱了肚皮"的事情，在那些年几乎司空见惯，然而长期以来，由于冠冕堂皇的口号的掩护，这种危害既不易为人识别，更难以受到抵制，正如小说中的小学老师陈正清说的"现在的'革命'是纯精神的，非物质的，是和肚皮绝对矛盾而和肺部绝对统一的，所以必须把肚皮改造成肺，双管齐下去呼吸新鲜空气"。寓愤懑于诙谐，寄辛酸于幽默。作者正是从生活的深处看到了几十年来我们农村所遭受的挫折及其沉痛教训。

1978年的年终分配开始了，正在"一大堆一大堆的粮食耀花了大家的眼睛，可是，陈奂生却在想着今年的年夜饭米去向哪家借"的时候，"希望竟在身后追赶着他"，要真正落实"三定"政策了！陈奂生接连听到这个喜讯，每次的反应都是"还是再看看吧"。能说这个善良的农民不相信现行政策吗？不是的。是因为多少年来的朝令夕改的现实在他心灵上投下的阴影太深了，他总害怕"再被一场恶梦萦绕"。最终他看到了："一筐筐过了称的粮食堆放到陈奂生指定的另一块干净的空地上，堆得越来越高，越来越大，陈奂生默默看着，看着，……他心头的冰块一下子完全消融了：泪水汪满了眼眶，溢了出来，像甘露一样，滋润了那副长久干枯的脸容，放射出光泽来。当他拭着泪水难为情地朝大家微笑时，他看到许多人的眼睛都湿润了，于是他不再克制，纵情任眼泪像瀑布般直泻而出。"

《陈奂生上城》（1980）是这个系列小说中的发展。在现实的巨大而急骤的变革面前，陈奂生不仅在物质生活上开始发生了变化，在精神生活上，也在开始变化。《陈奂生上城》一开篇，就是"'漏斗户主'陈奂生，今日悠悠上城来"。往日走路，低头弯背，总在为粮食犯愁，今天上城，则"一路如游春看风光"。"他到城里干啥？他到城里去作买卖"。"他去卖什么？卖油绳"。"赚了钱打算干什么？打算买一顶簇新的、刮刮叫的帽子"。一连三问三答，笔法轻快明丽，情绪欢畅跳跃，洋溢出陈奂生在新时期到来之后开始有了温饱生活的幸福感和愉快感。从这位"漏斗户主"身上发生的深刻变化，使我们感受到时代生活的进步。但是，正如高晓声说的"《"漏斗户"主》写粮食问题解决了，农民很激动，《陈奂生上城》告诉你，解决就解决到这样，不要看得太好，看得太好也不行，就是这么个情况"。

经济上的解放，使陈奂生开始寻求精神生活，"哪里有听的，他爱去听，哪里有演的，他爱去看，没听没看，他就觉得没趣。"同时他为自己在人前没什么值得说的感到惭愧。当陈奂生式的农民摆脱了经济上的贫困后，还有个精神需求的问题。他们渴望丰富的精神生活，渴望和别人一样懂得那么多新鲜事，渴望社会地位的提高。以陈奂生来说，由"漏斗户"到有余粮做油绳去卖，的确是个了不起的变化，但他心灵上长期坎坷生活留下的伤痕，精神状态上投下的社会历史所造成的阴影以及现实环境给他的性格发展带来的萎缩症，并不是随着物质生活的开始变化而立即消失，相反地，由于物质生活的变化，精神世界的某些特点和追求，反而显得突出和醒目。陈奂生上城的最高要求也就是买一顶帽子，因为"四十五年来，没买过帽子。新中国成立前是穷，买不起；解放后是正当青年，用不着；'文化大革命'以来，肚子吃不饱，顾不上穿戴，虽说年纪到把，也怕脑后风了。正在无可奈何，幸亏有人送了他一顶'漏斗户主'帽，也就只得戴上，横竖不要钱。七八年决分以后，帽子不翼而飞，当时总感到头上轻巧，竟不曾想到冷……非买一顶帽子不行"。45 年买帽子的历史，作者娓娓道来，于轻快中有沉重感，于愉悦中含辛酸泪，然而买这顶帽子，竟然也产生了一点风波，竟然也是那样的不顺当。

　　陈奂生一路走到城里，在火车站等到午夜时分的火车很快卖光了油绳，然后在车站的长椅上过夜。本打算第二天上午商店开门买上帽子回家的，没料到半夜却发起了烧，被深夜出差的县委书记吴楚发现了送到招待所休息，这原是一番好意，哪知招待所住一夜就是五元，不仅把"卖油绳的利润搞光，连本钱也蚀掉一块多"，陈奂生想："我的天！我还怕困掉一顶帽子，谁知竟要两顶！"同时五元钱还是他劳动七天多的价值，真是贵死人！他心痛极了。于是，原先不敢坐的沙发也敢坐了，而且立直身子扑通坐下去三次作试验看会不会坐瘪；原来穿了鞋不敢走的油漆地板也不怕弄脏了；原来怕弄脏的新被子现在却不再怕弄脏，衣服也不脱就睡了；还把提花枕巾捞起来擦嘴擦脸。做这一切时他一直在想的是："出了五元钱呢！""即使房间弄成了猪圈，也不值！""坐瘪了不关我事。"从这些带有一些自私观念的可笑举动中，可以看到他对花了五元钱是多么心痛和他的恢复心理平衡的方法：出大价钱买享受，他要充分而且不顾惜地享受他原先不敢享用的东西，算是补偿五元钱的损失，捞着多少算多少。他还打算睡到中午 12 点才走，但一想到无法解决中饭肚子饿走不回家，只好忍痛放弃还剩的两三个钟点。他的恢复心理平衡的另一个方法是自譬自解："这等于出晦气钱——譬如买药吃掉！"后来他又想此趟上城，回去总算有点自豪的东西可以讲讲了。全大队的干部、社员，有谁坐过吴书记的汽车？有谁住过五元钱一夜的高级房间？有谁还能说他没见过世面？有谁还能瞧不起他？他觉得只花了五元钱就买到了精神的满足，花得值透，非常得意。我们说陈奂生的自譬自解不能算是心理弱点。在现实社会中，人常会遭逢一些不如意的事，心里发生不平衡。只要不是原则性的事，自譬自解未始不是恢复心理平衡的一种方法。他的自我陶醉于精神满足，有两方面的意义。一方面，反映了农民从物质贫困中摆脱出来后产生的精神上的自尊的需求。陈奂生长期贫困，少见世面，一向不被村人看重，有一种自卑感。生活好转后，他渴望过精神生活，渴望被村里人看得起，神气一番。这是一种值得肯定的人的自尊意识的初步觉醒。但另一方面，他的自我陶醉的精神满足，并非他真是做了或经历了什么值得受人尊敬的事，而是有依傍权势（县委吴书记）之嫌。因此这种自我精神满足，就陈奂生自身价值而言，具有虚幻性。这里就有着阿Q的影子。这是一种国民性的弱点。因此，陈奂生形象地塑造，也就具有继承鲁迅传统暴露和改造国民性弱点的意义。与此同时，作品随后写道，陈奂生的带有虚幻性的自我精神满足，却成为现实。到了小说的结尾，陈奂生以此身份显著提高了，不但村上的人，连大队干部对陈奂生都刮目相看，态度友好得多。从此，陈奂生一直很神气。这一结尾是意味深长的：人的价值不在于自身，却在于攀附上有权势者。小说点出了孕育陈奂生那种自我譬解、自我陶醉的精神习惯的社会温床。这是长期封建社会等级制度遗留至今的社会现实的一面，是历史久远至今还相当普遍存在的一种社会病态心理，启发人深思。

　　《陈奂生转业》（1981）是这个系列小说中的高潮。写的是这个老实巴交的昔日的"漏斗户主"，后来上县城卖油绳又出尽洋相、蚀掉老本的陈奂生，却被大队干部看中，要他"转业"当了队办工厂的采购员，上府城为工厂采购别人采购不到的紧缺原材料，做更大的"买卖"，竟成了一名"福将"，得胜"回朝"的故事。这种异想天开的构思，的确使这个小说的天地更为开阔起来了。作品准确而又有分寸地描写了党风和社会风气中不良的一面。以大队书记和队办工厂厂长为首，把陈奂生当做他们手中的一件特殊武器，以陈奂生的老实、勤劳、无能、可怜，去打开一切贿赂、人情、关系都打不开的已升任地委工业书记的吴楚的"门"，正是在此基础上，作品进一步展开了陈奂生性格的新的侧面，这就是建立在"精神满足"上的深层奴性心理。《陈奂生转业》中的陈奂生有一句"名言"："干部比爹娘大。"比如就陈奂生与大队干部来说，队办工厂是为图一时之利，去"挖"国营工厂自身都紧缺的原材料，用落后得多的工艺进行加工。但禁不住以大队书记为首的干部们"三请诸葛亮"，说一番连夸带激带损的话，这比爹娘还大的干部如此"屈驾"，立即羞愧感动得陈奂生"心里暖烘烘，脸上红彤彤，头上像蒸熟了馒头一样腾腾冒气，戴那两块五角的帽子，从来也不曾这样热"，决心不管吉凶祸福、成功失败，走马上任。作品中有几句点题之笔："一个人的脑壳子，都是电灯泡，谁摸着了开关，一揿就亮。陈奂生现在的脑门顶，毫光万道。"大队干部们所掌握的陈奂生的"脑壳子"的"开关"是什么呢？就是陈奂生"精神满足"基础上的深层奴性心理。这使得陈奂生这条"投煞青鱼"被人装进了网兜，被人利用不知道，还受宠若惊。这是刻画陈奂生性格新侧面中深刻的一笔。

《陈奂生包产》（1982）可看作是这个系列小说中的结尾。陈奂生作为《陈奂生转业》中的那种"福将"，从吴楚方面和从自己后来弄明白此举会害吴书记来说，都是只可一次不可再次，更不要说长期干下去了。"转业"以后的陈奂生必然还要"转"回到以农为本兼干他业上来，这是陈奂生的真正出路。本来，家庭联产承包的农村生产责任制的贯彻，对于陈奂生是一种福音，这有他过去的"漏斗户主"的痛苦经验可作反证。但他对于包产却表现出一种不可理喻的心事重重的本能拒斥，甚至认为过去那个"大锅饭"也不错。在这里，他似乎又有那么一点点当年阿 Q 的"革命便是与他为难"的味道。这在陈奂生来说，并非好了伤疤忘了痛。这其中既有多年以来只要自己用体力、不要自己用脑子而形成的思想上的一种懒惰病的原因，也有望着农村中那些"尖钻货"望尘莫及而形成的一种思想上的恐惧病的原因，同时还有并非无师自通的"包产就是单干——单干就是反对共产党——因而包产也就是反对共产党"的"三段论"在他脑子里阴魂不散的原因。说到底，是他的奴性思想未除的原因。它说明一个精神上不能站起来的人，哪怕客观条件具备，也不可能从"左"倾路线下获得真正的解放，这个挖掘同样是深刻的。但陈奂生一则出于对好官吴书记打从内心的爱护，二则出于庄稼人对土地的热爱，三则出于只要"勤快好学"就能找回自己生产上的"脑子"的信心，终于"又信心十足"地决心包产，寻到了应该说是真正的落脚点和出发点了。

高晓声笔下的陈奂生是当代文学中很成功的艺术典型，具有广泛深远的意义。他在《且说陈奂生》一文中说："我写《陈奂生上城》，我的情绪轻快而又沉重，高兴又慨叹。我轻快、我高兴的是，我们的境况改善了，我们终于前进了；我沉重、我慨叹的是，无论是陈奂生们或我自己，都还没有从因袭的重负中解脱出来。这篇小说，解剖了陈奂生也解剖了我自己，希望借此来提高陈奂生和我的认识水平、觉悟程度，求得长进。"[①] 作者的这段肺腑之言，正是作品的题旨所在。

---

① 高晓声：《且说陈奂生》，《人民文学》1980 年第 6 期。

　　关注农民生活变化的还有山东作家张炜。农村青年的思想和生活是张炜这一时期小说创作的主要内容。《猎伴》就很真实地写出了农村青年在面对新的时代转变时内心的困惑和苦闷。这批农村青年和父辈最大的区别在于他们是在社会主义农村长大的，他们所接受的教育以及成长的环境都使他们牢固地树立了对生产集体的认同感。然而在实行家庭联产承包责任制以后，这个集体生活共同体却迅速瓦解了。在实行责任制以前，劳动是一种集体活动，是农村公共生活的重要形式之一，它在农村青年眼里有一种创造生活的浪漫色彩，但在分田到户后，集体劳动的形式被毁，劳动蜕变成谋生、发家的手段。粮食确实打多了，钱也多了，可青年们却有了失落感，原来丰富多彩的集体活动没有了，因为很难再召齐人，不是这个要去收谷子，就是那个要去运高粱……

　　张炜对责任制的思考是复杂的。一方面，他认识到责任制打破了以往大呼隆集体劳动的弊端，确实激发了农民的责任心和积极性。另一方面，张炜也注意到实行责任制后，农村的生产水平却后退了。以前生产队有大农具，可推行责任制的时候，这些集体的大农具都被变卖了。在失去了农业机械后，农民只能靠人力干活。在更深的层面上，责任制对个人利益原则的引进，有力地瓦解了社会主义农村的社会结构方式以及相应的生活方式和伦理道德准则。这种结构性变化的一个直接后果是农村公共生活的日渐萎缩，还有就是普通农民与乡村基层干部之间因资源分配而引起的矛盾变得更加尖锐化。

　　在政社合一的人民公社阶段，乡村的基层干部虽然也常常利用手中掌握的权力捞取个人好处，但由于社会主义公有制度的束缚，把公共政治权利转化为私有经济资源多半只能是隐蔽的。而在推行土地承包责任制后，随着农户私人利益的合法化，一些乡村基层干部开始肆无忌惮地利用所掌握的权力谋取私利，胡作非为。《猎伴》就已触及分责任田的公平问题。《秋天的思索》、《秋天的愤怒》以及《泥土的声音》是揭露这些问题最有力的三篇作品。《秋天的愤怒》里的肖万昌是一个塑造得相当有深度的人物，他自信、沉稳、冷静，留着令乡下人望而生畏的背头，而且梳理得一丝不乱，干净的衬衫下端利落地扎在灰色的裤子里，显得干练有生气。在乡村中他是那种一眼就可以看出的与众不同的人物。肖万昌在村子里当了30多年干部，与胡作非为的民兵连长勾结在一块，始终牢牢地把持着村子里的权力，招工、分红、参军、出夫都由肖万昌一伙决定。在人民公社时代，权力还不能给肖万昌们带来太多的利益，这一方面是因为村子本身穷，另一方面是集体所有制的体制约束令他们无法明目张胆地侵吞集体资产。实行承包责任制终于让肖万昌们获得了捞一票的机会，用肖万昌的话说是为集体干了几十年，现在终于可以为自己着想了。他们明目张胆地的以承包的形式把集体资产划归己有，集体办的工副业，如粉坊、果园、榨油厂等，都被肖万昌之流以极低的承包额抓在手中，无权无势的普通农民则完全被剥夺了理应享有的权益，不仅如此，甚至在化肥和灌溉用水的调配上，他们都要受制于肖万昌之流。《秋天的思索》里面的王三江虽不如肖万昌那么沉稳、冷静，但他却将粗俗和狡诈完美地结合在一起。王三江之所以能够横行无阻，是因为他有门路、有关系，而这些门路、关系是他当生产队大队长时用集体资金铺出来的。虽然他已不再是大队长，但作为承包领头人，他仍可以作威作福、横行乡里。在这里，我们看到的是权力转变的另一种形式，政治权力先转变为社会资本，再转变为经济资本，而经济资本又反过来更强化了权力和资本的拥有者在社会中的强势地位。

农民们希望按照公平的原则推行责任制，这要求并不算高，但以个体利益为驱动力的农村改革却并没有充分考虑到公平的原则，无权无势的普通庄稼人的利益无法得到保障。当同时代的许多作家还在讴歌农村改革带来的新气象时，张炜却看到了这表面繁荣背后的危机。

"改革文学"作为一种创作潮流，在 1985 年左右已经基本结束。一则此后一些有影响的作品（特别是长篇小说），往往是在立足于"改革"，又有机地融入了"反思"与"伤痕"，成为一个有机整体，也更显出力度。二则各方面的改革都有待于继续深化。而由于中国的国情，政治体制改革尚未真正启动，正如邓小平 1986 年 6 月在中央政治局常委会上的讲话中曾明确指出的"只搞经济体制改革，不搞政治体制改革，经济体制也搞不通，因为首先遇到人的障碍。……从这个角度讲，我们所有的改革最终能不能成功，还是决定于政治体制改革"。① 由此可见，改革的课题在中国当代文学中会长期有其位置。

---

① 中央文献编译室：《邓小平文选》（第 1 卷），人民出版社 1994 年版，第 163 页。

二 社会问题小说及其表现内容

就在"改革小说"兴起的同时，一批旨在批判现实的社会问题小说也相继出现了。社会问题小说对现实的批判十分广泛，涉及了社会生活的各个方面。比较集中的问题主要表现在两个方面。一是由于社会机制问题而造成的种种弊端。如《人到中年》（谌容），《小厂来了个大学生》（陈冲）等。二是由于传统文化问题而造成的精神痼疾。如《陈奂生上城》（高晓声），《井》（陆文夫），《条件尚未成熟》（张洁），《献上一束夜来香》（谌容），《未亡人》、《银杏树》、《挣不断的红丝线》（张弦），《心祭》（问彬）等小说，都对不适应现代社会要求的封建残余思想进行了有力的针砭。上述两个方面的问题，对新时期我们社会的发展存在着重大的影响，因而这些小说的出现，也就引起了人们的普遍关注。

谌容的《人到中年》是最有影响的一篇社会问题小说。《人到中年》发表于1980年，荣获1977—1980年全国优秀中篇小说奖。作为一部中篇小说，《人到中年》的情节是简单的：中年眼科大夫陆文婷，在一个上午连续做了三个手术之后，心脏病突发，濒临死亡。躺在医院的病床上，过去和现在，在她不连贯的意识中闪回……但是，这篇并不复杂的小说发表后，却引起了巨大的反响。什么原因呢？很简单，就在于作者通过陆文婷的悲剧，提出了一个需要整个社会来关心和解决的迫切问题——中年知识分子问题。小说以无可辩驳的生活真实性告诉人们：在支撑着我国科学文化事业大厦的中坚力量身上，已经出现了"断裂"的信号，如不尽快采取措施，社会主义的事业必将遭到巨大的损失。由于这个问题的提出，具有很强的现实针对性，因而引起了很多人，尤其是中年知识分子的强烈共鸣。

那么，是什么导致了陆文婷的悲剧？是政治斗争吗？不是。是某些个人的责任？也不是。是工作和生活的双重压力导致了陆文婷的身心崩溃。虽然陆文婷在生活上没有什么企求，"一间小屋，足以安身；两身布衣，足以御寒；三餐粗饭，足以充饥"。只要能够平静地读点书，研究一点学问，她和她的丈夫就觉得过得十分充实。可是，随着一双儿女的相继出生，连这样简单的生活要求也达不到了。她每天都紧张地奔波于医院和家庭之间，放下手术刀就拿起切菜刀，她忙得连给女儿扎小辫的工夫也没有。晚上，在 12 平方米的小屋里，要等到孩子做完功课后，她才能安静地在那唯一的桌子上进修。而工作的担子又是沉重的，老的老了，走的走了，骨干作用历史地落在她的身上。长时间的超负荷，陆文婷终于在一个上午历经四个半小时连做了三个手术后倒下了——心肌梗塞。

陆文婷悲剧的直接导因是工作与生活的双重压力，但深层的原因却是弥漫于整个社会的对于知识分子价值的漠视。新中国成立后一次次的政治运动，对知识分子资产阶级思想的批判，直至知识分子成为"臭老九"。而作为医院院长的赵天辉，能记得陆文婷工作一直是全勤，但不知道陆文婷一家几口人、工资多少、住房几间。在一个不关心人、不尊重人的环境中，怎么能够避免陆文婷式的悲剧发生？怎么能够留住像姜亚芬夫妇那样的人才？

《人到中年》在艺术表现上也进行了新的探索。小说突破了常规的全知全能的叙述方式，而借助于主人公陆文婷病中的朦胧意念、昏迷的梦幻和弥留之际隐藏于心灵深处的情思，来展开主体情节。同时在主体情节的叙写过程中，穿插进陆文婷作为医生、妻子、母亲和挚友在各种场合、各种情况下的表现，这就从纵横两个方面和内外不同的视点上，从容地揭示出了陆文婷丰富的性格内涵和心灵奥秘，丰富了陆文婷的艺术形象。当时有不少作家都借鉴了意识流手法，谌容的《人到中年》是比较成功的一篇。

长期以来，人们（包括作家）只重视人的社会性，而有意或无意地忽视了人的自然本质（生命本能）。谌容《献上一束夜来香》表现着作家价值观念与创作思想上的重大变化。小说中的李寿川干了一辈子办公室工作，即将退休。他活了大半辈子，一不抽烟，二不喝酒，连汽水都是逢年过节才喝一瓶。在机关里，他是沈处长的一只手，在家里，他是老婆的一只手，唯命是从，循规蹈矩，他没有任何主体意识。但是在他年近花甲的时候，时代变化了，改革开放了。于是在他从一个花店门前"过"了 30 余年以后，突然萌发了看花、买花的念头，忽然想到了曾经见过、闻过的夜来香。真是"忽发奇想"。这使人想到古人所谓的"偷闲学少年"，古人以自嘲自责或自夸的情绪、语调来说明这一点。其实这中间往往都含有某种特殊的潜意识，某种隐秘已久的私情。内心的隐秘并非什么丑恶的东西，其所以"隐"，是因为本人自己往往也说不清，或不知道。李寿川忽然想买夜来香，由夜来香又想起似乎曾经有过一个小姑娘，自己似乎对她有过什么"爱情"。这都是40多年前的事情了，也是他自己刚刚发现的。在一生辛勤劳碌、委曲求全、窝囊受气、一无所获的老人心里，有那么一点隐私，有那么一瞬间的（虽然是很强烈而令人不安的）"老夫聊发少年狂"的兴致，本是令人同情的，甚至是使人怜悯的。但是机关里的"舆论"却不容这一点。于是悲剧诞生。作者一方面写了机关里的涣散、冷漠、低级趣味、庸俗卑劣，另一方面也写了李寿川的心理状态。他"忽发奇想"要去买花，由花而想到童年，想到青春，想到"应该送给一位心爱的姑娘"。但是，"这念头把他自己吓了一跳"。为什么吓？一来是他自己都不知道自己居然能想到这一点，二来是他居然想到40多年前有过那么一个小姑娘。后来李寿川自己也难以肯定是不是确实有过这么一个小姑娘。而当李寿川在办公室里见到几个月前已经坐在对面的女大学毕业生齐文文时，他才第一次看出她的美（她早已吸引了全机关的人了），看出她就像40多年前的那个小姑娘。"李寿川忽然觉得，这花本来就应该送给她的。"于是，花就送了（其实是齐文文要的）。于是，谣言就出来了。于是，他要交代这一切。但是，李寿川只会用报纸语言为首长写讲话稿之类，他可真是说不清，"李寿川入了邪"。四起的谣言，飞短流长，最后终于把李寿川压垮，住进了医院。《献上一束夜来香》的创作，标志着作家对人生的全面理解，标志着作家自我生命意识、主体意识的觉醒，其价值和意义是不可低估的。

刘心武的小说也着力于具体地探索现代社会中的公民作为"私人"所应有的权利。更为深入地涉及个人与社会、个人与共同体伦理的关系。比如个人性格、嗜好、生活方式的特殊韵味，在我们的大众生活中究竟能有多大的自由度，在何种程度上他又受到法律以外的以道德、伦理为主的社会舆论的干涉，这样的问题是非常具体且非常重要的现代性问题。像他的《我爱每一片绿叶》、《黑墙》就属于这类作品的代表。《我爱每一片绿叶》较早提出了尊重人的特殊性格和人的个性问题。中学数学教师魏锦星喜欢在自己的抽屉里放一张自己喜爱的女人的照片，这件普普通通的小事，在那个年代里被认为是"思想感情不健康"。"文革"中又把魏锦星当做"流氓"批斗。"文革"后，仍然因为这个问题而不评他当优秀教师。作者在作品中提出："能不能给性格，特别是给比较特殊的个性，落实政策？""能不能保留一点个人的东西，比方说，能不能有一点个人的秘密？"《黑墙》的主人公"周某"始终没正面登台，其身份与形象并未加以细节描绘，但他把自己房间粉刷成黑色，这件与众不同的个人行为在大院中引起了强烈的反响则得到了作者细致的描写。院里的邻居们议论纷纷，争论不休，拿不准主意到底谁出面干预此事，最后，还是赵师傅10岁大的小孙子"小扣子"当着众人面说道：人家喷自己家的墙，又没挨家挨户喷你们家，你们说得着人家吗？我们今天读到小扣子的这段话，仍然有一种震动。个人的概念不仅应该在理论上加以论证，它的确关涉着普通老百姓和千家万户的具体生活实践。

陆文夫的《井》写知识女性徐丽莎充满悲剧意味的一生。由于历史的误会，她和朱世一结了婚。婚后无法忍受婆婆与丈夫的折磨，把自己变成了"冰冻美人鱼"。粉碎"四人帮"后，她焕发了青春，在科研上取得重大成果，上了报纸电视，成了名人。然而厄运仍然紧紧纠缠着她，因"文革"劣行而丢了乌纱帽的丈夫把她当成发泄私愤的对象，变本加厉地折磨她；井边的家庭妇女们对出了名的漂亮女工程师，也一变昔日的同情为喊喊喳喳，并有意无意地加入了谣言杀人的行列；单位里满脑袋封建思想的领导为保自己的"政绩"，竟导演了一连串置徐丽莎于死地的"秘密会议"，断绝了她的条条生路，迫使这位颇有作为的女工程师，在改革开放的新时期里却不得不走上含冤自溺的绝路。在徐丽莎的周围，有在井边专门传播饮食男女消息的阿婆和阿姨们；有名为工人阶级实为破落子弟，把妻子当奴隶的朱世一；有把阶级斗争的弦绷得紧紧的农民出身的厂长兼书记的何月礼；有想在政治思想工作上抓出成绩来的前任秘书、现任书记沈进先；有幻想爱情而不敢付诸行动的童少山。他们都在有意无意地伤害着徐丽莎的人格尊严，干着慢性虐杀的勾当。

徐丽莎好学上进、单纯善良，只因出身资产阶级家庭，大学毕业后便被分配到区属制药小厂刷瓶子。孤苦无依的境遇，使天真幼稚、不谙世事的她，落入了披着科长外衣的流氓无赖朱世一的手里，从此沉入苦海。她虽做过两次反抗，但都以失败告终。第一次反抗婆婆和丈夫的封建压迫，提出离婚未成。她不但被不点名而又人人皆知地在全厂大会批判一通，弄得抬不起头来，而且还被剥夺了领取自己工资的正常人的最基本的权利。她败得很惨，但知识女性的精神世界除爱情以外还有事业的支柱来支撑，于是她把自己冰冻起来。在粉碎"四人帮"后的改革时代，她苏醒了，抗争了，在事业上作出了成绩。荣誉和鲜花给了她力量，也妨碍了她冷静观察和思考周围的一切。她的第二次反抗是在80年代发表了五四时代的"妇女解放宣言"。之后，又找了厂长、书记等握有生杀大权的领导，满以为问题可以得到解决。殊不知"左"的观念的专横、官僚意志的权术、封建主义残余的顽固、小市民的自私、冷漠与卑怯……各种力量串通一气，互相利用，互相勾结，非置她于死地而后快。

《井》是一个悲剧，一个女人的悲剧，一个女知识分子的悲剧，一个资本家孙女的悲剧，一个先进模范人物的悲剧。一口"古老而又很难干涸的井"吞噬了一个美丽、柔弱、有为的女性，这口"井"同时作为故事线和象征线贯穿于作品的始终。它结构着故事的脉络，故事的波澜起伏、错落有致都由此而发；它也凝结和浓缩着毁灭徐丽莎的丑恶力量，造成作品的整体性象征气息。作者对徐丽莎之死做了全方位的观照，纵观她一生的几个关键时刻，时间跨度从新中国成立初到新时期，当然其间有很大的跳跃，有详有略，横穿家庭、小巷、井边、工作单位等各个面，有完整的空间结构，这样纵横交错，清晰地标出"死"的坐标。通过特定悲剧主人公的塑造，揭示普遍意义上的社会的历史的悲剧成因，从而使这篇小说呈现高度的概括力，内涵极为丰富、深刻。

冯骥才的《高女人和她的矮丈夫》描写了一对知识分子夫妇在"文革"期间的生活命运。以他们的悲剧性遭遇，以小见大地折射出他们所处的社会环境。小说从社会心理角度暴露和批判"左"倾路线和"文革"，使批判具有一种新的角度和深的层次。小说开篇就说：

"你家院里有棵小树，树干光溜溜，早瞧惯了，可是有一天它忽然变得七扭八弯，愈看愈别扭。但日子一久，你就看顺眼了，仿佛它本来就应该是这样子。如果某一天，它忽然重新变直，你又会觉得说不出多么不舒服。它单调、乏味、简易，象根棍子！其实，它不过恢复最初的模样，你何以又别扭起来？

这是习惯吗？嘿，你可别小看了'习惯'！世界万事万物中，它无所不在。别看它不是必需恪守的法定规条，惹上它照旧叫你麻烦和倒霉。不过，你也别埋怨给它死死捆着，有时你也会不知不觉地遵从它的规范。比如说：你敢在上级面前喧宾夺主地大声大气说话吗？你能在老者面前放肆地发表自己的主见吗？在合影时，你能叫名人站在一旁，你却大模大样站在中间放开笑颜？不能，当然不能。甭说这些，你娶老婆，敢娶一个比你年长十岁，比你块头大，或者比你高一头的吗？你先别拿空话呛火，眼前就有这么一对——

她比他高十七厘米。

她身高一米七五，在女人们中间算作鹤立鸡群了；她丈夫只有一米五八，上大学时绰号'武大郎'。他和她的耳垂一般齐，看上去却好像差两头！

……

他俩究竟是怎么凑成一对的？"

高女人和矮丈夫只因为身高不相称，不合乎"习惯"，就引起了周围邻居特别是裁缝老婆的好奇、猜疑，千方百计要打听他俩为何会成为夫妻。裁缝老婆先是猜疑男女一方必有某种生理缺陷，但高女人怀孕生了孩子；再是说两人准有见不得人的事，但两人始终恩恩爱爱，形影不离；最后从高女人和矮丈夫的工作、工资中，认定高女人是为了钱而嫁给矮男人，这是个见钱眼开、命好有福的穷娘儿们。"文革"期间矮丈夫被关进监狱，裁缝老婆断言高女人必改嫁，因为矮男人就是放出来钱也都没了。不光这个女人总是拿自己的小市民心理来猜度别人，为刺探别人的私事像只无缝不钻的苍蝇，就是团结大楼的居民们，也都抱着好奇心，相信裁缝老婆的猜测，盯着看别人生活中的新闻。作品辛辣而含蓄地嘲讽、鞭挞了这种庸俗无聊的小市民心理。

由此可见，在我们的生活中，在婚恋问题上，现在仍然存在着许多反人性、反人道的现象，比如，在生活温饱的条件下对人的正当爱情要求的扼杀，在自由婚姻标榜下变相的人身依附。

问彬的《心祭》写一个早年丧夫的妇女想同小时候就很要好的表哥结婚，却受到儿女们的一致反对。他们的理由是：都已经是好几十岁的人了，没有必要这样做。有的还指责母亲，生活条件这么好还"不知足"，是"身在福中不知福"。母亲在行动上服从了儿女们的意愿，但在感情上却难以摆脱痛苦，终于在一个中秋夜带着难言的一切默默离开了人世。

在爱情婚姻问题上另一个值得注意的违反人性的表现是新的人身依附。旧的人身依附（奴隶社会、封建社会的买卖婚姻）是人身占有者强迫别人依附于他，而新的人身依附是依附者心甘情愿心身依附于他人而无怨无悔。而且这种依附关系是在"自由婚姻"的招牌下进行的，因而更具有隐蔽性和欺骗性。张弦的小说《未亡人》、《挣不断的红丝线》、《银杏树》反复表现的就是这一主题。

《银杏树》中的孟莲莲被变心的未婚夫姚敏生抛弃，但她却采用各种手段又把姚敏生强拉回来同她结婚。孟莲莲为在自己身边拴住了一个无爱的丈夫而心满意足，脸上经常出现满足的微笑。在孟莲莲看来，自己不是一个独立的人，而是属于一个男人的，不论这个男人爱不爱自己，自己一生一世都属于他。所以尽管小说最后是"团圆"结局，但它仍然是悲剧。《未亡人》描写了已故市委书记的妻子周良蕙与一个邮递员的感情故事。在别人看来，一位市委书记的夫人同一位邮递员谈情说爱，不仅有损于已亡市委书记的形象，而且有辱于高干的门庭及其子女后代，简直是大逆不道。这就是说，周良蕙不属于她自己，"她是他的她"；她不仅要依附于活着的市委书记，而且还要依附于他的亡灵。

张弦的《挣不断的红丝线》的思考更为深刻。小说的主人公傅玉洁本来是一个真诚地追求爱情的女性，革命战争时期，这个大学生出身的文工团员被一位没长相没文化但作战勇敢的齐副师长"相中了"，但她坚守她的小资产阶级罗曼蒂克，最终与风流倜傥的白面小生苏俊结了婚。他们曾拥有过真正甜蜜的爱情。但随着个性凌厉的苏俊被打成右派，他们婚后的生活开始发生了变化。摘掉帽子的苏俊，不再被报社任用，在中学也不能上讲台，只能干一个备受轻视的跑腿打杂的差事。他被完全改变了，修长的身材佝偻了，眼神忧郁而迷茫，潇洒的风度、开朗的性格、风趣的谈吐都不见了，变成了一个草木皆兵的"运动恐怖症"患者，一个唯唯诺诺逆来顺受的窝囊废，一个地地道道的胆小鬼——他身上的全部可爱之处都荡然无存了。曾是爱情至上主义者的傅玉洁，在这时候离开了他。当"文革"结束，一切都将重新开始时，她再也无心为自己的半生勇敢和坚强而骄傲,毅然决然地投入到 20 年前被她拒绝过的、丧妻的齐副师长的怀抱……

《挣不断的红丝线》的深刻之处在于,它并不盲目地去歌颂固守爱情的忠贞女性(虽然作家并不掩盖其对此种品格的价值认同),而是紧贴生活,把一个"爱"的主体和客体放进一个在动荡大环境笼罩下不断变化的具体小空间里,进而把握人物的心灵历程和个性发展。政治风雨的剥蚀不仅使傅玉洁的爱情观念从云中坠入地上,而且还使她的所爱——苏俊的生活情趣、人生信念和所有的性格魅力——都消失了,为了爱情守身如玉的女人的全部付出,换回的只是一个"虚无"的爱的对象。这种忠贞还有真正的意义吗?这样,作品的社会批判就更具有穿透力度——残酷的政治迫害所毁灭的,不仅仅是家庭,也不仅仅是爱情,而是毁灭了爱的主体与爱的对象,毁灭了人的个性风采,人的精神存在,人的活的灵魂。"人"被摧残至此,"爱"将焉附?而且傅玉洁最后之所以又投入她并不爱的齐副师长的怀抱,那是因为从此"我的一切苦难、一切厄运、一切窘境和烦恼就会顷刻间冰解雪消,我将受到最有力的保护,得到最安宁的归宿"。傅玉洁最终牺牲了爱情而换来了一个高干夫人所享有的一切权力。可见,不是这根"红丝线"挣不断,而是几经风雨的傅玉洁最终不去挣断它,她没有足够的勇气和意志摆脱物质和权势的诱惑而最后仍然依附于权势者。

第四节 知青小说:被改写的青春文化

一 知青文学的命名

1968 年 12 月 22 日,《人民日报》发表了毛泽东的"最新指示":"知识青年到农村去,接受贫下中农的再教育,很有必要。"于是,出现了一场千百万知青上山下乡的热潮。他们背诵着"大有作为"、"很有必要"的誓词,奔赴条件艰苦的农村去"接受再教育"。千百万红卫兵变成"知识青年"之后,他们以高昂的政治热情和强烈的时代责任感,带着纯洁的乌托邦式的梦想,在艰苦的农村生活了三年、五年甚至长达十年。史无前例的政治运动,就这样把一代青年送入了条件极其艰苦的农村和边远地区。随着"文革"的结束,在艰难的生存挣扎与激烈的抗争中，知青运动分崩离析。从 1968 年"最高指示"发布后的轰轰烈烈的百万知青上山下乡，到十年后的云南高原上，五万知青跪在地上，依次挑破手指，在"我们要回城"的白绢上用鲜血签名并进而引发了全国几百万知青大返城，知青运动终于在 1979 年打上了休止符。

20 世纪 80 年代初，当代文学在度过一段"文革"后的"复苏期"之后，表现出一种极有力的上升趋势。这一时期，以整整一代知青作家为主力在文坛崛起，王安忆、张承志、梁晓声、史铁生、韩少功、陈建功等人已经拿出了自己最初的令人刮目相看、为世人公认的代表作。这些知青作家的作品，给当代文学从精神、艺术风格到写作方法、语言表现上，都带来了新鲜活泼的东西。其中的大部分作品，我们称为"知青文学"。长久以来，学界对知青文学的界定有着种种不同的观点，大致可分为广义与狭义两种。广义的界定认为，知青文学创作取材与知识青年到农村生活有关，表现的是这一特定的知识群体成员的生活与命运。孟繁华和程光炜在《中国当代文学发展史》中对知青文学的狭义界说为："知青文学是一个含有社会学成分的文学概念，是指作家与'上山下乡'有紧密联系，反映一定时期中个人特定历史境遇的文学。知青作家的共同点是在 1968 年到 1969 年间曾在广大乡村'插队落户'或在'农场劳动'，'文革'中和返城的境遇，是其情感抒发和文学表现的主要聚结点。知青文学概念在形成的过程中，自觉排斥了'颂歌'的成分，也未把倾向表现精神主体的'白洋淀诗歌'纳入其中，这样它实际变成了知青小说的同义词，如孔捷生、郑义、叶辛、梁晓声、张承志、王安忆、李锐、柯云路、韩少功、肖复兴、史铁生、阿城、李晓、朱晓平等的小说。"①

"知青"的存在有其特殊的历史原因，知青作家的精神历程又有着十分独特的一面，这使得知青文学成为新时期文学的一种独特形式，成为当代文学史上的独有景观。知青文学描绘了中国上述这些年来的社会大动荡和大变革，展现了一代知青遭受重大影响的精神画卷，它真实记录了知青们庄严、悲壮而凄凉的斑斓的社会、历史、人生的景观，是与这一代人生命进程同步的生活，是他们经历的真实的人生。可以说知青文学描写的是

---

① 孟繁华、程光炜：《中国当代文学发展史》，人民文学出版社 2004 年版，第 158 页。

知青作家的心史，也是一代知青的心史，他们不断地对社会、历史、文化、自我进行审视和反思，甚至进行反思的反思，即对反思本身进行反思。回顾知青文学 30 年的发展史，我们仿佛看到了一代青年苦难的人生道路和情感历程。虽然知青作家们的思想不同，风格各异，但是我们却能从那饱含感情的字里行间看到那充满了悲壮、苦痛、愤懑、忧郁、哀怨、孤独而又不放弃执著与忠诚的复杂的情感内涵，大部分作品呈现出了一种凝重深沉、慷慨悲悯、感伤隽永、苍凉雄犷的美学风格。因知青作家的作品大多具有自传性特征，所以知青文学的情感特征与一代知青的情感历程基本是一致的。这种复杂情感的流露，可以说，既是青春和理想被葬送的悲歌，又是尊严和信仰永不泯灭的颂歌。知青文学的情感内涵，既是新时期多元文化的表征，又是价值冲突的印证。

"文革"的开始，使一代红卫兵在较短的时间里由狂热走向失落。知识的贫乏，生活的贫困，恶劣的农村生活环境，以及农民的排外情绪和种种惰性，加在一起，给了知青当头一棒，其中有的清醒了，有的麻木了。在贫困的生活线下，他们深深地感到了人民大众的苦难，他们的热情冷却了，信仰发生了危机。他们在痛苦中悲泣，在苦难中挣扎，在绝望中彷徨。历史不可否认，所以最初的知青文学大胆地反映当时少数知青或在武斗中渲泄空虚，或在偷盗中寻找刺激，或自暴自弃，疯狂报复……也有的不愿悲观绝望下去，千方百计走逃亡之路——从装疯到自残，从单身逃亡到集体请愿，从走后门到出卖肉体和灵魂……于是，反映知青生活，表现知青观念，体现知青情感，揭露"文革"荒谬的文学作品——知青"地下文学"悄然兴起。这是知青在沉重的磨难之后，其世界观、人生观、政治观、历史观、社会观等一连串的价值观开始动摇调整的时期，是知青发生信仰危机，从狂热到"梦醒之后无路可走"的时期。"看破荒唐之后，知青们开始以叛逆者的姿态或嘲弄或批判极'左'思潮——有的以篡改'革命歌曲'为乐事，这种变'神圣为调侃'的心态，实开'王朔热'先河。"[1] 从谩骂到自嘲，从戏谑到调侃，

---

[1]　对于"地下文学"，任毅的《南京知青之歌》，杨健的《"文化大革命"中的地下文学》（朝华出版社 1993 年版）等著作，都有一定的价值。因为作为一代知青失落与绝望心态的记载，"文革"中的地下文学为我们探讨知青的心态史提供了可靠的"化石"。

从沉默到消极，从绝望到反思，正是在多种情感的冲突中；历史酝酿着一个文化转型复兴的到来。知青"地下文学"是知青文学的先锋，是发轫，在极"左"思潮一统天下的形势中，它开拓了当代人们精神的处女地。随着"文革"的结束，知青大返城运动拉开帷幕，他们所盼望的新中国的春天终于到来。知青先锋文学从狂热到失落再到绝望的情感历程，给我们展示了一种悲壮慷慨的美学风格。

　　"文革"结束以后，全民族都在以控诉和谴责的形式，揭露"文革"给人民内心造成的"伤痕"。知青作家义无反顾地采取伤痕文学的形式，着意抒发十年知青运动给他们带来的痛苦和创伤，知青文学描绘了在那个特定的时代所造成的令正常人性震颤的扭曲、裂变和青春的毁灭的悲剧。当初，他们怀着美好的憧憬来到了大有作为的广阔天地，然而最终他们无法按照他们的理想蓝图书写历史，历史和他们开了一个荒谬的玩笑。疯狂的时代亵渎了他们这一代人，而这一代人也在亵渎自己，亵渎社会和时代。历史的谬误，时代的极端在他们身上烙下了太深的烙印。他们是在痛苦地拷问自己、拷问社会的深刻的、悲观的基础上力求努力营造新垒，营造新的信仰大厦，这是一种混合着怀疑、求索、追寻、思索以及迷茫等精神特征的东西。哭诉自己青春的失落，倾诉神圣的革命理想、献身精神遭到践踏后的悲愤。他们不仅从认识上，更重要的是从情感上、思想上，对知青运动进行反拨。对于"伤痕"视角的选择，既来源于作家内心憎恶感的淤积，又决定了知青文学中的悲叹与愤怒的情感特征。这时的作品，如卢新华的《伤痕》、孔捷生的《在小河那边》、陈建功的《萱草的眼泪》、甘铁生的《聚会》、叶辛的《蹉跎岁月》、竹林的《生活的路》以及老鬼的《血色黄昏》等作品中，都深深流露着知青作家的悲愤之情，从不同角度反映一代知青在十年"文革"中，理想被误导，精神被摧残，青春被耽误，才华被埋没，以及上山下乡期间遭受到的种种打击和灾难。对于这不堪回首的往事，大多数知青作家表现了悲愤的同一色调和情感的群体冲动。当然，也有少数不合于时的知青作家，他们因思想的深刻或意识的超前而想得更远。

　　20 世纪 80 年代初，在中国社会现代化进程步子的加快和政治经济体制改革的文化大背景下，知青文学的"伤痕"主题不可能持续得太久，而新时期文学主题的演进也通常是在主流意识形态的阶段性起落和转移时发生的。知青文学的主题在这一时期相应地转轨，出现了整体性的变化，即"反思"主题的出现。从创作主体而言，单一而集中地展示"伤痕"，不是这一代知青作家的终极目标。在控诉和声讨之后，是否有必要反思一下自己？"伤痕"主题尚停留在表象的层面，它既不能涵盖那一时代的全部，也不能揭示那一历史的纵深，"伤痕"文学虽然在社会各个领域都产生了一定影响和震撼，但毕竟未能全面和本质地展示出那一代人的心路历程，而文学恰恰应该是人类的心灵史。在这种态势下，一大批具有"反思"色彩的知青小说涌现了出来。这一时期的"反思"主题可大致分为三类：①理想主义和英雄主义的赞歌，肯定蹉跎岁月中的奋斗精神，"歌颂一场'荒谬运动'中的一批值得赞颂和讴歌的知青"，以梁晓声的《今夜有暴风雪》、《雪城》，叶辛的《蹉跎岁月》为代表。②在"伤痕"的基础上探索一代知青的存在和价值，以王安忆的《本次列车终点》、孔捷生的《大林莽》、老鬼的《血色黄昏》为代表，这是一批具有历史理性的"反思"主题文本。③将思路进一步拓展，笔触转向更为广袤的农村，这一类的作品如史铁生的《我的遥远的清平湾》、张曼菱的《有一个美丽的地方》等。

　　经过了长时间的拨乱反正，正本清源，到1981年前后，知青上山下乡运动的利弊得失，作家们已经看得比较清楚了。大规模的上山下乡运动固然是极"左"思潮的产物，而今天，知青们像当年那样，又大规模倒流回城，难道就没有弊病？这是知青小说首先必然正视和回答的。王安忆《本次列车终点》形象地提出了这个问题。回城究竟为了什么？是对于昨日的失去的补偿吗？有清醒的社会责任感的作家，必须从社会学的角度开掘这样的主题。王安忆对于知青题材的这种开掘是可喜的，更重要的是，作家通过陈信归来的体验和对过去生活的反刍，提出了更为严肃的重大问题：在这么多的社会问题面前，青年们应负的社会重任是什么？应持的人生态度是什么？人生列车的终点、追求的目的地在哪里？对此，作家的倾向是鲜明的，但是，她仅止于含蓄地暗示，她还来不及想得更深。知青生活的合理外延，将知青的活动舞台从边疆农村转移到城市以及它们两者的互为交叉，使生活呈现了更为错综的面貌，它既然把这么多复杂的矛盾推到人们面前，作家就得去思索。于是，追悔、重新评价过去的生活，在物质和精神废墟上重建生活和信仰，寻找新路，成为这时知青小说的总主题：《勿忘草》、《船歌》、《褪色的信》、《本次列车终点》以及一大批此时创作的小说，都有这个倾向。而孔捷生《南方的岸》更是这种思索的颇具代表的作品。《本次列车终点》所没有明确回答的，它作出了回答。

这一时期的知青文学集中体现了知青一代人痛苦中的困惑、困惑中的思索、思索后对自身及过去经历的肯定：知青生活并非苦海无边，回城是岸；过去的一切，既有盲目的冲动，也有真诚的奉献；既有失去，也有收获。从陈村的《蓝旗》中可以看出这种倾向性，作品中的主人公要离开生活了八年的农村回上海时，发出了这样的感叹："在这苦和甜的日子里，有我永远不收回的失去和我永远不会失去的收获"，"你这块曾被我诅咒过千百次的土地，竟是这样美丽"。这种态度标志着知青文学对过去的生活由否定向肯定的一次价值转向。可以明显地看到，在《这是一片神奇的土地》、《荒原作证》、《为了收获》、《白桦林作证》、《今夜有暴风雪》、《南方的岸》等作品中，主人公不仅只是历史灾难的受害者和控告者，而往往还具有向往光荣和正义、扶助弱小、不畏强暴、坚毅忍耐、视死如归等英雄主义的个性特征。作品极力描绘他们弃绝世俗、不愿随波逐流、不断进取的高大形象，淋漓尽致地高扬他们一往无前、视死如归、征服自然的英雄气概。在这种英雄主义光辉的烛照下，荒凉的北大荒和偏僻的南国橡胶园成了一代人青春岁月的寄托和人生理想的象征。

知青文学中这种埋没于对物质世界的正常人生世态，现实人生的无可奈何的否定精神价值的情绪，是一种立足于现实人生的发自内心深处的对于世界及自身的深刻的悲观，是一种更深刻意义上的怀念。回城后，知青们全部的自我意识和自我感觉没有足够的思想准备完成对这种全新的生活潮流的认同。他们的经历与长期教育以及已经形成甚至正在固定的人生观念并未提供这种现成的准备。他们所经历的虽已经过了否定，但作为观念形态的精神遗留，仍然在他们的心理机制中发生影响。这种历史文化积淀的惯性力，使知青作家及其文学没能对全新生活潮流及时认同。在喧嚣和骚动的普遍困窘的物质世界面前，由强烈的失望而产生的怀疑使他们陷入了更深刻的迷茫中，他们比任何时候都更需要精神支柱，更需要深刻地认知自己在这个世界上的真正的实在位置。《雪城》中的姚玉慧,《本次列车终点》中的陈信,《南方的岸》中的易杰、暮珍等,他们都不止一次地自问。这是对严峻的现实矛盾无情的发问。现状和过去的双重挤压,使他们异乎寻常地期望领悟人生的内涵,然而在他们经历了过早成熟,历经太多的悲怆、太多的忧患,太重的使命感与责任感之后,他们更倾向于个人的内心体验,倾向于从内心寻找崇拜的对象,寻找信仰的力量。他们重新跃入了对于内心世界的信仰和追求中。他们把人生的价值寄托在对于一种相当理想的、价值指数相当高远的人生位置的期盼之中。在这种期盼和人生价值的找寻中,在对失落的精神家园的重构中,他们的情感末梢更多的是倾向于过去的,尽管往事不堪回首,但毕竟是人生中最美好、最豪壮、最值得怀恋的岁月。他们怀念起昔日插队的地方,回忆着那里原生态的民生民情和广袤的自然,重新评价了曾一度被忽视和否定的一切,以期寻求回城后心灵失落的补偿。这种精神的回归和怀旧,表达的是这一代人跳离现实,试图从过去虚妄然而记忆深刻的年代中获取某种精神的庇护和慰藉。从广袤的自然中重新建构人作为宇宙的中心,世界的主宰的命题,充满了哲学意味的追求,将人生的价值追求置于一种相当理想的、价值指数相当高远的人生位置上。《本次列车终点》、《南方的岸》、《我的遥远的清平湾》、《黑骏马》、《田园》、《绿夜》等都不约而同地强烈地表现出了对于自然母亲般的依恋和敬慕,对于人生中未经污染的乐土的礼赞,对于粗朴的世俗生活品格的认同。《本次列车终点》里抵达"终点"后的些许回归的愉悦很快就被烦躁和郁闷所代替。他们苦苦挣扎、等待、请求而换回的个人位置,他怀恋她,这是陈信对人生目的地的质疑,对自身选择的彷徨。不但陈信,易杰、暮珍、姚玉惠等人都不约而同地追怀起他们为之付出青春的香蕉林、北大荒、大草原。回到城里的暮珍,心一直留在海南,好像不曾回过城。《绿夜》中的"他"又回到大草原,在反思中进一步感受到了失落的痛苦和梦醒以后对人生价值的顿悟。《我的遥远的清平湾》里,我们能够明显地感到作家也正在回味往昔的日子。在他记忆深处难以遗忘的是高原子民深刻的相知和相恋,从他的记忆深处滚滚而来的是陕北的风情、破老汉山歌、牛的角斗、山丹丹花儿开,这一切无不表现了对淳朴风俗的向往,对古老民族赤诚的礼赞。《黑骏马》则是一曲生命的赞歌,是对古老的游牧民族淳厚粗朴的心灵的褒扬,是对那片黑土地上的人民母亲无穷无尽的依恋和钟情。《北方的河》、《南方的岸》、《寻找》共同表达了知青一代对更年轻一代的明显的陌生感和隔阂。在他们的灵魂中有着共同的对于城市和现实的某些拒斥。他们在大都市的自觉渺小，无能为力，都转化为对现世俗常的追求和对物质世界的蔑视。知青文学中的这种难以遗忘的种种感情与对某些现实的拒斥，是知青作家这一代人共有的心理情结，他们怀恋的绝不仅仅是过去的那片土地，那段时光，那群人，与其说他们怀念过去的生活，不如说他们更怀念他们过去的精神境界。他们怀念、依恋、永远无法抹去的是现代都市渐渐远去的贯穿在这一代人精神历程中的坚韧与执著不息的顽强意志，充满憧憬、希冀的昂扬着青春朝气的崇高奉献精神和他们曾为之狂热和奋斗过的集体主义、理想主义和英雄主义精神。知青文学重建精神家园的过程中，这种对过去历史的回眸，绝非简单的怀恋和倒退，这是勇敢地面对过去，正视自己，是用现代观念重新观照历史的忏悔和自救，他们是敢于正视历史又懂得历史的人，正因为如此，才更能真正地理解现状和未来。

二   知青文学表现内容及其特点

有学者指出："在 20 世纪 70 年代末和 80 年代初，当描写'文革'伤痕成为主流的时候，知青经历是其中重要的一环。知青小说是知青一代先知先觉者的初次回顾。可是，一千七百多万知青的经历千变万化，并非是少数作家的若干篇小说所能涵括的。于是，不满于被少数成功者代为言说的前知青，就拿起笔来，叙写自己的经历。个体意识一旦确立，他们的叙写就有了自我表现的可能。当他们的文字，成为历史记录的时候，他们的集体行动，就有身份认同的凭据。"[①]

知青写知青，是知青题材小说创作的特色之一。知青文学是知青作家人生经历的真实记录，它带有强烈的"自叙传"色彩。作家和题材之间有生命攸关的联系，这在其他题材的创作中，有则有之，似乎却少有这么突出。十年浩劫中的知青生活给这些作家以心灵的烙印太深太

---

① 南京大学中国现代文学研究中心编：《2006 年文学评论·私人经历与集体记忆：知青一代人的文化震惊和历史反讽》，2007，第 468 页。

重。他们由知青而成为作家，当然首先要表现的、要反映的是自己患难与共的知青，他们的生活和命运，那些永难忘怀的岁月。不难预计，这一段奇特而壮阔的生活将影响这些知青作家们一生的创作。无论是卢新华等人对知青岁月的伤痕言说，还是张承志对草原母亲的痴情怀恋；无论是梁晓声对那片神奇土地的激情歌唱，还是孔捷生们对知青历史的理性反思；无论是朱晓平对乡村样态的真实书写，还是史铁生对遥远清平湾的深情眷恋等等，已到而立之年的知青作家们都被那段亲历性的历史经验犹如梦魇般地缠绕着无法忘怀，无法解脱。于是他们只能去寻找一个情感宣泄口来摆脱这种梦魇，因此他们不约而同地选择了创作。包括在黑龙江生产建设兵团插队五年的梁晓声，在珠江三角洲、海南插队两年的孔捷生，在延安插队三年的史铁生，在汨罗县插队四年的韩少功，在安徽插队两年的王安忆，在山西吕梁山插队六年的李锐，在贵州修文县插队九年的叶辛，在北大荒插队八年的张抗抗，在安徽无为县插队四年的陈村，在安徽插队两年后又到新疆建设兵团插队多年的老知青陆天明，在山西、内蒙古、云南共插队十一年的阿城，在山西太谷县插队九年的郑义等作家，他们都把那段过去了的早已淡出人们视线的，并且对他们自身来说却有着深刻体味的那段知青记忆，经过作家们的主观想象、艺术加工和片段重组，重新展现出来。所以，知青作家最初的创作基本上是在言说他们的成长历程和精神苦闷，因此他们的情感也更真实，带有鲜明的主观倾向。

与上述相联系的，是知青小说主题的多义性。作家们已经不满足于像"文革"的知青小说一样，回避复杂的生活矛盾，而从中抽取简单的要领和样品，以至于在一部作品中，单纯表现事物的一个特征和一个方面。面对新时期庞芜和复杂的生活真实，纷至沓来的社会问题，作家的思想和感情也变得矛盾和复杂起来，不是单纯的非爱即憎，不是简单的肯定和否定，而是从事物的多方联系中，从现实人生的纵横错综中寻求正确的答案，确定自己的态度。

首先是"伤痕"的言说。"文革"结束，知青作为这场运动的主角，揭露和控诉"文革"中的极"左"路线、"血统论"对知青的迫害与摧残，于是，以倾诉"伤痕"为主题的知青叙事应运而生。卢新华的《伤痕》作为新时期"伤痕小说"的发轫之作，以血泪的控诉、心灵的哀哭拉开了知青小说伤痕阶段的帷幕。作品真实地"揭露和控诉了'四人帮'对干部的诬陷、迫害，'血统论'对知青的打击、摧残，假'左'真右的反革命修正主义路线对人们心灵的腐蚀、毒害。"《伤痕》的出版引来一批知识青年的共鸣，随之一系列揭示"文革"阴暗面，表现作家浓重的伤感情绪的作品陆续问世，孔捷生《在小河那边》，叶辛《我们这一代年轻人》、《蹉跎岁月》、《风凛冽》，陈建功《萱草的泪》，张抗抗《爱的权利》，竹林《生活的路》，甘铁生的《聚会》、《杨柏的"污染"》等都是伤痕小说的经典之作。上海知青作家叶辛的《蹉跎岁月》、《我们这一代年轻人》、《风凛冽》等作品，无论从篇幅容量还是人物塑造抑或是主题呈现上都较有特色。在这些作品中，叶辛并不着意去刻画伤痕型人物，而是努力使作品中的人物形象和生活画面更贴近现实的正常生活。作家在平淡朴实的知青生活中写出了一群平凡而真诚的知青个体形象。他作品中所写的伤痕，其侧重点是在诉说一代青年人的心路历程，表现他们在艰苦环境中的憧憬、困惑、追求和理想，在追寻人物性格的发展脉络中去审视当时的社会。《蹉跎岁月》在对柯碧舟和杜见春为代表的一群知青坎坷命运的描写中，深刻传达了在那蹉跎岁月中知青们对生活道路的艰难抉择，写出了不同青年对待命运、前途的不同态度，倾诉了他们各自的苦闷、彷徨、迷惘、失落、思考、追求和奋进。不仅如此，作品还表现出对"血统论"的否定和批判，揭露了它对一代青年心灵的侵蚀和伤害。而《我们这一代年轻人》再现的是另一幅十年"文革"中知青生活的真实画面。作品以程旭和慕容支的爱情为线索，从侧面向人们展现了十年动乱中知青们的沉浮、搏击与辛酸，概括了受"四人帮"残害深重的不向命运低头的一代青年的奋起与抗争。《风凛冽》依然是以一对知识青年的恋爱来结构全篇，深刻细腻地展现了一度在我国大地上出现的短暂而黑暗的年代，塑造了活跃于那个年代的不同类型的典型形象。作家之后创作的《孽债》，写出了上山下乡运动殃及知青及其子女两代人的心灵之痛，深化了"伤痕小说"的主题。在这几部小说中，作者的描写角度比之同类题材的小说有所变换，题材的开掘有新的尝试。既不回避上山下乡运动的外部矛盾，又更注重把描写的焦点对准知青内部的矛盾斗争，通过对不同知青形象的刻画，将知青内部日趋复杂的人物关系：蜕变和分化，条分缕析地进行描绘，把知青小说主题推向深层。由于作者立足于知青内部矛盾，在比较大的社会背景上描写知青生活，塑造一系列不同思想水准、性格品德的知青形象，尤其是在动荡中蜕变堕落的"四人帮"喽啰的知青形象，如叶乔等，客观上便使这些知青小说具有较为深广的社会意义的审美价值，将知青小说往前推进了一步。

　　毋庸置疑，伤痕文学中的某些作品确有停留在只重咀嚼一己的小悲哀，并把这种个人的小悲哀当做社会的大悲欢，未能提炼出更为忧愤、深远、充满更大悲剧的美学意义的问题。但作为参与构成创作"繁荣"的知青作家们，虽经历了十年文化荒芜的岁月，却仍能从不同侧面诉说知青从狂热转入怀疑、苦闷和愤怒的心路历程，同时也对"上山下乡"运动中的阴暗面进行了有力的揭露和控诉。诚如学者所言：知青作家在创作时曾"被动地追随、模仿——由主题模式到叙事模式，以至于被动地继续受制于'文革'时期的流行样式、话语风格。长者们对此自有一份体谅：知青文学注定了不可能有显赫的开端。一批未受过完备的教育复又经历了不同程度的'荒废'，蒙受了'文革'期中流行文艺的熏染的年轻人，你不能指望他们出语惊人。其中那终日表现不俗者，也大多表现出起点上的幼稚，他们的创作同样未能脱尽中学生作文笔调与流行范式。"①

　　其次是悲壮青春的吟唱。如果说新时期前期知青作家们的伤痕文学创作是从精神层面来控诉"四人帮"给他们心灵造成的伤痕的话，那么以张承志、梁晓声、韩少功和张抗抗等为代表的知青作家的创作则是对"文革"的控诉以及知识青年为追求自己的理想的青春吟唱。

　　梁晓声作为知青文学中"青春无悔型"的典型代表，在他的作品里，以自己在北大荒的切身体验作为创作蓝本，以"青春无悔式的"激情向人们展示了那个特殊年代中一群特殊年轻人由开始对理想的狂热追求到中途的怀疑困惑再经过理性思考后的充分肯定的情感起伏。与新时期初期伤痕小说相较而言，其作品主题不再是通过单纯激愤的情感宣泄来表示对"文革"的控诉，而是通过描写知青们对理想执著追求来表达作家们对知青为理想献身的这种美好品质的肯定与赞美。正如梁晓

---

　　① 赵园：《地之子：乡村小说与农民文化》，北京大学出版社2007年版，第233页。

声自己所言："仅仅用同情的眼光将付出了青春和热情乃至生命的整整一代人视为可悲的一代，这是最大的可悲，也是极不公正的，我写《这是一片神奇的土地》、《白桦林作证》、《今夜有暴风雪》正是为了歌颂一代知青，歌颂一场'荒谬的运动'中的一批值得赞颂和讴歌的知青。"①《这是一片神奇的土地》以激昂悲壮的笔调向读者勾画了一幅可悲可叹可歌可泣的垦荒图，同时也真实地描写了在面对北大荒的"大烟炮"、"鬼火"野狼、缺粮的威胁时，仍执著于把北大荒建设成"北大仓"的一群年轻人的奋斗历程。而《今夜有暴风雪》则是将故事情节放在知青大返城的历史背景下，以极深刻的笔墨回顾了知青们在开发边疆的过程中所表现出的努力。与此同时，作家运用痛苦与欢乐、悲伤与豪情相交织的笔法歌颂了为理想而献身的青年一代。除此之外，梁晓声的《白桦林作证》、《荒原作证》、《为了收获》都是这类主题的经典之作。

　　与梁晓声悲壮式的青春书写截然不同的是张承志笔下充满温情的理想主义情怀的书写。从他的《黑骏马》和《北方的河》中，我们领略到了作家对美好人性探寻和对美好事物的征服与皈依。张承志的理想主义散发着对以蒙古老额吉为代表的美好人性近乎宗教般虔诚的顶礼膜拜式的追寻。《北方的河》以张承志式的激情谱就了一曲青春的赞歌。以"我"的燃烧不已的热力代言了一个时代的完满梦想。在他的记忆中不停地闪现着特殊时代所生成的那种无所畏惧、不知疲惫的征服之举。这种理想主义的表达同时传达出这样一种思想："无论我们曾有过怎样触目惊心的创伤，怎样打破了生活的步伐和秩序，怎样不得不时至今日还感叹青春，我仍然认为：我们是得天独厚的一代，我们是幸福的人。在逆境里，在劳动中，在穷乡僻壤和社会底层，在痛苦、思索、比较、扬弃的过程中，在历史推移的启示里，我们也找到过真知灼见，找到过至今感动着甚至温暖着自己的东西。"② 由此可以看出，张承志与梁晓声在宏大叙事中表现他们理想主义的区别就在于，在他给读者呈现的理想主义中蕴涵着自身的生命的体验和青春的冲动，他将这种理想主义情怀

① 朴成日：《梁晓声创作风格研究》，《延边大学学报》2006 年第 5 期，第 9 页。

② 贺绍俊、杨瑞平：《知青小说选·绿夜》，四川文艺出版社 1986 年版，第 387 页。

化合成一种非常个人的东西。

知青作家在新时期初期完成了由伤痕的言说到悲壮青春吟唱的转变，正是这样的主题转换，使得知青小说没有流于因感伤而被同情的层面上。就像梁晓声在鬼沼、麦海、荒原上对知青悲壮青春的吟唱，虽遮蔽了知青们的严寒、孤独、苦闷、绝望，掩盖了游子的思乡和母亲的悲泣，神话了一代人的人生悲剧，无视了一个国家的巨大挫折，但毋庸置疑的是，知青在那片神奇土地上洒下的青春热血确是值得去怀恋去吟唱的。

再次是"归来者"的焦虑。由"文革"结束后带来的返城热潮背景下的知青创作，其侧重点在于书写下乡的知青们虽历经艰难回到了城市，但面对城市带来的就业、住房等种种压力与环境的不适应，知青从心理上产生了一种究竟该留守城市还是该返回农村（牧区、兵团）的焦虑感。表现在王安忆的《本次列车终点站》，孔捷生的《南方的岸》，韩霭丽的《田园》，韩少功的《远方的树》、《归去来》和张承志的《绿夜》等作品中。

《本次列车终点站》、《南方的岸》、《田园》从正面写出了回城后的知青与自己故乡——城市的疏离感，而回城后的种种不适又导致他们心理上的焦虑。王安忆的《本次列车终点站》塑造了一位下乡十年最后回城的上海知青——陈信，当他在面对大城市的嘈杂与拥挤，住房的狭窄，人口的饱和等问题时开始痛苦和迷茫，于是他在怀疑中开始回忆，开始思考。回忆下乡时那些被忽略的美好事物，思考"人生的终点究竟在哪里？何处才有生命的根？下一次列车将载他奔向何方？"可以说作家提出了一个十分棘手的问题，而这个问题绝不仅仅是主人公一个人需要思考的问题。"回城后的知青是尴尬的，因为农村生活并不像留洋一样，能给个人发展带来可以夸耀的资本，相反，在农村学会的农活技术在城市无用武之地，甚至还是一个负资本，遭人耻笑。在一定程度上可以说，这样的情形恰恰复制了城乡关系的不平等格局，展现了农村在这个格局中的劣势地位。回城之后的知青往往成为城市边缘人。如一些知青讲到，返城之后不敢出屋，因为怕别人问起。"① 作家正是通过这部作品写出了以陈信为代表的所有回城知青的心声。

---

① 刘亚秋：《知青苦难与乡村城市间的关系研究》，《文学自由谈》1986年第2期。

梁晓声在《雪城》中把返城知青的这种矛盾心态真实地宣泄出来，并且强化到严峻的程度。他把本来还笼着一层温情脉脉面纱的知青与城市之间的隔膜感一下子给捅破了、扩大了，返城知青在新的现实生活面前尴尬无奈的窘迫相表露无遗。被命运重新嘲弄的不幸又一次无情地撕碎了返城知青的幻想和自尊。但梁晓声宁可让自己笔下的主人公继续经受命运的嘲弄，宁可让他们在现实面前撞得头破血流，也不给他们以喘息的机会，绝不旁顾，也不躲闪，让他们勇敢面对城市的冷漠与排斥，在新生活的大潮中，重新扬起前进的风帆。

在这种尖锐的现实矛盾中，知青作家们把目光投向了曾经走过的那段岁月，从中汲取现实中坚强生活的勇气，在回顾中，他们努力寻找一种自强自立精神，原先认为不堪回首的痛苦的一面被淡化了，意志磨炼的一面却被强化了。面对这样的人生困惑，孔捷生在他的中篇小说《南方的岸》中明确回答了《本次列车终点站》中提出的问题。曾在云南橡胶林下乡插队的广州知青易杰和暮珍回城后虽然摆脱了陈信职业上的困惑，有一份会令陈信羡慕的职业——老知青粥粉铺，但他们却面临着与陈信相似的人生困惑与迷茫。他们在充足的物质生活下仍感到怅然若失，甚至认为这样的平庸生活令他们失去了对更高人生境界的追求，随着过去那段轰轰烈烈的橡胶林生涯不断地被唤醒并强化，最终他们选择了回去，回到他们向往已久的橡胶林。与易杰和暮珍做出相同决定的还有韩霭丽《田园》中的叶霞，所不同的是作为高干子弟的叶霞，她有着充裕的物质条件，她之所以放弃城市而回归草原的原因除了对城市人的庸俗感到乏味外，更多是基于个人价值与尊严的追寻。

《绿夜》中的主人公"他"犹如之前的黄治先和田家驹，带着易杰、暮珍和叶霞的怀乡梦回到了向往已久的大草原，希望在那里能够找到他充实的人生和丢失的理想。"他"把自己的全部理想和希望寄托在一位诗一般梦一般美好的八岁蒙古族小女孩奥云娜的身上。然而随着时光的流逝，当奥云娜由美丽单纯的小女孩变成了与其她蒙族少女并无两样，甚至还与一个年龄相差甚远的瘸子调笑时，"他"感受到了"生活露出了平凡的骨架，草原褪尽了如梦的轻纱"。然而作品并没有在"他"理想轰毁的时候戛然而止，作家最后赋予了主人公理性的思辨能力：在细雨蒙蒙的绿夜，当奥云娜守在雨中打着手电等待醉酒归来的

"他"时，"他"认识到了：生活是对的，奥云娜也是对的，是自己脱离了实际生活的轨道，该调整的是他自己而非生活本身。所以《绿夜》的独特之处在于："它不仅一般地表现了知青的'回归'情绪，而且真实细腻地反映了他们心灵变化的历程：从虚幻到现实，从空想到实践。"①

不管是他们最初对插队生活充满怨怼式的描写，还是对乡村大地和在那片神奇土地上奉献青春的知青们的歌唱以及最后对"归来者"焦虑的呈现，都是知青作家寻求身份正名的最好例证。

最后是远去乡村的另类书写。在最初的知青作家笔下，大多带着浓郁的主体情绪去书写知青一代在农村的遭遇，土地没有进入作家的主体创作中，或者他们是以农民和土地的故事来进行苦难的反思。然而，进入后期的知青创作，一些作家开始对插队地的农民和土地有了新的言说方式：一类是以朱晓平为代表的作家开始运用审视的眼光和反省精神去认识乡村，从而在叙述中浸润着一种对乡村和现实的理性意识；另一类是以史铁生为代表的知青作家们所寄予乡村更多的眷恋与游子思乡的情感；还有一类则是在寻根浪潮下赋予乡村文明更深寓意的作家创作。

乡村生存样态的理性透视。朱晓平的《桑树坪纪事》、《桑源》、《福林和他的婆姨》以写实的态度和不动声色的白描手法展现了桑树坪贫瘠、闭塞、苍凉的面貌和桑树坪人民那种淳朴诚挚、愚昧落后，而李锐的《厚土》系列则给我们展示了包含着深厚历史积淀的人的困厄的生存现实。

在展示乡村真实的生存样态时，《桑树坪纪事》从关注农民生活及其命运入手，可以说在这片封闭的土地上，善良与残忍同在，封闭与愚昧并存，而造成这种悲剧的根源就是贫穷，贫穷让人失去了本该有的理智。从朱晓平的小说创作中我们看到：在温饱没有解决，物质相当匮乏的艰难环境中，企图以道德的升华来改变他们的命运这不过是一种善良的愿望罢了。

而对于李锐的吕梁山印象——《厚土》系列，让我们从中看到了作家对历史的另一种解构。李锐的《厚土》系列就是在平凡、普通而厚

———————————

① 金汉：《中国当代小说艺术演变史》，浙江大学出版社2000年版，第164—165页。

实的吕梁山印象中，开掘出同桑树坪人一样的国民性原质——愚昧与淳朴，落后与善良，优根与劣根。

可以说在《厚土》的创作过程中，作家通过那些曾与他朝夕相处的普通农民的生活遭际和各种心态的刻画和描写，展示现实生活中的历史痼疾。如《合坟》中的老支书在迷信的习俗中寄托哀思和忏悔的情形；《假婚》中女人为图求家人的生存而不顾廉耻地去奉献自己的肉体，壮年农民由于生活的绝望和苦寂无可宣泄而终至爆发的性虐狂心态；《看山》中对牧牛人卑微的需求和表现自己生命价值的潜意识的描绘；《眼石》中对为补偿心灵的愧疚而进行的野蛮而公平的交易以及对"拉闸人"心理平衡的颠覆和恢复；《选贼》中村民们既善恶分明又依附于强权的复杂心情以及那幕以请队长收场时的小小的悲喜剧；《锄禾》里"黑胡子老汉"对"红布衫"委身于"豹子"队长一事所持的沉默态度；《古老峪》中的父女俩在面对农家世代不变的命运时表现出来的木然的承受力等都作为人生苦难被体察和理解了，把我们引向了一个未加掩饰的真实世界。我们从中收获到的是在吕梁山村民那变态、扭曲的生命中同时闪烁着本真人性的光辉。可以说《厚土》的价值就在于提供了对黏着在那块"生于斯、死于斯"的厚土之上的农民真实的内心世界及其种种生活状况的艺术观照。

而这种对愚昧、麻木、呆滞和令人痛心的传统文化心理的揭示正是接续了五四"乡土小说"派作家对自己故乡的理性审视。朱晓平和李锐都是以外来者的身份去审视他们曾经待过的乡村的生活面貌，而"乡土小说"派作家虽是故乡人，但离乡多年的他们在重新审视故乡的愚昧与落后时仍然是以一个"外乡人"的视角去看自己既熟悉又陌生的故乡人及他们的生活方式。把乡村置于封建的阴影之下进行审视进而推论出启蒙乡村的重要性，重提五四的重要命题，这是时隔多年之后因一个历史的变故，知青文学作家向五四乡土作家写作位置的回归，当然也有不同，知青小说作家确实是在借用了五四前辈的叙事方式，以一个高于那个土地的位置叙述一个故事，从而定位为启蒙者的姿态也彰显无遗，这隐隐地暴露了一个的历史倒置，本来是到农村得到再教育却孕育了教育农村的强烈愿望，这可能是他们无意间对荒谬历史作出的有力嘲讽。

　　知青美丽乡愁的诗意表达。思乡本是人类最基本的情感抒发，而乡愁也一直是文学创作中的一个基本主调。书写乡愁的作家大多生活在都市，是都市的异己感和孤独感使他们在审视故乡的愚昧与落后时又无不带有淡淡的哀愁。知青作家们笔下的乡愁表达可以说是他们对童年记忆中的乐土的深情眷恋。史铁生《插队的故事》、《我的遥远的清平湾》，陆星儿的《达紫香悄悄地开了》，铁凝的《村落带我回家》就是这样。

　　史铁生的《插队的故事》和《我的遥远的清平湾》就是在充满浓郁的陕北气息下，滤去知青下乡的苦涩经历的叙述，为我们描绘了一幅农村风俗画。譬如作品写道："红火的太阳把牛和人的影子长长地印在山坡上，扶犁的后面跟着撒粪的，撒粪的后头跟着点籽的，点籽的后头是打土坷垃的，一行人慢慢地、有节奏地向前移动，随着那悠长的吆牛声。吆牛声有时疲惫、凄婉；有时又欢快、诙谐，引起一片笑声。那情景几乎使我忘记自己是生活在哪个世纪，默默地想着人类遥远而漫长的历史。人类好像就是这么走过来的。"（《我的遥远的清平湾》）。

　　史铁生的《我的遥远的清平湾》以饱蘸感情的笔墨写了陕北那片古老而贫瘠的土地上艰辛生活着的人民。作者抛掉了个人的苦闷和感伤，从清平湾那些平凡的农民身上看到了美好、淳朴的情感，看到了他们从苦难中自寻其乐的精神寄托，看到了坚韧不拔的毅力和顽强的生命力。成天价唱着"信天游"的破老汉，曾为新中国的建立出过力，跟随大部队打到广州，只因舍不下家中的几孔窑洞，回到了陕北，至今仍过着穷日子。破老汉把所思所想、所烦所恼、所恋所爱都变成了一曲曲"信天游"，在那些略带苍凉、雄浑厚重的调子里，我们依稀看见了我们民族的脊梁，看见了我们民族的精神。史铁生没有像梁晓声那样在插队地激荡着悲壮的革命理想与激情，也不同于朱晓平们对下乡地和当地农民抱有审视的态度。他所想表达的除了对下乡地的深情怀恋外，更是一种淡泊而超脱的生活态度。无论是《插队的故事》字里行间所散发出的对这"第二故乡"的浓郁情思的直白表达，还是《我的遥远的清平湾》里在平淡的语言表述中流淌着的乡土情思，都是作家在就如何看待知青上山下乡运动态度上的突破：不再是一味地去否定知青上山下乡。他们把深埋心底的那段知青经历、知青生活"或者可以认为，知青写知青生活、知青作者写乡村，无不根于怀念，根于不能忘却（同时也'为了忘却')。人类感情的其正深刻处，是难以言说的，说出来的或只不过是其'粗'。这也是从来如是的语言困境"。① 知青一代对于乡村的叙述与其说是对乡村的怀念，不如说是对这一代人存在的尊严的守护。

至于陆星儿的《达紫香悄悄地开了》和铁凝的《村落带我回家》就是在过去与现在的交织叙述中展开对插队乡村的无限怀恋。铁凝的《村落带我回家》讲述了一个心智还未成熟的小女孩如何在插队生涯的锻炼中由一个随波逐流的人变成一个有着独立思想并返回乡村生活的青年人。

在 20 世纪 80 年代中期的创作高潮期过去后，知青作家如"集团军"一般的创作时期也宣告结束。伴随着不同思潮的剧烈冲突，伴随着整个社会文学标准的空前提高，相当一部分作家在经历了思想与技艺两个方面的磨砺之后，开始抛弃虚幻与自白，拓宽了创作道路。1985 年前"现代派"与"寻根派"几乎同时出现于文坛，这是一个有趣的现象。"寻根派"注重于纵向的继承，"现代派"则注重于横向的移植。但两者又不是完全绝缘的，就像两条并行的河流，互相渗透，互相聚合。原先的一批知青作家纷纷转入了"寻根派"、"先锋派"、"新写实"、"新历史"、"后现代"等后起的文学潮流中，题材风格都有了一定的变化。这一切似乎意味着知青文学思潮已开始消退。但是作为一场主宰了一代人命运的政治运动，作为一种激励了一代人的文学思潮，无论是知青运动还是知青文学，可能都已成为回忆，但却无法与其告别。曾经的知青作家在他们后来的作品中仍然不时追忆那段苦乐交加、难以割舍的岁月，并时常显示出重写旧作的冲动。而进入 20 世纪 90 年代后，反映知青生活的作品更多出自一些出生于 20 世纪 60 年代后的本身并无知青生活经验的年轻作家之手，如韩东《下放地》、刘醒龙《大树还小》等。1998 年以后，以上山下乡运动 30 周年为契机，纪念文章、照片和书籍可谓连篇累牍、铺天盖地，使我们一时间又回到那段遥远的岁月。如《老三届·著名作家回忆录丛书》、《中国知青民间备忘文本》，还有以历史研究为主的定宜庄、刘小萌的《中国知青史》，图片

---

① 贺绍俊：《知青小说选·陆星儿·达紫香悄悄地开了》，四川文艺出版社 1988 年版，第 648 页。

类有百花文艺出版社的《知青老照片》、石油工业出版社的《老知青——图文追忆三代知青》，这些作品的热销构成了1998年书市的一道亮丽的风景。

梁晓声在《北京文学》撰文指出：知青上山下乡，"是文学蕴藏内容极其丰富的矿脉。前期对它的创作采掘有点儿像'开发热'，我是太追求眼前效益的急功近利的采掘者之一。这并不意味着破坏了它的'资源'。……只不过我们的孜孜以求，却都没有采掘出它最有价值的那一部分。它后来的沉寂是好事，埋藏久些，形成的矿质更高些。也许10年以后，也许20年以后，或会有知青题材的上乘之作"。① 梁晓声的这一段话代表了知青作家对于知青文学的一种反省精神。知青们的生活轨迹还在延伸，追踪反映他们的知青文学必将延续。知青文学将会是一个长久的话题。

---

① 梁晓声：《我看知青》，《北京文学》1998年第6期。

第二章 "寻根小说"：承载文化和生命的形式

第一节 市井乡土小说：个人民间与小说本体

无可置疑，新时期的市井乡土小说逐渐走入了一个多元化的格局，这种开放格局也无疑给市井乡土小说的创作带来了无限生机，可以毫不夸张地说，新时期的市井乡土小说在整个小说领域内是作为一个主流体系而存在的，它几乎在左右着小说发展的走向。市井小说是指以都市或城镇下层人物为描写对象的小说；乡土小说是指那些具有独特地域性文化特色的乡村小说。这两类小说虽然描写的对象不同，但有一个共同的特点，就是普遍注重独特风俗民情的描绘，在意趣盎然的"风俗画"里，表现丰厚的历史文化内涵和人生底蕴。在新时期小说创作中，不少作家娴熟自如地大量描写民间风俗，从而使作品中表现的社会生活更加真实、丰富；塑造的典型形象更加立体、生动；烘托的典型环境更加绚丽、多彩；揭示的主题更加含蓄、深刻。

一 市井乡土小说的发展流变

中国的传统社会是以乡村为最小单位的，可以说，乡土意识渗透到人们思想的深处，是整个传统文化的基础和精神核心。可是，现代化（或工业化）却是依托于城市的，它是城市文化的产儿，它在相当大的程度上压缩了乡村文化的生存空间，侵蚀了中国传统文化的精神基础，从而造成整个民族的无根感。因此，当今天人们想重拾自己的文化传统和民族之根时，便无法回避当日的乡土文明，无论它是积极的还是消极的，优雅古典的还是野蛮愚昧的。一个民族、一个地域的文化，涵盖着这个民族沿袭已久的精神风貌和气质，这是历史积淀的结果。表现这种精神气质和文化风貌的乡土小说无疑就是对这种地域文化进行描述，在展现风俗画面的同时，剖析民族的深层而混沌未觉的群体意识，在更为广阔的背景下把握现实生活和历史。这也是乡土小说为什么长期在文坛上存在的重要原因了。

市井乡土小说并非新时期所特有，早在 20 世纪 20 年代，就有不少作家从事着这方面的创作。20 年代中期，出现了以描写农民生活命运、反映农村现实为主的乡土写实作家群。他们作品中的意象多是自己所熟悉的农村和乡镇的人物与环境，其中在描写环境时，又很注意与地方风物、风俗习惯渲染融合，这就使他们的作品具有鲜明的地方色彩，他们的作品被称为"乡土文学"。这一概念是具有现代意义的。这一文学潮流的主导精神是现代文化与中国乡土文化冲突的结果，是特定历史时期东西方两种层次的文明相遇的产儿。进一步说，这是五四时期"为人生"文学观中所提倡的"密切注视现实人生"在创作实践上的继续发展。

现代中国文学的奠基人鲁迅是现代文学史上最早显示"乡土文学"特色的作家。张定璜曾在《鲁迅先生》中这样评价鲁迅在乡土文学创作中的卓越功绩："他的作品满熏着中国的土气，他可以说是眼前我们唯一的乡土艺术家。"① 在鲁迅的发轫与带领下，20 年代中期在中国文坛上出现了一大批年轻的乡土文学作家。其中比较优秀的代表作家有许钦文、台静农、蹇先艾、巴人、冯文炳（废名）、许杰、王鲁彦等。他们中有的是经常与鲁迅接触的青年，有的是听过鲁迅讲课的学生，有的则是鲁迅直接扶植的文学社团的成员，更多的是鲁迅的文学爱好者。这些青年的乡土文学创作相当程度地受了鲁迅的影响与熏陶。

不同的成长经历、不同的生活背景（人文、地理两方面）以及作家本人的文学特质的差异会使作品在风格与品味上存在差异，但总起来看，20 年代的乡土小说还是有其共同特征的：

第一，其题材多是写农村社会、农民生活及农村的衰败。通过描写 20 年代中国农村的社会状况、农民生活场景来展现农村的衰败是那个时期乡土文学的中心主题，率先第一个表现这种主题意向的是鲁迅的

---

① 张定璜：《鲁迅先生》，《现代评论》1925 年第 1 期。

《故乡》。《故乡》中所揭示的农村衰败包含两个层面：物质的贫乏与精神的愚懦。这两个层面都集中在小说的主人公闰土身上。在鲁迅之后是潘漠华的处女作《乡心》。另外，许钦文的《父亲的花园》、冯文炳的《竹林的故事》、王鲁彦的《黄金》、许杰的《赌徒吉顺》都属于这一类作品。第二，描写野蛮的乡土风俗，表现封建性乡间村镇中的落后、不合理、愚昧和麻木。封闭与落后形成了乡间长期不变的传统习俗，其中较重的是农民身上浓厚的宗法观念。如许杰的《惨雾》、彭家煌的《怂恿》等。第三，具有鲜明的地方色彩、地域特色。鲁迅曾在《致陈烟桥》中指出："有地方色彩的，倒容易成为世界的，即为别国所注意。"① 正是由于乡土作家们注重表现乡土的地方色彩，地域特色，才使得他们的作品异彩纷呈，不拘一格。地方色彩突出表现在各地不同风俗习惯的描写上。20 年代的乡土小说除重在批判和揭露各地陋习外，关于地域特色，还表现在自然景物的描写上。如鲁迅《故乡》中南方农村的荒凉、萧索气氛，蹇先艾《水葬》中则极写山区的地理险恶，许杰《惨雾》中所展示的则是乡村的冷寂与恐怖。第四，以自觉的情感投入方式来表现浓郁的乡愁。一个乡土作家的生命之根总是深扎在他出生的乡土里，也就是将自己的生命同乡土的自然世界与人生世界同化。这样一种同化，使得他们的作品饱含了浓郁的乡愁。这种乡愁多半也是借景物来抒发。如《故乡》中故乡的荒凉、萧索也正映衬了作者心头悲凉的情感。冯文炳作品的自然景物描写同样渗透着挥之不去的浓郁的乡愁，如他的《竹林的故事》，通过一片幽雅寂静的竹林，表现了主人公心头无限的孤独寂寞。

　　但在新中国成立后较长的一段时间里，这类着力展示独特风土人情的小说，便少有人问津了。当代文学 17 年中，乡土作家队伍相对薄弱，他们又受 17 年文学观的影响，作品的创作思想更多地带有那个时期的印记。17 年乡土小说呈现的一个显著特点就是对农民本位文化的强烈的无条件的认同。赵树理作为山西作家群的代表是我国现当代反映农村生活很有成绩的一位作家，17 年中赵树理发表的作品很多，著名的有小说《登记》、《锻炼锻炼》、《三里湾》等。赵树理的小说始终以满腔

---

　　① 鲁迅：《鲁迅全集》（第 13 卷），人民文学出版社 2005 年版，第 81 页。

热情关注农村变革，同时又较客观地揭示生活矛盾。他注意自觉探索小说民族化、大众化的道路，其作品有着深厚的民族传统和独特的艺术风格。17 年中另一位著名乡土小说家是"荷花淀派"的代表孙犁。现实主义的创作方法与深厚的文学修养使孙犁的小说自成一家，充满着浓郁的诗情画意，被人们誉为"诗化小说"。孙犁的作品旨在发现美、编织美，他作品中的人物多是中国北方平原和山区的农民群众，孙犁的创作有意挖掘渗透在他们身上的劳动人民的人情美。如《山地回忆》中妞儿的纯洁热情，《嘱咐》中水生嫂的勤劳、坚韧，都是孙犁所倾墨歌颂的。即便是战斗场面孙犁也能描写得情趣盎然，洋溢着诗情的美。

一直到 20 世纪 80 年代初期，才又有作家重新开始了真正意义上的市井乡土小说的创作，并在 80 年代中期形成创作高潮。促成作家们再次钟情于市井乡土小说的原因很多，并且因人而异。但有一点是共同的，那就是随着思想解放的深入，作家们的审美意识和文化意识也逐渐觉醒，他们已不再满足于某些敏感的、一时难以理清头绪并确定其审美指向的热门题材，于是某些不受时尚影响、具有较多审美价值和文化色彩的市井乡土题材，便走进了作家们的创作视野。

首先是在纷纭变化的新时期文学思潮中，悄然涌动着一股既不像改革文学那样波涛汹涌，也不像反思文学那样声誉斐然的细流，那就是一批无论是数量上还是实力上都占据着相当优势的作家，动情地凝视着自己生活过的文化古城，一板一眼写出的市井小说。这类小说的代表作家有邓友梅、陆文夫、汪曾祺、林斤澜、冯骥才、范小青、冯苓植等。他们在闾巷深处探觅市井细民的古老心态和历史遗风，也从身边近处反映当代市民的现时生态景观，他们企望揭示民族性文化传统及文化心理的历史沿革、承继和发展，也力求展现民族性格在现代生活冲击下所发生的深刻变化和新因素的萌生。不难发现，这类小说与我们民族几千年的本土文化的血缘最为亲近，可以说它是真正厚植于我们民族文化心理深层的，有着真正民族风味的文学作品，它对中国文学将会产生深远的影响。

市井小说大多从文化学的视角来描写一个个大城市里的"村庄"，描写城市的老区居民以及他们富有传统的乡村化特征的生存方式，尤其注重古老的风俗习惯、方言俚语等地域性文化，这是城市的过去，是城市文化的昨天。

在新时期作家中，较早从事市井小说创作的当属汪曾祺。从 80 年代起，他就以一种淡泊、宁静、闲适的心境去看待万般世相，从凡夫俗子身上寻找动人之处，这使得他相继写出了《受戒》、《大淖记事》等一批优秀作品，这些作品写的都是他的故乡苏北城镇的市井生活，是一幅幅市井社会的风情画。

汪曾祺的作品有自己独特的美学追求。这首先表现在他那隐蔽在所有作品的艺术形象中的思想主题上。汪曾祺的小说几乎都在宣扬一种富有民族性的同情弱小、仁爱互助等朴素的人道主义思想。他赋予笔下的人物以传统的美德，在人物的相互关系中，突出地赞美他们扶危济困、相濡以沫的善良、高尚的精神。如《岁寒三友》中的靳彝甫、《徙》中的高北溟、《鉴赏家》中的叶三，他们或者救危济困，或者重义轻利，都是体现了作者美学理想的人物。

邓友梅是又一位对市井小说有独特贡献的作家，不过他不像汪曾祺那样写他的故乡。他写的是反映新、老北京市井细民，特别是已经沦落的清室遗少、八旗子弟生活的小说，这样的作品有《话说陶然亭》、《寻找"画儿韩"》、《双猫图》、《那五》、《烟壶》、《索七的后人》等。

邓友梅的市井小说在思想主题上明显区别于汪曾祺的是，他的创作有着强烈的时代色彩。他不为民俗而民俗，而是在民俗美中渗透出强烈的时代精神，应该说，在追求市井民俗小说的时代感方面，邓友梅超越了汪曾祺。邓友梅写《烟壶》是意在从烟壶的纠葛中折射出爱国主义光彩。

除邓友梅外，北京作家群中致力于市井小说创作的还有陈建功（"谈天说地"系列小说）、李云龙（《小井胡同》、《古老的南城帽》）等。刘心武最后也加入了这个行列，他在写《如意》、《立体交叉桥》的时候，已经露出了向市井小说转变的端倪，而《钟鼓楼》的问世，不仅标志着他长篇小说创作的一次新尝试，而且也是新时期市井文学发展史上的一个里程碑。能以《钟鼓楼》这样的规模去表现市井民生，是刘心武长期以来为提高作品的审美价值和艺术水平而进行不懈探求的结果。

在北京作家群之外，全国各地从事市井小说创作的还有许多作家，如天津的冯骥才、林希；江苏的陆文夫、范小青等。陆文夫自50年代的《小巷深处》开始，就已经在有意识地追求一种市井风俗画的风格了。进入新时期以后，他的小说《献身》、《小贩世家》、《美食家》、《井》等的发表，奠定了他在新时期文学发展中的地位。陆文夫的市井小说着眼于人的命运，立意在观照历史，通过人物命运的变化，反映时代和历史的变化。可以说，一部《小贩世家》写透了底层市井细民的苦乐，一部《美食家》写遍了古城苏州的名肴佳馔，这使得在市井小说中，陆文夫的创作具有一种特有的姑苏风味。

80年代末期，在整个文学失去了"轰动效应"后，市井文学也沉寂了一段时间。但进入90年代后，一些新老作家又相继投入市井小说的创作，他们继续以表现凡人小事为创作的切入点，又有意识地适应一般读者的阅读习惯和情趣，认真地描绘世俗的人生图画，使市井小说得到了长足的发展。以反映天津市井生活为题材的作家林希，相继推出了《高买》、《红黑阵》、《天津闲人》、《丑末寅初》等作品，他笔下人物彼此不同的生活方式不仅包含着极深厚的文化底蕴，而且渲染出了浓厚的时代氛围。范小青则仍然以古城苏州为背景进行创作，《老岸》就是一部洋溢着新时期生活气息的长篇市井小说，它通过三轮车工人的生活，反映了当代市井百姓执著地追求人生真谛的时代精神，作品以健康向上的格调淋漓尽致地描绘了市井生活，热情讴歌了改革开放的新气象，具有较强的艺术魅力。

市井小说在新时期文学发展中的繁荣局面，是由其自身因素和外部条件构建的。首先，随着中国改革开放的不断深入，搅动了一向平静的市井天地，使这里发生的一切成为作家们的"生活敏感区"。来自政治、经济、文化、道德各个方面的冲击，引起了市井小民生活方式、生活观念的渐变与更新，传统生活法则受到动摇，这必然在不同身份、不同社会地位的市民中引起强烈的反响。他们或站在新生活的潮头拍手叫好，或面对变革的动荡局面惶惑不安，或死抱着传统的衣钵逆向而动。如范小青在她的市井小说代表作《裤裆巷风流记》中，截取了裤裆巷三号门洞作为古老的苏州城的一个剖面，反映了在旧的传统正在瓦解，而新的观念尚未完全确立的环境下，人们的迷惘、憧憬和焦躁不安的灵魂，进而也让读者意识到，市井间巷有着深厚的民族心理和民族文化传

统的历史积淀，特别是残余的封建思想意识和道德观念还相当严重，这
是改革的巨大障碍。正是这样，市井生活自然对作家们产生了极大的创
作诱惑力。

其次，文化意识的觉醒，也是促进市井文学繁荣的因素。作家们带
着觉醒的文化意识，在街头巷尾寻找历史遗风和古老心态及其在新生活
中的嬗变，并试图通过输入现代意识对传统文化意识实行改造。从这个
意义上讲，市井文学也肩负着调整民族文化意识和重塑民族文化性格的
重要使命。

总之，时代给作家们提供了可按照自己的意愿进行创作的可能，审
美创造主体的选择也拥有了全方位的自由，艺术观念和审美意识不断更
新，题材领域内的禁区不断被打破，艺术表现手段的不断发展，都为审
美的嬗变提供了动力和契机，在这些因素的促成下，市井小说呈现出了
五彩缤纷的局面。市井小说的发展，开拓了新时期文学的题材领域，大
大拓宽了文学所反映的生活广度。更为重要的是它为新时期文学提供了
新的审美形态、审美观念和审美趣味。

二　市井乡土小说的文学意义

市井乡土小说的出现，有着深刻的文学意义。第一，它开拓了小说
表现内容的深度与广度。在市井乡土小说作家笔下，传统文化及生存方
式大多被描写成一种美好的、充满人情味的、有着传统美德和民族精神
特征的温暖所在。尽管这个世界中还充满着贫穷、落后、狭隘，甚至愚
昧，或者它与咫尺之外的高楼大厦构成的整个都市大世界不相吻合。汪
曾祺作过这样的自我表述："你发现没有，我笔下的小百姓，没有坏人，
有人写评论，说我将所有人物雅化"，"这跟我儒家的思想宗旨有关"。①
何谓儒家宗旨？举其纲要来说，是"爱人""爱众"，"厚自躬而薄责于
人"，是追求"老者安之，朋友信之，少者怀之"的和谐境界。无疑，
用这样的"思想宗旨"来观照历史、社会、人生，那么，摄入审视范
围之内的，必然是真的、善的、美的。同时，必然将假的、恶的、丑的

---

① 施叔青：《汪曾祺施叔青谈话录：作为抒情诗的散文化小说》，《上海文学》1988 年第
4 期。

排除在外，至少是排除在审视的焦点范围之外，只是用些许的余光予以清淡的扫描。因为如此，所以汪曾祺小说所艺术化了的生活情景，往往是被单一的价值取向所选择和摄纳。这种价值取向就是由真、善、美焊接成的标尺作为衡量和取决的标准。汪曾祺小说的魅力正是主要来自于这种以作者对生活的热爱为前提、以中国传统文化为基础而酿造的美的氛围。在这个氛围中，人与自然，人与人和谐相处，其中的人物虽然社会地位有所不同，贫富有所不同，但他们都心满意足地享受生活，有滋有味地品尝生活；生活被涂上了一层暖色，人与人之间洋溢着一种爱意。从本质上说，它体现了作者对那种宁静古朴传统式生活怀旧式的回顾和深情的眷恋。《受戒》在香烟缭绕的寺庙里，表现出与世俗红尘一样的佛门弟子的饮食起居、七情六欲，热情洋溢地为健康的人性人情欢歌，满蕴着对生活和人生的热爱。这种对率真的人性、素朴的人情的唱赞，在《大淖记事》中有进一步明朗真切的回响。作者在描写生存在淖边的底层人们的生活时，挖掘了这些人们身上那种善良美好的品格和爱美的天性，特别是那些挑担的姑娘媳妇们，她们都生得顾长俊俏，又很爱修饰，爱在头发上抹油、插花，而又能受得辛苦，担得起百十斤的重担，对生活总是充满了乐观与自信。作者还写了她们心灵的纯洁，写了她们对生活中美好情感的追求。这种美好的情感，集中表现在男女主人公身上，就是挑夫的女儿巧云和小锡匠十一子之间那纯洁又高尚的爱情。爱是两心相印，是灵魂的互相吸引。娟美可人的巧云和年轻风流的锡匠十一子纯真赤诚的爱情故事，有着一种深沉内在、撼人心旌的道德力量。

市井乡土小说主要表现的是独特的风土民情，而风土民情是容量最为丰富的创作素材之一。一定的风土民情的形成不是依靠某种单纯的力量，而是各种社会因素、心理因素和地方因素的合力所致，因此，对独特风土民情的艺术审视，必能开拓出一个更为广阔的艺术天地。在新时期小说创作中，作家常常通过社会风俗的描写来显示时代的变迁、历史的发展，造成一种浓郁的民风民俗气息。许多作家由于深入地描写了特定社会区域的民风民情，真实地反映了一定时期我国社会和时代变迁过程中的风貌，从而使作品充满了独特而又浓厚的民间气息，在一定程度上也揭示了社会生活的本质，增强了作品的社会价值和艺术魅力。

在路遥的创作中，他丰厚的作品几乎都是以神秘的黄土地作为源泉，以厚实的黄土文明作为背景，作品中总是渗透着他对黄土地神圣皈依式的情结。不论是高加林黄土地上的悲剧的生命轮回和孙少安、孙少平扎根黄土的深沉选择，还是对于刘巧珍、小杏等在现实中受挫、失意之后，重塑黄土地的坚实博大，表现的人物命运的悲惨、凄惶，都透射出路遥对黄土文化的深沉情感，表达了其对黄土文明的深情阐述。他以细腻、生动的笔触，为读者描绘了一幅幅纯美质朴的黄土高原风景画，增强了作品的真实感人的力量。在路遥的小说中，陕北高原特有的人文风景与自然景观，那连绵起伏的黄土高坡，那浩瀚无际的毛乌素大沙漠，那穿行在群山中的寒光凛冽的冰川河道，那从苍黄的天宇中传来的几声信天游的嘶喊，都使人感到气象雄伟，心胸开阔。在描写西北高原那辽阔、博大的自然环境时，路遥善于用细腻的笔触精雕细镂那独具特色的景物。打开《人生》，那独具特色的西北高原的山川景物、自然风光便色彩鲜明地展现在读者眼前：

> 村子里静悄悄的。男人们都出山劳动去了，孩子们都在村外放野。村里已经有零星的叭哒叭哒的拉风箱的声音，这里那里的窑顶上，也开始升起了一柱一柱蓝色的炊烟。这是一些麻利的妇女开始为自己的男人和孩子们准备午饭了。河道里，密集的杨柳丛中，叫蚂蚱间隔地发出了那种叫人心烦的单调的大合唱。
>
> 黄土高原八月的田野是极其迷人的。远方的千山万岭，只有在这个时候才用惹眼的绿色装扮起来。大川道里，玉米已经一人多高，每一株都怀了一个到两个可爱的小绿棒；绿棒的顶端，都吐出了粉红的缨丝。山坡上，蔓豆、小豆、黄豆、土豆都在开花。红、白、黄、蓝，点缀在无边无涯的绿色之间。庄稼大部分都刚锄过二遍，又因为不久前下了饱晌雨，……湿润润，水淋淋，绿茵茵，看了真叫人愉快和舒坦。

西北高原的村落和八月的田野风光历历在目。这些风景画不仅为人物提供了一个适宜的活动背景，更在于它们往往是特定条件下的人物性格、心理的一种烘托。它展示出陕北人对自然苦难和社会苦难的平静的眼光与从容的态度，展示出他们承受苦难压力的坚强的意志与生命的激情。

生活在这块土地上的农民，就像这块土地一样具有承受一切压力的博大胸怀，不被困难所征服的强悍性格和坚韧挺拔的生命意志。在他们身上有着浓厚的传统文化的积淀，而尤以儒家的伦理道德学说为基本核心。他们把这种外在的伦理规范通过血缘情感的中介，内化为人们感情需要的自觉追求。他们崇奉的一些最基本的人生原则，如实用、诚朴、忍苦、善良、重亲情等，以及相应的生存方式、风土人情、言语习惯等，都非常自然地化入了路遥的创作之中。

第二，它发展了小说的民族特色。市井乡土小说的出现，对中国文学的民族化，无疑起到了重要的推动作用。因为民俗风情是一个民族感情和生活方式的重要组成部分，对民俗风情的艺术描绘，无疑是对民族感情之潜流的成功开拓。新时期小说在对民间风俗的描写中，努力发掘其固有的历史遗迹，以加强作品的纵深感和真实性，从传统的民俗生活中开拓出新的意境，提炼出积极的思想意义，给历史以新鲜感，给古老的民俗以现实感。其描写民俗的特点是：既与中国的历史、文化、道德、风俗相联系，又与当前的新思想、新社会风习相沟通；既有历史的纵深感，又有强烈的现实感；既是古朴的，又是新鲜的；既是继承的，又是发展的；既是统一的，又是多样的；既是单纯的，又是丰富的。新时期刘绍棠用他那支神奇的笔，描绘了北运河风俗画，大量描绘美的民俗，创造小说的民俗美，并提供了 30 年代至今的北运河农村的经济、政治、思想、文化等方面的形象史料，是一部运河风俗文化史。他的《蒲柳人家》可以说是冀东乡村革命斗争风淳情真的风俗画。

邓友梅《那五》中的主人公那五，是一个破落贵族的后裔，祖父是内务府堂官，父亲福大爷 7 岁就受封为"乾清宫五品挎刀侍卫"。辛亥革命以后，清朝覆灭，家道败落，福大爷折腾尽了房产家业，一命归西，"留下那五成了舍哥儿"。那五自幼养尊处优，不事劳作，整日斗鸡走狗，听戏看花，溜冰跳舞。长大成人后，一贫如洗，也一无所长地成为废人。当他生活无着时，好心的云奶奶收留了他，过着饭来张口、衣来伸手的日子。但那五还是受不了这份贫寒寂寞的生活，最后当了小报记者，四处闲逛，坑蒙拐骗。后来买了"醉寝斋主"的小说稿《鲤鱼镖》，以听风楼主的笔名发表，本想成名，却得罪了老拳师武存忠。后来又受贾凤楼的利用，假装阔佬捧角儿诓骗阔少的钱。但乐极生悲，他真被当成阔佬遭到抢劫。再后来又去学戏、教戏。新中国成立后又神差鬼使地被分配到一个专管通俗文艺的单位。

小说通过对那五游手好闲、坑蒙拐骗、浑浑噩噩的前半生的描写，揭示出没落贵族子弟的心理特征。他好逸恶劳、妄自尊大，虽然一贫如洗，仍是"倒驴不倒架，穷了仍有穷讲究"，一无所能地混迹于市井社会，沾染上了市井无赖的种种恶习。但作者也没有把那五这一形象简单化，把他写成一个恶棍，而是不时地流露出他尚未泯灭的良知。历史的演变所带来的失落感和竭力想挽回优势的心态，成为破落户子弟共有的心理特征。邓友梅以自己对生活的深刻理解，在展示那五前半生的经历时，融入了以史论世的哲理思考，具有深刻的警世意义。

第三，它提供了一种新的审美形态。在市井乡土小说中，风俗民情不是审美表现中可有可无的调味剂，而是一种审美观照对象。作家既可以借风俗民情的描写表现人物性格，也可以借人物关系展现出独特的风俗画，从而形成一个有意味的"风俗形象"，从中折射出某种文化的活力与惰力。陆文夫笔下的"小巷人物志"，无论是《美食家》、《小贩世家》，还是《临街的窗》、《井》等，以姑苏独特浓郁的民俗文化色彩在中国当代文坛独树一帜，特别是在《美食家》中描写了姑苏饮食文化。孔碧霞独具匠心，"把苏州名菜的丰富内容用一种极其淡雅的形式加以表现，在极尽雕琢之后，使其反乎自然"。那一桌令人馋涎欲滴的酒席，"桌上没有花，十二只冷盘就是十二朵鲜花，红黄蓝白，五彩缤纷"。苏州人吃有食道，而且有一套完整的结构、艺术体系。人们赴宴，先上冷盘，接着热炒，热炒之后是甜食、大菜、点心，最后以一盆大汤作总结。吃过之后，要喝蹲茶楼。这喝也是极为考究的，水是天落水，茶是碧螺春，煮水用瓦罐，燃料用松枝，茶要泡在宜兴出产的紫砂壶里。吃与喝成为一个不可分割的整体，而且这"吃的艺术与其他的艺术相同，必须牢牢地把握时空关系"。在这充满世俗习尚、姑苏风味的风俗场景的描写中，凝结着作者的历史意识、民族文化意识。

汪曾祺的小说首先在人们面前铺开了一幅幅清新淡泊、意蕴高远、韵味无穷的水乡泽国风俗画。《受戒》中写庵赵庄人的生活，写荸荠庵的生活，两部分环境随着情节的展开，彼此穿插渗透，形成一幅完整的传统生活风俗画。无论是原本充满生气的民间生活，还是飘逸着人间烟火气的宗教环境，都体现着人的生活意趣与向往，内在的气氛是融贯统一的，流溢着江南水乡生活的优美韵致。《鉴赏家》中写叶三卖水果："立春前后，卖青萝卜。'棒打萝卜'，摔在地下就裂开了。杏子、桃子下来时卖鸡蛋大的香白杏，白得像一团雪，只嘴儿以下有一根红线的'一线红'蜜桃。再下来是樱桃，红的像珊瑚，白的像玛瑙。端午前后，枇杷。夏天卖瓜。七八月买河鲜：鲜菱、鸡头、莲蓬、花下藕。"这样，用水果就标示了一年的光景，而且让人似乎嗅到了飘逸在四季空气中的水果的芬芳。《大淖记事》里写大淖四季的景色，更是为人所知。显然在汪曾祺的回忆中，季节不再只是一个自然现象。他把小说中的环境、人物同季节溶在了一起。人的美好，风物的美好，往往在节令中存在。这些画面的展现与人物情思流动的节奏合拍，也就产生了情感的同频共振，一股强烈的审美力量便跃然于意境之中了。在汪曾祺的小说中，浓重的乡土风俗的氛围和在这种氛围下活动着的人，相互形成了有机的整体，别有一番情趣和意蕴。人物的心理、情愫是串联意境画面的磁场，而意境画面的组合又是显示人物内心感情世界的直感意象。这就有助于读者透过境象画面的延伸来体察隐藏在内部的人物思想感情的脉络，收到言外之味、弦外之音的艺术效果。《受戒》中使用相当多的篇幅写了独特的风俗。一是明海的家乡出和尚是传统；二是当和尚可以吃肉；三是和尚可以娶媳妇。正是这一方独特的风土民情，才造成了明海和小英子的爱情喜剧。如果没有这些风俗民情的精彩，明海和小英子的爱情不仅不会成为喜剧，也产生不了如此的魅力。《大淖记事》也是这样，作家将相当的笔力放在了风物习俗和民情的创造上。小说的前三节几乎全是写大淖边自然环境、风物和手艺人、挑夫人家的习俗民情、生活以及自由的婚嫁关系，巧云和十一子的爱情之所以动人，正是因为这里的风俗动人，正是由于这里的自由环境才铸成了这里人们自由的天性，正是这里恬淡的风俗人性，才熏陶了他们笃重爱情的性格特点。人创造了爱情，同样，环境创造了人。

　　新时期小说通过对这些民俗深入细致的描写，广泛深入和全面地反映了社会各个生活领域的风俗习惯，不仅再现了具有民族特色的风俗，而且凸显了地方特色，充分显示了当时社会的民俗特征。值得注意的是在新时期小说民俗化描写共同特征的基础上，由于作家的创作个性的不同，又形成了各自不同的描写特点和美学追求，呈现出的风俗画也各具特色。丁帆指出："同样表现诗情画意，汪曾祺笔下苏北县镇的风俗习尚显得清淡平实，但又带着淡淡的哀愁，抑或还染有圣化的神秘色彩；刘绍棠描摹京东运河一带的风俗，既粗犷却又有田园牧歌的情调；叶文玲则是把江南的风俗融入画境和人物的隽永性格之中，宛若江南民歌小调那样纤细柔和，婀娜多姿；姜滇却是努力把江南风景风俗融入时代和社会背景之中，让人物气质与秀美高尚的风土人情融合，形成一种特异的格调。"① 可以说，正是市井乡土小说的出现，开拓了新时期文化小说的先河。新时期的小说家在其作品中对民间风俗风情的大力描写和渲染，表露出作者对传统民俗的留恋和怀旧，其重要原因还在于民俗最具知识性、趣味性，是最能集中、充分地表现民族风貌和民族心理素质的深层文化。

　　第四，塑造了一批形形色色、各色各样、三教九流的艺术形象，丰富了新时期文学的人物画廊。新时期市井乡土小说以充满民间习俗的生活图画来结构全篇，以传统的风俗习尚（多以纯朴的民风习俗，亦以某种民族的遗风）描写来强化人物的类型、丰富人物的个性，预示人物命运，展开矛盾冲突，推动情节发展。民俗的描写为人物打上了那个时代的、社会的、阶级的、民族的烙印，从而大大丰富了人物的个性特征。从人物的命运的坎坷曲折，折射出时代的更替、历史的演变。正是因为有了这种历史的烙印，才获得了它独有的民族气质和性格特征。

　　众所周知，视野的变化能够带来文学作品内容的丰富和文学形象的多样化。新时期市井乡土小说不仅反映社会的发展、伦理的流变，也写出了市井乡土百姓的文化心态和生活状态，表现出市井乡土人物心灵的丰盈和情感的和谐。新时期市井乡土小说不再仅仅把作品中的人物视为阶级的一员，而是作为流动的中华民族文化长河中的存活者被表现着，在对传统文化的选择过程中，探索市井乡土人物文化心态的构成。它一方面承传鲁迅改造民族灵魂的现代批判精神，揭示传统文化积淀以及社

---

① 丁帆：《文学的玄览（1979—1997）》，北京出版社 1998 年版。

会现实发展的矛盾困扰所造成的市井乡土人物心态的扭曲；另一方面，在现代文化与传统文化的渗透冲突此消彼长中，把握市井乡土人物文化心态的嬗变，写出他们新的价值观念的确立，并且开掘出带有传统特色的文化传统。

社会审美趣味的转移，给市井乡土小说创作带来了生机。过去，由于"左"倾教条主义的严重束缚，题材要"火药味"浓、反映重大社会冲突；人物要"光彩照人"、"高、大、全"，人们只好仰视那些昂首天地间，甚至不食人间烟火的"英雄"。人们期待这种"普通人"的文学形象的出现，因为这种人物虽然够不上英雄形象，有的甚至还带有明显的缺点，但他们代表了人民群众中的大部分，可以使广大读者窥见自己的身影，受到真切的教育和启迪。市井乡土文学反映的大都是最普通的社会成员的极其平常的市井乡土生活，诸如市井里巷中的人情往来、民事纠纷、友谊爱情、急公好义等。这些生活内容最容易与普通社会阶层特别是市民阶层心灵沟通，使其找到精神的慰藉。

新时期市井乡土小说中的人物，都是一些文化味较浓的"文化型"人物，特别是小人物。这是因为文化是人创造的，反过来又制约着人的行为。从文化角度来塑造人物，深入人的文化心理，写出文化在人物身上的历史积淀，就避免了简单地用政治标签区分人物，把人物写成扁平的"好人"或"坏人"，从而表现人物复杂的灵魂。苏叔阳讽喻"旧北京忠诚的捍卫者"的《傻二舅》中，描写"傻二舅"糊了一辈子顶棚，面对高楼林立、旧貌换新颜的趋势，仍执意留恋那古老的平房和纸糊的顶棚，写出了这位"老北京"在新旧生活之交时的复杂感情，其中也反映出作者对日新月异的新生活的由衷热爱之情。汪曾祺的《异秉》，以摆小摊的王小二财源茂盛、飞黄腾达的发迹写尽了旧时乡镇各业求生之路。这里既有旧社会学做生意的辛酸，又有对乡镇刻板生活与市民猥琐心理的嘲讽。当然，即使在这些猥琐人物身上也无不滋生着求生的欲望，读来令人感慨万端。冯骥才《神鞭》中的傻二、冯苓植《虬龙爪》中的宗二爷、邓友梅《烟壶》中的聂小轩以及陈建功《我是一个零》中的沈云生等，这些形象身上都融合着中华民族几千年文化心理淳朴的美德，通过他们，我们可以窥见无穷的文化意味和深厚的历史感。

第五，市井乡土小说的语言丰富多彩。新时期市井乡土小说为什么一直能够较平稳地发展，并且拥有一定的读者呢？这与其在继承民族传统的同时，又注意吸取通俗文学具有的比较离奇曲折的故事情节，通俗易懂，富有趣味有关。同时，市井乡土小说的语言丰富多彩，市井俚语、古语文言齐备，文白杂糅，雅俗兼具。既有浓郁的生活气息，又有鲜明的地域特色。因此，这类作品适应了大多数读者的阅读能力和欣赏水平，"雅"与"俗"的有机结合，使市井乡土小说具有了较高的艺术品格。

邓友梅、陈建功的小说之所以充满了"京味"，同他们熟练地运用北京话中清新健康的、富有表现力的语言密不可分。陈建功的小说语言非常个性化，生动朴实，妙趣横生，同那种神闲气定地谈天说地的叙事方式结合在一起，具有亲切、随意的生活情趣。同时，他们还常把方言、俚语、俗语信手拈来，增加艺术表现力。如《烟壶》中对乌大奶奶的描写，"乌大奶奶自幼练就的是串门子、扯闲篇、嚼槟榔、斗梭胡的本领"。而乌大奶奶的嫂子"也有说大话、使小钱、敲缸沿、穿小鞋的全套本事"。寥寥几句俚语，就使这种市井妇女的性格跃然纸上，显示出北京语言的独特魅力。

北方有"京油子"、"卫嘴子"的说法，显示出京、津两地不同的语言风格。冯骥才在《神鞭》中说到过二者的差异："天津人说话讲究话茬。人输了，事没成，话茬却不能软。所谓'卫嘴子'，并不是能说。'京油子'讲说，'卫嘴子'讲斗，斗嘴也是斗气。"这就把二者区分开来。"京油子"讲说，讲侃，神吹海聊扯闲篇，上天入地侃大山，从中透出机智俏皮。而"卫嘴子"讲究接话茬斗气，话说出来能噎你个大窝脖。如《神鞭》中，玻璃花挨了傻二的辫子抽打之后，话茬子丝毫不软："好你妈的，今天三爷算碰上对手啦！来，三爷非把你卸了不可！""三爷叫你爹从今天绝后！"这粗鄙油滑的市井口语，是"卫嘴子"的神韵真传，把一个市井无赖的嘴脸刻画得惟妙惟肖。同时，冯骥才和林希在描述语言上也有着浓郁的地方色彩，林希的《相士无非子》有一段对南市三不管大街的描写："天津卫的人有了钱都要跑到南市来花，天津卫的人没钱都要跑到南市来挣，天津卫的人不走运时都要来南市碰碰运气，天津卫的人交上好运都要来南市欺侮欺侮人。南市是天津人坑人、人玩人、人吃人、人骗人、人'涮'人、人捧人、人骑人、人压人、人'捏'人的地方。"

以市井俚语描述出南市三不管大街对天津人的诱惑力。在对人物的描述和
介绍上，也是以市井俚语进行的。冯骥才的《阴阳八卦》中对黄家大少
爷惹惹的描写是："屁股闲不住，到处冒一头，有事就来神，一闲万事
休。"这些都是市井间的粗言俗语，然而却又合辙押韵，虽是大白话，却
又深得传统韵文之妙。同时也有文雅之语，如《阴阳八卦》第十回，黄
二爷与金梦鱼、净慈禅师月夜参禅悟道。黄二爷说了几句老子的话："人
法地，地法天，天法道，道法自然。"老禅师却说道："又何必法，一片
自然。""直说得月耀星明云淡天远水清石奇松苍草碧灯亮花鲜茶香杯静
笔精墨妙心舒意驰血和气平万籁无声。"这些对仗工整、透出浓郁书卷气
的儒雅之辞一气呵成，虽然不免游戏笔墨之嫌，但与那市井粗言俗语夹杂
相用，也有文白雅俗杂糅之妙。

　　路遥小说中除了始终贯穿的信天游旋律外，还把陕北方言融汇在作
品的整个叙事话语系统之中，将方言作为地域文化材料，努力发掘其文
化内蕴，为展示陕北独特的地域文化风貌服务。也许正是方言所显示的
构词方式影响了路遥的思维习惯，每当作品中叙述描写陕北农村和陕北
农民时，路遥用了不少陕北的专用名词。如"圪崂"、"山峁峁"、"跌
水哨"、"塄坎"等反映的是陕北的山川地貌；"硷畔"、"脑畔"、"门
楼"等反映的是陕北的村舍院落；如远处那"灰蓬蓬"的县城；早晨
那"冒花"的太阳；"水洗过一样"的蓝天；还有那"清朗朗"的大马
河、"潮润润"的土路、"齐楚楚"的庄稼。这些词语极富地方性的声
色与意味，向外部世界展露了陕北黄土高原独特的地质地貌以及陕北人
的生活环境，强化了小说中陕北文化的意味，同时也增加了作品的真实
感和新奇感，甚至神秘感，营造出一种独特的美感。

　　方言土语往往具有传神、富有张力等特色与韵味。路遥写陕北乡
民，描摹口吻，神情毕现，因陕北方言更见出陕北人的性格气质及心理
活动。如《人生》中刘巧珍向高加林表白爱情时说："加林哥！你如果
不嫌我，咱们俩个一搭里过！你在家里盛着，我给咱上山劳动！不会叫
你受苦的……"既用了方言词汇，连句式也是陕北味十足，表现了陕北
少女巧珍的纯真质朴。在小说结尾，高加林经历了一番浮沉起落后又被
迫回到了村里，他对德顺爷爷说："我本来已经得到了金子，但像土疙
瘩一样扔了。"当德顺爷向他叙述完巧珍对他以德报怨的件件令人动情

的往事时，他扑倒在德顺爷的脚下，两手紧紧抓住两把黄土，喊叫了一声："我的亲人那……"悔恨交加，思绪万端之情真是溢于言表。艺术的要求总是以少胜多，语言也是这样，愈是精练，就愈有表现力。

陆文夫的语言风格主要体现在幽默风趣上，间或也有苏州方言冒出，如《美食家》中朱鸿兴面店跑堂的吆喝声："来哉，清炒虾仁一碗，要宽汤、重青，重交要过桥，硬点！"就具有浓郁的苏州风味。但其小说中对苏州方言的运用并不普遍。而范小青却在用苏州方言表现地域文化特色方面具有独到之处。如"门槛精得六六四"、"面皮厚，钻子也钻不进"、"胆大有官做，胆小有屁吃"、"假老戏，苏空头"、"嚼白蛆"、"敲耳光"、"老宿货"、"摆面孔"等，这都是粗俗鄙陋的市井语言，虽无风雅甜软，却也是地道的苏白。

市井小说的语言还具有不同的职业性或曰行业性特点。作家们十分熟悉不同时代、不同行业、不同身份人物的语言，并得心应手地运用到小说中去。《烟壶》中乌世保对旗奴徐焕章的痛斥和围观市民的夹叙夹议，寿明与吴长庆的茶馆对白；《那五》中那五向醉寝斋主买稿时的对话，都声态并作，贴切传神。有关旗奴制度、京剧行当、文稿买卖的知识也贯穿其中。冯骥才、林希笔下的莲癖们、高买行、相士行、撒泼耍赖的青皮混混、挑起纠葛然后再去搅和的闲人、粗鲁骄横的军阀等都有各自的语言特色。而那有关书画、古玩、茶道、制扇等的行业语言，文人墨客、居士禅师的文言古语，再加上作者幽默调侃的议论，将时代特点、行业风情、地域色彩融为一体，形成了独特的津味。但在介绍行业知识时，他们的语言有时也显得冗长烦琐，铺排过度，而缺乏节制。

陆文夫曾经说过："历史是人民创造的，但是历史的记载对人民是不公平的……应让更多的平凡的人活在文学作品里。"① 的确，以高度真实的生活现实为基础的市井乡土小说，对认识历史与现实有着重要的价值。随着现代社会的日益系统化、艺术化，审美活动虽然还是一个相对独立的领域，审美价值虽然可以与其他的社会价值判断相区别，但它们已与整个社会人生更加紧密地相关、相融，可以预料，市井乡土小说的认识社会的价值将愈来愈重要。

---

① 陆文夫：《却顾所来径》，《江海学刊》1984 年第 3 期，第 48 页。

　　总之，新时期市井乡土小说给予民族未来审美的启迪是多方面的。随着中国改革开放的不断深化，人们的物质生活、精神生活必然要形成新的格局，达到新的发展状态，与此相适应的将是人们的审美需求的日益多元化和日益丰富。

第二节　"寻根小说"：承载文化和生命的形式

一　文化冲撞与寻根思潮

　　新时期"文化寻根"思潮的酝酿、出现与传播，是在东西方文化交流、冲撞和双向选择的国际文化大背景下进行的，有其以重塑与复兴民族文化为目的的深刻的现实动因。

　　20世纪80年代上半期，随着思想解放的深入和打开国门的加速，西方近代以来的各种哲学思潮和文化理论被大量译介进来，萨特的存在主义、弗洛伊德的精神分析学、尼采的生命哲学渐次成为热点，系统论、信息论、控制论、模糊数学等自然科学方法引入人文研究领域引人注目。神话学、民俗学、文化人类学、发生学、结构主义等文化哲学理论具有广泛影响。当时有两本书的影响值得一提。一本是阿尔温·托夫勒的未来学著作《第三次浪潮》，这本1980年在西方出版的书，1983年就在国内有了译本，印数是10万册。此书的主要论点一度成为知识界和领导层议论的热门话题，它使处于传统向现代转型期社会的中国人知道了"后工业社会"的概念，并自然而然地滋生一种文明发展与文化比较下的紧迫感。另一本书是根据P.卡普拉的著作《物理学之道》编译的《现代物理学与东方神秘主义》（四川人民出版社1984年版）。作者从爱因斯坦的相对论和海森伯、玻尔的量子力学为代表的现代物理学的理论中归结出哲学结论，认为它们与东方的印度教、佛教、道家、禅宗所阐述的主要哲学观是平行的、一致的。这奇特、大胆的观点冲击着人们的思维模式与进化论思想，正如该书内容提要所指出的："启示读者从东方文化传统中汲取新的养料"，也就是说，要对民族传统文化资源作出新的反思、解释与评价。总之，外来文化的输入提供了参照，活跃着思维，推动着一股文化热潮的兴起。

　　在当时的知识界，文化正日益取代传统的政治视野，成为人们思考问题的一个中心视点。而传统向现代转型期社会中国文化的历史性选择与出路，则是人们共同探讨的时代性课题。这一课题的切入主要有两个方面，一是横向的东西方文化的比较，二是纵向的中国传统文化的认知，两者的归结点都是中国民族文化的复兴与重建。到 1985 年，随着中国现代化事业以其不可逆转的历史步伐向前迈进，与之相关联的文化热点问题的研究也具有了相当规模和广泛影响。发表于当年的张士楚的文章《近年来我国东西方文化比较研究概述》，从五个方面对这一领域的研究成果进行了总结，即关于中国近代比较文化研究的历史、关于比较文化学原理、关于基本思维结构比较（包括中西价值观、逻辑、哲学、数学、建筑、医学、自由观、科学方法论比较八个方面）、关于中国文化传统与现代化的冲突（例举了两种文明之间十个方面的冲突）、关于中国文化发展前景，当时文化研究的广度和现实针对性由此可见一斑。

另一个例子是 1985 年 3 月在北京主办的中国文化讲习班，来自全国各地的 200 余名学员参加了学习，主讲者为著名学者冯友兰、张岱年、汤一介、李泽厚、杜维明、任继愈、梁漱溟、庞朴等，讲课与研讨的问题有两个，一是"中国传统文化的性质、要义、基本精神是什么？"二是"中国传统文化的价值和前途"。这么多一流学者的参与及听讲者人数之多反映了当时"文化热"的一个侧面，同时说明了"中国传统文化的特质和价值"是当时人们普通关注并迫切希望寻找到答案的问题。举出上述两个例子，是为了概略地勾勒出一道 1985 年的文化风景线，显示出"文化热"中的文化主题。

发端于文学领域的"文化寻根"思潮，事实上正是在这样的文化大背景下孕育而生的，并呼应、融入和深化着中国文化历史性选择与更新的母题。此外，从更深广的意义上说，"文化寻根"思潮的兴起及其现实文化背景，都可以视作一百多年来中国文化寻求出路与新生的母题的延续。正如季红真所指出的："作为文艺思潮的'文化寻根'，是这个民族近代以来，在东西方文化大冲撞大交汇的时代背景中所孕生的历史母题，在这个时代的延续。她以文学的形式，参与了东西方文化价值的抉取，这正是这个时代民族文化重建与更新的重要途径。同时，她又是这个充满矛盾与痛苦的时代，这个民族在这个时代精神状况的记录，反映了这个民族在现代化的艰苦跋涉中，痛苦的心理历程。"

1985 年，一些作家正式打出了"文化寻根"的旗帜。韩少功在《作家》4 月号上发表了《文学的根》，郑万隆在《上海文学》5 月号上发表了《我的根》，7 月阿城在《文艺报》上发表了《文化制约着人类》，9 月李杭育在《作家》发表《理一理我们的根》。他们在相对集中的一段时间里先后亮出了各自的理论宣言，不仅思路与观点趋同，甚至选用的字眼也如此一致（"根"），这在当时的文坛上给人留下了深刻的印象，也造成了一定的轰动效应。① 事实上，这次倡导"文化寻根"的集体行动与 1984 年 12 月在杭州召开的主题为"新时期文学：回顾与预测"的小说研讨会密切相关，韩少功、李杭育、阿城、郑万隆都参加了这个会议，并在对话的相互启发中意外地达成了"寻根"的共识。

寻根派作家是在外来文化的参照下寻找民族文化之根的，对传统文化如何评价以及民族文化怎样复兴，则是他们关注的焦点。

他们发表的宣言内容与理论主张主要有以下四个方面：

第一，关于文学创作的现状与出路。韩少功认为：几年前青年作者眼盯着海外，大量引进；近来他们则有了新的文学觉悟，重新审视脚下的国土，回顾民族的昨天，开始找到了"根"；因此，"文学有根，文学之根应深植于民族传统文化的土壤里，根不深，则叶难茂"。② 郑万隆则表示："我的根在东方，东方有东方的文化"，"黑龙江是我生命的根，也是我小说的根"。③ 阿城指出："中国文学尚没有建立在一个广泛深厚的文化开掘之中，没有一个强大的、独特的文化限制，大约是不好达到文学先进水平这种自由的，同样也是与世界文化对不起话的。"④他们都主张，文学要繁荣、发展并走向世界，重要的是对民族传统文化之根的纵向继承，而不是对外来文化的横向接收。

第二，关于民族传统文化内涵的理解。长期以来，人们对民族传统文化有一种简单化的误解，认为传统文化就是两千年来在中国封建社会占统治地位的以孔孟之道、程朱理学为代表的儒家正统思想，因此反封

---

① 季红真：《文化"寻根"与当代文学》，《文艺研究》1989 年第 2 期。
② 韩少功：《文学的根》，《作家》1985 年第 4 期。
③ 郑万隆：《我的根》1985 年第 5 期。
④ 阿城：《文化制约着人类》，《文艺报》1985 年 7 月 6 日。

建、反传统就是打倒"孔家店"。扩而大之，也就是儒、道、佛，都是见之于经典的高级文化、文人文化。寻根派作家对此大为不满。他们或受到西方文化学思路的影响，或来自于自身的直观经验，都不同程度地倾向于对"文化"的内涵采取更广义更具包容性的理解立场。

在这方面，表达得最充分因而也更具理论色彩的是韩少功。他把文化分成两类，一类是"规范文化"，即经典的、正宗的、官方的、文人的文化；另一类是"未纳入规范的民间文化"，包括俚语、野史、传说、笑料、民歌、神怪故事、习惯风俗、性爱方式等"不规范的东西"。前者是"地壳"，后者则是"岩浆"，——正是"岩浆"承托着"地壳"。与此比喻的价值评判倾向相应的是他较为严密的理论表述："在一定的时候，规范的东西总是绝处逢生，依靠对不规范的东西进行批判地吸收，来获得营养，获得更新再生的契机。宋词、元曲、明清小说，都是前鉴。因此，从某种意义上说，不是地壳而是地壳下的岩浆，更值得作者们注意。"[1] 作为此一理论观点的逻辑延伸，韩少功肯定了一些作家关注并表现流入湘西苗、侗、瑶、土家族中的楚文化，由白俄罗斯族的东正教文化，维、回等族的伊斯兰文化交汇的新疆文化，以秦汉文化、吴越文化等为代表的地域文化，认为"他们都在'寻根'，都开始找到了'根'。"[2] 总之，在"文化"内涵的边界扩展之后，在中心文化与边缘文化、儒家正统文化与非正统的民间文化、汉民族的大传统与少数民族的小传统、城市文化与乡土文化之间，寻根派作家偏重于后者，认为后者不仅属于民族传统文化的范畴，而且是更重要的民族传统文化之"根"。

第三，关于五四新文化运动的评价。对五四新文化运动、新文学运动，历来是持正面肯定的意见居多。寻根派作家却反其道而行之，醒目地指出其历史失误与延续至今的负面影响，关键的一条，是五四新文化运动否定传统文化太烈，引入外来文化过滥，造成现实对民族传统文化的隔膜和断裂。郑义的一篇文章的题目就叫作《跨越文化断裂带》，他分析五四的正负面时说："'五四运动'曾给我们民族带来生机，这是

---

① 韩少功：《文学的根》，《作家》1985 年第 4 期。

② 同上。

事实。但同时否定得多，肯定得少，有隔断民族文化之嫌，恐怕也是事实，'打倒孔家店'，作为民族文化之最丰厚积淀之一的孔孟之道被踏翻在地，不是批判，是摧毁；不是扬弃，是抛弃。痛快自是痛快，文化却从此切断。"① 阿城则从另一个侧面评论五四，得出相同结论："戊戌变法、辛亥革命、'五四'运动，无一不由民族生存而起。但所借之力，又无一不是借助西方文化。中西方文化的发生与发展，极不相同，某种意义上是不能互相指导的。……'五四'运动在社会变革中有着不容否定的进步意义，但它较全面地对民族文化的虚无主义态度，加上中国社会一直动荡不安，使民族文化的断裂，延续至今。"对五四负面价值提法上用词最尖锐的还数韩少功。他认为："'五四'以后，中国文学向外国学习，学西洋的、东洋的、俄国和苏联的；也曾向外国关门，夜郎自大地把一切'洋货'都封禁焚烧。结果带来民族文化的毁灭，还有民族自信心的低落。"② 五四是中国现代史上影响最为深远的一场文化运动，是现代文艺思潮和思想论争的源头，寻根派作家以此评价入手，为民族传统文化正名与平反，并不是偶然的。

第四，关于民族传统文化之根的评价。从寻根派作家的宣言中可以清理出他们的一把评价尺度，那就是在时间序列上扬原始抑现代，在空间位置上重东方轻西方，在结构主次上褒民间贬正统。

李杭育曾以推倒重来的历史假设方式表达了自己的观点：假如中国文学不是如现在那样沿着《诗经》所体现的现实主义的中原规范发展，而是以老庄的深邃、吴越的幽默、楚文化的绚丽、《离骚》的光大、上古神话的充分发育、少数民族文化精华的更多汲取为主流发展方向，那么中国文学的现状将是什么局面？他推崇的是老庄哲学宏大而神秘的宇宙观，以及民间文化中的浪漫主义精神。

阿城以《易经》为例，指出其现代人尚不可企及的价值："易经的空间结构及其表述的语言，超出我们目前对时空的了解，例如光速的可超。"③

---

① 郑义：《跨越文化断裂带》，《文艺报》1985 年 7 月 3 日。
② 韩少功：《文学的根》，《作家》1985 年第 4 期。
③ 阿城：《文化制约着人类》，《文艺报》1986 年 7 月 6 日。

　　韩少功则以后来评论家李洁非戏谑的"天下文章数钱塘，钱塘文章出故乡；故乡文章数家兄，家兄向我学文章"那种"弯弯绕"的方式，将中国传统文化抬高到"拯世"的位置。他说："西方大历史学家汤因比曾经对东方文明寄予厚望。他认为西方基督教文明已经衰落，而古老沉睡着的东方文明，可能在外来文明的'挑战'之下，隐退后而得'复出'，光照整个地球。我们暂时不必追究汤氏的话是真知还是臆测，有意味的是，西方很多学者都抱有类似的观念。科学界的笛卡尔、莱布尼兹、爱因斯坦、海森伯等等。文学界的托尔斯泰、萨特、博尔赫斯，都极有兴趣于东方文化，尤其推崇老庄，十分向往中国和尊敬中国人民。传说张大千去找毕加索学画，毕加索也说：你到巴黎来做什么？巴黎有什么艺术？在你们东方，在非洲，才会有艺术。"①

　　寻根派作家的态度，多少受到"返回神话"和原始主义文化思潮的外来影响（如韩少功推崇毛姆《月亮和六便土》中逃离都市、投身土著的主人公画家，李杭育赞赏墨西哥作家胡安·鲁尔弗寻觅古代玛雅文化遗迹，郑万隆以"野蛮女真人使犬部"的"神秘莫测的世界"为创作根据地等），也出于对出现"一个中国的，外国文学流派"的担忧与危机感，潜意识中则是西方文化"中心"与"霸权"压力下的一种本能性反抗。其目的还是通过反思与重估开拓复兴民族传统文化之路。

　　寻根派作家宣言式文章的集束发表，立即引发了一场广泛的争论。其意义不亚于一次文坛的"地震"，以至1985年、1986年"寻根"的话题成为文学界乃至文化界的一个"热点"。《文艺报》、《作家》、《文学自由谈》等报刊先后辟出专栏展开讨论。即使在"寻根"的浪潮消隐之后，在研究者的总结性评述文章中，异见依然存在，如1988年以来李庆西的《寻根：回到事物本身》、李洁非的《寻根文学：更新的开始》、季红真的《论"寻根文学"的发生与意义》与《文化"寻根"与当代文学》、曹文轩的《中国八十年代文学现象研究》、张清华的《中国当代先锋文学思潮论》等。

　　当时的论争集中在三个方面：一是什么是文学之根、文化之根？这牵涉到对"文化"内涵的理解和"根"的定义，往往各说各的理由，

────────────

　　①　韩少功：《文学的根》，《作家》1985年第4期。

陷于语义的错位与命名的分歧，其中也不乏文化观、文学观的冲撞；二是对五四新文化运动及其传统的评价，这是一个非常敏感的问题，不仅因为它关系到本土化与世界化、纵向继承与横向借鉴、传统与现代等矛盾与现实文化抉择，而且也由于"文化断裂说"在理论表述上的特别概括与干脆决断；三是对民族传统文化的理解与评价，肯定与否定，认同与批判，两军对垒，唇枪舌剑，其争论的激烈程度与用词的不讲情面，恐怕只有五四时期的同类话题争论可比肩，因为这是现实功利性最强的文化选择与出路之争，背负着不同的关于民族未来的设计蓝图，从而成为问题的核心与论争的焦点。

不同于韩少功对"文化的根"的解释，周政保认为："文学的根，就在那千姿百态的当代文化形态之中"。"作为当代小说，只能以当代生活作为自己的土壤，因为这土壤同样体现着一种独特的民族文化形态"。[①] 张炯对"文学的'根'指的就是民族文化传统或加上这种传统深层的民族心理积淀"的观点表示"怀疑"，主张"文艺的真正的'根'是在现实生活之中"。[②] 曹文轩指出寻根派作家"文化"概念含混不清，不少作家的理解显得狭窄，往往认其一项就冠以民族文化，"一句话，文学要写民族文化的最高表现——国家的魂灵。这样来理解文学必须受文化制约，大概才算是抓住了最实质性的东西"。[③] 陈思和则对"文化之根"加以定义："所谓文化之根，只能是时间的逆向运动的结果——越是原始的，越接近文化之根"；"文化之根，反映了文化的精神内核"；"从人类精神现象释文化，寻根者所寻之根，应该是最富有现代感，最有益于现代生活的内核，而不是老庄、孔孟，或者易经与诸神"。[④] 诸说种种，或强调文化的现代性、当代性，或突出文学的生活源泉、塑造国民魂灵。"寻根"的主题，无疑深化和拓展了人们的思考，提供了交流的契机。

针对"文化断裂说"，刘火较早地以《我不敢苟同》为题，为五四辩护："汉文化历史曾有过断裂带，但'五四'却是把一个行将就木的

① 周政保：《小说创作的新趋势——民族文化意识的强化》，《文艺报》1985 年 8 月 10 日。

② 张炯：《新时期文学格局》，陕西人民教育出版社 1991 年版。

③ 曹文轩：《中国八十年代文学现象研究》，北京大学出版社 2003 年版，第 263 页。

④ 陈思和：《中国当代文学史教程》，复旦大学出版社 2004 年版，第 279 页。

古典文学拯救了出来，给予了重新的解释和运用，并以辉煌的业绩跻身于世界文学潮流。"① 刘梦溪则指出："在我们面前横亘着两个断裂带——与传统文化的断裂带和与当代世界文化的断裂带"；"两个文化断裂带的形成，绝非始于'五四'，而是在第二次世界大战以后，特别是五十年代后半期和六十年代的'左'倾以及随之而来的十年动乱，使我们与传统文化和当代世界文化隔离开了。"② 最为尖锐的批评当数李书磊，他指责郑义的《跨越文化断裂带》一文表达了明白无误的"国粹思潮"，从温和的商榷、纠正到激烈的反驳、批判，对五四评价分歧的本身亦是五四时论争的现代延续，变化的只是世界文化格局与时代背景。

　　寻根派理论遭遇的最大诘难和阻击，集中在他们对原始和传统文化的认同态度上。尽管他们将传统文化分为统治地位的规范文化与民间的非规范文化，又将规范文化中的儒家、老庄、禅宗等细列出来分别对待，但是他们总的倾向上的推崇，纵向继承与贬斥横向接受，难以避免批评者对他们立场的怀疑与抨击。寻根文化思潮究竟是启蒙主义还是国粹主义，是前进还是倒退，是固守传统还是具有现代性与当代意识，是先锋派还是复古派？人们思维中的二元对立模式在论争中又一次显示了自己的存在。

　　在李庆西看来，寻根派的先锋性是勿庸置疑的，他在阐述寻根的兴起时说："一些具有先锋精神的小说家的思维形态发生了很大变化，他们正在从原有的'政治、经济、道德与法'的范畴过渡到'自然、历史、文化与人'的范畴。"③ 张清华虽将寻根纳入先锋思潮，却责疑其内在的主题悖论"仍在于其历史主义动向和整体启蒙主义文化语境之间的错位状态"，"在二十世纪以来愈渐深湛精微的科学理性和现代文化哲学意识的烛照下，在几乎完全'科学化'了的总体社会语境中，浪漫的、回到历史话语的寻根思潮就注定了不能不是一个虚拟的神话。"④ 曹文轩认为："寻'根'中关于跨越'五四'文化断裂带，重续数百年

---

① 刘火：《我不敢苟同》，《文艺报》1985 年 8 月 10 日。
② 刘梦溪：《传统的误读》，河北教育出版社 1996 年版。
③ 李庆西：《寻根：回到事物的本身》，《文学评论》1988 年第 4 期。
④ 张清华：《中国当代先锋文学思潮论》，江苏文艺出版社 1997 年版，第 109 页。

或数千年以前的文化的观点，是违背社会发展规律的，不可取的，有导向保守主义与文化复古之危险。"① 李书磊的观点也许最能代表一种批判立场与现实忧思，针对认同传统文化的论点直言必须彻底抛弃，他说："我对文学上认同传统文化的寻根思潮非常反感，尤其是在我们民族正艰难而痛苦地进行自我改造的时候。从道德意义上看，中国传统文化基本上是一种非人文化（儒家否定人，道家否定人生），鲁迅对其所进行的'吃人'的概括无疑是准确的；即使仅仅从功利角度看，中国传统文化也是一种曾经使我们民族与国家面临衰灭的失败的文化（这在近现代史上已有证明），而且还将继续危害我们这个民族。这种文化两千多年的统治是那样根深蒂固，以至于我们今天只有彻底抛弃才能够真正达到批判的目的。"② 对认同传统文化持批评态度的论者，无一不沿袭五四以来的启蒙主义传统与文化（文明）进化论的立场，视寻根思潮为"现代化"现实进程中的不和谐音和倒退。

当我们探讨对立双方观点背后的动因时，却仍然会发现殊途同归，事实上他们都有一个时代赋予的复兴民族文化从而在世界上占一席之地的深层次目的。

遭致了如此猛烈的批评以至于在理论上显得摇摇晃晃的文化寻根思潮究竟还有什么意义？这是一个必须作出解答的问题。一种代表性意见认为，寻根思潮的意义不在文化而在文学。由于寻根派作家理论及表达上的某些失误，更因为关于"中国传统文化优劣"问题的纠缠不清与难下定论，寻根思潮的提倡者及其批评者事实上都步入了一个误区。如李洁非就认为：论争双方"都把这种文学现象放在'文化'意义上来解释、检讨、阐发和争訾。结果，一场文学运动似乎并没有引起多少文学上的话题，而主要地导向了有关一般性质的人文价值取向的辩白。"③ 归结起来，这场争论，其文化意义仅属表层，真正的或者说最终将落实到创作实践上的争论，乃是关于小说话语形态的争论。另一种观点则主张"寻根"思潮具有文化、文学的双重意义，并强调其文化方面价

① 曹文轩：《中国八十年代文学现象研究》，北京大学出版社 2003 年版，第 257 页。

② 李书磊：《文学对文化的逆向选择——评"寻根"文学思潮及其论争》，《光明日报》1986 年 3 月 6 日。

③ 李洁非：《寻根文学：更新的开始》，《当代作品评论》1995 年第 4 期。

值的重要性与统领性。季红真指出："首先，我们需要区分两个概念，即作为文艺思潮的'文化寻根'，与作为一种文学现象的'寻根文学'。""在这股思潮中居于中心地位的'寻根文学'，首先也是作为一个时代的精神现象而具有独特的认识价值。"① 这一评析廓清了"文化寻根"与"寻根文学"这两个名词在批评操作中的互相混用，较客观地反映了两者关系及寻根运动的真貌，有助于从文化上理解其发生并发现其意义。

文化寻根思潮起于文化热潮又极大地推进其向纵深发展，是其意义之一。70 年代成为畅销书的美国黑人作家亚历克斯·哈利的长篇小说《根》及其寻根主题，可能对寻根思潮有间接的启发作用，但寻根思潮兴起的直接动力与背景，却是 80 年代上半期中国大地上由翻译界、知识界、出版界共同推进的"文化热"。

长期以来，无论是文学创作还是文学研究与批评，熟悉的是政治学、社会学、历史学，强调的是反映社会历史的本质、规律和体现革命、进步的政治倾向。对文化学、文化主题和文化批评则少有兴趣或相当隔膜。寻根派作家得风气之先，对文化与文学的关系、文化理论与文化的具体形态投入了巨大的热情，体现了研习的倾向。韩少功对湘西苗族神话、传说、民俗的学识；阿城对易经、庄子、禅宗等古代哲学与美学的修养；李杭育对吴越野史、传说、笑料等民间文化的关注；郑万隆对黑龙江鄂伦春人、女真人原始文化与思维方式的兴趣；张承志对西北少数民族文化的研究，都为他们的寻根宣言提供了理论与学识上的准备（张承志发表于《读书》1985 年第 9 期的《历史与心史》应是一路的）。此外，韩少功关于规范、非规范文化两分法与经典的文化学理论，阿城关于东、西方文化不能互相指导的说法与马林诺夫斯基功能主义人类学观点，尤其是寻根派对原始或半原始文化共同的关切与现代文化人类学的主流之间，都有可以辨识的影响关系。

论争展开之后，在文学界大有言必谈文化之势。从文化的定义到文明的进程，从野蛮与文明、传统与现代的关系到东、西方文化的特征，从泰勒、弗雷泽到弗莱、列维—斯特劳斯，从神话、传说、图腾、仪式

---

① 季红真：《文化"寻根"与当代文学》，《文艺研究》1989 年第 2 期。

到神秘互渗律、集体潜意识、原型、中国梦，从儒释道到印第安文化、玛雅文化，从文化模式、文化生态、文化符号到文化比较、文化选择、文化复兴，一个"大文化"的共同话题把大家吸附到"文化寻根"的论争漩涡，自此，文化与文学开始建立了水乳交融的真实关系。可以说，"文化热"酝酿了"文化寻根"，"文化寻根"又以问题性、论争性而成为热潮的中心，并对其推波助澜。

文化寻根思潮的兴起有助于对"复兴民族文化"这一历史母题思考的深入与多元，是其意义之二。近代以来，民族文化的重建与更新、现代化与走向世界，是在时代的挑战与压力下萦绕国人心头的"中国梦"。这样一个事关民族命运的文化选择的途径与方向的现实课题，必然会碰到东西方文化的冲撞、传统与现代的矛盾、民族化与世界化的困惑所造成的歧义。一般而言，存在着强调纵向继承民族传统文化、强调横向接受世界现代文化与主张既纵向继承又横向接受这样三条思路。在一定程度上，第三条思路是在吸取前两条思路的合理性并在其充分展开、构成的张力中完成的。五四以来的文化思潮及其论争史证明了这点。在80年代，文化寻根思潮以其认同民族传统文化、民间文化、原始文化为鲜明特色，重提久被冷落与遗忘的复兴民族文化的一条思路，这不仅提醒我们历史母题的尚未解决与解决方法中的多元存在，而且客观上刺激了对立面思路的深入发展，有利于在变化了的世界文化背景下反思与重估民族传统文化的位置与价值。同时还须指出，文化寻根思潮虽以认同传统文化为标帜，但对传统文化还是有分析并区别对待的，如规范与非规范文化，如儒释道等；对外来文化也未一概排斥，对西方的非主流文化、拉丁美洲的本土主义文化等也取借鉴与吸纳的姿态。如果我们不以一元论与绝对论的立场对待复兴民族文化这一巨大、漫长而又复杂的过程，理解即使片面的观点也蕴涵着内在的合理性因素与启发思考的价值，我们就会发现文化寻根思潮的意义所在。

对世界文化格局的融入与参与，是文化寻根思潮的第三个意义。与五四时期相比较，80年代中国所处的世界文化的格局、背景与趋势都发生了较大的变化。五四所参照的主要是西方现代性话语、欧洲中心主义文化，60多年以后，我们所面临的却是世界范围内东西方文化价值的大冲撞，现代主义与原始主义理论话语的大交锋。随着殖民主义的退潮与国际政治格局的改变，承认各民族文化自身特点、相对独立性与价值的思潮抬头，以本土化抗衡西方化的文化倾向有所发展，加之东西方文化双向对逆的互动现象，即东方在传统、落后的生产与生活方式中向往西方的现代科学、技术和文化，反过来西方则在后工业社会的危机中希望从东方的传统和原始文化中得到拯救的启示，又极大地刺激起东方民族保持自身文化特点、重估传统文化价值的热情与信心。这是世界文化格局的一个方面。另一方面，世界范围内的主流文化与非主流文化、文化与反文化、现代主义与原始主义的冲突也更加凸显。如果说 18 世纪的法国启蒙思想家卢梭赞美"高尚的野蛮人"还是孤掌难鸣的话，那么经过第一、第二次世界大战的浩劫，随着西方文明自我危机感的加深，怀疑、批判现代文明与推崇东方传统、原始文化的思想则汇聚成潮。从心理学家荣格到文化人类学家列维—斯特劳斯，从量子力学家海森伯到以米都斯、里夫金为代表的马尔修斯学派，从诗人艾略特到小说家劳伦斯、博尔赫斯，甚至从生态环境保护主义的"绿党"到嬉皮士运动，从日光浴的盛行到乡间别墅的追求，都体现了一股原始主义的或反文化的非主流文化的思潮，成为世界文化格局中主流、正统文化的抗衡与补充。

在时空坐标上，文化寻根思潮是原始主义与本土主义的合流，它以区别于五四以来主流话语的方式，参与了当代世界文化的对话，寻找到了自身在世界文化格局中的位置。这无疑有利于中国文化与世界文化多方位的接轨与互动。

二　20 世纪 80 年代寻根小说的发生

寻根小说并非始于"文化寻根"宣言的发表。在韩少功、阿城等竖起"寻根"的旗帜之前，寻根小说或具有寻根倾向的代表作如汪曾祺的《受戒》、《大淖记事》，贾平凹的《商州初录》，张承志的《黑骏马》、《北方的河》，阿城的《棋王》，乌热尔图的《琥珀色的篝火》等已经陆续问世，并以各自的醒目特色受到相当的关注与好评。但这些作品尚未以"合力"的形式被整体观照与命名，更缺乏一种理论的贯通、总结与支撑。正基于此，寻根派作家的宣言才联成一气，以引起文学评论界的足够重视，并推动这一创作潮流的长足发展。

　　寻根文学作为一种特色鲜明的创作倾向或文学潮流，事实上是文学运动及其逻辑演变的产物。寻根文学的发端与成熟，既与中国现代文学的继承相联系，又得益于外来文学的影响；既体现了新时期小说与诗歌创作的互动，又受制于新时期文学整体进程的自身逻辑。

　　寻根小说的起因与源流，大致可以从以下两个方面来分析：首先是文学的纵向继承与横向影响。寻根小说的发端，似可追寻到发表于 80 年代初的汪曾祺的小说。他的小说在当时别具一格，清新悦人，无论题材、人物还是叙事方式、情感格调，都与风头正健的伤痕文学、反思文学拉开距离，显示出"陌生化"效果。其实他的风格与倾向师承了沈从文。但在当时的现代文学史著作中，沈从文的名字不是被抹去就是遭批判。汪曾祺在谈小说《受戒》时说："因为我的老师沈从文要编他的小说集，我又一次比较集中、比较系统地读了他的小说。我认为，他的小说，他的小说里的人物，特别是他笔下的那些农村的少女，三三，夭夭，翠翠，是推动我产生小英子这样一个形象的一种很潜在的因素。这一点，是我后来才意识到的。在写作过程中，一点也没有察觉。大概是有关系的。我是沈先生的学生。我曾问过自己：这篇小说像什么？我觉得，有点像《边城》。"① 在中国现代文学史上，鲁迅与沈从文是思想倾向截然相反的两位大家，鲁迅批判传统文化的本质是"吃人"，是原始野蛮，沈从文则赞美传统的古朴民风和少数民族的原始情操。韩少功的《爸爸爸》是寻根文学的力作，其批判风采大有鲁迅之遗风，在某种程度上，主人公丙崽极似阿 Q，都是否定性的文化象征载体。此外，贾平凹、郑义、李杭育等人的风俗小说、文化小说与五四时期的乡土小说，阿城的小说语言与新文学初期的白话，也有可以辨认的影响与继承关系。寻根文学并未割断历史，只是往往突出地继承了现代文学传统中久为疏漏的一方面。

　　在横向借鉴与接受方面，寻根文学无疑受到拉丁美洲文学旋风及其魔幻现实主义、本土主义的巨大影响与启发。拉美文学滋生于经济发展相对落后的土壤，却以其文化内涵、艺术思维、审美方式的显著独特性赢得了世界性承认，被西方称为神奇的"爆炸文学"、继欧美现代派之

---

　　① 汪曾祺：《关于〈受戒〉》，《小说选刊》1981 年第 2 期。

后崛起的"第五代小说"。1982 年，加西亚·马尔克斯以《百年孤独》荣获诺贝尔文学奖，更给共处于"第三世界"的中国作家尤其是寻根作家以深刻的印象与强烈的刺激。在人们眼里，诺贝尔文学奖的评选类似于体育界的奥林匹克竞技场，是一个民族的文学走向世界的象征。对当时雄心勃勃并急于融入世界的中国青年作家来说，拉美作家开掘本土的印第安文化、玛雅文化和民间的神话思维方式的成功经验，不啻是步入世界的一条捷径，他们的自信来源于中国具有更为丰厚的传统文化资源和多民族原始或半原始文化潜质这样一个事实。80 年代初由徐迟的《现代化与现代派》一文引发的关于"现代派"的争论，使一些青年作家觉悟到与其学现代派而落入"伪现代派"之嫌，不如求教于与社会发展阶段相贴近、更适合于"国情"的拉美文学，在"寻根"中发挥出民族传统文化与审美方式的优势。此外，苏联作家艾特玛托夫的《白轮船》、《查密莉雅》、《一日长于百年》和阿斯塔菲耶夫的《鱼王》等作品对寻根作家的创作亦有一定影响，他们对少数民族文化的开掘和返回神话的艺术思维方式，同样启发了关于"寻根"的思考与意向。

其次是新时期文学内部互动与外部制约。诗歌较早地表现出文化寻根的意向与主题。在 80 年代的最初几年，杨炼发表了组诗——《给圆明园废墟》、《大雁塔》、《诺日朗》、《天问》、《半坡组诗》、《敦煌组诗》等文化组诗，江河创作了长诗《太阳和他的反光》（十二章的标题是：开天、补天、结缘、追日、填海、射日、刑天、斫木、移山、遂木、息壤、水祭）。他们以民族的历史文化与神话传说为题，追求并反思了民族传统文化的源流变迁、内在结构与心理原型。与此同时，杨炼与江河等人还提出了一些寻根的主张与理论，如杨炼的《传统与我们》，江河为《太阳和他的反光》写的序言。因此有论者认为：寻根小说思潮的发端，"一是来自诗歌文化运动的启示"；"谁是最先具有历史文化意识和'寻根'自觉的作家？现在看来，这一引领者的荣誉应当属于杨炼。"如果避开谁先谁后的问题，那么小说与诗歌在"寻根"意向上的相近、互动就是一个不争的事实。

新时期文学的发展还有一种内在逻辑。伤痕文学是对十年"文革"动乱的反思与批判，继之而起的反思文学则将思考的触觉延伸到"四清"、反右运动，并挖掘出了民族传统文化中封建主义的根子。如果把卢新华的《伤痕》、古华的《芙蓉镇》、张贤亮的《灵与肉》串联起来看，就可以发现对"血统论"的批判存在着时间上逆向的深入。反思的动机是要找出现实问题背后更深沉、更根本、更隐蔽的东西，这就在某种意义上表现为追根溯源与向后看意向了。因此，寻根文学由传统文化寻向原始或半原始文化、由表层的规范文化寻向深层的非规范民间文化、由汉族的农业文明寻向少数民族的游牧文明，就成了反思文学之后的一种逻辑进程。"反思"是新时期文学前十年的贯穿性特征。如果说伤痕文学主要是政治性反思，反思文学主要是历史性反思，那么寻根文学则主要是文化性反思。这是新时期文学内在逻辑的另一种表达方式，体现了文学认识与创作重心的逐步变迁。

寻根文学是一种广泛的文学创作倾向与潮流。它究竟包括哪些作家哪些作品，它疆域的分界在哪里？至今尚无定论。但一种普遍的意见认为，寻根文学并不局限于几个撰文倡导过"寻根"的作家。为了避免归属上的歧义而使寻根文学狭隘化与单纯化是不可取的。在文学史上，流派边界划分的困难与模糊，往往也意味着其生命力的宽广。一般而言，那些以不同程度的文化寻根意识参与和表达了民族文化重建母题的作品，都应该纳入"寻根文学"的范围内加以思考与研究。在此前提下，也许我们才可以区分"寻根"的主流作家与外围作家，理论旗帜下的作家与旗帜外的作家，典型的作品与相关联的作品，一以贯之的作品与偶而介入的作品。

从"史"的角度来说，寻根文学前后连续将近十年，有一个形成、发展与退潮的变动过程。"寻根"理论的提出不是催生剂，而是中途加速剂。以1984年与1986年为两条界限，寻根文学可以分为萌动时期、成熟时期与消退时期。

从1981年到1984年，地域小说、文化小说、风俗小说的崛起是一个普遍的新文学动向。汪曾祺的《受戒》、《异秉》、《大淖记事》、《岁寒三友》抒写的是江苏高邮水乡的民俗风情，贾平凹的《商州》、《商州初录》、《商州又录》以地方志文笔再现秦汉文化的超稳定形态，邓友梅的《寻访"画儿韩"》、《那五》、《烟壶》绘制出"京味"的风俗画卷，李杭育的"葛川江系列小说"发掘吴越民间文化的深沉积淀，王蒙的《在伊犁》以笔记体形式表达了对新疆各族民风与伊斯兰文化的关注，乌热尔图的《琥珀色的篝火》、《七岔犄角的公鹿》固守着鄂温克族人原始的生存方式与文化，张承志的《黑骏马》、《绿夜》涉及了游牧文明与现代文明之间的撞击……如此众多作家、作品汇聚而成的潮流，无怪乎有论者发出了这样的感叹："及至1984年，人们突然惊讶地发现，中国的人文地理版图，几乎被作家们以各自的风格瓜分了。贾平凹以他的《商州初录》占据了秦汉文化发祥地的陕西；郑义则以晋地为营盘；乌热尔图固守着东北密林中鄂温克人的帐篷篝火；张承志激荡在中亚地区冰峰草原之间；李杭育疏导着属于吴越文化的葛川江；张炜、矫健在儒教发祥地的山东半岛上开掘；阿城在云南的山林中逡巡盘桓……"①

这股文学期流以"地域性"与"文化性"为其特征。顺着"愈是民族的愈是世界的"理论逻辑推演，可以得出"愈是地域的愈是民族的"结论，而那些远离现代文明中心的偏远地域，则可能保留着更具特征性更趋稳定结构的传统文化或原始文化。在打开国门向外开放才不久的年代里，迈向世界文学无疑是潜伏在作家内心的具有诱惑力的一个目标，而开发民族特色中地域特色的资源则是获取鲜明创作个性的一条捷径。在这方面，不仅拉美文学的本土主义倾向产生了一定影响，美国作家福克纳专注于"家乡的那块邮票般大小的地方"的约克纳帕塔法世系小说的译介也令人印象深刻。"文化性"体现于对传统文化积淀和民族心理深层的探寻。在重视"大文化"的社会思潮背景下，在政治性较强的伤痕文学、反思文学、改革文学之外另辟新路的文学自身律动中，作家的文化意识都普遍增强，作品的文化品性与文化内涵受到关注，少数民族文化、民间文化、传统与原始文化成为文学乐于开拓和表现的富矿。地域性与文化性互动的逻辑，必然孕育出指向文化深层与历史久远的"寻根"意识，寻根文学即由此产生。

因此，地域文化小说不仅是寻根文学产生的背景与源头，而且其中相当多的一部分作品构成了萌动期寻根文学的主体，并不乏代表作。汪曾祺的《大淖记事》以更接近自然人性的古朴民风与"子曰诗云"相对照，褒前贬后的色彩溢于言表；乌热尔图的《七岔犄角的公鹿》认

① 季红真：《忧郁的灵魂》，时代文艺出版社1992年版，第36页。

同着原始质朴刚健和对自然的虔敬、和谐。

从 1984 年到 1986 年始是寻根文学的成熟期。其标志其一是理论上的自觉。其二是地域文化小说的深入发展。郑万隆的《异乡异闻》系列小说，着力描写黑龙江的原始蛮荒与原始情操，大自然的神秘力量与自然崇拜，还有阿城的《遍地风流》短篇系列。他们的作品地域特色更鲜明，文化内涵更丰富，寻根意识更自觉。这突出地表现出他们用原始与现代的文化反差及其张力的视点处理边地少数民族生活的题材，即从重建民族文化的角度渲染与张扬原始或半原始文化中的活力内核，以此对比批判、补救现实的缺陷。其三，寻根中的不同文化选择与价值倾向得到充分展露。阿城的《棋王》表现了传统文化的价值，及其续传的必要性。"中华棋道，毕竟不颓"，棋道其实是中国传统文化及其基本思想道、禅、儒的象征，捡烂纸老头与棋王老头向"棋呆子"王一生传授棋道则是认同传统的影响。与之相反的是韩少功的《爸爸爸》。韩少功的寻根宣言与他的创作实践存在着明显的"二律背反"。主人公丙崽是传统文化的丑陋性、原始性与老而不死的象征，其思维方式与水平还停滞在儿童的感知运动和蒙昧阶段，运用"爸爸爸"、"×妈妈"两个词就足以应对和认知整个世界，讥讽着"阴阳"哲学思维的模糊性。张承志的《北方的河》、郑义的《老井》和贾平凹的《古堡》等作品表现出第三种倾向，既推崇原始的文化力量又发现它与现代生活的格格不入，企图剥离出古老文化的合理部分又觉察到文化的整体性与不可分割性，认同传统文化又难以克服它与自己的启蒙主义现代理性之间的冲突，从而流露出一种矛盾、困惑甚至尴尬的心态。不同倾向的出现标示着寻根文学的成熟与深化，它们之间的冲撞与互补有助于复兴民族文化目标的达成。

其四，创作风格和表现方法的多样化。成熟期的寻根文学有着更多的艺术自觉与探索精神，更注重叙事技巧和审美品格的独特性。当他们追寻到古老的民风民俗和传统心理的深层结构时，便发现这里有一片神话的土壤和残存的原始情操，创作对象的独特性过滤着作品的艺术风格，神话的想象力方式往往被用来表现文化背景中的神话因素和人们的神话心态。此外，在当代世界文学中独树一帜的拉美文学，对面向世界的寻根作家无疑极富刺激性和启发性，一批作家受拉美魔幻现实主义的影响，借鉴和尝试"变幻想为现实而又不失其真"的创作方法，将写实与象征、现实与魔幻互渗一体，营造或古朴凝重或奇异怪诞的神话氛围和魔幻世界。扎西达娃的《西藏：系在皮绳扣上的魂》将过去、现在、未来、实物、虚境、幻象剪辑混合，在想象的时空运行中抒写了象征性的西藏之魂；郑义的《老井》熔神话、传说、典故、祭仪、现实于一炉，结构成千年村史；王安忆的《小鲍庄》把洪水与治水的传说作为引子，渲染出生存环境的神话色彩；贾平凹的《古堡》中，被乡人视为神灵并引起莫大恐惧的神异动物反复出现，灌注着神秘意味；在韩少功的《爸爸爸》里，人物的生存环境，既是真实的世界，又是魔幻的世界。突破萌动期单一的写实风格，成熟期寻根作品以超现实想象方式的介入、现实与魔幻手法的结合为显著特征，并具有审美的陌生化效果与更大的艺术感染力。

1986 年后，寻根文学进入消退期。消退的原因之一是大批寻根作家创作转向，寻根作品发表的数量逐渐减少，后继者乏人。在寻根的过程中，他们难以调和与克服原始文化、传统文化与现代文化之间的深刻矛盾，难以调整与平衡启蒙主义的理性自我与返璞归真的原始主义意向之间的分裂状态，尤其是难以回避与超越认同传统文化立场与追求文化现代性目标之间的主题内在悖论，难以弥补和解释重铸、镀亮民族文化的宏伟诺言与寻根文学相对有限的实际功效之间的巨大差距。这种种自我悖论性的冲突加上创作中不同倾向的分歧，或许是寻根派作家始料未及的。他们似乎醒悟到复兴民族文化是一个复杂而又漫长的社会转型过程，事实上不可能单靠文学或一场文学运动得到解答和解决；除了传统文化、民间文化之外，急剧变动中的现实生活与文学自身审美形式的发展也值得投入更多的关注。此外，一些部分参与或后进的寻根作家，对传统文化的迷恋和对本土文化的推崇也远未达至典型的寻根作家那种偏激的程度，因此即使进入也很容易退出。所有这些动向，导致了退潮的不可避免。

退潮的另一原因是后起的"新写实"小说和先锋小说（又称新潮小说、实验小说）的形成与冲击。新写实小说起于对寻根文学时间上的向后看意识（由传统寻向原始）和地域上的边缘化倾向（由边陲远地而原始蛮荒）的不满，是对其规避或脱离当下生活与现实矛盾的一种反拨。

80 年代中期，商业化浪潮开始冲刷生活的方方面面，转型期社会特有的尖锐矛盾纷纷浮出现实地表，人们的价值观念及心态发生着巨大的转折与变化。与此对照，寻根则在一定程度上显出对现实的隔膜与局外人的超然。"新写实"的旗帜下聚集起一大批密切关注当下生活与现实进程的作家，以"入世"的态度挤兑着寻根文学"出世"的地盘。

如果说新写实小说注重"写什么"，那么先锋小说则强调"怎么写"。这是一股追求小说叙事方式和审美形态独创性、多样化的创作潮流，并具有以回归艺术本体的写作态度来对抗商业主义、功利主义外部压力的潜在动机。他们中的一些作家如马原、扎西达娃等曾经涉足寻根文学，更多的作家则从寻根文学的风格意识和对拉美魔幻现实主义的借鉴中得到过启迪。他们是更年轻更富于探索精神的一代人，文化启蒙主义的色彩较为淡化，对传统文化拯世的乌托邦蓝图不是反感就是缺乏热情。先锋小说的崛起并受到普遍关注使他们取寻根文学的地位而代之，获得先锋派文学思潮的声誉。

消退期寻根文学作品数量骤减，但却产生了一些长篇厚重之作，如莫言的《红高粱家族》、张炜的《古船》、白桦的《远方有个女儿国》等。与前述两个时期一色的中短篇小说不同，长篇的出现表明思考的深入沉积、生活容量的扩大和艺术风格的成型。

在较早发表的《透明的红萝卜》里，莫言就构建了儿童灵异和丰富的感觉世界，以此达成了对人的原始心态的重塑，张扬了人的原始思维的潜能。《红高粱家族》既是长篇又是系列中篇，通过"酒神"与"日神"精神的二元对立模式，在原始感性情操、野性生命活力的肯定与束缚人性自由发展的传统理性道德的否定中，莫言表达了原始与现代因素同构并存的重建民族文化的意向。

张炜的《古船》无疑受到马尔克斯《百年孤独》抒写家族史的影响，"古船"是民族历史与命运之舟的象征，他对传统文化内涵的批判意识和对民族心灵形式的承续倾向，开通了一条跨越古老农业文明与现代工业文明之海的新航路。

白桦是偶然涉足寻根的作家，但他的《远方有个女儿国》却以云南摩梭族的原始文化为背景，写出了现代寻根者面临的两难选择与深刻悖论。从某种意义上说，这部作品为文化寻根提供了一个总括性的结论，并预示着寻根文学难以为续。

三　寻根文学的重要意义与价值

尽管寻根文学引发了一场争论，招致了不少批评，暴露了内在矛盾，在新的文学思潮的反动与挑战下又忽然销声匿迹，但我们仍然不应低估它在新时期文学中的重要意义与价值。寻根文学承前启后的开创作用，波及几代作家的巨大影响，推进文化思考的积极意义，以及它在题材、主题和艺术形式上的鲜明特色，使它无可非议地成为新时期文学中的一个里程碑。我们可以从以下几方面对其作出简要评价。

首先，寻根文学是新时期第一个作家自己命名、发表宣言、提出纲领、推动发展的文学流派。在此之前，伤痕文学、反思文学、改革文学都是评论界概括与倡导的成果。

其次，题材上有新的开拓与鲜明特色，具有原始风貌、异域情调与历史的凝重感。寻根文学写边疆，写少数民族，写穷乡僻壤与闭塞山寨；写草原，写冰峰，写沙漠，写密林，写原始蛮荒的大自然；写马帮，写猎人，写牧民，写淘金汉，写海碰子；写神话，写传说，写祭仪，写野史，写图腾，写民谣；……总之，原始或半原始的社会生活形态与古典的传统的历史文化内涵，是寻根文学擅长的题材领域。与传统的乡土文学相比，寻根文学拓展了更广阔的天地，营造着更丰富多姿的地域特色与独特风格。

再次，主题具有文化思考与文化选择的特性，其不同倾向构成的张力具有显著的时代特征。寻根文学是以文化的认同或批判为内核，以民族文化的重铸为使命的。它与伤痕文学、反思文学、改革文学的社会性、政治性主题有所区别，并在此基础上有所创新与转向。现代文学史上也有以复兴文化为旨归的"民族寓言"，如鲁迅批判国民精神文化心理原始性、劣根性的作品，沈从文张扬传统文化、原始情操以抵御西方文化入侵的作品，都极有代表性。寻根文学的主题继承着批判与认同传统文化这两种对立的倾向，同时又出现了现代文学史上未曾有过或未成气候的第三种主题模式：既深感现代化的必要而损弃与之不相容的传统心态，又因与传统切不断的情感联系而流露出留恋和赞赏；既以原始文化对比和批判现代文明的缺陷，又无法将已经充分文明化理性化的自我融入原始的非理性之中。总之，这是一种充满内在悖论又不无辩证因素的困惑、复杂态度。其原因则是新时期业已变化了的时代文化背景，东西方文化交流和对逆运动的倾向已经奠定了新的世界文化格局，在落后国家背离传统迈向现代化的同时，发达国家也在怀疑自身理性传统和现代文明的局限，出现了寻求东方文化、原始文化的思潮。

最后，表现方法、艺术思维和审美形态上的拓展。相对于现实主义的文学传统与其在现实中的主流地位来说，拉美魔幻现实主义表现方法的借鉴与运用是一种艺术创新。寻根不仅是寻文化的根，也包括寻文学的根。小说的源头是远古神话。寻根派作家大多数都追溯到原始艺术中的神话和神话思维方式，或者熔铸已有的神话、传说渲染作品的神话氛围，或者运用幻想和隐喻的神话式思维，创造出现代神话片断。相当数量的寻根作品都呈示出一种与现实拉开距离的陌生化的审美形态，表现出具有历史纵深感和积淀性的古朴之美，能够召唤起读者新鲜奇异的审美感受。

第三章　先锋小说:从个体意识到生命意识

第一节　新时期意识流小说与"现代派小说"

一　新时期意识流小说概述

新时期的小说创作对西方现代主义文学的借鉴与探索,是以"意识流"这一西方现代派文学广泛使用的表现手法为突破口的。美国心理学家威廉·詹姆斯(Welliam James,1842—1910)借用"流水"来比喻人的意识流动的状态,称之为"思想流意识流或者是主观生活之流"。[①]"意识流"小说家主张直接记录人物意识流动的轨迹,"把变化多端、无人知晓、不受限制的精神表现出来"。[②] 从乔伊斯、普鲁斯特、伍尔夫和福克纳等人的意识流小说来看,意识流小说深入地透视了现代西方人的处境,反映现代意识和现代经验的本质,它强调真实地反映人物的精神世界,其描述的焦点是人物的主观感受,而不是外部的客观现实。它充分展示全新的时空观念,遵循柏格森"心理时间"的原则,否定事件发展的线性的因果关系,竭力淡化小说的故事情节。总之,意识流小说在内容上要以人物的意识流动为主体;在形式上要看作家是否运用了意识流小说叙事艺术中的若干主要技法,诸如感觉印象、变形折射、自由联想、内心独白等。另外,意识流小说还有三个比较明显的特征:情节简单,语言抒情化,小说主旨具有诗化的含义。

意识流小说在 20 世纪中国文学发展过程中,曾经先后出现过两次

---

① 威廉·詹姆斯:《心理学原理》,转引自柳鸣九主编《意识流》,中国社会科学出版社 1989 年版,第 346 页。

② [英] 弗吉尼亚·伍尔夫:《论现代小说》,转引自刘思谦《生活的波流——读〈布礼〉与〈蝴蝶〉》,《新文学论丛》1980 年第 4 期。

高潮。五四时期，鲁迅、郭沫若、郁达夫、丁玲等人的部分小说创作，作为中国现代意识流小说的初潮和缘起，奠定了东方意识流小说的基础。而鲁迅则成为中国现代意识流小说之父。到二三十年代，以刘呐鸥、施蛰存、穆时英为首的"新感觉派"小说创作，则成为一次意识流小说东方化的群体尝试，从而构成了第一次意识流小说的高潮。而意识流小说的重振或曰第二次高潮则一直到 70 年代末 80 年代初才开始。1978 年前后，王蒙连续发表了《夜的眼》、《春之声》、《海的梦》、《风筝飘带》、《蝴蝶》、《布礼》等作品，加上随后出现的《剪辑错了的故事》（茹志鹃）、《人到中年》（谌容）、《爱，是不能忘记的》（张洁）、《灵与肉》（张贤亮）……等一大批小说，一下子构成了意识流小说重新崛起的势头。

　　"文革"结束以后，对人性、人的自我以及日趋复杂化的人的心理的深度探寻，和对西方现代派文学反传统、重心理、张个性的结合，特别是对詹姆斯的意识流理论、柏格森的生命哲学、直觉主义、新时空关系理论和弗洛伊德心理学理论的汲取，成为当代中国意识流小说重新崛起的重要心理依据和艺术依据。新时期意识流小说有什么特征呢？通过比较，可以得到鉴别。

　　同西方"意识流"对比。①西方意识流强调心理的真实，这本无可非议，但他们同时却忽略了文学的社会功能，有为真实而真实的毛病。英国女作家弗吉尼亚·伍尔夫就认为文学不是社会批评，而是表现意识的精神的经验，有意识作品不是在反映社会内容，而是按照弗洛伊德的性意识理论去表现"俄狄浦斯情结"。这显然有着心理自然主义的倾向。而我们的作家常常一方面注意心理的真实，另一方面在心理真实的背后总要表现点什么，是在理性的艺术思维指导下的心理的真实。②西方意识流往往割断主观与客观的联系和区别。这恐怕也是它比较晦涩的一个原因，我们的作家一般都比较注意人物的主观与客观的联系，通过作家的暗示，人们总能够分清哪些是心理活动，哪些是现实描写，而且人物的心理活动也总是带着社会、时代的色彩。所以，我们大多数作家的意识流小说从总体上看是明晰的，不像西方的意识流小说往往局部上是清晰，整体上是"朦胧"的。

　　同传统现实主义小说的心理描写对比。①传统小说的心理描写常常采用内心独白或者是客观的心理分析的方法，并且，人的内心独白又常常是有条理的，缺乏心理的真实性（心理学上把语言分为外显的语言和内隐的语言，后者的特点是不连贯、无条理、内心独白属于内隐的语言），是比较明晰清醒的心理活动，新时期意识流小说开始注意对非理性心理活动和潜意识的挖掘，它有时是人物深沉的思考，有时是人物翩翩的联想，有时是人物缥缈的幻想，有时是人物朦胧的梦境，有时又是人物神异的直觉……②传统小说的心理描写往往是人物在紧要关头采取行动前的激烈的内心搏斗或是一个大事件过后的深深的思索，是对"眼前事"的直接反映。新时期意识流小说则不然，它恰恰是人物在"闲暇"时的心绪的潜流，"流"完了也并不一定要行动。③传统小说的心理描写特点带有一些说明、交代，新时期意识流小说则没有，这样写的好处不仅是节省了笔墨，而且拉近了读者与作品中人物的距离。传统小说叙述就是叙述，描写就是描写，写人就是写人，写景就是写景；新时期意识流小说常常是描写中有叙述、叙述中有描写，写人的思绪常有景闪过、写景又往往涂上一层人物的主观色彩。

综上可以看到，新时期意识流小说汲取了西方意识流小说和传统小说心理描写的一切优点，剔除了它们的缺陷，它扩展了时空、浓缩了思想、达到了主观和客观的统一，心理真实和艺术表现的统一。新时期意识流小说的艺术表现手段大致有以下几个方面：

第一，把对社会现实反映的焦点集聚在人物心灵世界的塑造上，着意于心理描写，剖析人物的精神世界。新时期意识流小说首先在哲学观念上建立起了"人"的结构，强调人的主体精神和主体意识，因此，尊重人、表现人、凸显人便成为这些小说重要的精神支柱。它伴随着人道主义在中国的兴起，伴随着中国现代化的进程，所强调的直观和直接感知经验、强调的体验与感悟、强调的心理情绪和直感经验的描述等都充分地表现出了现代意识的小说体现。这些小说着重开掘人物的内心世界、真实地传达人物的心理、全面而深入地写人的喜怒哀乐、沉思幻想、追逐要求，写人的感情世界。从王蒙开始，作家反思"文革"的方式开始走出社会学和政治学的狭小视野，转而在更为广阔的人的心理空间中获得了"知识分子"式的独立品格。在《蝴蝶》中，作家借助"庄生梦蝶"的故事，提出了以后先锋小说不断涉及的一个经典命题：

我是谁？这一命题的现实背景无疑是"文革"神话思想对于人性的异化，人的自我迷失正是后"文革"时期的知识分子寻找自我的逻辑起点。通过对"我是谁"的追问，王蒙对"文革"神话思想取消个体存在独异性的危害有了清醒的认识。而"意识流"仍然是这种解构"文革"神话思想的话语实践者，只有凭借"意识流"赋予的自由联想，将过去与现实的时空交错和不断拼贴，才能让身份不断变化的张思远质疑自己存在的非本真面目。从这个意义上说，意识流在王蒙小说中不仅起到了解构"文革"语言的话语功能，它还在"内省"的心理角度上促成了人物自审意识的形成，进而在哲学层面触及到了人的存在问题。

因而，这些小说打破了传统小说重故事轻心理的局限，它不仅从理性上发掘人的思想意识，更是从感情上发掘人的思想意识，按照生活折射在人们心灵中的印象来描写经过心灵过滤的生活，不仅揭示人在清醒时的意识活动，也不断地揭示人的潜意识，虽然这些作品仿佛减弱了"生活的真实"感，但它所表现的主观心灵真实却大大加强了，因此丰富了人物的思想和性格，也丰富了当代小说的思维话语。另一方面，新时期意识流小说从现实场面的抒写和社会政治的反思，到溶入对民族文化心理的深度探寻与批判，从单一的对自我的外在肯定，到从生存意识与对个体生命力强化的内在肯定，摆脱了早期伤痕文学与部分反思文学作品，乃至从40年代就延续下来的革命现实主义的话语表述，以及传统的理性尺度进行消解和重构。因此，新时期意识流小说的思维逻辑，不再是政治式的映证或传统式的"载道"文学，而是以人为中心的，以表现与刻画人的心理、意识并在淡化主题、淡化性格、淡化情节中的真人、真情文学。

第二，在创作手法上表现出了全新的风貌。首先是在创作中引入了新的时空观念，使小说结构从原来单一时间的线性结构发展为"客观时间"和"心理时间"相互交错的立体结构，打破了人们已经习惯了的"顺序、排序、插序"的传统叙述模式，造成了审美经验在接受过程中的非畅通性。它从描写世界外部特征的传统小说技法而转向追寻世界的隐微特征，多视角、多角度、多层次地展现人物的精神生活和感情变化，因而它开拓了心理空间、缩短了人的精神世界和现实世界的距离。并且，意识流小说的这种"向内转"倾向也标志了小说美学观念的更新和新文体风格的诞生。其次，意识流小说在叙事角度、叙事结构及叙事时间上都汲取了现代派小说的技巧，从而构成了一套迥异于传统小说的新小说文体及艺术语言。它突破了传统小说日趋固定、模式化的叙事角度的设立，大量地运用"内视角"叙事，以人物意识的流动为中心，强化了作品人物的主体性，扩展了作品的表现力，给读者带来了想象的空间和参与二度创造的诱惑。同时，这种"视角"的突破和转移，造成了小说叙事时间的变化，拓展了小说艺术的表现空间，使生活的全部丰富性表现成为了现实。而在叙事角度和叙事时间产生新质的基础上，意识流小说的叙事结构，便相应突破了现实主义小说情节结构的旧框架，虽然在外在形式上还多少保留了一些情节，但意识流小说凸显人物心理，突出人物意识活动这些基本法则已使它们将"心理结构"作了小说的通体结构；虽然它也表现和描写人物，但小说的重心已不是传统小说在情节中塑造性格的情节中心，而以人物意识流程为中心，用突破时空的人物意识来组织材料、展开情节。此外，在具体技法上内心独白、心理分析、感官印象等基本手段的大量运用，也成为意识流小说艺术形态的重要内容。

茹志鹃在《人民文学》1979 年第 2 期发表了她的短篇小说《剪辑错了的故事》。作品一反传统小说以故事为线索，以刻画人物形象为主旨的小说创作手法，而是将过去和现在、梦幻和现实，互相渗透地进行描写，形成一种打破时空界限的复线或放射线结构。正如作者在小说《剪辑错了的故事》中所言："开宗明义，这是衔接错了的故事，我努力让它显得连贯的样子，免得读者莫名其妙。"这篇小说明显借鉴了西方意识流小说中强调写人物的心理活动，以及自由联想、时序颠倒等新颖手法所形成的快速节奏的表现方式，它主要以老寿的意识流动为线索，并用电影蒙太奇镜头组合的手法，以扩展作品的容量。作品剪辑了 20 世纪 50 年代"大跃进"时期，40 年代解放战争时期，以及主人公老寿意识中未来反侵略战争的片段，把"过去"、"现在"、"未来"交错起来描写，作品打破了自然时序，章法突兀多变，常常在读者迷离恍惚之中，时间便从"现在""跳回"过去，又从"过去"悄悄回到"现在"，又突然从"现在"跃向"未来"。作品正是通过这种表面上似乎"剪辑错了"的片段，造成历史与现实的强烈对比，揭示干群关系令人痛心的变化。小说充分发挥了意识流的"自由联想"与象征隐喻的表现手法的特长，获得了现实主义创作方法难以获得的艺术效果。

陈村的《死》通过对环境和事物的最初印象描写搭建起了外界与人物意识之间的桥梁。文中的感官印象描写是刻画人物形象和表现主观情感的基本手段，读者对作品的理解也由此走进具体的人、环境和事件的叙述中心：

我心事重重地走进狭窄的江苏路（主人公的心理感受），车流和人流曲折奔来。路旁的平房软弱地趴下，废墟瓦砾遍地。（视觉，对环境的印象）……阳光公然将我射穿（感觉），将我照射成一个透明体（从感觉到想象）。低头看了一眼自己，我留意到心脏的正中淤积着一块墨黑的污迹（视觉、感觉与想象）。我知道这污迹的由来，知道它的无可避免，知道它的危害与价值（感受与心理分析）。自己只能这样了。我知道，是它引我走向死屋，寻访逝去二十年的那个夜（感觉与思想）。

于是，"我"开始了寻访傅雷生前的家、追寻傅雷的精神轨迹并且进行与傅雷先生精神交流的历程。小说中的感官印象描写突现了傅雷先生的形象，拓宽了描述者"我"的心灵意象，同时将"我"的心理与描写对象串联起来，因而读来颇具穿透力量。

第三，新时期的意识流小说，既受到来自西方的意识流小说理论和文学作品的影响，又不可否认地带上东方化的色彩，它保持了东方的温良敦厚与节制。这首先表现为作品内容与主题思想上的锋芒内敛，与西方小说绝对偏执的病态和歇斯底里的表现不同，它所表现出的对现实困境或生存的矛盾以及对历史的批判，都带有相当的理想和乐观情调。其次，在对"意识"的表现上，与西方意识流小说以"潜意识"开掘为中心，隔离现实生活而单纯表现"泛性欲"不同，东方意识流小说往往将历史、现实、自我意识和感受紧密结合在一起，不是西方式的把自我作为封闭体系中的"病例"，而是在深入探究人的内心世界的同时，揭示出深远的社会、历史内容，在作品中表现出对现实生活和人生遭遇的关注。因而，在对"意识"问题上，中国作家往往是理智与理性的。再次，在故事表述的层面上，东方意识流小说着重人物的心理变化和心理活动，但它并不舍弃情节。或是在情节中展开心理刻画，或是在心理活动中展开情节线索，但不管怎样，作品中都可以寻找到一条忽隐忽现的情节线索，甚至即使是一个场景，一个场面，也是心理意识之流的基点与背景，这就与西方意识流小说基本上不表现情节、不作细节描写划出了明显的界限。

　　新时期意识流小说，严格地说还是一种心态小说，是对西方现代派小说技巧的接受、借鉴和运用。但真正的意识流小说在中国新时期并没有完全形成。在1985年以后，现代小说的全面实验，意识流小说的创作倾向转化为寻根倾向，意识流的"意识"还不如前一时期突出，因而这种意识的强化并没有形成，而转化为了文化、寻根意识的强化，意识流小说的技巧被其他现代派小说全面地借鉴和移植，它没有专属于意识流小说，而属于了所有的现代派小说。

二　新时期"现代派小说"概述

　　中国新时期文学发展到20世纪80年代末，出现了各种文学现象多元并存的局面，而中国现代派小说的出现和发展，是西方现代派小说理论和实践影响的结果。他们和西方"现代派"文学有相似的主题，表现对于世界的荒谬感，写人在成长过程中产生的孤独、困惑、热情和叛逆，故而也被称作"荒诞小说"。总地说来，新时期的荒诞小说以表现荒诞观念为创作主导，以融入当代中国的生活、思想等因素的方法予以发展变奏，并记入当代中国的文学大潮。

　　20世纪的西方现代主义文学是西方社会危机及知识分子精神危机的产物。如果要举出现代主义文学的一个最显著的特征，那么它首推"荒诞"。荒诞首先是一种哲学观念，是对人的存在以及周围世界的评价。荒诞观念认为：世界是无意义的，也是不可理解的，它显得混乱和缺乏逻辑；人的存在是偶然的、不可自主的，人在这个世界里必然陷入困境并不可解脱。荒诞观念对西方知识分子有着广泛的影响，因此，作家在创作中自觉不自觉地表现出荒诞观念，也就成为现代主义文学中的一个"泛现象"。但是，荒诞文学以表现荒诞观念为创作主旨，强化由于明显地有悖于情理而显出的愚蠢可笑，与西方传统文学中宣扬的"理性"观念形成了强烈的背离，因而也就必然成为现代主义的一种有代表性的、主要的文学思潮。荒诞文学在20世纪得到了持续的、多样的发展，并成为了复杂的文艺现象。

荒诞文学的复杂现象，主要体现在三个方面：①所谓"荒诞文学"，首先是非理性主义、不可知论哲学影响下形成的一种现代文艺思潮，却并不专指文学流派或一种文学运动。创作上明显地受到这一思潮影响的、涉及西方现代主义文学中的一些最主要的作家和流派，其早期代表有奥地利的卡夫卡、法国的加缪，第二次世界大战后则有法国的存在主义文学、荒诞派戏剧、美国的"黑色幽默"小说以及拉美的"魔幻现实主义"文学。他们在创作中都具有突出地表现荒诞观念的共同特征。②荒诞文学在发展中其内容和形式都有不断的衍生变化。作家、流派之间既有影响上的"血缘"关系，同时又有着自己的特点。例如加缪的存在主义观点和荒诞小说影响了"荒诞派"戏剧，"荒诞派"戏剧则影响了"黑色幽默"小说。显然这三者是不能混同的，因为它们在"共性"之上创造了自己的"个性"，得到了相对独立的存在和发展。③正是种种"个性"的存在，使荒诞文学在总体上集中了五花八门的表现内容和表现形式，如世界、人生、社会、环境、自我、异化、悲观、冷漠、嘲讽、幽默、传统的形式、反传统的形式、小说样式、戏剧样式等等。同时荒诞文学在思想来源上涉及各种现代的非理性主义的哲学、心理学，如尼采、柏格森、弗洛伊德；艺术来源上也吸收了其他现代主义文学流派的表现技巧，如象征、隐喻、变形、抽象化、超现实的夸张和反常等等。

从上面对西方荒诞文学的粗疏整理中，可以使我们得到在影响问题上的一些重要认识。首先，新时期荒诞小说与西方荒诞文学具有某些共同的审美特征，毫无疑问前者是在后者的影响下兴起和发展的。但是，西方荒诞文学本身就包含有一个影响和多样发展的过程，因此，新时期荒诞小说的创作在整体上也可以看做是一种相对独立的发展。其次，由于西方荒诞文学本身的复杂，将导致对新时期荒诞小说的复杂影响，包含有艺术形式和表现技巧、哲学化的主题和思想、创作思维和想象的方法，或者是反传统的态度和创新的途径。基于这种情况，我们需要从整体上去考察，以把握两者的内在联系。

新时期荒诞小说的创作，除了外来的影响因素之外，更取决于本土的"环境"条件。这些条件与创作直接相关的至少有两个方面应被首先提及。①作为新时期文学的一种表现内容，当代中国的社会生活是否已经存在着足以令人瞩目的荒诞现象。在这一点上，无理性的"文革"首先为创作提供了表现内容，荒诞小说的创作正是在表现"文革"的荒诞中揭开序幕的。随后，对荒诞现象的思考和揭示从"文革"的历史和现实、从社会层面向哲学层面，都是自然的延伸和深入。②新时期的文学潮流是否允许这种"异质"文学加入。所谓"异质"，不是指中外文学的质地相异（实际上，当代中国文学艺术始终受到外国文学例如苏联社会主义现实主义、西欧的现实主义文学的积极影响），而是指文学思潮和创作方法上现实主义和现代主义的质地相异。而新时期的"反思"促使现实主义以主动和开放的姿态去吸取"异质"的现代主义的思想和艺术因素，使现实主义得以深入地发展。以此为契机，荒诞小说也得以在新时期文坛上露面，并按自己的方式来进行充分地表演。

　　既然荒诞文学认为：世界是不可知的，没有理性的，没有规律的，人无法认识自己所生活的这个世界，每个人都是孤独的自我，人也不能掌握自己的命运。尽管人们试图用理性去认识世界，追求个人的成功与幸福，但实际上是不可能实现的。人的意义既然是一步步走向死亡，一切幸福事业的追求都将归于徒然，所以荒诞文学具有很强的悲剧色彩。加缪说，人生如同西西弗斯把石头推上山顶，又掉下来，又从山脚下重新推上山顶，如此永远无尽期。我们的生活中并不缺少"荒诞"，而且由于历史的曲折、磨难，特别是十年浩劫带来的信仰危机、传统价值观念的崩溃及日益发展的现代社会带来的人与自我、人与人、人与物、人与世界之间的那种迷惘、困惑，不可理解的荒谬关系，紧紧地围绕着人们，所以，当西方意识渗入时，在一些人那里产生了共鸣，有的人也开始对人的存在进行思考，不过有的人却只是被一种"新"的思想，"新"的文学技巧吸引，放弃了对人之本体世界的存在进行形而上的思考、开掘的努力，而仅借用了一些对他们来说具有现代味的文学表现手法，因而在他们的作品中，对现代社会中人的"荒谬感"就缺少深层的认识，当然更谈不上"表现"了。

　　最初现代派小说的作者多是 20 世纪 50—60 年代出生的作家，一般都有较高学历和文学修养，由于不满中国小说长期以来的固定模式，在西方现代主义和后现代小说的影响下，开始了中国式的现代小说创作探索。之后在现代小说创作上显露锋芒的是刘索拉、徐星等人，接踵而来的是刘毅然、王朔等人，他们的作品无论是写乡村还是城市，无论是内容还是形式，都带着西方现代派的浓烈气味。

最早采用"荒诞"这一表现形式的作家，是当时被称为中年作家的一代人，他们的人生观、价值观决定了他们所具有的是一种感时忧国的情怀，而并不是将注意力集中在对个体存在的思考上，他们更多的是关注社会问题，对现实进行反思，因此，许多作品中表现出了作家强烈的现实意识，对国家、民族命运的思考。即使在他们对人的存在进行开掘时，也往往是将这种探索纳入对民族的存在及命运的反思中，不是立足于个人而探讨这个"个体存在"，而且这种对"自我"的反思又多是从政治、历史的层次，从伦理道德角度来进行的。

在这类小说中，作者以一种变异的形式（即人们所说的"荒诞可笑"的形式），表现某些现实的内容以及作者对现实的思考或作者的某种思想、意念，"荒诞"只是作为一种艺术的表现手段。在这些作品里，他们放弃了传统的表现手法，而是将人物放入一个变形了的环境之中，打破正常的现实的逻辑关系，在一切都显得不合道理、不合常规、不可理喻的背景下，凸显出现实生活中存在的某些现象。

我国当代荒诞小说的肇始，可以追溯到新时期文学起始之初。当时的文学主潮当然是以强化现实主义真实性为特征的"伤痕文学"、"反思文学"。然而，这种主潮之外，也出现了诸如《我是谁》、《蜗居》（宗璞）、《天堂的虚惊》（白景晟）等一批"怪异"的小说。之后，又出现了《减去十岁》（谌容），《全是真实》、《冬天的话题》（王蒙）、《火宅》（韩少功）、《鼠精》（李玉林）等荒诞小说，虽然当初人们一时并没意识到这些作品的出现可能标志着具有荒诞因素的小说创作尝试，但作品首先在表现形式上对传统现实主义有所疏远，开始借鉴在当时还令人感到陌生的西方现代派文学的一些技巧和手法（如变形、虚拟的超现实、幻觉等）是相当明显的。如宗璞于1979年发表的短篇小说《我是谁》的背景是颠倒是非，把人变成鬼，把鬼变成人的动乱时期。小说采用荒诞派的表现手法，奇异而强烈地表现了这一点。作品写的是大学植物教师韦弥在遭到残酷迫害，丈夫悬梁自尽以后，自己也决定离开这个世界之前的心理变态。她发出的"我是谁！"的呼号，表达了人在遭受到肉体的、人格的折磨下的异化。在那个特定的环境下，韦弥这个在新中国成立前夕的炮火中回到祖国的知识分子变成了牛鬼蛇神，她对学生灌输的科学知识被说成是"传播了知识的剧毒"，"毒害青年，杀戮别人的儿女"。那是一个失去理性的时代，主人公长久以来被自我与超我压抑着的潜意识，在已经丧失了一切自我与超我附着的现实的希望、荣誉、自尊时强烈地迸发出来："我是谁"！"我"难道就是现实中爬行的虫子！是展翅归来的鸿雁？是鬼域瞑界的磷火！在经过不断地思索与追忆后，韦弥拼命地追逐一群大雁，一群排列成人字形的飞雁，其实，她是在追逐由真正的"人"组成的集体。最后，在她纵身投湖、彻底否定自己的一刹那间，幽冥之中，在黑暗的夜空，她发现了一个明亮的"人"字，于是"她觉得已经化为乌有的自己正在凝聚起来，从理智与混沌隔绝的深渊中冉冉升起"，从而恢复了人的自我感觉，恢复了人的尊严。小说着重表现了人物在特定的环境下愤懑、压抑、怀疑的情绪，并进而表现出主人公执著的爱国情感和维护人的尊严的态度。作者用荒诞的手法表现荒诞的年代，以人的自我否定来显示人的迷茫和痛苦，以人的变形来反映人的非人和变异，用这种写法去表现十年浩劫的变态世界，在反映"文革"的小说中是别具一格的，具有开拓性的意义。此后作家又发表了《蜗居》、《泥沼中的头颅》等。《蜗居》写了一个超自然的神秘的鬼域突然出现在人间，表面上看作品中充满了荒诞、怪异的事，但它反映的不正是我们身边的真实生活吗？只要对那个动辄把人变成牛鬼蛇神的畸形、荒诞的年代留有记忆的人，就能理解这部作品。而《泥沼中的头颅》则是写一个知识分子为了寻找真理的钥匙不惜身赴泥沼，先是失去了双脚，又失去了双腿和躯体，最后只剩下了一个头颅。然而它仍是一个人的头颅，他在冲击着周围的泥浆，在泥沼中探寻、呼叫，终于他跳了出来，大叫着"我看见天了！我看见天了！"作品正是通过这虚构的荒诞的情节，表达了对寻求真理的真的猛士不幸遭遇的悲哀，也表现了他们那种至死不渝的追求精神。显然，宗璞描写主人公韦弥自杀前的痛苦梦幻，人变成了缩身拱背、匍匐爬行的大虫，明显地受卡夫卡《变形记》的影响。王蒙的荒诞手法则是从幽默发展而来的。《冬天的话题》中关于"沐浴学"论争由于作者延用和夸张了《说客盈门》中的幽默，而变得有几分荒诞。

　　荒诞作为关注现实的一种艺术方式，也被谌容广为运用到小说创作中。作家主要通过夸张、虚构、设定、不规则组合等变形手段，突出地揭示生活的某个侧面的真实面目。《减去十岁》、《大公鸡的悲喜剧》、《走投无路》等均是典型的荒诞小说。《减去十岁》写一个单位，忽有传闻，由于"文化大革命"耽误了人们的时间，所以上边决定为每个人"减去十岁"。这一举措打破了人们的利益平衡关系，如石击水，几人欢喜几人忧，在那"欢庆青春归来"的人们中，64岁早该离任的局长，减去10岁，变成了54岁，他不退休了，又可捞回十年工作的机会，老夫老妻拥抱在一起接吻；然而早已选好的第三梯队接班人张明明却无班可接了，只得辞弃那劳心伤神的官位，返回研究所重拾专业；已近不惑之年的郑镇海、月娟夫妇，因减去10岁，也要退回而立之年，重新穿红着绿，出入舞厅，几乎引起婚姻破裂；大龄女青年林素芬，减去10岁后，感觉"世界突然之间变得无限美好"，不再为老大难的婚姻问题而徘徊不定。减去10岁，世界也突然变得混乱了，早已离休的人吵着"机会均等，人人有份"，十八九岁的小伙子提出了抗议，而幼儿园的孩子们也嚷道"减去十岁，我们回到哪呀？"小说中荒诞的假设使生活发生了戏剧性的艺术变化，人的魂灵即在这种裂变中释放出各色调的光。它把你带进一个哈哈镜的王国里。在这里，你看到的那些变了形的人物，其实都是一些熟悉的面孔，他们所袒露的也都是现实生活中普通人的真实心态：无中生有、盲目轻信、狭隘自私、追名逐利等。这篇小说抓住了当时社会最敏感的年龄问题，以假定性的荒诞情节反映了某种变态的社会心态，整个作品笼罩在一种荒诞不经的艺术氛围之中。

所有这些，可以看出一个共同的特征：小说形式的外壳框架作荒诞化处理加以局部基本写实，而整个作品的内容或内核，具有强烈的现实主义特征。与西方荒诞文学力图摆脱现实人生相反，中国荒诞小说表现的是作家对现实生活的强烈的参与意识，甚至是干预意识，是对生活的密切关注和批判。荒诞只是作为一种表现手法运用和借鉴。但这种运用和借鉴还很生硬，甚至完全改用传统现实主义手法更得心应手。如《冬天的话题》，作品内容基本由理性思考编织，让人一目了然，所谓开放与保守、进步与因循之争的主题毫无新意，只不过是作者对故事加以夸张和极端化罢了。《减去十岁》的所谓荒诞事实也完全由作者"假定"，只得用"减去十年"这一玩笑般的荒唐事作参照系，把整个世界作扭曲状来欣赏。手法几近游戏，作品效果几近闹剧。这些作品的主题并不是要去探讨什么客观世界的根本性的荒诞，以及失掉灵魂的自我，而是想通过一个"变形"的、带着作者强烈主观意识的"背景"或人物形象，反映出更为广阔的现实生活的内容。这部分作品更多的是以荒诞的形式反映并不荒诞的现实内容，流露出作者理性化的批判意识，其内里是现实主义的。

如果说在上述"荒诞小说"中，作者是为表现现实的内容，而去借用一种新的、"形式变异"的表达手段，那么，另一类荒诞小说却开始写出了一种人对自己、对所处的社会、对宇宙存在的"荒诞感"。在1985—1986年出现的一些作家——刘索拉、徐星、残雪、洪峰等人的作品中，基于他们自身对现实生活的认识和体验，从不同侧面对人在现代社会中的处境，人与人、人与社会、人与物的关系及人的生存意义开始进行思索，并且在其作品中或多或少地流露出一些"现代人"的感觉与思考。

首先，一部分作品已开始写出了一种现代人的"孤独感"、"荒诞感"。如刘索拉的《你别无选择》，题目本身就流露出人在这个纷乱、嘈杂的社会中，一种无可奈何的感受和可悲、可怜的处境。小说描写了一群音乐学院大学生的生活、学习，作者用调侃的笔调，把大多数人认为正规、严谨的生活以戏谑、轻视、无所谓的态度叙述出来，其中在李鸣这个人物身上，写出了青年人的一种孤独与消沉——他"有才能，有气质，富于乐感"，但他不知道该走向何方，他想退学，他常沉于自己的苦闷中，他感到自己像个小小的玩偶，他面前及未来的一切似乎都已注定该是什么样子——"你别无选择"。同样的，在徐星《无主题变奏》中，也写出了生活于人山人海、拥挤、喧嚣的大都市里"我"的一种孤独、迷惘、无所期待的感觉："我搞不清，除了我现在的一切外，还应该要什么，我是什么？要命的是我不等待什么……也许每个人都在等待，莫名其妙地等待着……可等待的是什么，你说不清楚。"

其次，在另一部分小说中，则揭示出了现代社会中人与人之间的隔膜感、陌生感及荒诞关系。残雪的《苍老的浮云》在一个怪诞、突变的环境中，写出了人与人之间不再是平常表面上的温情与友爱，而是一种赤裸裸的物之关系、权之关系、利之关系，在这个世界里，每个人都缺乏一种安全感，人们互相戒备，严密地保护着自己。作者把每个人物身上华丽的装饰撕下，将他们凝固着微笑的面具除掉，于是，人的卑鄙、丑恶被展现，人与人之间荒诞的关系被显示出来。残雪小说中的这一幅幅丑的图画，一个个畸形的丑的人，构成了一种以荒诞为特征的世界和人格。日本的近藤直子在评论《苍老的浮云》时讲道："……残雪的作品独放着异彩。但并不是因为她的作品里写有一种特别奇怪的事，而恰好是因为那里连一件'平凡的事'都没有写。当然本质上'平凡的事'本来就不存在，存在的只是'平凡的解释'而已……那是惊人的一目了然的世界，连一条迷途或绕道都没有的赤裸裸的世界。在那里，人，很清楚，是要死的；虽然绝不同意死，怕死怕得发抖，但生命确实是要被剥夺的。正如其他芸芸众生那样，人也在那里，为了被杀死而活着。即使这一切只不过是谜，只不过是笑话，只不过是梦，地球上也会留下这唯一绝对的真实。残雪写的是它。要写到底。"① 荒诞的世界，却在另一种意义上达到了一种残酷的真实，这是需要透视力、经历才可能看清的。我们说残雪在这里为读者呈现了一个"人生的角落"，这个角落不像以往小说家所展现的现实世界，它是一个充满了敌意，充满着丑恶的不正常的世界，这是另一种真实，我们感觉上的世界正是如此。另外，在洪峰的部分小说中，也较为深刻地揭示出了人与人之间的隔膜与陌生。《奔丧》由某个视角看，主人公身上就有一种"局外人"式的感觉：父亲死了，他去奔丧，却觉得一切似乎都是多余的，他觉得周围的一切那么陌生，要做的事那么多，可又是那么多此一举、无聊。在另一篇小说《湮没》中，其主人公更是对一切都无所谓，对世界保持漠然处之的态度，表现了现代人一种冷漠的心理状态。

在这批小说中，开始或多或少地写出了"现代人"的荒诞感，反映了生活在今天社会里的一部分知识青年的体验与感受，而且不同程度地有着与西方现代派文学相近似的美学特征、表现形式、内容结构。但总地看来，它们虽然写出了一种人生的"荒诞感"，但这种感受并没有更进一步地得到思索与开掘，某些作品明显留有借鉴、模仿西方现代派文学的痕迹。他们并没有刻画出所谓意识到一切都是荒诞的，认为世界毫

① 金汉：《中国当代小说史》，杭州大学出版社 1990 年版，第 395 页。

无意义，有着一种极端冷漠的人生哲学的"荒谬人"，也并未深刻地挖掘出现代人的焦虑感与危机感，因而也就不可能写出人在现代社会里所面临的梦魇。这些小说中仅是流露出一种"荒谬意识"，而且作品中的人物更多的是被一种"孤独感"所围绕，他们并未对人之本体世界的存在产生"荒诞感"。他们在刚开始体味到人生、宇宙存在的荒谬时，就奋力从这种消极的情绪中挣脱出来，他们在祈求、在等待。在外界逼迫下，一切都不可希冀时，他们还把守着一个"自我"，并竭力在生存中体现出来，因此，作品中表现出的是现代人的孤独，或不被理解与承认的痛苦，描写的是他们在孤独、寂寥、迷惘中努力寻求出路，从彷徨走向奋斗的历程，作品更多表现出了现代青年的进取精神与对现实、人生的思索。如《无主题变奏》中的"我"，虽感到在现代社会中的无聊与困惑，但他又相信依靠"自我"力量可以生活得更好；《你别无选择》中的李鸣虽整天躺在床上，感受一种现代人的孤独，但这是奋斗者的孤独，是前进中一时的迷茫。虽然在残雪、洪峰的一些小说中比较深刻地写出了一种荒诞，有着在深层次上对人的存在、社会的存在的开掘，可某种意义上，它们又是对"人性弱点"及社会、传统文化中某些"可悲存在"的揭示与批判。

同时，这些作品着力要反映的还是一种现实内容。《你别无选择》实际上是写出了一些青年学生的奋斗、苦闷，是表现不同"自我"在同一环境中各自的生存状况，既写出了李鸣、马力、小个子的消沉、困惑，也写出了森森、孟野等在事业上的追求、奋斗。正如作者在创作谈中所说的，这部作品是为了让人们知道真正的作曲是怎么回事，它是一种艰苦而高尚的工作。《无主题变奏》主要是表现出了现代青年在纷乱的社会中寻求自我价值，寻求理解与信任。在《苍老的浮云》中，在一个变形、怪诞的世界里，也时时透着一股现实生活的气息，某种意义上说，是对我们现实生活中某些可悲事实的揭示。因而这些小说大部分是对现实生活中许多社会现象的观察与思考，表现出对现实的关注。

从本质上说，新时期作家并未从现代派的艺术观念中得到直接的承传，这个过程更像一次出人意料的碰撞，其结果则是新时期文学从一个运行轨道跃升至另一个轨道，即从那种过多受到意识形态牵拉、生涩、滞重的轨道，进入了更强调文学自身特点，尊重作家个人选择的轻盈、飘逸的轨道,但是应当指出的是这个变动仍然是在中国文学内部进行的,它不过是中国文学在外力作用下,其内部位置的一次重要调整。正是在这种情况下,西方现代派给中国作家提供了一个良好的启示。一方面中国作家对现代派在拒绝深度、拒绝意识形态承诺后,玩弄叙事游戏的潇洒留下了极深的印象——相比之下,当时大部分中国作家不得不为将意识形态编入故事而煞费苦心,用这种方式写出的故事显得滞重、呆板,也未必能收到很好的效果。另一方面,许多新时期作家很快将现代派用来解构西方形而上神话的武器拿过来解构中国过分政治化的权力话语。有西方后现代派这样一个范例,新时期文坛上本来散漫布不成阵势的作家,在文学批评的帮助下形成了一股合力,他们主要是通过成功的实践,瓦解了长期束缚中国作家的传统话语形式。事实上,中国作家在走出 80 年代之后,发现展现在他们面前的已经是一个相当不同的话语空间,而此期的许多作家群体也正是在这种新的氛围中找到了自己的话语感觉。

中国现代派小说家群无疑是一群有创作实力和有望走向大家的作家群,他们具备了丰富的学养和写作经验,有极好的艺术感觉,善于在文本中喷射丰富的想象力和诗性语言,如果他们能以本民族文化精神为根,以西方优秀文化精华为养料,立足于用自己的文本来宣示人类生存的时代精神和顽强生命中闪耀出来的真善美,揭露和抨击一切存在中的假恶丑,表现伟大民族的时代变迁和心灵历程,表现生存中的理想和英雄主义,对真理、爱的探索和勇气,他们的作品就会赢得广大读者的敬意,从而以中国独特的声音雄健地走向世界。

第二节　先锋小说:从个体意识到生命意识

一　先锋小说的内涵

伤痕小说为新时期文学的发端,但实际上彼时的作家们更多的是为了在时代的洪流中汇入自己的声音,他们无暇顾及艺术问题,实际上他们此时也还没有能力顾及艺术问题。“四人帮”及十年“文革”长期剥夺了他们写作的权利,他们需要一个艺术的恢复时间,但他们又不愿意再次被时代遗忘,于是他们只能迫不及待地操持着过去时代的“语言"，以过去时代的"思维方式"对过去时代进行着激烈的批判，这既是一种文学惯性使然，又是作家们的一种无奈的选择。他们甚至无暇顾及和反思他们的话语与时代话语和意识形态话语的界限。而此后，反思文学、改革文学等在文学惯性轨道上运行所带来的局限也同样是可以理解的。

但是，随着改革开放和中国社会现代化进程的加快，人们有了对文学的不满足，这表现在：其一，呼唤"纯洁化"，中国文学长期在意识形态阴影的笼罩下，文学话语与意识形态话语高度融合，致使文学话语严重"不纯"，因此，"纯文学"就是新时期文学的最高想象之一；其二，呼唤"现代化"，社会的现代化呼唤文学的现代化，如何实现与"过去"彻底"决裂"的、真正脱胎换骨的"文学现代化"就成了中国新时期文学的主要焦虑。

80 年代初期所谓"真伪现代派"之争其实也正是这种焦虑的体现。之后由寻根文学迈出了改革的关键一步。"寻根文学已经自觉开始了对于现实和政治惯性的偏离，当政治、文化和意识形态在现代化焦虑中徘徊时，文学以'向后转'的方式完成了与现实、政治主潮的背离，并真正开始了对文学主体现代化的思索以及对独立文学品格的建树，在这里寻根文学既显示了其文化的自觉，又更显示了其艺术的自觉。而后者对新时期中国文学来说，显得尤其重要。"[①]

这就是中国先锋小说产生的背景。在这样的背景中，先锋小说迎来了登场的机遇。先锋小说的使命就是在寻根文学的基础上，开辟真正脱离意识形态话语控制的"纯文学空间"，并提供与旧的文学图式彻底告别的能满足时代对于文学现代性想象的崭新的"现代化文学图景"。

"先锋"一词原本是一个军事术语，代表"前卫"，用在文学上表示一种创新与激进。在当代文学史上，对各种思潮各种流派的命名，没有比"先锋小说"更为混乱的了。"先锋小说"又曾经被称为"探索小说"、"实验小说"、"新潮小说"、"现代派小说"、"现代主义小说"、"后现代主义小说"等，五花八门的名字令人眼花缭乱，莫衷一是。

中国的新时期文学与西方文学的引进和借鉴有着密切的关系。20

---

①　吴义勤：《告别虚伪的形式》，山东文艺出版社 2004 年版，第 19 页。

世纪 80 年代初，中国作家一方面是面对大量涌入的西方文艺思潮和优秀文学作品的欣喜，另一方面却是面对浩劫之后的文化荒原的悲凉。他们必须加紧步伐，赶上世界文学的潮流，以取得与世界文学对话的能力。"先锋小说"这一概念一开始就是泛指当时一切与西方现代哲学思潮、美学思潮以及现代主义文学创作密切相关，并在其直接影响下的从哲学思潮到艺术形式都有明显超前性的小说。王蒙等的"意识流"小说、韩少功等的"寻根文学"、刘索拉等的"现代派"小说，以及马原后的"形式主义"小说都包括在内。也就是说，评判是否"先锋"的标准只有一个，即是否直接受西方现代思潮的影响。这是一种广义的理解，在 80 年代中后期颇有影响。

　　然而，随着马原及后继者的逐渐引人注目，一些评论家敏锐地觉察到，同样是接受西方文学的影响，马原等与其前辈的写作追求有着本质的区别，并用"先锋小说"给以命名。大家也越来越趋向于认同这样的看法：真正的"先锋派"应是指马原以后出现的那些具有明确创新意识，并初步形成自己叙事风格的一批青年作家——马原、洪峰、格非等。这样，狭义的"先锋小说"便特指这批作家创作的作品。"先锋小说"的概念用来指代一个文艺思潮、一个流派，并被写进了新编的中国当代文学史。所以，"先锋小说"指 1980 年代中后期出现的一批从小说观念到艺术表现方式、从题材主题到语言嬗变尤其是在小说文本叙述方式上进行全面革新的作品。以马原、洪峰、残雪、格非、孙甘露、苏童、余华、北村、叶兆言、吕新等人的创作为代表。这些作家既区别于 1983 年左右产生影响的"中国式现代派"的徐星、刘索拉等，又区别于 80 年代后期出现的"新历史小说"、"新写实小说"的创作群体。人们普遍认为这些先锋作家最具有先锋性，对中国当代文学的冲击也最大，创新性和前卫性更强。

二　先锋小说的发展历程

　　我们把 1985—1986 年作为"先锋小说"初创期的阶段，是基于如下的考虑：虽然马原在 1984 年发表的《拉萨河的女神》是大陆第一部将"叙述"置于重要地位的小说，但在当时并未引起多大的注意，甚至可以忽略不记。只是到了 1985 年和 1986 年，他接着发表了《冈底斯的诱惑》、《叠纸鹞的三种方式》、《西海的无帆船》、《虚构》等作品后，才引起了广泛的注意和评论。他的小说所显示的"叙述圈套"在那个时期成为文学创新者的热门话题。这表明小说形式的探索渐趋明朗，以马原为代表的一支已经具有了较为明确的"形式"取向与易于识别的观念特征。1987年、1988年，一批青年作家纷纷仿效马原创作了许多被称为"先锋小说"的作品，将形式的探索推向了高潮，这两年可谓是全盛期。1989年"先锋"作家的创作向历史题材开掘，并纷纷涉足长篇小说，标志"先锋小说"形式探索的降温，从而开始进入了沉积与调整期。

1. 初始期的情形和特征

1985年、1986年是"先锋小说"的初始期，有两个现象值得注意。第一个现象是马原的一些小说既受到"寻根"思潮的影响而表现出相关或相近的主题，又具有"寻根"难以完全概括的独特的正在生长的"形式"追求因素。第二个现象是"先锋小说"开端形式的取向是多元并存的，有些只是处在萌芽状态，后来在全盛期才全面开花结果。在这一时期，主要的代表作家是马原。可以说，小说叙事的革新正是从马原开始的。这两年，他连续发表《冈第斯的诱惑》、《西海的无帆船》、《虚构》、《大师》等多篇小说，提供了一批全新的小说文本。他第一个把传统小说的重点"写什么"变成了"怎么写"，故事本身变得不再重要，重要的是讲述故事的方法。从哪一个视点叙述及如何"叙述"成了小说的中心，这意味着世界是什么样的并不重要，关键是我们如何看待它。由于偏重方法，叙事逐渐走向深入。

如前所述，80年代初，王蒙、茹志鹃、宗璞的创作也颇明确地"向内转"，而且已从内视角写出了许多令当时人们耳目一新的作品。马原不止是转移，而且通过这种转移，有意识的用诸多插入句任意地打断读者陈旧的阅读方式，有意暴露叙事行为。与传统小说竭力创造与现实世界对应的真实"幻象"相反，马原明白指出它的小说就是一种"虚构"。他明确告诉读者，这是马原在"虚构"。如小说《虚构》开篇写道"我就是那个叫马原的汉人，我写小说。我喜欢天马行空，我的故事多多少少都有那么点耸人听闻"。在快结尾时，故事正讲得真实生动，马原突然插进一节（19节）"读者朋友，在讲完这个悲惨的故事之前，我得说下面的结尾是杜撰的。我像许多讲故事的人一样，生怕你们中间的一些人认起真"。这种有意暴露叙事行为的手段与传统现实主义为求得真实性效果总是竭力隐藏叙事者行为的做法截然不同。在这一节中，他还交代了小说材料的几种来源。讲述故事时也只是平面化地触及感官印象，而强制性地拆除事件、细节与现实世界的联系。读者很难得到通常小说有关因果、本质的暗示和有关政治、社会、道德、人性之类的意义。《冈底斯的诱惑》中，马原讲完几个互不相关的故事后，在15节中竟体贴似地写道："但是很显然会有读者提出一些技术以及技巧方面的问题，我们来设想一下"，然后他从小说的结构、线索等方面一一加以解释。这种做法在马原其后的小说中频频出现，也开了在小说中暴露叙事行为以及谈论写作技巧的先河。全盛期有许多作品把这种作法推向了极端。

张法在谈到暴露叙述者的作用时说："叙述者的突出，不仅提醒了故事只是故事，而且显现了讲的是具有现代意味的故事。它与整个现代风相关联，一方面突出了故事讲述者的主观性，感觉的主观性、回忆的主观性、视点的主观性；另一方面突出了故事客体作为他者的外客观性，故事本体的模糊性，故事状态的碎片性、故事秩序的任意性。"①是很好的总结。

那么，马原采用突出叙述者行为的手段具有什么样的意义呢？我们知道小说是叙事的艺术，叙事是小说基本的手段。这包含两个层面的内容：叙述了怎样的"故事"以及如何"叙述"故事。马原注重的是叙述人的叙述行为，而不是以前现实主义所突出的故事。这表明他回避以现实主义的用社会与集体的视角来看世界而代之以纯粹个人的感觉来叙述。这本质上是一种形式的认识，也就是说他认为文学本质不是揭示世界的真相，而是如何看这个世界。作家无法丝毫不差地还原现实，虚构的故事也许更为真实。叙述不是对世界的"复制"，而是一种写作方式。写作不是单纯地依附着世界，也构造一个不是"影子的影子"那样的"世界"。于是本文成了一个新的形式，它并非世界的摹本。而是作家构造的独立的陌生化形式，叙述行为本身就有独立的意义。托多罗

---

① 张法：《何以获得先锋——先锋小说的文化解读》，《求是学刊》1998年第1期。

夫曾言："叙述等于生命，没有叙述就等于死亡"。① 高度强调叙述之于小说的意义。从这个角度看，马原的小说可以说是一次为使小说"形式"独立的努力。在这里，叙述本身被看做审美对象和审美目的，小说最终是一个叙述过程。在这个过程中通过语言媒介能够形成一个虚拟的"小说世界"，它不再是现实世界的影子，而是独立自足的。

马原之前，小说有两个方向：一为寻根文学，改变的是题材，它不是立足于如何叙述故事，或者说技巧上如何变化，而是从题材（内容）上打开缺口，试图依靠中国传统的东西走向世界，阿城的《棋王》很是成功。另一个方向是现代派小说成为创作的主潮，当时的小说纷纷走向情节淡化，强调诗情画意。王蒙写出一些以"意识流"为主要表现手段的小说《春之声》、《海的梦》、《布礼》、《蝴蝶》等。随后，其个人的风格蜕变扩散为整个小说的发展趋向。越来越多的作家不再偏爱或满足于把现实生活概括为生动曲折的情节和故事，而尝试着把人的丰富复杂的内心世界当作自己的表现对象。伴随着"意识流"手法逐渐从借鉴到消化，从稚嫩到成熟，到 80 年代中期，情节的淡化与人物塑造的心态化已是相当普遍的创作现象。同时，作家叙事的"非个人化"叙事（即作家尽可能地避免主观人格的介入）也得到大力提倡，作家的叙述与人物的内心独白混为一体，似乎不是作家在创造人物，而是人物通过自身的意识活动在自我表现和自我塑造。读者仿佛直接与人物打交道，而不必经过作家的中介，其意图在于尽量抹淡编撰、虚构的痕迹，使作家创造的小说世界更贴近于生活的原生形态和客观性。

可是，马原小说的出现标志着小说本体的又一次重大转折。他重新确立故事性，在许多方面离开了现代派小说的轨道，并在一定程度上向情节回归。与主张隐藏作家自身的"非个人化"客观叙事相反，强调小说最大的特征是"虚构"，突出作家以故事叙述人和支配者的身份直接介入小说。这种做法影响了很多人，许多年轻的作家纷纷仿效。因此，由马原肇始的小说叙事变革便具有了不同寻常的文学史意义。洪峰的《奔丧》显出和马原的小说相似的特征，但是也有一些自己的特色，

---

① ［法］茨维坦·托多罗夫：《散文诗学：叙事研究论文选》，侯应花译，百花文艺出版社 2011 年版。

这就是叙述态度上的变化，但影响似乎不太大。

在 1985—1986 年这一阶段中，马原提供了一种异于传统模式的小说文本，在故事和故事的叙述层面上进行了探索。其特征可归纳为两个方面：第一，故事的意义层面。他对世界的理解和把握表现出复杂化的倾向。一方面，事件与人物的关系常常是非因果性和不确定的。马原"叙述圈套"的要点，即是把几个互不相干的故事拼装组合起来，其间的关系是隐蔽的和难以辨识的，不能用因果性逻辑加以明确解释。另一方面，故事的真实性与虚构性、客观性与主观性往往互渗融合为一体。应该说，任何小说都是生活素材的客观因素与作家创造的主观因素相结合的产物。但是在具体的存在方式上，小说却呈现出客观化和主观化两种不同的倾向：或者以生活的本来面目出现，如现实主义作品；或者以作家幻想和理想的非现实形态出现，如浪漫主义作品。一般来说，在小说的整体构思和具体情节细节上，读者凭理性就能分辨出现实与虚幻、可能存在与不可能存在之间的根本界限。然而，马原的小说却处在客观生活化与主观幻想化之间，他故意混淆真实与想象的区别，使读者难以做出真与假的明确判断。《虚构》等典型地表现了这一特色。

马原在创作谈中强调"超验"与"混沌"，他认为："生活不是逻辑的，但是其间有些逻辑的断片；存在不是逻辑的，有些局部存在又似乎在证实着逻辑学的某些定义。我于是不喜欢逻辑同时又不喜欢反逻辑，我的方法就是偶尔逻辑局部逻辑大势不逻辑。……我用口语白话，我敢说我的话没有一句你不明白——你问我说明了什么表现了什么我就说不出来了。"① 马原的方法其实已渗透着一种哲学的意味。从根本上说，这是对理性主义局限性的怀疑。

第二，叙述方式的层面，马原的小说可以简要地归结为"主体叙述流"。传统小说的叙事方式是一种"生活流"，它们或者以某一事件的进程为框架，或者围绕着一个或几个主人公的行为命运展开环环相扣的情节，以表现作家经验世界所确认的生活逻辑与人物性格逻辑。小说的叙事具有这样的特征：即情节所内蕴的人物行为与人物心理的关系，人物之间和人与现实环境的关系，都是经过理性与逻辑原则加以梳理和解

_____

① 马原：《马原创作谈：小说》，选自《马原自选集》，现代出版社 2006 年版，第 4 页。

释的。作为作家认识外化的作品主题，则是在叙述中已经确定和完成的。这是一种对人与世界本体的复杂性和偶然性大大简化了的叙述模式。构成现代派小说叙述方法核心的是"意识流"，这种手法不只是一种注重内心描述胜于外部事件和人物性格行为的表现手法，更重要的是它表明了一种对人尤其是对人的心理世界新的和更加复杂化的理解。它并不完全依据现实时空的逻辑秩序运行，相反却在很大程度上遵循自由联想的心理法则打碎和重组时空结构。"主体叙述流"和"意识流"一样，都倾向于认为人或世界是难以用理性和逻辑完满解释的，都重视偶然性的作用和摒弃绝对的因果性。由于在相当程度上摆脱了叙事逻辑与经验理性的束缚，因而给予了叙述者极大的叙述自由度和虚构想象的空间，不仅叙述可以自由断裂、衔接、转换、跳跃，而且叙述重复与叙述空缺也成为常用手段。作者与叙述者可以在"共名魔术"下混淆，如马原的《西海的无帆船》，不仅可以虚构假想的读者，还可以虚构假想中的叙述者与读者的对话交流。其极致的叙述形式，就是"自反小说"，小说指向小说形式本身，这种小说到了全盛期也的确出现。

我们说，马原的"先锋性"也正在于此，他打破了以故事情节为中心展开人物活动的传统叙事模式，常常随心所欲地摆弄故事，故事是零星的碎片，其叙事方式成了突出的表现重点。这就表明文学不仅有内容意义上的，也有纯粹形式意义上的。对叙事技巧的运用，语言的游戏也能显示文学的意义和价值，它可以不承载外部世界强加的重负。马原小说的开拓性与对传统文学观念的超越，对紧随其后的先锋小说家起着很大的启迪作用。

2. 全盛期的情形和特征

如果说在 1985 年和 1986 年，小说的形式探索还是散兵游勇的话，那么到了 1987 年，就有更多的年轻小说家加入了小说形式革命的大军。1987 年和 1988 年是"先锋小说"的全盛时期。《人民文学》在 1987 年第 1、2 期合刊上登载了本刊编辑部文章《更自由地扇动文学的翅膀》，提出"文学也要改革。……这意味着文学的多元化趋势必将进一步发展，并得到社会的进一步容纳。包括那些远离政治和经济，远离社会和大多数读者，可以大体上被称为追求'唯美'或被称为'先锋文学'的小圈子里的精心或漫不经心的结撰"。在这一期上，它集中推出了一批"先锋小说"：《大元和它的寓言》（马原）、《我是少年酒坛子》（孙甘露）、《红宙二题》（姚霏）。同年的《收获》第 5、6 期上发表了《上下都很平坦》（马原）、《极地之侧》（洪峰）、《1934 年的逃亡》（苏童）、《信使之函》（孙甘露）、《迷舟》（格非）。1988 年《收获》第 6 期再次展示了"先锋小说"创作的实绩，推出了《罂粟之家》（苏童）、《请女人猜谜》（孙甘露）、《死亡的诗意》（马原）、《难逃劫数》（余华）、《青黄》（格非）等作品。

具有全国性影响的著名文学刊物大力推出和集中展示"先锋小说"，不仅起到了一定的创作导向作用，更重要的是易于给读者和评论家留下"流派"的深刻印象。所以说"先锋小说"的勃兴与会聚成潮，离不开文学刊物的培植之功。《收获》这两次集中行动显示了一种前瞻性、开放性的眼光和文学观念，标志着"先锋小说"的成熟与多向发展。

具体地讲，全盛期的"先锋小说"有以下几方面的特征：首先是对叙述方式的空前重视。马原在《上下都很平坦》中继续着他在前期《虚构》里运用的突出叙述人行为的"元叙事"技巧。如在开头宣称"这本书里讲的故事早就开始讲了，那时，我比现在年轻，可能比现在更相信我能一丝不苟地还原现实，现在我不那么相信了。我像一个局外人一样更相信我虚构的那些所谓远离真实的幻想故事"。在叙述中，叙述人兼作者与主人公的"我"不时插入对虚构以及小说理论与技巧的议论，如"我在虚构小说的时间里神气十足，就像上帝本人""我当然不会事无巨细地向读者描述姚亮走进知青点走进知青农场那一天的全部过程"，故意暴露自己的叙事技巧。小说的开头题言本是讲将这部小说献给未出生的孩子的，可在结尾处，我却和妻子领着孩子一起出去游玩了。通篇将虚构与真实彼此打通，把混淆的叙述推演到了极致。

格非的《迷舟》是一篇典型的"先锋小说"。在这篇描写战争与爱情的小说中，战争和情爱两种平行的线索构成了小说的叙述主体，将这两条线索连接在一起的是"萧"这个人物。"萧去榆关"这一关键情节是统摄两条线索乃至整合整篇作品的核心。如果是传统作品，"萧去榆关"或者是为了爱情或者是为了传递军事情报，他的心理与行为动机必须是自明的，这样的话，《迷舟》很可能就成了一篇关于爱情与责任不能两全的传统道德伦理故事。但《迷舟》不同于传统小说的"先锋性"体现于在作品的关键部位上，在情节发展的高潮与转折点上出现了"空缺"，出现了结构性的断裂。"三顺"以为"萧"去榆关是看"杏"，是出于爱情的动机；而"警卫员"则认为"萧"是为了传递情报，是军事上的背叛行为，故而他果断地打死了"萧"。"警卫员"以自己的想象填补了情节与结构上的"空缺"，正是这种填补反而使这一"空缺"成了一个永远无法弥合的空白，使故事成为一个无法解开的谜，形成了阅读与接受上的困惑，造成了一种特殊的阅读审美效果。格非的另一篇小说《青黄》追寻一个生活史的难解之谜，能指"青黄"最终竟有多个"所指"，这就消解了作品的确切主旨。事实上破解"青黄"的故事"结果却变成另一个故事：一个四十年前伪装死者的人现在依然活着的故事"。这个新故事瓦解了最初的"原始动机"。在这种瓦解中，历史蜕去了厚重的底蕴，而读者得到的是一种阅读上的满足。

　　《敌人》是格非的长篇小说。这部作品把传统小说的因果关系完全断裂，原因和结果、行为和动机都没有必然的联系，原因永远无可知晓，动机因不可知而陷入神秘，从而让惯常以结果来推导原因或以原因推导结果的人们无所适从。动机在格非的作品中就同他作品中人物的命运一样，是一个神秘莫测的黑暗世界，是永恒的无解之谜。《敌人》写一场大火把赵家的店铺化为灰烬。是谁放了这把火？谁是"敌人"？这是小说的悬念。祖父赵伯衡写下密密麻麻的人名，到死也不知是谁，父亲赵景轩一个一个核实又一个一个排除，到死时还有三个名字，赵少忠在父亲死后把名单烧了。这三个是"敌人"吗？他们还会给赵家带来灾难吗？读者都期待着答案，但是，作品在继续的叙述中不仅没有给读者答案，反而让读者更加迷惑。赵家经历了一次又一次的厄运，每一次厄运来临，读者都以为会得到答案，但结果却给人带来更多的疑点：猴子（赵龙之子）死了，赵虎（赵少忠长子）死了，赵柳（赵少忠之女）死了，赵龙（赵少忠二子）死了……每一个人都死于非命，每一个人之死都让人感觉到是被谋杀，但却让人无法知道究竟谁是谋杀者？谁是"敌人"？显然，"敌人是谁"是作品的一个永远的悬念，作者并不打算告诉读者"敌人"是谁，他只是利用"敌人"这一悬念制造恐惧感、神秘感。也就是说《敌人》的可解释性或终极意义已经消解，剩下的只是一个无底的悬念。格非利用这个悬念把人们引进了一个神秘莫测的世界中。

总之，这一时期的许多"先锋小说"都表现出不同于传统小说的面貌，不再注重典型环境、典型人物的描绘，而更关注于叙事方式的运用和实验，流露出对于形式的极大兴趣。

全盛期"先锋小说"表现的第二个特征是"感觉化"的突出，重视"时间"在结构小说中的作用。这在余华、苏童的小说中最为明显。余华的《十八岁出门远行》里，"情绪"主宰推动着小说情节的进展，成为结构小说的主要手段。"我"期望、失望、期望、出乎意料、大大失望；期望、更出乎意料、完全失望。"我"情绪的起落，使读者情不自禁地伴随着主人公一起变化，同时使其思考人物情绪变化的原因。这种"情绪"结构小说的方式，为"先锋小说"所独创。

"幻觉"在余华的小说中既是要表现的主要内容，同时又具有结构的意味。在《四月三日事件》中，"他"的思维与活动总是介于"现实"与"幻想之间"，一种巨大的恐惧笼罩着"他"。现实中的父母、同学、好友都不约而同地明确告诉或暗示"他"，"四月三日"对他说来是个可怕的日子。另一方面，他陷于可怕的幻觉之中，莫名其妙的树影、人影、房影始终伴随着他，甚至有陌生人紧跟着他。还有他甩不掉的一个又一个假设和"阴谋"。主宰全文的是某种恐怖的情绪，有实在的，也有幻觉的，正是幻觉进一步烘托了情绪。同样，在《世事如烟》中，描述的整个生存状态沉浸在罪恶与阴谋的灰暗中，生与死，现实与幻觉之间的距离也消失了。感觉化叙述带来的是人物没有姓名，只是用高度抽象的数字1、2、3、4、5、6、7代替，以便进一步渲染强化恐惧的情绪。

余华谈到"人物"的塑造时说："他们所关心的是我没有写出他们那类职业的人物，而并不是作为人我是否已经写到他们了。……显而易见，性格关心的是人的外表而并非内心，而且经常粗暴地干涉作家试图进一步深入人的复杂层面的努力。因此，我更关心的是人物欲望，欲望比性格更能代表一个人的存在价值。"[1] 基于此观点，在他的小说中见

① 余华：《虚伪的作品》，《上海文论》1989 年第 5 期。

不到完整鲜明的人物形象，有的只是人的欲望，是人作为类的特性而非个性。与之相应，小说涉及的也多是暴力、死亡等比较抽象的哲理化主题。这在《一九八六年》、《现实一种》、《难逃劫数》中表现得尤为明显。

在所有先锋派小说作家中，余华是在主题和叙事上最"冷酷"的一个。这可能与他个人的经历有关。在他的自传中就谈到童年的医院生活体验。因此在他的小说中，死亡成为描写最多的主题。大量的叙述死亡的事件和主题，使余华的作品总是给读者以十分残酷的"存在的震撼"与警醒。《死亡叙述》、《往事与刑罚》、《河边的错误》、《世事如烟》等几乎都是直接描写死亡景象、事件或主题的。小说《现实一种》中叙述了一个循环残杀的故事：山岗的儿子皮皮杀死了山峰的儿子，山峰杀了皮皮，山岗杀了山峰，山峰的妻子借助公安机关杀了山岗。但故事不仅仅是一个民间故事里的连环报应的故事，而是讲述了一个起因很琐屑，但一旦受到诱惑就一触即发、像多米诺骨牌一样自动发展、扩大，直到将双方都毁灭殆尽的事件。这中间就体现了作者看待人性的另一种视角：从故事的情节角度考虑，余华的贡献在于取消了故事的起因，将这种仇杀设计为一种盲目的冲动，同时也将互相残杀的对象设计为传统五伦中的兄弟一伦，使这种仇杀的故事表现得触目惊心。另外，余华设计了一个冷漠的叙述者，并借助这个叙述者提供了观察世界的另一个视角，这种视角极端而直接地使人们看到了人的兽性的一面。这个叙述者使得他能够将这个残忍的故事貌似不动声色地讲述出来，小说中叙述者特权的使用尽量降低，既不过多地议论，也不过多地对人物进行心理分析，更不作价值评判，他的冷漠，使人物可以走到前台，进行充分的表演。他就好像摄像机一样不断转换视点，从不同角度来展示仇杀的过程。我们甚至可以看到他恣意渲染死亡的某种执意的残酷乃至残忍，他以第一体验者的笔调写山岗将要被执行枪决时的恐惧，以及死后肢体被分割解剖时的情景，以及他化作鬼魂还家时的幻影，这些情景强烈地深化了这篇作品所揭示的人性的冷酷与生存的荒谬的主题。

余华的小说创作，可以说是沿着残雪对人存在的探索的路子发展下去的。在《四月三日事件》、《河边的错误》、《现实一种》、《难逃劫数》等作品中，叙述者在表现这种冷漠与残酷时，由于刻意追求的冷峻风格而使得作者的态度显得暧昧，事实上余华的这种貌似超然而冷静的叙述风格来源于作家与现实之间的一种紧张关系，他要与他笔下的人物及其代表的人性的残酷与残暴的一面保持一种距离。不论善恶，他都要保持一种理解之后的超然，并由之产生一种悲悯心。同时，与其他先锋小说的作家相比，余华不是要刻意制造写作的阴谋，他希望读者最终能接受他的故事，希望个人的思考逻辑的荒诞性与社会关系的真实性最终统一在他的小说中，所以他总是在申述小说的真实在于引导人们发现日常生活逻辑的表面性和虚伪性。这也导致他在进入 90 年代之后在《活着》、《许三观卖血记》中的风格转变：这些小说在描写底层生活的血泪时仍然保持了冷静的笔触，但更为明显的是加入了悲天悯人的因素。

全盛期"先锋小说"第三个特征即"反小说"或"元小说"的探索走向深入，同时语言实验也达至极端。这是先锋小说家在形式追求上走到极限的一个路标，也最能体现其艺术上的"先锋性"与反叛精神。

当小说全力关注于自身的形式时，当小说实验几乎要穷尽想得到的各种技巧时，"元小说"也许是一种合乎逻辑的必然选择。所谓"元小说"即"关于小说的小说"、"关于虚构的虚构"，它的另一个名字是"自反小说"。具体地说，就是"小说叙事指涉小说本身，把'小说性''虚构性'作为主题，以正处在创作活动中的小说家作为主角，把叙述的形式、虚构的技巧当作题材内容，从而具有自我反观性或自我缠绕性"。① 这样的小说有点近似于小说理论。格非的《褐色鸟群》、孙甘露的《请女人猜谜》就是这样的作品。

实际上，在第一个阶段先锋小说中已部分地触及到了这样的特征，比如马原、洪峰在其作品中对叙述技巧的透露，只不过比较零星而已。《褐色鸟群》开篇写到"我正在写一部类似圣约翰预言的书"，而小说的主体故事即乡下女人的故事恰恰涉及到"我"正在写的那部预言书，这就暗示了正在写的那本书其实就是《褐色鸟群》。格非不仅以"叙事重复"的方式讲述主体故事，而且在讲述中故意对"叙述规则"、"悬念"、"细节"、"结尾"等做出思考和探讨，有意识地暴露小说"虚构性"的秘密，竟仿佛是在教人如何写作似的。

---

① 　王丽红：《元小说与元叙述之差异及其对阐释的影响》，《理论研究》2008 年第 2 期。

孙甘露的《请女人猜谜》中，从叙述中谈论《请女人猜谜》的写作开始，不久又声称"在写作《请女人猜谜》的同时，我正在写另一部小说《眺望时间消逝》"。接下去的主要内容是关于《眺望时间消逝》的虚构内容以及关于这一虚构的虚构过程。于是，两篇小说构成了互相缠绕，互为解释的互文性文本。虚构的小说指向小说的虚构，《请女人猜谜》的写作意在暴露《眺望时间消逝》的虚构性与想象性。可以说"元小说"出现的意义是关于"小说"本体论的，它有助于了解小说的界限。

"先锋"小说家中，孙甘露可谓是在小说形式探索的道路上走得最远的了，他执著地进行着"语言狂欢"的实验。1986 年发表的《访问梦境》就有对语言灵活且反常规地使用。从文体上看，这是一篇"杂语体"小说，它混合了小说、诗歌、散文、神话、寓言、哲学论文等多种元素。虽有一个第一人称的叙述者，然而叙述却无所谓开头与结尾。它所负载的情节既没有起源也没有发展。小说有几十个段落，读者完全可以从中间任何一段开始阅读，或者将其打乱，按新的组合重新阅读。这都不妨碍阅读的感受和接受效果。读者可以感受到叙述正在进行，却始终无法捕捉叙述的时空运行法则与叙述内容的关联性；人物缺乏可以辨认的面目身份性格；情节丧失了时间、历史现实乃至神话的提示与参照；无论是人物对话还是叙述者语言，都堆砌着大量互不相干与难以索解的意象，如"丰收神"、"闪闪人"、"剪纸院落"、"白色的梯子"等等，它们毫无意义，不过是幻觉自律或语言自律的产物，只是无内涵的语言游戏。

1987 年，孙甘露发表的《我是少年酒坛子》分"引言"、"场景"、"人物"、"故事"、"尾声"五个标题，独出心裁地将小说原本彼此融合在一体的元素拆解开来，依此反对传统小说的结构。从语言方面看，"场景"一节共四个自然段，每段列出一个中心意象，如"一九九五年的山谷、一九九五年的秘密、一九九五年的信心"等，这一方法在稍后的《信使之函》中便发展成为"信是……"的句式。《信使之函》中，最具表征性与奇特性的是"信是……"的句式，"信是淳朴情怀的流亡，信是焦虑时钟的一根指针，信是锚地不明的孤独航行，信是耳语城低垂的眼帘"，等等，类似的句子竟有 50 多个。作者让这一句式承担多种多样的叙事功能：它是上行叙述的概括或下行叙述的提示；它是叙述的断裂、衔接、过渡、跳跃、转折；它使叙述空缺有了填充物，使叙事重复有了外观分离的旗帜；它使分裂模糊的叙述片段内容至少获得了一种形式上的直观的内在统一性。这样的句子由此替代人物、情节、环境成为小说的主干，在小说中自成体系、自我繁衍。它的意义在多次重复后却变得没有一个确切的意义。孙甘露的《信使之函》是一篇非常奇特的作品。陈晓明说："如果把孙甘露的《信使之函》称之为小说的话，那么是迄今为止当代文学最放肆的一次写作。"① 这篇小说没有人物、没有时间、地点，也没有具体的故事情节，只是把毫无节制的夸夸其谈和东方智者的沉思默想相结合，把人类拙劣的日常行为与超越生存的形而上的阐发混为一谈。看过这篇作品后，人们会问：这叫小说吗？如果这也叫小说的话，那么现在的小说写作确实没有任何规范可言了。在这里小说的叙述语言彻底能指化了，能指与所指没有固定的联系，符号不再代表现实，小说没有确定性、统一性的主题和意义。语言不是为了交流，其意义仅仅止于自身，表露出作者强烈的叙述欲望与偶然随意的语言操作本质，显示了一种极端化的形式追求。

　　"先锋小说"全盛期的作家从叙述方式、叙述时间、结构、人物、以至语言等多方面进行探索和实验，几乎涉及小说形式革新的方方面面，使得小说的创作技巧空前地得到普遍重视，在很大程度上促进了中国新时期小说的发展步伐。然而，在形式的颠峰上是不能待得太久的，当"元小说"出现时，当语言完全能指化而不指向任何外在的内容时，既标志着小说实验已经达到了空前未有的高度，同时也意味着形式翻新的可能性日益缩小和几乎被穷尽。到了1989年，"先锋小说"进入了调整期。

　　3. 调整期的情形和特征

　　从1989年起，一些明显的迹象表明，小说形式实验的势头开始减弱，"先锋小说"进入了沉积与调整期。《人民文学》1989年第3期又推出了人们已经熟悉的先锋小说家作品的组合，即格非的《风琴》、苏童的《仪式的完成》、余华的《鲜血梅花》，这些小说显示了与前阶段

---

① 陈晓明：《最后的仪式——"先锋派"的历史及其评估》，《文学评论》1991年第5期。

"先锋小说"不同的特征。

格非的《风琴》是一篇非常精致的小说,但与他的那些"迷宫"作品相比较,明显少了幻想的成分,收缩了小说技巧的使用,具体的背景和生活内容成为小说叙事的重心和目的。虽然多视角的变化、复合与拼贴画式的叙事效果不无形式探求的趋向,但并不造成阅读上的障碍与困惑。苏童尽管在同期的"小说家言"中把写小说比喻成盖房,"这一切都需要孤独者的勇气和智慧。你孤独而自傲地坐在这盖起的房子里,让读者怀着好奇心围着房子围观,我想这才是一种小说的效果"。但他的《仪式的完成》却显然已把陌生化的追求从叙述方式转到故事本身。余华的《鲜血梅花》是一篇武侠小说的戏仿之作,在仗剑漫游的古装故事外壳内隐藏着寻父的现代情结。虽然这篇小说叙述的讲究可见出形式追求的沉积,但仿武侠本身也预示着对通俗文学形式和大众阅读取向的某种妥协与让步。

先锋小说家纷纷涉足长篇小说的创作,也是形式实验减弱的一个因素。相比较而言,中短篇小说自由灵活,较利于形式技巧的多方向探索。长篇小说创作周期较长,一般需要有较大的生活容量与思想容量,因此用长篇小说进行形式的探索,往往要冒很大的风险。格非的《敌人》(1990)、余华的《活着》(1989)、《在细雨中呼喊》(1991)都是长篇小说,其实验精神在谨慎与节制下便不免有所减弱,他们更多地倚重中短篇创作中行之有效的成功经验,使之在长篇的形式中沉积与稳定下来。

调整期的"先锋"小说家的另一倾向是转向历史题材。苏童的《妻妾成群》、《我的帝王生涯》、《红粉》,余华的《活着》的发表,被认为是"先锋小说"的转变。这些作品的"先锋"性实验成分开始减弱,叙事手法也有所改变。故事讲述得流畅可读,人物形象塑造得比较生动鲜明,语言质朴平实,注重意义的表达。评论界一般把这种小说称之为"新历史小说"。但这种"历史"不是真实的历史事实,而是作家们主观虚构的历史,是民间性的历史。这样,注重历史内容与人性探幽意味着从形式返回到故事。"先锋小说"至此似乎暂告一段落,但它的诸多叙事技巧、方法却被有选择地保存了下来。

三　先锋小说的成就与局限

先锋小说是中国当代文学史上一场意义深远的"文学革命"。先锋小说对"文学现代性神话"的建构，既是对时代文学焦虑的释放，最终又因其"空洞性"、极端性和假定性而制造了更大的文学焦虑。因此，无论是它的成就还是它的局限，对于中国文学来说都是一笔巨大的精神财富，值得我们认真地加以总结和梳理。

先锋小说在中国当代文学史上之所以具有无可比拟的话语价值，其最根本原因就在于把本世纪几代中国作家一直想完成而又一直未能如愿以偿的对于文学本体的审美还原现实化了。先锋小说以形式主义策略对意识形态话语的逃离，使先锋小说具有了独立的空间性和合法性。由于先锋小说有着"读不懂"的形态，这使得意识形态的监管某种程度上失效，意识形态不再与其正面冲突，这使得先锋小说"自由"、独立写作的理想真正具有了可能性。先锋小说的意义可以说正表现在它搭建了一个"形式主义"的平台，一方面它以高度的"西方化"迎合了80年代中国人对于现代化的想象；另一方面它以绝对的陌生化创造了中国文学从意识形态的传统和现实中抽身而出的契机与空间。先锋小说以"形式主义"策略至少在技术层面上把文学从社会学、历史学、政治学等意识形态的束缚中解放了出来，从而实现了文学形态与社会政治形态的分离。从这个意义上来说，先锋小说既是中国文学的解放者，又是拯救者，它使得中国文学既能融入主流意识形态发出的"现代化"大合唱，成为那个时代"现代化"诉求的载体，又能以主流意识形态容忍的方式，获得远离意识形态话语的独立性。它的成就和贡献是此前任何一种中国文学潮流都难以比拟的。

所以，先锋小说的成就首先表现在关于文学观念的大胆革命以及敢于探索、勇于创新、大胆反叛、广采博纳的艺术精神，极大地解放了中国作家的文学想象力和主体创造性。先锋小说对于中国当代文学来说无疑具有巨大的开拓意义，其在小说观念领域所发动的革命不仅颠覆了中国文学源远流长的"载道"传统而且对于整个文学史的发展方向都具有无以替代的启示价值。先锋作家对于"文学是语言学"和"文学是主观想象的产物"这两个命题的强调都是对于"文学是生活的反映"

的传统认识论模式的致命打击。

　　某种意义上，先锋文本的文体特征正是由这两个理论命题制导出来的，先锋作家对于语言的苦心经营、对于自身想象力的放大与夸张无疑都与他们崭新的文学观念和文学思维密不可分。事实上，正是在观念和思维革命的推动下先锋作家的主体性才得到了极度的发挥和张扬。而如果没有了先锋作家强烈的文学主体性，先锋小说那种多彩多姿的语言风格、出神入化不落俗套的艺术想象、新颖别致的文本结构、超越世俗超越经验的生存景观都是难以想象的。虽然很大程度上先锋小说的文学革命还主要发生在小说形式领域，但在形式的背后是有着观念和思维领域的本质上的革命支撑着的，中国文学的本体性、审美性、主体性从来也没有像现在这样得到如此强烈的尊重和强调，文学的独立品格以及文学与社会其他意识形态的分离也从来没有像现在这样引人注目并得到全社会的普遍认同。可以说，先锋小说对于文学观念和文学思维的反叛不仅为当代文学的实践所证明，而且已开始作为一种理论成果逐步汇入了文学史的进程。

　　另一方面，先锋作家在小说形式领域大胆反叛传统和文学权威话语的革命精神，也是人类一切艺术不断向新领地和新的高度进发的推动力量。在这批先锋作家身上蕴藏着西方从现代主义到后现代主义等一代代伟大作家所共有的那种反叛、求索、创新的艺术精神，这种艺术精神对于中国当代文学来说实在是非常可贵而必需的。中国现、当代文学几十年来的单一化的传统格局之所以能在短短的十来年内就被彻底打破，也正根源于先锋作家们对于文学的虔诚、坚持和热爱，根源于他们那种以高扬的主体性为特征的艺术精神的发扬光大。

　　其次，先锋小说充分展示了汉语小说写作的丰富可能性。在先锋小说之前中国文学经久不衰的传统是现实主义写作范式，这种范式与意识形态有着天然的亲和性。但这个范式很快就被先锋作家极端化的文本实验冲击得七零八落。先锋作家把西方的现代主义、表现主义、心理主义、未来主义、新小说派、魔幻现实主义、后现代主义等各种各样的文学思潮都统统纳入他们文体实验的视野之内，中国当代文学的面貌由此发生了翻天覆地的变化。一方面，小说的主题内涵已经根本上脱离了传统现实主义文学的那种理性的、直观的、对应式的反映论模式，而呈现出非理性的、模糊化的、难以释解的不可知景观。也就是说，现在先锋小说再也不像从前的小说那样好懂、好读了；另一方面，先锋小说形式层面上也难以再见传统小说那种具有因果逻辑性的情节和故事了，就是话语的讲述方式也都具有相当的陌生性。没有一定的智力和文学水平，一般读者已很难从容进入先锋文本了。即使是一个简单透顶的故事和情节在先锋作家别出心裁的叙述方式和结构方式的导演下也会变得生涩难懂了。特别是先锋作家把关于小说写作的思路从"写什么"转移到"怎样写"之后，"叙述"的地位在先锋小说中被强化到近乎神圣的地步，西方近一个世纪以来的各种各样的文本操练方式都被先锋作家置入了他们的本文中，中国小说写作的可能性和丰富性可以说是达到了空前绝后的程度。这一切既大大提高了中国当代文学的叙事水平，有效地促进了汉语小说在叙事和形式层面上与西方先进文学的接轨，从而改变了中国小说对于西方文学长期以来的隔膜状况。同时，先锋小说提供了一种全新的阅读体验，其呈现在读者眼前的文本无疑是陌生而新颖的，它迥异于我们耳熟能详的传统文学经典也与同时代的权威文学话语格格不入，从其诞生之日起就伴随着种种冷落、误解和"读不懂"的抱怨，并事实上给读者的审美习惯和审美心理造成了巨大的冲击，其对读者的改造和创造应该是先锋小说对于新时期文学的重要贡献。在这个意义上，先锋小说既回答了什么是"现代化的小说"的问题，又指明了通向"现代化"小说的路径。

再次，先锋小说对于西方先进叙述方法的大规模引进和出神入化的融会贯通，初步满足了新时期中国社会关于审美现代性和文学现代性的想象与期待，释放了文学的焦虑，在某种意义上解决了现代化的时代诉求与陈旧的文学形态之间的矛盾。既与社会其他领域的现代化诉求相呼应，完成了中国文学的"现代化"，又极大地提高了汉语小说的叙事水平。先锋作家把"叙述"的地位抬到一种神圣的地步之后，在"怎样写"、如何叙述的问题上他们倾注了巨大的热情。西方从"新小说"派、意识流到后现代主义、拉美魔幻现实主义等各路的形式实验都无一例外地在他们的文本中得到了重现。更为可贵的是，先锋作家在"引进"这些先进的陌生于我们的文学传统的叙述方法时表现出了相当的自信和主体创造性。对于他们来说，这些叙述方式虽然是"拿来"的，但却是他们完全可以自由驾驭的。因此，叙述方式的革命在先锋小说文本中总是给人以得心应手的感觉，他们仿佛不是"模仿者"而是创始人在小说中进行着炫耀式的表演。而且，在先锋小说中"技术"与内容也不是处于"隔膜"状态的，充分中国化的故事和充分西方化的讲述总是水乳交融地统一在一起，这既显示了这批先锋作家对于西方文学出色的感悟和把握能力，同时也表明了中国当代小说整体叙事水平的大幅度提高。

事实上，对于先锋小说的整体评价上，虽然众说纷纭很难统一，但对于他们在形式探索领域所取得的成就文学界是普遍认同的。就目前的中国当代文学来看，不仅先锋小说的文体形态有着鲜明的西方色彩，就是传统的现实主义小说甚至通俗文学作品在叙述层面和言语方式上也都不同程度地吸纳了先锋小说的文本"技术"，从而在"叙述"方面烙上了"先锋"的痕迹，这就充分证明了"先锋"叙述方式侵入中国当代文学的深广度并寓示了中国当代文学整体叙事水平的大幅度提高。某种意义上，中国当代小说艺术表现手段之丰富、小说叙述水平之高、文本形态之新颖都可以说达到了中国文学的前所未有的高度。因此，从小说技术这个层面上我们就可以看到先锋小说对于中国新时期当代文学的贡献。

当然，我们在对先锋小说的成就、经验和贡献给以充分的评价的同时，也应看到先锋小说也有着许多近乎先天性的局限。这些局限不仅极大地制约了先锋小说本身向更高境界的发展，而且对于整个当代文学的良性、健康发展都留下了难以抹去的阴影。先锋小说在它诞生伊始就内含了许多其自身难以克服的悖论和矛盾，这些悖论和矛盾实际上也正是整个中国当代文学界在世纪转型之际必须认真反思和研究的重要课题。

其一，先锋小说的文本内容流露出对传统小说所秉持的社会责任感的淡化或丧失，它流露出对传统小说（包括现实主义和现代主义）所张扬的小说教化功能或深度意识的故意回避。"就我个人而言，我从来没有想过为某种潮流、某种旗号、某种社会需要而写作。"① 孙甘露的这种写作姿态或许代表了先锋小说家们写作的普遍倾向。这种文化立场集中表现为随意性或平面化写作，即对主流意识形态文学实践意义上的回避，缺乏意义深度和厚重感，放弃了传统小说的启蒙与救世等社会理

---

① 孙甘露：《关于上海文学的讨论》，《文学报》2005 年 3 月 9 日。

想，消解了小说的内容深度，即内容深度消失。

其二，先锋小说家拒绝对历史承担主流意识形态所张扬的历史的、道德的责任与义务，在他们眼中历史是可随意书写的对象。正如马原所说："我一直认为我们不可能知道真实的历史，我们读到的所有历史都是虚构的。"美国学者弗雷德里克·杰姆逊在其《后现代主义与文化理论》一文中指出，历史感消失是后现代主义艺术的审美特征之一，他认为："历史永远是记忆中的事物，而记忆永远带有记忆主体的感受和体验，现代主义艺术因追求深度而沉迷于历史意识，而后现代主义艺术中，历史仅仅意味着怀旧，它以一种迎合商业目的的形式出现。这说明了后现代主义除在思维取向上的消解特征外，还有一个特征：价值取向上的平面性、迎合世俗性。"①

其三，在先锋小说那里，不仅对历史的宏大叙事无动于衷，对历史拒绝承担"文以载道"的神圣职责，而且对当下的现实社会生活也故意规避，"现实和思想的气息越来越少"。② 现实质感消解了。所谓现实质感就是作品贴近生活、贴近实际，反映当下重大社会问题，赞扬真、善、美，鞭挞假、恶、丑，让读者从作品中获得一种信念和力量，振奋人们的理想与激情，对现实生活充满信心。马原的《冈底斯的诱惑》、《叠纸鹞的三种方法》、《游神》和《虚构》等作品讲述的都是现实内容，却并不反映现实社会问题。如果读者硬要发掘其意义深度，那将显得非常勉强。"因为这类问题对于马原的小说来说是毫无意义的"。③ 其他先锋小说如格非的《褐色鸟群》、《青黄》也是这样。读诸多先锋小说，我们感到既难以获得愉悦的快感，也无法激发生命的激情和精神的启迪。

其四，随着先锋小说历史质感和现实质感的消解，它的人物质感也消解了。我们知道，现实主义作品中的人物是丰满的，他们追求理想、拥有信念，对社会具有责任感，并被赋予了时代意义；现代主义小说中的塑造人物的方法虽然有别于现实主义小说作品中的塑造人物的方法，但也是被

---

① ［美］弗雷德里克·杰姆逊：《后现代主义与文化理论》，唐小兵译，北京大学出版社1997年版，第219页。

② 谢有顺：《先锋就是自由》，《中国作家》2007年第1期。

③ 杨小滨：《意义熵：拼贴术与叙述之舞——马原小说中的后现代主义》，《文艺争鸣》1987年第6期。

赋予深深的文化意味，在《变形记》中，卡夫卡通过将主人公葛里高尔·萨姆沙由人变成虫子的过程，传达出现代社会中人被异化的主题。贝克特的《等待戈多》传达出一种现代社会中人们对未来的等待意识。现代主义作品中的人物或许要问："我是谁？我从哪儿来？我将往何处去？"但在先锋小说中，由于丧失了历史质感和现实质感，小说中的人物只是一种符号而已，小说中没有一以贯之的中心人物，这些人物的地位也没有主次之分。在《拉萨河女神》中，小说所提及到的 13 个人物均无名无姓，只是"按照年龄顺序分别称他们为阿拉伯数字 1234 以至 13"；无独有偶，余华的小说《世事如烟》也是这样，里面的 7 个人物也均无名无姓，也都分别用数字表示为 1、2、3、4、5、6、7。在这类小说中，由于作者拒绝给人物赋予社会意义，人物自身的现实质感也就彻底消失了。

我们说，正是由于先锋小说祛除了小说内容的社会功能，所以读者在读先锋小说时，往往感到读到的只是叙事本身，很难从中引申出沉甸甸的质感。就现实的承担而言，先锋小说对现实的批判以及对国家民族现代性重建的思考，其实远不及伤痕、反思文学来得勇敢。另外，"先锋"小说家在小说领域所进行的大胆而又新奇的革新直接导致了小说文本的晦涩难懂，形式的巨大障碍拉大了先锋小说家与读者大众的距离，越先锋越是形式的探索者就越不被读者理解、认同与接受，"疏远"是读者对阅读障碍制造者的必然选择。余华在 1990 年给一位评论家的回信中写道"试图将后现代主义理论指向文学创作实践时，必须记住一条：任何进步的形式都是孤独的。……后现代主义作家注定将和卡夫卡乔伊斯他们一样，在自己的时代里忍受孤独"。但是中国的现实并未提供形成"先锋"适宜生存的土壤和环境，几千年来积淀于中国文人心底的实践理性与入世精神使先锋小说家不得不面对潜在的读者期待和需要，并先后不一、程度不同地领悟到形式上的一味激进主义是不行的。曾经表明愿意忍受"孤独"的余华们由于种种原因，也是"孤独难耐凄凉"，不得不改弦更辙，以获得读者大众的认可与接受。

如今，先锋小说已成为逝去的历史，尽管关于它是否已经"终结"的争论还远未结束。环顾当下文坛，不仅先锋的面孔已经模糊，而且80 年代对于"先锋"的热情也早已不在了。

第四章　新写实小说:风情民生的时代投影

第一节　新写实小说:风情民生的时代投影

自 1987 年前后起，在中国文坛上出现了一批以"新写实"相标榜的小说，颇为引人注目。在以后的四五年内一直较为波澜壮阔，且有某种深化。《钟山》在 1989 年第 3—6 期还推出"新写实小说大联展"专栏。新写实小说代表人物为一批相当年轻的作家，如方方、池莉、刘震云、刘恒、李晓、李锐、杨争光等。代表这一流派创作实绩的，有方方的《风景》，池莉的《烦恼人生》、《不谈爱情》、《太阳出世》、《冷也好热也好活着就好》，刘恒的《狗日的粮食》、《伏羲伏羲》，刘震云的《一地鸡毛》、《故乡天下黄花》等短、中、长篇小说。有些还被改编成电影（《伏羲伏羲》）、电视剧（《一地鸡毛》、《不谈爱情》），引起了更为广泛和热情的关注。

一　新写实小说名称的提出与界定

新写实小说的出现是与历史转型期的特定阶段相适应的文学的"转型"。

新时期以来，与历史转型期特定阶段相适应的文学的"转型"，在新写实小说之前已经有过两次。一次是从 1979 年前后开始，随着思想解放运动和以经济建设为中心的历史转型期的到来，文学上出现了以一批中、青年作家为主力军的，以伤痕文学、反思文学、改革文学为标志的文学"转型"。一扫图解政治以至瞒和骗的文学印迹，以深沉的悲剧性和强烈的理想主义色彩震撼和鼓舞人心，文学走进了千家万户。但中国自有中国的国情，特别是在有几千年封建传统的中国，无论解放思想或以经济建设为中心都不是可以登高一呼，一蹴而就的。不能不既正视传统中的正面以外的负面，又吸收世界新潮，做艰苦细致的工作。于是1985 年前后的文学又有了第二次"转型"，这就是以一批青年作家为主力军的寻根文学和新潮文学。它们致力于封建文化传统中劣根的解剖和世界新潮的吸取，也取得了可观的成就。但相当一部分寻根文学蛮荒古远有余，切入现实明显不足。相当一批新潮文学对西方新潮生硬搬用有余，吸收融化明显不足。由于一些作品在远古和新潮中凌空蹈虚，内容上脱离现实的执著关注，艺术上脱离群众的欣赏习惯，群众自然也就疏远了文学。

1987 年前后新写实小说的出现，是新时期以来文学的第三次"转型"。此时比较有代表性的一种社会心态是：思想解放运动和以经济建设为中心，诚然是一世之壮举和鼓舞人心的奋斗目标，但现实地看既不能靠登高一呼，一蹴而就，也不能靠凌空蹈虚，达到目标。商品大潮之下和精神躁动之中，人们面对的是生存的许多更为复杂的问题，面临一种更具体，也更纠缠不清的日常生活。芸芸众生在平庸的年代有一种更个人的出发，在生存之道中处理好社会和家庭的种种现实关系，倒不失为一种务实之举，社会和家庭的安定也是实现民族宏伟目标的必备条件。正是这批新写实小说，不约而同地关注凡人小事和世俗生活，描写其中种种喜怒哀乐和矛盾纠葛，寻求一种务实的生存之道，体现出一种文学的"转型"。

有几篇小说的标题如《一地鸡毛》、《不谈爱情》、《冷也好热也好活着就好》就颇具象征意义：绝大多数人的现实生活是平凡的，务实的，说不清、理还乱的，如"一地鸡毛"；不要侈"谈"那种凌空蹈虚的"爱情"，小夫妻之间最要紧的是相互好好过日子；无论"气温"的冷热，活着，自己踏实又至少无损于人"就好"。既可以说新写实小说顺应了历史的某一阶段，也可以说历史的某一阶段选择了新写实小说。

池莉的《烦恼人生》（载《上海文学》1987 年第 8 期）应该看做新写实小说的发轫之作，其后方方的《风景》在《当代作家》1987 年第 5 期上发表，这两篇作品以对世俗生活的深切体验，真实地写出了普通人的生存困境而引起了文坛上的广泛重视。评论家对这一新出现的创作方法投以了极大的热情与兴趣进行评说，并试图对这一文学现象从理论上进行概括。评论界在 1988—1990 年之间就把许多名称给予它们，如雷达称之为"新现实主义小说"，① 王干称之为"后现实主义"小说，② 陈骏涛称之为"现代现实主义"小说，③ 徐兆淮、丁帆称之为"新写实主义小说"，④ 张韧称之为"新写实小说"，⑤ 当然后来得到公认的是"新写实小说"。

归纳来看，新写实小说之所以能在20世纪80年代后期形成一个有声势的文学潮流，有以下几个原因。

第一，社会的世俗化需要一种世俗化的文学。随着改革开放的深入和人民生活水平的提高，人们对物质生活与精神生活的欲求被极大地激发起来了，人们越来越世俗化，越来越关注自身的生存环境与生存质量，关注自身的切身利益，因而也需要一种更贴近现实、贴近人生、贴近自我的文学。于是，以表现市民世俗生活为主要内容的新写实文学就应运而生了。

20世纪50—70年代，当代文学对现实主义创作的原则、手法曾有过权威性的表达。它认为，文学创作的根本任务，是再现典型环境中的典型人物。文学的真实性不光要来自生活，而且要通过对生活的"加工"、"改造"，使之比生活本身更典型、更集中、更强烈。因此，这里所说的"现实"，不是指与人的生活及生存方式联系密切的现实本身，而是指符合特定的政治需要，配合"中心任务"、"中心工作"，对一定时期的方针政策和人民群众具有明显的宣传、鼓动效果的那种艺术表现。因此，在上述前提下所"塑造"的典型和"展现"的艺术真实，就带有鲜明的政治功利性和为其服务的特征。90年代后，这种创作原则逐步在新的文化转轨中被"瓦解"、"颠覆"，它的刻板、僵硬的叙述方式，使新写实作家产生了冷淡和厌弃的态度。一定意义上，说新写实小说很大程度上表现出对这一权威原则的背离，也不是毫无根据的。然

① 雷达：《探究生存本相，展示原色魅力》，《文艺报》1988年3月26日。

② 王干：《"后现实主义"的诞生》，《钟山》1989年第2期。

③ 陈骏涛：《写实小说，从传统到现代的转化》，《钟山》1990年第1期。

④ 徐兆淮、丁帆：《思潮·精神·技法——新写实主义小说初探》，《小说评论》1989年第6期。

⑤ 张韧：《生存本相的勘探与失落——新写实小说的得失论》，《文艺报》1989年5月27日。

而，也应注意到新写实小说与另一层面，即五四以来人文思潮中带有激情和浪漫特征的"个性主义"意识被有意地疏离。它之所以主张"还原"生活本相，消解创作中的主观倾向性，强调表现平庸的"世俗化现实"，对小人物的凡俗琐碎生活，以及在这种生活中烦恼、生存的艰难和孤独表现出一定的理解与同情，也即表明，他们放弃了五四知识分子作家所一贯坚持的批判、介入和"干预"生活的激进姿态，而回归到平民化的立场和写作态度上。池莉公开表示："赤裸裸的生与死，赤裸裸的人生痛苦将我的注意引向注重真实的人生过程本身，而不是用前人给我的眼睛去看人生"，所以，"'印家厚'是小市民，知识分子'庄建非'也是小市民，我也是小市民。在社会主义初级阶段，大家全是普通劳动者"。她还说："我自称为'小市民'，丝毫没有自嘲的意思，更没有自贬的意思，今天这个'小市民'不是从前概念中的'市井小民'之流，而是普通一市民，就像我许多小说中的人物一样"。① 通过小说《一地鸡毛》主人公小林之口，刘震云以"反讽"的语气坦露了自己的"现实观"："伤心一天，等一坐上班车，想着家里的大白菜堆在一起有些发热，等他回去拆开散热，就把老师的事给放到一边了。死的已经死了，再想也没有用，活着的还是先考虑大白菜为好。"这些当然需要我们辩证地看，但是，它们透露的文化信息却是应引起重视的，这就是，一位作家，更应该面对的是"真实"的凡俗人生，对小人物的喜怒哀乐给与"客观"的叙述，让读者在一种重新"还原"和不加"过滤"的本真生活中体验人生的况味。

第二，新写实小说是文学为摆脱困境所做的自我调整与新的尝试。新时期开始后，文学思潮此起彼伏，传统现实主义的回归，先锋派的超前实验，通俗文学的媚俗，寻根文学的曲高和寡，一时文学走入了困境，而新写实是作家们面对困境的一种自我调整和突围的尝试。

第三，世界文学的激发。新时期以来所引进的西方各种文学理论、思潮、流派对中国作家都产生了程度不同的影响，其中，以左拉为代表的自然主义、第二次世界大战后产生于意大利的"新现实主义"、法国的"新小说派"、美国的"新新闻主义"，以及反英雄、反崇高、反文化、反主

---

① 池莉：《池莉文集》（第4卷），江苏文艺出版社1995年版，第199页。

流意识形态的后现代主义，都是激发新写实主义产生的思想文化因素。

　　《钟山》1989 年第 3 期"新写实小说大联展卷首语"称："所谓新写实小说，简单地说，就是不同于历史上已有的现实主义，作品也不同于现代主义的某些现代派作品，而是在小说创作低谷中出现的一种新的文学倾向。这些新写实小说的创作法仍是以写实为主要特征，但特别重视现实生活原生形态的还原，真诚直面现实，直面人生。虽然从总体的文学精神来看仍可归类为现实主义大范畴，但无疑具有了一种新的开放性和包容性，善于吸收借鉴现代主义各种流派在艺术上的长处。新写实小说在观察生活把握世界的另一个特点就是不仅具有鲜明的当代意识，还分别渗透着强烈的历史意识和哲学意识。但它减退了过去的伪现实主义那种直露、急功近利的政治性色彩，而追求一种更为丰厚更为博大的文学境界。"

　　尽管评论界对新写实小说对现代派哪些手法进行借鉴与什么是伪现实主义没有明确的指明，但对新写实小说重视现实生活的原生形态的还原，并将之归为现实主义大范畴还是给予了准确定位，基本是新写实小说的描写特征。

二　新写实小说的新文学品格

　　关于新写实小说的基本特征，有种种说法，归纳过它的种种特征。其实从根本上来说，就是与上述"转型"相一致的，在文学观念和文学手法上对现代主义和传统现实主义的双重反拨和双重吸收。它明确反对某些现代主义作品的一味自我表现和艺术上的凌空蹈虚，却又借鉴了现代主义的一些表现手法和精神；它明确反对某些传统现实主义作品的刻板生硬、图解政治，以及对典型定义的绝对化理解，却又吸收了传统现实主义的关心现实的艺术精神。于是，与现代主义相对，它的立足点仍是"写实主义"；但在写实主义中，既不同于传统的"写实主义"，也不同于新时期的伤痕文学、反思文学、改革文学的"写实主义"，故名"新写实主义"，简称"新写实"。故而，新写实小说出现了一些新的文学品格。

　　季红真将新写实小说归纳为四个特点：①切入个体人生现实境域的视角，作家们是"以个体为本位，去审视现实。因此，他们不再设置意识形态的幻觉，对现实少幻想，而更多冷静地观察与细致的体验，作品中也小心地隐匿起理想的色彩，夺取客观的叙述"。②新写实小说注重人性的深度，它"明显地偏向人性的批判。而且，这种批判超越了一般道德批判的范畴，在认识的前提下，达到了相当的人性的深度"。③新写实小说的故事回归，"在一部不长篇幅的作品中，讲述许多故事。而且这些故事不一定具有内在的因果联系"。④消解了性格，"由于对故事的重视，人物的命运取代了性格在作品中的中心地位，故事情节的发展，不再服务于性格的塑造。"①张德祥认为："这些小说共同关注的是当代普通人的生存现实。……《烦恼人生》、《风景》等作品中看不到脱离人们现实生计的高谈阔论；也看不到远离尘世烟火的奇思冥想。作家无不将笔墨沉落于这块新旧胶结、冲突、转换的现实土地上，透视人们生存境遇、生存方式。从衣食住行、生老病死、生儿育女、生产方式、家庭婚姻基本的生存内容中看一看当代普通人是怎样生存的，生存的质量如何；看一看人们的精神状态、价值取向如何；看一看人们关心的是什么、困扰的又是什么。""因此，生存意识的强化是'新写实'小说的一个基本特征。其次，从反映生活的方式上来说，这些作品基本上是按照生活的本来面目反映生活，作家对现实形态不做夸张、变形、幻化处理，而是力求细节的客观真实性，而且这些小说也创造出了一些个性鲜明的人物形象，……这说明作家并不排拒现实主义的典型化原则，但明显的事实是扬弃了那种急功近利的传达政治观念的所谓'典型化'原则，因而对社会生活、客观存在的复杂性不作人为的净化处理，也不作结论性的指导，而是尽可能地呈示其复杂态势和原生本相，使文学对现实形态的涵盖或观照更趋全面、整体、本真，以引发读者的体验和思考。"②

　　至于为什么不厌其烦地征引理论界对新写实小说特征的概括，原因是他们的概括可以看出共同的倾向，即真实客观地展示普通人的世俗生活和生存困境。这种概括大体上符合作家的创作事实。但理论概括本身就有相矛盾的。如"明显地偏向人性的批判。而且，这种批判超越了一般道德批判的范畴，在认识的前提下，达到了相当的人性的深度"与

---

①　季红真：《忧郁的灵魂》，时代文艺出版社1992年版。

②　张德祥：《现实主义当代流变史》，社会科学文献出版社1997年版，第273页。

"《一地鸡毛》的叙写是这样的低调和平淡，但绝望的情绪还是曲折地传达出来，由此也就意味着这篇小说对于知识分子立场的艰难的保持，它活生生地勾画出人对现实无可抗争的处境；揭示出这处境的荒谬，这便是体现出通常认为新写实小说所缺失的现实批判立场"相矛盾。又如季红真认为"故事情节的发展，不再服务于性格的塑造"与张德祥认为的"这些小说也创造出一些个性鲜明的人物象"也是相矛盾的。有代表性的概括尚且如此，其他的概括就可想而知了，而且概括也只是针对个别作品的概括上，没有立足于更高的视点。

总之，理论界的评说对新写实小说造成的影响之深是使得后继的许多作家作品仍延续这一类型的作品进行创作，并且成就了新写实小说潮流的盛极一时，推动了文坛的创作活力，而负面影响就是并未完全符合创作实际做了一系列理论评价，使读者与作者有被误导的倾向，而且理论的概括又相矛盾的概括，造成了评论的混乱局面。

整体看来，新写实小说呈现出以下几个特点：第一是关注平民生活。新写实小说作家们将视觉对准了身边人、身边事。新写实作家们从自己对现实生活的切身感受出发，自觉地疏离了传统现实主义小说人物中的依据"典型环境中的典型人物"的原则，放弃了对英雄人物的书写，取而代之的是生活在社会底层的"小人物"。这类作品的主人公不是英雄，不是天之骄子，甚至不是有着高尚人格的人，他们就如同我们身边的擦肩而过的每个人，平凡，甚至平庸。他们为了自己的生活打拼，为了房子、孩子、位子等看上去琐碎又关乎民生大计的问题而奔波，或圆满或失落。他们是一群被柴米油盐、吃喝拉撒等日常琐事逼迫得喘不过气来的普通市民。虽然作品中的人物身份各异，有的是工人，有的是农民，有的是知识分子，有的是小公务员，有的是医生、教师、士兵、小职工等，但他们都是生活中最平凡的代表，他们共同承担起生活的重压，共同品味着人生的喜悦与艰辛，共同地延续着人生无尽的烦恼。无论是池莉的"人生三部曲"（《烦恼人生》、《不谈爱情》、《太阳出世》），还是方方的《风景》、《黑洞》，抑或刘震云的《一地鸡毛》、《单位》，刘恒的《伏羲伏羲》等等，作品中的主角都是普通庸常的市民代表。无论是《烦恼人生》中印家厚这种都市工人，还是《风景》中小八子一家 11 口人，以及《一地鸡毛》中小林等，他们都是当下生活中的普通人物，平时饱受了平庸的煎熬，时刻希望摆脱这无尽的烦恼，却又无能为力，最终甚至沦为甘于平庸的碌碌之辈。

对于市井生活的描写，对于平民生活的关注，这在当今来看，似乎是普通得不能再普通的事情，但在当时应该说是新时期文学以来的第一次审美视野的群体性变化。

第二是言说世俗的困窘。新写实小说多为展现平民百姓的个体生存境遇和悲欢离合的命运，从流水一样的平凡生活和司空见惯的日常琐事中表现了小人物的困窘生活。以家庭为背景的小说人物，在恋爱、结婚、怀孕、生孩子、带孩子、孩子上学、老婆调工作、经济的拮据、住房的拥挤、气候的冷暖、菜价的上涨、小夫妻间的争吵、婆媳关系的处理等细碎的小事中苦苦挣扎，为生活而感到疲惫，并逐步丧失了自己的个性。即使不以家庭生活为背景，新写实小说展示的大多也是我们每天都必须面对的"烦心事"：上班、下班、入党、评现金、奖金的多少、职位的竞争、同事之间的明争暗斗、领导之间的争权夺利——如《烦恼人生》中的印家厚，《出门寻死》中的何汉晴，《单位》、《一地鸡毛》中的小林诸如此类的小人物都在生活的重压下喘不过气来。

这些对日常生活困窘的描写，使新写实显示了与以往的写实小说截然不同的内核，过去的写实小说给我们呈现的都是现实生活状态的穿透力，都有一个明确的指向，而新写实给我们展现的现实生活是暧昧的、混沌的、琐碎的，它无法给我们一个清晰明确的判断。《烦恼人生》展现的是中国普通工人的生存状态，《不谈爱情》表现的是普通人的婚姻生活状态，《单位》描写的是普通的工作环境状态，《一地鸡毛》描述的是一种日常生活的状态，所有的这些作品都是把一些感性的琐碎的生活场景和生活片段呈现在我们面前，不去揭露什么，也不去批判什么。

新写实小说在其刚刚出现时，评论者认为虽然他们是在叙述日常生活，但是其深刻的指向却是人的存在问题，刘震云说："新写实真正体现写实，它不要指导人们干什么，而是给读者以感受。作家代表了时代的自我传达能力，作家就是要写这些生活中人们说不清的东西，作家的思想反应也是在对生活的独特体验上。"① 这是一个纯粹的从感性和感

---

① 丁永强：《新写实作家、评论家谈新写实》，《小说评论》1991 年第 3 期。

觉出发的写作。

池莉说："生活……它有着毛茸茸的质感，它意味着千奇百怪，也包含着各种笑容和泪水。它总是新的新的新的，它发生着的形态总是大大超过人们对它的想象。一切的新认识，一切的新感觉，一切的新精神，一切的新梦想以及一切的新理论都由它这里生发……"①

新写实小说专注于形象，注重外在形态的逼真，但却能从平平淡淡的日常琐事去描绘现实的强大力量对人的折磨、压抑和摧残，在强大的外力作用下人们的无奈和个性的消解。因此我们可以看出，新写实小说并不是拒绝理性，抛弃理性，它们是在认真地言说，以小说来感知和感觉世界的内在本质，从而认识和反映世界。正如刘震云所说："生活是严峻的，那严峻不是要你去上刀山下火海，上刀山下火海并不严峻。严峻的是那个日复一日、年复一年的日常生活琐事。单位、家庭、上班下班、洗衣做饭弄孩子、对付保姆、还有如何巴结人搞到房子、如何求人让孩子入托、如何将老婆调进离家近一点的单位……面临的每一件事情，面临的每一件困难都比刀山火海还令人发怵。因为每一件事都得与人打交道。刀山火海并不可怕，我们有能力像愚公一样搬掉它，像精卫填海一样填平它。但我们怕人。于是我们被磨平了。睡觉时连张报纸都不想看。于是我们有了一句口头禅：'混呗。'过去有过宏伟理想，但那是幼稚不成熟。一起还是从排队买豆腐白菜开始吧。"②

从印家厚的烦恼中，不只感到了他个人生活的困窘，生命的焦灼，心灵的疲惫，还感受到了人类某些共通的困扰。那单调的、漫长的、周而复始的人生之路，那生命力点点滴滴无可奈何的耗损，是当今这个特定社会历史时期人们所难以超越和摆脱的。惟其如此，人物那善良的心地，那烦恼中并不放弃的追求，才显得实实在在，既让人深思，也让人感动。

第三是隐含自我的"零度写作"。在现实主义文学发展的历史中，"零度风格"（Zerostyle）在创作实践中并不是什么新发明，人们早在研究福楼拜、左拉、莫泊桑、契诃夫等自然主义、现实主义大师的作品中领略过。例如福楼拜在解剖包法利夫人的个性时，是冷峻、客观的，基

---

① 丁永强：《新写实作家、评论家谈新写实》，《小说评论》1991 年第 3 期。
② 刘震云：《磨损与丧失》，《中篇小说选刊》1991 年第 2 期。

本采取不介入的态度，所以他所钟爱的人物爱玛的死亡出乎他本人意料，令其痛苦不已，在创作之外大哭一场。又如左拉具有明显自然主义的创作，都表现出冷峻、不介入的客观性。在 20 世纪作家詹姆斯、海明威等人那里也可以发现这种"零度情感"倾向，1954 年，诺贝尔文学奖委员会的授奖词中极力推崇海明威对"现代叙事艺术的贡献"，指的就是这一点。

然而，"零度风格"作为理论，是 20 世纪五六十年代伴随着结构主义和符号学的兴起而提出的。法国著名的结构主义理论家罗兰·巴尔特是最早的立论者，他在《写作的零度》（1953）一文中提了"零度风格"的概念，反驳 40 年代存在主义者萨特提出的文学就是"介入"生活、"干预"生活，文学就是"倾向性文学"等观点（参见萨特《我为什么写作》、《什么是文学》、《存在与虚无》等著作），巴尔特从法国近现代文学史中既发现了"介入"文学的存在，也发现了不介入的中性姿态的文学。根据巴尔特的《写作的零度》、《符号学原理》（Elements of Semiology）、《罗兰·巴尔特论罗兰·巴尔特》（Roland Barthes by Roland Barthes）等著作和国内外巴尔特研究者的阐述成果，我们可以看出"零度写作"具有以下几个方面的特点：①"零度写作"是一种不介入、不干涉的叙事方式。它不偏不倚，客观冷面，从从容容，叙述者的主观好恶、情感、倾向都降为零度。巴尔特说："借用语言学中的一些对比或许可以清楚地说明这一现象，我们知道，某些语言学家在某一对极关系的两项之间建立了一个第三项，即一个中性项或零项。"巴尔特的"零度写作"显然是指这个"第三项"，他把它"归结为一种否定的形式，在其中一种语言的社会性质或神话性被废除了，而代之以一种中性和惰性的形式状态"。也就是说，零度写作在某种程度上拒绝某些已成的概念、思想形态和权威，即"成为摆脱了特殊语言秩序中一切束缚的写作"。②"零度写作"是一种直述式的写作，类似于纪实文学乃至新闻报道式的写作。巴尔特指出："比较来说，零度的写作根本上是一种直陈式写作，或者说非语式的写作。也可以正确地说，这就是一种新闻式写作。"① ③"零度写作"是一种"沉默"、"含蓄"、"空

---

① ［法］罗兰·巴尔特：《写作的零度》，李幼蒸译，中国人民大学出版社 2008 年版，第 29 页。

白"的写作。这是为了保持不介入、零度而采取的策略。如加缪反叛萨特的《局外人》的写作，对于社会、历史、生活等方面保持"沉默"态度，以"局外人"的姿态对待，冷静的叙述中隐含着许多没法说出或不需要说出的东西。又如海明威的"冰山风格"和不动声色的"电报式"语句等。巴尔特借助索绪尔语言学"沉默"概念，突出强调"零度写作"语言结构中所存在的沉默空间，这与人们一般意义上讲的"含蓄"、"潜台词"有着质的区别，库兹韦尔在《结构主义时代：从莱维—斯特劳斯到福科》一书中作过说明："'零度'这个概念是指人有可能根据这些词之间的辩证关系进行解释，而且这种空间还使不能真正中性化的语言中性化了。"①

　　自然，巴尔特的"零度风格"理论并不是上述三个方面所能完全概括的，但有了这些基本的认识，我们再反观"新写实"，就有了理论上的参照，可以看出："新写实"是对传统现实主义作家介入生活和表现主观倾向性的否定，是一种不动声色的"零度写作"、"空白写作"姿态，叙事上表现为一种"零度风格"。叙事学（Narratology）告诉我们，一定的叙事方式形成一定的叙事风格。"新写实"无论从叙事内容、叙事话语方面还是叙事动作方面，都表现出这种风格，这是"新写实"小说之所以"新"，之所以富有艺术魅力的原因所在，也是对传统现实主义文学叙事风格背叛之后的丰富、发展，是"新写实"张扬自身的鲜明的艺术旗帜。离开这个旗帜也就无所谓"新写实"。

　　方方的《风景》，以第一人称"我"为艺术视角，而"我"是一个生下来才半个月就夭折、埋在窗下的婴儿，"我"无所不知、无所不晓，"我"是个世外灵魂，超然洒脱、置身事外，冷静而恒久地观看着世间千变万化的最美丽的风景，作者似乎不存在。其中"父亲"、"母亲"、大哥、二哥……七哥、大香小香等兄弟姐妹的原生态生存状况，通过"我"冷峻的观察一一呈现出来。池莉的《烦恼人生》叙述印家厚一天十几个小时的活动，如生活实录，如"流水账"式的记事：起床、上厕所、洗漱、挤汽车、挤轮渡、吃早点……吃喝拉撒一一展现，

———————

　　① ［美］库兹韦尔：《结构主义时代：从莱维—斯特劳斯到福科》，尹大贻译，上海译文出版社1988年版。

恰似一个人一天生活的跟踪拍摄，这种"原汁原味"的生活场景近似自然主义式的描绘。刘震云的《一地鸡毛》也采取了客观、冷峻的叙事策略，作者似乎在嘲弄"典型环境中的典型人物"等传统法则，只是信手拈来生活中的鸡毛蒜皮的小事，从从容容道来，完全超然物外，甚至作品中的人物也只有姓或只有官职称呼，不夹杂任何评说或暗示性语言……在这里，作家们放弃了介入评价，充当了中介人，站在生活与读者之间，"切一块"生活，由着读者慢慢咀嚼。作家们这种不介入的立场、直陈式叙说恰恰暗合了巴尔特的"零度写作"理论。作家范小青说："我对于生活没有什么新的见解，没有能力也没有欲望干预生活，所以干脆放弃思想，写生活本身，写存在，不批判、不歌颂，让读者自己去评价、去思考。生活就是目的，过去写小说总围绕着中心思想，每一句话都经过精心推敲，现在则不然……"① 池莉也明确主张小说要"写实"要做"拼板工作"、"不添油加醋"。

看来，追求"零度"状态是"新写实"作家的自觉的行动。我们无从考察"新写实"作家是否直接或间接接受过巴尔特"零度写作"的理论观点的影响，但这一理论的确为我们讨论"新写实"之"新"的内涵提供了有力的理论支撑，而事实也证明，"零度风格"的确是"新写实"派的最突出、最引人注目的特征。

新写实小说真实地体验着生活，不再分析它的根源，不再挖掘它的意义，只是在正确地"看"的基础上把它正确地"说"出来。新写实作家们自觉地回避着主观精神对作品的介入和渗透。刘震云说："我写的就是生活本身，我特别推崇'自然'二字"，这种自然生活便是支撑父老日常生活的"生死，对类似交易的爱情或异性的向往及在吃粗浅食物做简易游戏中所获得的日常乐趣。"② 作家韩少功对方方的评论，也可以看出方方的这一写作立场："文学与生活已没有界限……她拒绝任何理性的价值判断，取消任何超理性的隐喻象征，面对沾泥带土原汁原汤的生活原态，面对亦善亦恶亦荣亦耻亦喜亦悲的混沌太极，她与读者一道，没法借助既有的观念来解读这些再熟悉不过的经验，也就把理解

---

① 丁永强：《新写实作家、评论家谈新写实》，《小说评论》1991 年第 3 期。

② 同上。

力逼到了死角……好的小说总是像生活一样，具有不可究诘的丰富、完整、强大，从而迫使人的理解力一次次死里求生。"他还说："最好的形式应该化作内容，最好的'怎么说'应该化作'说什么'，最好的作者应该在他们的叙述对象里悄悄消失，从而达到'无我'之境，无我便是大我。古典的《史记》、《荷马史诗》等多是无我亦即大我的作品，以其天真朴素自然的气象，奠定人类心灵的基石。无我之我，说到底不是技巧，而是一种态度。它意味着不造作，不欺世，不哗众取宠。它意味着作者不论肤浅与否，灵敏与否，他们留给这个世界的是一种诚实的声音……"① 在新写实小说中，作家大多是在作品中表现出生活的"纯态事实"，其创作大多是平实地叙写现实社会的庸常人生，客观真实地再现现实生活。作家采用客观的"局外人"的叙述方式，叙述者对笔下的人物和事件以超然的态度来描写，不以自己的主观情感揾断生活的流程，也不着意对人物进行价值判断，摆脱了浓重的政治道德色彩，尽可能地过滤掉以往文学作品中或隐或现的主观情感，尽可能地接近生活的本色。

在叙述方式上，新写实小说大多是采用第三人称，尽可能将叙事转变为客体的自我展示，从而"拉开作者与叙事客体的距离"，用一种"远距离把玩"的态度来观照生活。在描写人物心里活动时，新写实作家也只是描述人物一时的心情与情绪，而不揭示人物内心的深层心理活动过程。远距离叙述显示了作家主体意识的退隐，对生活采用不动声色、回避感情的客观态度。

我们同时又可以看到这种"零度写作"、"零度情感"其实也只是一种叙事的策略，并不是绝对的零度。作者只是巧妙地、尽可能地把自己隐藏起来，尽量回避主观情感的介入，让读者自己去评价和判断。但这并不等同于作者在创作中完全不投放感情，作品既是作家的主体创作，就不可避免地受到创作主体的影响，"在小说中，提出它们的行动本身就是作者的介入"。② 所以，新写实的"零度写作"并不是绝对的零度，是作家自觉地"隐含自我"，尽量避免创作主体干预的一种写

---

① 丁永强：《新写实作家、评论家谈新写实》，《小说评论》1991 年第 3 期。

② ［美］布斯：《小说修辞学》，华明等译，北京大学出版社 1987 年版。

作。方方《风景》中"该谴责痛恨的是生长七哥们的土壤",以及借死去的小八子说的"我对他们那个世界由衷感到不寒而栗"等语句还是可以探寻到创作者的情感和好恶。创作者十分平静冷漠的叙事中,蕴涵了作者对生活的体验和感受,蕴涵了对人生的思考和追求。只是创作者在创作中尽量采取了不主观去判定现实的态度,尽量地隐藏自我,将自己的情感极其隐蔽地藏在作品之中,有意识地消隐了叙事主体对作品人物的评判,使作品最大限度地靠近人生、靠近生活。

第四是再现生活原生态。所谓的"原生态"及"原生态还原",缪俊杰在《论中国文学中的新写实主义》一文中对之进行了详细的论述。他说,"'原生态'就是指那些没有经过更多加工,尤其没有经过本质过滤的生活现象,所谓'原生态还原'就是生活的'原生态'再度呈现出来,使它保持或者更接近生活的本来面貌"。① 另外汤学智也提出:"在我看来,'原生态'是指生活原始本然的一种真实状态,其要义在于,它确认生活的生命性、全息性、偶然性、混沌性和开放性"。② 这种创作取向相对于以前的文学创作来说是非常新颖独特的,因为以前作家关注更多的是阶级生活、政治生活,日常生活常常因为过于熟悉或平庸而被创作者舍弃,即便述及也是非常简略,不能在小说中拥有很大的空间。

新写实在叙事方式上,采用"流水账"式叙事方式,将熟悉的日常生活不再改造地在作品中重现,让读者看到熟悉的,但在过去却不为小说家所重视的普通人的生活。它不同于传统现实主义那种单一、因果关联的顺序情节链结构,而是让人物、事件、场景按生活本来的生存状态自然而然地发展。新写实小说的"原生态"写法不注重情节的过分戏剧化,而注重叙事方式的生活化;不注重情节的因果联系,而注重生活的"纯态事实"的原生美;不注重故事情节的起伏有致,而注重生活细节的真实生动。《烦恼人生》就是以流水账的方式描述了印家厚一天的过程,小说中的印家厚,一个 80 年代的普通工人,可能除了他与女徒弟之间的那点朦胧感情,其他的生活细节也正是当时全国工人所经历

① 缪俊杰:《论中国文学中的新写实主义》,《社会科学战线》1993 年第 2 期。
② 汤学智:《"新写实":现实主义的新天地》,《当代文坛》1992 年第 2 期。

的，作家池莉自己也说："印家厚代表了整个工人的整体，而不是一个工人。印家厚一天中不可能遇上这么多有意义的事，但这些事都是真的，所以武钢工人读后都说自己就是印家厚。"①《一地鸡毛》、《单位》也是"生活流"式的叙事结构，注重叙事方式的完全生活化，还原生活的原生态，展现小林的困窘生活。

第五，从艺术手法上看，新写实文学更具有包容性与开放性。新写实作品虽以写实为主，但也吸收了象征、夸张、变形、荒诞、魔幻、黑色幽默等现代派文学的一些手法、技巧，达到了写实与写意、再现与表现的结合，有人称之为"总体写实而兼收并蓄"。最为典型的当然是《风景》。这篇小说的叙述方式十分独特。题记引用了波特莱尔的一段话："……在浩漫的生存布景后面，在深渊最黑暗的所在，我清楚地看见那些奇异的世界……"然后，就是用一个死去的埋在门槛下的孩子的口吻，来逐个讲述这个奇特家庭的每个成员的故事。小说用的是倒叙手法，采取的切入角度是超全知全能的叙事角度，选择的叙事人是一个死灵魂，小说很少描写，大多是十分精练又传神的叙述语言："父亲带着他的妻子和七男二女住在汉口河南棚子一个十三平米的板壁屋子里。他和母亲在这里用十七年时间，生下他们的九个儿女。第八个儿子生下来半个月就死掉了。"现代叙述语言的简洁和概括力在这里显示出优于传统表述的魅力。接下来，作者对小八子的叙述似乎超越了作为现实主义文本的表达范围："父亲做了一口小小的棺材把小婴儿埋在了窗下。那就是我。我极其感谢父亲给我的这块血肉并让我永远和家人待在一起。我宁静地看着我的哥哥姐姐们生活和成长。在困厄中挣扎和在彼此间殴斗。"这已经是带着魔幻荒诞的色彩了，可又分明是讲着人世间极其真实的故事。这种叙述方式和叙述语言，使得我们有了一种可贵的距离，艺术的欣赏的距离，极富表现力，在这些语言中你可以感受到作者那被凝练了的冷峻的激情，感受到一种黑色的诗意。反讽语言的出色运用是刘震云小说的一个重要特色。反讽手法是对某一事件的陈述和描绘，却原来包含着与人感知的表面意思正好相反的含义，来刻画人们所处的"类喜剧式"的生活状态。刘震云的反讽手法在继承鲁迅传统及中国古

① 丁永强：《新写实作家：评论家谈新写实》，《小说评论》1991 年第 3 期。

典笔记小说传统的同时，更多地借鉴了西方"黑色幽默"等流派的风格。它不仅拆解了那些虚假性的价值使它显得尴尬，而且也使得那些普通寻常的事物变得非同凡响而妙趣横生，甚至使那些平淡无奇的小人物也拥有一些特殊魅力。

三　对新写实小说的评价

"新写实主义"文学的探索，是历史选择的结果，尽管它是以烦恼、以无奈的方式，毕竟传达了社会特别是平民，对新的社会价值和人文价值的呼唤。"新写实主义"小说没有执意揭示，而是淡淡地呈示了传统价值观和人文观与现实生活的种种不适应，它反映了物质的第一性不仅作为人类生存条件，而且上升为物质生存意识、生存方式对人的思想观念、性格心理的决定性影响。不少"新写实主义"作家既写物质生存需要无法满足之后人性的扭曲和畸变，又写物质生存需要如何聚集为一种精神要求。既要求建立一种更多地考虑普通人衣食住行、生活情趣等实际利益和世俗价值的人文精神，又要求建立一种反映人性色彩和平民色彩的新人文精神。这一点应该说是"新写实主义"作品对当代社会基本走向的历史性反映，是"新写实主义"作家艺术责任感的体现。"新写实主义"在中国当代文学史上的一大功绩在于它进一步拓展了文学的审美领域，呈现出如下几个方面的积极意义。

第一，展现世俗。整个20世纪多半个时期的文学都具有一种缺陷，即对世俗的忽略。无论是主流意识形态之下的革命——政治话语，还是知识分子的启蒙话语，对于世俗生活以及人的世俗性都具有一种轻视。日常生活的衣食住行、油盐柴米、吃喝拉撒等种种日常与琐碎之事，与生儿育女、男欢女爱、生老病死的快乐与烦恼，在新中国成立后30年的绝大部分时期，都处于一种被遮蔽的边缘位置。包括世俗的欲望、世俗的伦理、价值等有关世俗的一切，都被看做对于政治的反动和反叛而加以抹杀。具体来讲，主流意识形态主要采取了两种手段：圣化或取消生活的世俗性，所谓圣化即将世俗生活赋予一种政治意义，拔高生活的凡俗性，使其进入神圣的领域，其结果也就是非神圣亦即世俗的取消。综观创作于那个时代的"三红一创"、"保林青山"等一批我们耳熟能详的红色经典中的主要人物，亦即正面人物、英雄人物，他们几乎都丧失了人的世俗性与生存性，他们把所有的时间、精力、热情以及意志都无私地奉献给了党和人民的公共事业，仿佛不需要吃喝拉撒、衣食住行，也没有所谓的男欢女爱、生老病死、爱好兴趣等等。在那样一个集体狂欢、观念至上、精神无限膨胀的年代里，人的世俗生活与世俗性被视为"低级趣味"且与伟大的革命事业和光荣的人民大众无关而被取消。而这种情况直到"文革"后才在某种程度上予以改变，在很多"伤痕文学"、"反思文学"、"改革文学"以及"寻根文学"的作品中，都曾流露出"欣赏世俗"、"理解世俗"的话语立场。但是尽管如此，由于新中国成立后知识分子话语与主流意识形态政治话语的内在契合，或者说是知识分子话语对于政治话语的"代言"、"依附"，新中国成立后的意识形态话语与知识分子话语在肯定世俗的同时，总要不约而同地表现出一种对于超越、终极、神圣的强调，因此，如前所说，包括"伤痕文学"、"反思文学"、"改革文学"以及"寻根文学"在内的新时期文学，虽然其确实有着确认欲望的合法性、还原个体世俗身份的话语立场，以及从食色角度对人类最基本的生存欲望进行展示的叙事角度，但在很大程度上，这一立场和角度仅仅是为了呼应当时主流意识形态所倡导的时代精神，也就是说，其落脚点并不在肯定世俗或是展现世俗，或者说肯定世俗与展现世俗仅仅是其退而求其次的选择。于是就有了在这类文学叙事的过程中，叙事角度由食色等最基本的世俗欲求向政治化的转化，叙事立场由肯定世俗、展现世俗向歌颂解决温饱问题的基本国策的转化。

新写实的出现使得世俗的种种具体形态终于大量地、以一种潮流的形态浮出水面，其着力于复活世俗生活柴米油盐、吃喝拉撒、生老病死、男欢女爱等生命中最原始的具体形态，且赋予其价值与意义。在展现世俗的背后肯定世俗，使得"世俗"堂而皇之地登上了文学的殿堂。世俗作为一种看得见的人间烟火气，是最平实的话语，也是我们生活中最为熟悉的部分，是小处的细微感受，它琐碎、庸碌甚至污秽却也平实、贴己、温暖。同时世俗也是一种务实的生活态度，甚至可以夸张地讲，凡是被称为世俗的价值观与伦理观，通常都含有一种务实精神，即喜欢将抽象的事物简单化、具象化，使其具备一定的可操作性，且总是将是否呈现于用途作为检验意义的唯一标准。

于是，在日常生活中，"世俗"则常常外化为一种处世逻辑与道德观念，其消极面表现为一种为达目的不惜趋炎附势、巴结逢迎的狡猾，或委曲求全、审时度势式的"识时务者为俊杰"，积极面则表现为面对逆境时的包容、达观、苦中作乐等等。具备了世俗性的人们有时很难用好人或是坏人简单地形容，他们身上虽常可见到虚荣、怯懦、懒散以至卑鄙、恶劣，但也不乏正直、善良或至少对世俗生活一种生存逻辑的遵守。在他们身上时时刻刻体现着一种世俗的活法与世俗的人生智慧，而世俗的人生智慧、世俗的活法，作为一种历史实践的长期积淀，能够穿越年代而做到世代相袭，必然有其存在的合理之处，其所蕴涵的价值固然不同于知识分子的研究学理，但也同样不容藐视。如同世俗生活中种种最原始具体形态，日常生活中的柴米油盐、吃喝拉撒、生老病死、男欢女爱等，虽然琐碎、庸碌，却作为人类生存的基本支点千百年来就那样存在着，无论时代风云如何变幻，这些世俗生活的具体形态总是那么的永恒，显示出强大的生命力和恒常的稳定性。因此从这一点看，世俗的展现对于文学而言无疑是具有价值的，且文学的世俗化赋予世俗一种意义和价值无疑也是合理的。

第二，消解主流意识形态专制政治话语。文学迈向世俗化的另一意义在于它消解了主流意识形态之下的专制政治话语。20世纪大半个时期的中国文学主要存在着两大主流话语，一为主流意识形态下的政治——革命话语；另一为知识分子启蒙话语。而知识分子话语与意识形态话语之间一直有着一种非常微妙的关系。一方面，知识分子话语需要借助主流意识形态的力量来赋予其叙事的合法性；另一方面，它必须警惕自身被意识形态政治话语同化，从而沦为意识形态话语的帮腔。新时期以来，尽管有很多评论家和研究者试图将新时期的"伤痕"、"反思"文学看做是对"五四启蒙话语"的恢复，但实际上，"伤痕"、"反思"叙事仍然是由主流意识形态所支配的政治话语叙事，距离真正的知识分子启蒙话语仍相距甚远。

"伤痕文学"、"反思文学"叙事之所以仍然是一种局限于主流意识形态之下的政治话语，且距离真正的知识分子启蒙话语相距甚远的原因在于：首先，其对于"文化大革命"及17年时期以极"左"为表征的政治实践和意识形态的着力批判，在很大程度上仍然局限于新时期国家的一元化意识形态之中，且与意识形态常常表现为一种欲推还迎的"互动"关系。这一"互动"关系的表现在：文学是在握有现实政治保证的前提下展开政治化诉说的，即"伤痕"、"反思"文学所涉及的政治问题大都已经得到澄清，如批"四人帮"、批"左"倾路线等，也就是说这一时期的文学叙事实际上是在利用现成政治结论去阐释历史话语，叙事仍然局限于国家意识形态所预留的空间之内。而这一阐释，正如有人所担忧的那样："用今天的现成结论去图解历史，去奚落历史上的一些人，同时又拔高历史上的另一些人。当我们一再地看到某些反思作品，离开历史上真实的情景而大力描绘 1957 年'右派'的自我肯定的意识，一味夸张'文革'初期红卫兵的卑污人格时，这种翻来复去的公式化，愈来愈使我们感到已不是历史的正义感，而是艺术的伪饰，甚至是作家人格的欠缺。"① 其次，"伤痕"、"反思"文学话语下对人性、人情、人道主义的强调，同样可以看做国家意识形态之下的政治话语言说。这是因为在很多时候，这一强调更多地表现为一种群体性的政治批判与道德言说，作家们手中的人道主义，与其说是一种价值重建，还不如说是一种充满政治功利色彩的历史批判武器，固然"人性、人情是超越政治的，但以人性、人情为依托进行'从众化'的'控诉'，就将人的本性政治化、类型化了。这种政治化的人道主义的另一种表现，就是控诉是有禁区的，'伤痕'的揭示也是有边界的——比如它只能是对'四人帮'"。② 再者，"伤痕"、"反思"文学明显地将"文革"这场极为复杂的斗争表现得过于简单了。为什么"文革"会发生，以"四人帮"为头目的坏人的兴风作浪并不能解释问题的全部内容，不能表现"文化大革命"全部历史的本质的真实。还有为什么人们就心甘情愿地接受这一运动的摆布，"四人帮"横行的时候为什么那么多的人选择作苟且偷生的沉默者，知识分子在政治高压下为什么没有考虑以适合的方式说知识分子应该说的话，而是一味地服从？对这一切的反思似乎比一味地描写某些坏人的品质恶劣，丧失人性，肆虐横行，为非作歹，或是满足于历史悲剧在纯粹伤痛层面的单一言说更有价值。但这一切都被悬

---

① 杨义：《新时期小说风度的心理剖析》，《文论报》1986 年 10 月 11 日。
② 吴炫：《新时期文学热点作品讲演录》，广西师范大学出版社 2004 年版，第 19 页。

置起来了。而接下来的"改革"文学，其本身就是由政治事件所引发的叙事话语，与主流意识形态的关系较之前者自然更为亲近。

伴随着新写实的出现，知识分子话语终于打破了与主流意识形态话语之间的"依附"关系，一头扎进日常生活琐碎中去的新写实文学，对"强烈政治色彩的创作原则的拒绝和弃绝"可谓彻底，而这一拒绝与弃绝自然在无意中有利于消解了主流意识形态的政治话语，尽管这一消解并非是通过作家本身对于政治的独特理解，或是通过一种严肃认真的批判完成的，而是通过一种冷落或是悬置的方式达成的。然而这一消解无疑还是有意义的，在谈到意识形态的政治功能时，特里·伊格尔顿曾说过："意识形态的研究不只是关于思想观念的社会学；他更要具体地表明观念如何与现实的物质条件相联系，如何遮盖或掩饰现实物质条件，如何用其他形式移植它们，虚假的解决他们的冲突和矛盾，把他们明显的转换成一种自然的、不变的、普遍的状态。"① 这就是说，意识形态包含了一种虚构、一种抚慰、一种有意的忘却，或者种种巧妙的话语策略。故一个作家是否能够摆脱既定意识形态的束缚，建立起自己对意识形态的独特理解，或是沦为了既定意识形态的写手工具，用所谓的"个别"阐释着既定意识形态所规定了的"普遍"和"一般"，在一定程度上往往体现了一个作家的思想深度。"衡量一个诗人的技艺水平，关键要看他是否有能力占有、转化以及超越那些占统治地位的概念模式，他的写作是否能使任何现存理论都无法把它摧毁"。② 而新写实的创作虽然并未达到通过建立自己对于意识形态的独特理解，穿越意识形态束缚的高度，但它的确没有沦为既定意识形态的工具却是事实。从这点看，作为文学世俗化思潮兴起标志的新写实的创作是有利于主流意识形态政治话语的消解的。它通过冷落、逃离政治历史、社会人生等重大时代主题，转而关注身边事、当下事的方式，在放弃知识分子话语对于主流意识形态政治话语的"代言"、"依附"的同时，也放弃了主流意识形态话语本身所可能具有的特性。

---

① ［英］特里·伊格尔顿：《历史中的政治、哲学、爱欲》，马海良译，中国社会科学出版社1999年版，第84页。

② ［美］马克·爱德蒙森：《文学对抗哲学——从柏拉图到德里达》，王柏华、马晓东译，中央编译出版社2000年版，第55页。

　　其实新写实小说作为一种新思潮，遭到褒贬不一的评说是正常现象，只是要看这种臧否评论是否符合事实才是最重要的，过分的褒扬与贬损则不利于文学向着健康的方向发展。有的评论者持期望的心态迎接这一思潮的到来，如陈晓明指出："摆脱八十年代后期文化困境的中国当代文学，有可能并且不得不走向一个从容启示的时代。"① 张韧认为：新写实小说既吸纳了现实主义与现代主义，还吸取了报告、纪实文学以及寻根小说诸流派的特点。它"吸吮了当今纪实文学的思潮，虽然它仍用了文学常用的虚构，但它迫近生活，写得真实，逼真的就像对生活的纪实与记录，所以在崇高'务实'的今天，人们从它纪实画面里感受到真实的魅力，从中找到自己的悲欢，这是能在读者中站稳脚跟的一个重要原因"。② 又如王干称其为"小说界的一次悄悄的绿色革命"。③ 张景超指出：新写实小说在人生态度上与西方后现代主义走着两条道儿，它更接近现代主义，同时兼容现实主义精神，正因为如此，"它保持了一种严肃的良好的文化品格，赢得了读者的喜爱"。④ 这些评论是对新写实小说创作实绩的一种肯定，肯定其价值与意义，并对之进行鼓励和支持。也有评论者对新写实小说从"情感零度"与"描写生活原生态"进行褒扬。在此不一一列举。

　　随着现代派、先锋派小说由于它们的晦涩深奥难以解读而受到读者的冷落，走进文学象牙塔。读者对新写实小说产生了某种阅读期待，并冲破种种限制，在它刚刚出现就得到了热情的关注。新写实小说拥有大量的读者，这与他们在叙事角度上进行了大胆改革不无关系，融进了现代派小说的隐喻、象征、意象等多种表现手法，特别是这些作品的主题开始转向世界文学所共同关注的对人类整体生存状态的认识，使作品包含的容量更加庞大。因此许多评论者都给予新写实小说较高的评价。但又有因过于期望与喜爱出现了溢美之词，也有不符合新写实小说创作实况的吹嘘与颂扬。

---

① 陈晓明：《反抗危机：论"新写实"》，《文学评论》1993 年第 2 期。
② 张韧：《生存本相的勘探与失落——新写实小说得失论》，《文艺报》1989 年 5 月 27 日。
③ 王干：《低谷中的震荡》，《小说评论》1989 年第 3 期。
④ 张景超：《生存理想的陨落——池莉人生三部曲的问题研究》，《文艺评论》1993 年第 3 期。

　　新写实小说作为新出现的思潮，不可能完美无缺，可能存在这样那样的缺点，有人指责有人赞扬就在所难免。然而，无论赞成还是反对，大多数评论者认为新写实小说："消解了对生活观念的构想，放弃了对主题的追求。"① 也有的评论者在承认新写实小说成绩的同时指出它的不足之处，如徐肖楠在《两种小说真实的倾向：新写实小说与新潮小说的比较》中指出，新写实小说不但具有文学价值，而且由于它的思辨性、批判性和报告性、新闻性而有社会文献价值，这对于我们认识具体的社会状况具有较高的真实价值，小说自身由此成为我们认识社会的一面镜子。但是，在这个过程中也产生了它自身无法解决的难题：社会文献真实排斥了文本和叙述的真实，使小说的社会价值增高，文学欣赏价值降低。由于过于注重客观地记录和呈现生活的原生态，新写实小说将价值判断、情感态度、主题的作用和虚构生活的可能都尽量向零度靠拢。这实际上是将主体世界被动地服从于客观世界，冷却对生活的激情，显示一种平板冷漠的创作态度。而作者一旦缺乏对生活的主动感受和构造，缺乏对生活的感情，便有可能因缺乏主体对现实的深度认识，而使被反映的社会真实肤浅平淡。这样，当新写实小说仅仅满足对社会真实地记录时，便不仅丢失了文本真实，而且在此极端上破坏了它自身优越之处——现实真实。

　　这显然对新写实小说的突破新时期文学描写英雄主义的"高大全"模式的矫枉过正表示担忧，看到了新写实小说写生活的原生态的特色，却对这种写作技巧担忧，担心这样放弃了对生活中美好事物的描绘，不是知识分子对社会应有的责任。对这种成熟的冷静的叙述技巧不适应也不赞成。认为这可能是"缺乏对生活的主动感受和构造，缺乏对生活的感情"，"有可能因缺乏主体对现实的深度认识，而使被反映的社会真实肤浅平淡"，这就是当时相当一部分评论家对新写实小说的普遍心态。周政保指出："新写实小说的视野写得有些单调与局限，甚至往往被染上一种沮丧的小家子气。令人担忧的是，倘或新写实小说都以无可奈何的生活态度洞观现实，并使颓唐的感叹与尴尬蔚然成风于小说之林，而且也可能使小说失却最基本的存在理由，而且也可能是小说创作落入自

---

　　① 王干：《低谷中的震荡》，《小说评论》1989 年第 3 期。

我重复、自我趋同的窠臼，或使创作群体步入某种可悲的一哄而起的泥淖。"① 有的研究者认为，新写实小说对《烦恼人生》给予了无可奈何的认可，最终是人的意志消解，作为人类所不应放弃的真正的崇高、理想和超越也连同脏水一同被倒掉了。这种倾向发展到《一地鸡毛》、《离婚指南》等作品时，变得愈加明显了，人物的欲念更加琐屑。

同时，新写实小说在艺术上也走向了极端，冷静变成了冷漠，反矫情变成了对于诗意的无情的背叛，过于平白的叙述使得艺术想象力偃旗息鼓，必要的结构上的张力和由此而产生的艺术强度让位于对于"烦恼人生"的越来越平庸琐细的复制。在这里创作主体的艺术个性和主观发生情感被大大地削弱了。"如新写实小说敢于正视和表现那不合理的外在环境对人的价值的窒息和扼杀，是它的贡献。然而一味地展示平庸暗淡的生活，被环境消蚀磨损的被扭曲变形的人物和心态，没有远大崇高的理想，没有对生存环境的变革和改造，个人的审美感受却是心灰意懒、垂头丧气，甚至使人陷入逆来顺受的悲观宿命的泥淖之中。这是有愧于我们这个时代对于文学的要求的"。②

总之，有些评论家在肯定新写实小说的"零度写作"与"写生活的原生态"写作技巧的同时，也关注文学作品对读者大众精神方面的影响。他们不满足于以前简单的说教式的空喊，也不满足于没有任何缺点的英雄模式的描写，对新写实小说这种描写满纸的平庸生活也感到不满。多数评论者集中在"有愧于我们这个时代对于文学的要求"这样有强烈的社会责任感来指责新写实小说的缺点或弱点，并中肯地指出它们可能"自我重复，自我趋同"，为新写实小说的写作前景担忧。

新写实小说被评论界的褒贬不一的评说已成为历史，新写实小说可能对读者造成某种导向俗世的追求，作家的社会责任感的消隐与失落可能不利于我们时代对文学的要求。他们呈现出低落的灰冷色调，以及随后延伸出某些明显逃避现实生活回避崇高英雄等倾向，这不利于从长远的文学发展眼光看待文学，但无疑新写实小说为纠正某种写作模式起到了重要作用，对于现实主义新的探索，艺术上取得的成就，关注普通大

---

① 周政保：《新写实小说的别一种判断》，《文学研究》1993 年第 2 期。
② 张学军：《新写实小说再评价》，《山东大学学报》1996 年第 3 期。

众生活引起社会其他有责任心的人的关注，作为独树一帜的思潮无疑是成功的，在汇入完整的现实主义乃至文学史时是一种文学的建设，一定会得到批评家与读者的认可，并且使中国当代文学的艺术形态得到了新的丰富。

第二节　"王朔现象"

20 世纪 80 年代末期，王朔成为新时期文学中最为流行，也最具争议的作家。他的写作风格及作品被称为"王朔现象"。"王朔现象"构成了 90 年代新时期文学一个复杂的人文景观，王朔及"王朔现象"也成为了文艺界争论和关注的焦点话题。褒之者认为王朔的作品展现了当下时期的社会面貌和语言，是"新京味小说"；而另一种观点则将王朔的小说贬为"痞子文学"，认为王朔"尽情的在嘲弄人生，嘲弄社会，它在宣泄一种非传统、非理性、非道德的反叛的情愫的同时，也把我们当今提倡的人生观、价值观、传统观贬的一钱不值"。① 有意思的是，当 90 年代文学界在改革开放的浪潮中被打得狼狈不堪时，王朔的作品却受到大众的青睐。在批评界的尴尬和困惑之后，"王朔现象"仍然是一个无法绕开的文学现象。对王朔的评价已不能用文学价值的判断标准，而研究"王朔现象"更应该和 80—90 年代的文学环境、时代背景和社会文化状况等结合起来。

一　"王朔现象"产生的时代背景与命名

走向多元化的 20 世纪 90 年代小说与 80 年代相比，其创作呈现出明显的多元化走向。从题材的角度说，80 年代的小说具有比较明显的一个热点、一个热点线性交替的趋势，伤痕文学、反思文学、改革文学、寻根文学，这一个个文学潮流基本上是根据小说的题材内容进行命名，它们之间也基本上是一种纵向的替代关系而不是横向的并存关系。从形式的角度说，交替出现于 80 年代初期与中期的伤痕文学、反思文学、改革文学，基本延续了传统的现实主义方法，现代派小说文体上的

---

① 谢健：《王朔时代的终结与痞子精神的没落》，《文学港》2005 年第 1 期。

实验还没有引起作家的注意；而从 80 年代中期到 80 年代末期，小说主题意识开始淡化，文体意识、语言意识凸显。先锋小说在这样的背景下大量涌现，而传统的现实主义创作方法已经不能引起批评界的关注。当时的一个时髦口号是"小说就是叙事"。这些特点使得 80 年代小说潮流的变化比较容易进行描述，因为它的演化有比较明晰的轨迹。

这种情况在 20 世纪 90 年代发生了极大的变化。90 年代的小说呈现出多元化的走势，它的发展轨迹不再像 80 年代那样易于描述。我们几乎已经不能准确地概括 90 年代小说的总体趋势，首先，自王朔开始，90 年代的小说出现了与市场的成功联姻，创造了一年稿费收入 100 万元的奇迹。同时，王朔的写作也极大地挑战了知识分子的启蒙话语，标志一种新的知识分子或作家类型——所谓"码字工"的出现。此后，小说创作的市场化趋势就越来越强劲；但是，同时也出现了对于市场化的小说创作的顽强的批评与抵制，商业化小说创作与非商业化的小说创作同时并存的现象；其次，与商业化、市场化的趋势相关，90 年代小说中属于大众文化类型的作品比 80 年代有了较大比例的增长，纯文学在整个文学中的份额有明显的减少趋势。但是纯文学的创作并没有因此而销声匿迹。在某种意义上说，纯文学得到了比 90 年代更成熟的发展。再次，90 年代的小说还出现了公共化写作与私人化并存的局面。一方面产生了 80 年代罕见的私人化写作，这些写作回避重大的社会性、公共性主题，深入挖掘个人性的经验内容，乃至属于与社会性的公共道德抵触的异常性经验。但同时，这也并不意味着公共性主题的彻底消失。比如以"三驾马车"为代表的所谓"新现实主义"文学就重新开始关注重大的社会问题，受其影响，社会问题小说出现了强劲的发展势头。

正因为这样，要想全面地总结描述 90 年代的小说创作是非常困难的。概括地说，90 年代有代表性的，也是引起极大争论的小说创作现象应该是：王朔的所谓"痞子文学"，它代表的是市场化、商业化的小说写作，也标志着一种具有反启蒙、反精英乃至反知色彩的价值观念与小说观念的出现；陈染等为代表的私人化写作，它的意义在于以创作的形式表明"私人领域"的出现；以"三驾马车"为代表的新现实主义小说。必须再次指出的是：这些小说潮流是共时并存的关系而不是线性取代的关系。其中首先引起人们关注的是王朔与其所谓"痞子文学"

的创作。80 年代末 90 年代初，中国文坛上出现了竞相谈论王朔的文化景观。这个争论经过一段时间的沉寂以后，终于在 90 年代末再次火爆，并跨过了 21 世纪的门槛。由王朔引发或与王朔相关的争鸣涉及转型时代的文化价值建构问题、对大众文化的评价问题、知识分子的身份认同问题等等。90 年代几次大的文化讨论，如 "人文精神" 的争论、"大众文化" 的争论、知识分子的争论，几乎没有一个是与王朔无关的。甚至可以说，王朔的出现是导致中国知识分子世纪末大分化的重要原因之一，对于王朔的不同评价在很大程度上已经成为划分知识分子不同立场的标志之一。

90 年代中国社会生活发生重大转变，"一切以政治为中心" 的思想观念逐步被商业经济大潮所冲垮，在此重大社会转型期，"多元化" 的价值观念与取向正在逐步建构起来，王朔作品在此情景下应运而生，它紧紧抓住社会转型期间人们自由开放的文化心态，即久被 "文革" 压抑的心理需要一次畅快淋漓的情感释放。王朔作品以幽默调侃的写作风格消解严肃，颠覆崇高，把正统的价值观念视为 "虚无"，作品描写的主人公是一批游手好闲、无所事事、吃喝玩乐的痞子、流氓，他们无正当职业，打架、起哄、戏弄别人、相互嘲笑。一定程度上，王朔作品剥去由政治观念或传统道德强加在文学身上的虚假外壳，反映了社会转型期间人们茫然、无所适从的逆反心理，这恰恰迎合了 "文革" 后大众的文化审美趣味，使其顺其自然地接受了王朔作品。

我们知道，任何流行的东西，都是某种社会心理的契合。同样，在文学的领域内，文学现象的出现和发展都有它的思想基础和社会内容。"王朔现象" 的流行亦不例外。以王朔为代表的小说家们自觉或不自觉地反映了当代中国社会某一层次一些现代都市青年特殊的精神状态，反映了新型市场经济下与传统文明相冲突的现代意识。"王朔现象" 实质是一种大众文化现象，这种大众文化现象是改革开放下当代商品经济社会的特有产物。80 年代以来，改革开放市场经济下的经商热潮席卷中国大地，市场经济体制孕育和栽培了计划经济外的 "个体户"。这一新经济体制的形成，给时代和社会经济增添了新的活力，而拜金主义旋风同样也席卷了全社会。在市场经济体制改革，商潮涌猛的时代，文艺界一些最早受商品意识影响并勇于尝试的开拓者，率先摔破 "大锅饭"

和"铁饭碗"，做起了"文艺个体户"、"演出经纪人"等等。王朔也毅
然辞去了一份稳定的工作，坚定地走向了以卖文为生的道路。他毫不留
情地改变了作家的生存方式、角色功能和文化人格，对文学的性质和功
能作出了世俗的定位。在他的心中，从文的目的就是为了名利，其人文
价值的基础是个人主义、实用主义、功利主义和享乐主义。王朔曾十分
露骨地说："我是一个拜物狂，那种金钱的东西我很难拒绝，我看有钱
比什么都强。"而这一切恰在王朔的小说中体现得淋漓尽致。他自称在
选择作品的题材时，除了写自己熟悉的社会内容，更是从一种战略的眼
光来考虑的。什么样的人欣赏什么样的作品，他都要先搞清楚再动笔。
他说："虽然我经商没有成功，但经商的经历给我留下一个经验，使我
养成一种商人的眼光……""我的小说有些是冲着某类读者去的。《空
中小姐》、《浮出海面》，还没有做到有意识地这样，它们吸引的是纯情
的少男少女。《顽主》这一类就冲跟我趣味一样的城市青年去了，男的
为主。后来又写了《永失我爱》、《过把瘾就死》，这是奔着大一大二女
生去的。《玩的就是心跳》是给文学修养高的人看的。《我是你爸爸》
是给对国家忧心忡忡的中年知识分子写的。《动物凶猛》是给同龄人写
的，跟这帮人打个招呼。"① 不止于此，王朔还依靠另一种商业手
段——与影视联姻而使其大红大紫波及全国。"王朔现象"之所以产
生，很大的功劳是靠电视的广泛传播。王朔等人充分利用了电视的传播
优势，1990—1992 年间，先后创作了《渴望》、《编辑部的故事》、《爱
你没商量》等系列室内剧。这些电视剧，都是描写普通人悲欢离合的故
事和商品社会的市井百态，情感纠纷，与大多数观众所代表的新市民文
化相吻合，因此得到了广泛的共鸣，使他们名声鹊起，再加上舆论界评
论界的大肆宣传和争论，他们终于成为文坛上和影视圈里炙手可热的
"大腕儿"作家。这样，"王朔现象"就产生了。其实，靠电影电视捧
红文学作品和文学家的事在商品经济社会里是屡见不鲜的。美国作家玛
格丽特·米切尔的《飘》虽然在当时也是本畅销书，但是使它蜚声全
世界的，却得归功于由此改编的电影。但"王朔现象"则带有更多的
商业意义，因为它具有了明显的功利性：它是依靠电视的传播手段，最

---

① 王朔等：《我是王朔·创作谈》，国际文化出版公司 1992 年版，第 20、55 页。

终为了达到商业目的，赚取巨大的利润。中央电视台用 350 万元购买王朔参与编剧的《爱你没商量》的播放权，王朔等人从中致富，更成了当年文化界、商界一大新闻。

当代中国社会遭受了 1966—1976 年灾难般的 10 年，正处在历史的重负和未来文明的冲撞点上，在随之而来的改革开放中面临的是几千年来未曾遇到过的凶猛的物质文明、精神文明的狂流。在这强烈的反差中，使中国人的思想和观念受到剧烈冲击，发生了巨大的变革。特别是在 80 年代中后期经济建设真正成为我国改革开放的核心时，人们已经不避忌商品经济的种种问题了，对物质享受的追求显然高于理想世界。这个时期的中国人开始体会到了马克思主义关于"首先必须吃、喝、住、穿，然后才能从事政治、科学、艺术等等"这一真理的真正含义。实用主义、存在主义等各种思潮开始泛滥，传统的思想处于一种"山雨欲来风满楼"的境地。这样，便引起一种新文化的崛起。它以市民阶层为基础，同时它又不像传统的"市井文学"、"小巷文学"那样。它是新潮的，是在特殊时代下新生的、与传统背道而驰的现代意识。可以说，"王朔现象"就是在这种时代背景下，新的文化氛围中应运而生的。作品《橡皮人》、《一半是火焰，一半是海水》对 80 年代初，处于社会变革中的人们如何在社会刚有所开放，经济体制刚开始转轨之际搅乱经济秩序的浊浪中浑水摸鱼的行为描写也许还不够贴切。那么，到 80 年代中后期，这些人物的活动已经有所不同。《顽主》、《一点正经没有》等作品，就表现出这些"闲职人员"不再为了"钱"去"拼命"，而是对社会起了兴趣，把"玩世"当作职业，成了地道的"玩世派"。这些"顽主"们似乎天生骨子里就有"虚伪"这一本能，懂得"善良"、"责任"、"使命"之类外衣的重要性，懂得欺世盗名必须名正言顺。这虽然看似作家的一种调侃和反讽，却恰恰是对真正"责任"、"使命"、"道德"的亵渎和解构。虽然这些已经不是真正意义上的写实作品，但却把这些人在虚设、假象的玩世游戏中的心态和姿态通过夸张表现得淋漓尽致，形象地概括了 80 年代中后期中国社会中的一种心态、情绪和行为。

由此可见，"王朔现象"即指 20 世纪八九十年代，王朔的作品受到许多人的批评，被视为"痞子文学"，但在社会上却很有市场，销量很大的这种矛盾现象。我们说王朔现象的实质是一种大众文化现象，这种大众文化不是赵树理式的，赵树理的文化指向是民间的或农民的，我们所说的大众文化是商品经济社会的特有产物，指的就是利用大众传播媒介如电视、广播、报刊、广告等手段形成的一种通俗时髦的流行性文化现象。王朔的作品所具有的大众文化特征首先是包含了通俗文学的诸多因素，具有强烈的商品意识；其次是大多数作品都呈现出自我重复和批量生产的痕迹；最后是善于利用大众传媒，是创造热点和现象的高手。

二 王朔小说独特的审美视角和价值取向

王朔的小说一般被分为纯情类与谐趣类。前者如《浮出海面》、《永失我爱》、《一半是火焰，一半是海水》、《过把瘾就死》、《空中小姐》等；谐趣类如《玩主》、《玩的就是心跳》、《一点正经没有》等。王朔的诸多小说，表现了改革开放下新市民文化的精神内核，其中包括变革时代最突出的三种现代意识、三种观念，即反叛传统、个人主义和对金钱的崇拜。他用自己笔下的人物演绎出生活在那个时代的"边缘人"，用他们的生活来展现变革时代的社会背景、文化状况，所以说王朔的作品具有那个特殊时代的特殊意义，"王朔现象"就是那个时代的表现。

1. 写实的特征

从 80 年代末期开始，新写实小说开始出现并逐渐风靡文坛。这些小说的总体趋势是："以写实为主要特征，尤其特别注重现实生活原生形态的还原，真诚直面现实，直面人生。"① 在这些作家中几乎无一人提到王朔，王朔则在一篇文章中自称自己的小说是现实主义的。但是，从他的几篇代表作品来看，却与新写实主义等现代小说有太多相同之处。

王朔作品和其他新写实主义小说一样，有着现实主义的明显胎记。它那种面对现实，注重生活画面的逼真性和注重写人物故事等，都和现实主义传统一脉相承。然而，它在承继中也有疏离和悖谬。这突出表现在：放弃了注重"细节的真实"和"真实地再现典型环境中的典型人

---

① 《新写实小说大联展·卷首语》，《钟山》1989 年第 3 期。

物"这一现实主义创作原则。如在《顽主》续篇《一点正经没有》中，王朔大胆地背叛了现实，对生活进行夸张和虚化，没有了细节的真实，给人一种滑稽可笑、虚幻的感受。但是，你又不能不感受到，在王朔笔下，真实地写出了生活的原生态，在虚幻中却直面了现实，直面了人生，幽默而荒诞地写出了人的生存状态，而且是纯客观的，在这一点上，王朔作品与新写实小说是相同的。

在取材上，王朔小说与新写实主义小说也存在着共性，也往往从饮食男女来展示人之生存状态。正如他在《我的小说》一文中所言："我的小说中的所有通俗因素，不是因为我要吸引读者故意加进去的，而是因为生活已经改变到了这种程度，已经有了这些因素，所以或许也应该是流行因素。或许还可以说，我最感兴趣的，我所关注的这个层次，就是流行生活方式。在这种生活方式里，就有暴力，有色情，有这种调侃和这种无耻，我就把他们给弄出来了。如果我在这上面强加东西太多，就会影响别人认识它们。"① 的确不假，王朔是在纯客观的写生活，写人的生存状态。然而，他的视角却未免有些偏颇，他的重心也放在饮食男女上。他笔下的"顽主"们，顽的花样、顽的目的也超不过饮食男女。同时，他没有走向新写实主义小说的极端，没有把人纯粹生物化，在他笔下，仍有一些沉甸甸的东西。大概因为如此，评论者质疑了王朔新写实作者的身份。

另外，王朔小说也出现了人物塑造的非英雄化，不同的是，如果说新写实小说笔下的人物有些痞味儿，如池莉、刘震云的小说，王朔笔下的人物则是痞气十足（如张明、方言、石岜），他们在常人眼中是流氓、寡廉鲜耻，是候补罪犯。但也正是这些人增强了新写实主义小说和王朔的生命力。

和新写实主义小说一样，王朔在其作品中，在一些具体技巧上借鉴了国外的一些优秀推理小说和先锋小说的作法。那大段大段不带标点的意识流也堂而皇之地出现在王朔的小说中，法国"新小说派"所用的穿插、复观、设谜、镶嵌、环合、跳跃等手段也被他融化到小说中。另外还采用了黑色幽默等。并且，王朔善于精心设计故事情节，制造悬

---

① 王朔：《王朔随笔集》，云南人民出版社2003年版，第67页。

念，给人以扑朔迷离的感觉。

　　2. "顽主"形象

　　以往中国文学现实主义的"写实"着重于描绘具有普遍意义的社会典型形象。新时期以来，当代文学从"揭露伤痕"到"反思历史"，由"呼唤改革"到借鉴西方现代主义的"先锋派文学"，乃至远距离观照现实的"文化寻根"，从根本上说，仍然是力求于文学活动中宣泄政治热情，或是一种对政策的解释与演绎。王朔大胆地挑战传统的伦理道德观念与价值体系，从"文以载道"的传统中挣脱出来，努力超越政治伦理的层面，以一种自称为无知者无畏的姿态来摒弃来自传统观念的种种束缚与重压，给大家贡献了一群按正统的思维定势无法归类的顽主们。通过这些新型人物形象的刻画，直接对人生意识和生命本质进行探索。

　　王朔始终关注着这些别人不屑一顾或虽有涉及却每每谴责的顽主们的存在，并以小说这一样式真实生动地再现他们的生活。他让顽主们携带商品社会的狂想和原始的生命张力在现代都市中四处游荡，让他们在小说主人公的位置上顽强表现自己的存在，尽情宣泄属于个人的情感体验和生命体验。

　　王朔早期文本中"痞子"形象类型，以《浮出水面》、《玩的就是心跳》等小说中的主人公或人物群为代表，《动物凶猛》、《过把瘾就死》承其余绪。它们中的主人公，像方言、高洋、高晋、何雷等，大多可视为一人。这些人一开始就以迥异于常人的姿态出现。后期创作以《顽主》、《一点正经没有》、《你不是一个俗人》里的杨重、于观、马青等主人公为代表。他们有些趋向于同普通人身份的妥协，又总爱对痞子情调有意无意地保留一些艳羡。他们是一类什么都不信，因而什么都无所谓的社会流浪儿。如于观所说："我们可以忍受种种不安并安适自得，因为我们知道没有完美无缺的玩意儿，哪儿都一样。我们对别人没有任何要求，就是我们生活有不如意，我们也不想怪别人，实际上也怪不着别人，何况我们并没有觉得受了亏待，愤世嫉俗无由而来。"（《顽主》）

　　顽主们常常有"我是流氓我怕谁"式的话语，在世人面前其行为举止也常呈一副"痞子"状。然而追本溯源，王朔笔下的人物都不是真正的市井流氓、黑道人物。他们的出身大都是高干子弟、军官之后。在

"文化大革命"时代，他们"一点也不担心自己的前程，这前程已经决定：中学毕业后我将入伍，在军队中当一名四个兜的排级军官，这就是我的全部梦想"（《动物凶猛》）。他们的这种梦想，后来也都纷纷成了真。然而当他们复员来到社会时，父母已离休，社会亦发生了根本变化，传统的等级秩序面临被拆解以及重新结构的威胁，昔日优越的社会地位已不复存在。他们已由过去的社会中心人物转成社会边缘性人物。残存的优越感促使他们拒绝过普通人的生活，顽固地认定"我和别人不一样"（《橡皮人》），于是他们又迅即从政治幻境中走出来奔向经济，想"依靠自己过上一份体面生活"（《一半是火焰，一半是海水》），但由于以前因政治而荒废了学业，他们中大部分人又被激烈的竞争淘汰。政治与经济的双重失落，使他们失意、痛苦、愤懑、彷徨，沦落于世，浪迹在街头，沾上了市井无赖的陋习。然而在真正的黑社会面前，他们又不能称为"流氓"，因为他们仍有良知，也过于怯懦，最后只能把行动转化为语言，通过话语的破坏性来宣泄内心的苦闷。

　　《顽主》中的主人公于观、杨重等人本着"替人解忧替人解闷替人受过"的宗旨，创办了"三T公司"，他们为欺世盗名的作家颁发"三T文学奖"，替情人赴约会，甚至代人挨骂……最后他们自己压抑得受不了，恨不得上街打人，到了《你不是一个俗人》，这些人又成立了一个"三好协会"，"首先是一片好心，其次是各种好话，最后汇成刻骨铭心的好梦"，他们立志将"捧人"职业化，为了扭转社会风气，坚持义务"捧人"，"逮谁捧谁"，终于累倒在"捧人"的光荣岗位上……类似这样的荒诞行径还出现在《千万别把我当人》、《玩的就是心跳》、《一点儿正经没有》等作品中。与其说这些作品表现了顽主们对人生困境的突围。不如说这些作品表现了突围过程的艰难曲折和这种艰难曲折所带给人物的沮丧和失望。顽主们在嘲弄规范、虚假和矫情时显得十分优越和强大，但在嘲弄表现出的坚强背后是一种更深刻的软弱，旧的价值取向在他们心目中已经被否定了，但新的追求和理想还未能建立起来。否定一切，嘲弄一切固然痛快，可随之而来的就是无所依傍的孤独和无所执著的空虚。

　　顽主们从各自的生活经验中体验到生存的困惑，他们痛苦地发现自己生活在一个非理性的不可理喻的世界中，过着一种没有意义，没有目的，没有出路的荒诞人生。人在这里已变成了孤独无靠和空无所有的存在。《顽主》中，于观、杨重谈论人生的两段话可以看做是顽主们的"人生宣言"："我们可以忍受种种不便并安适自得，因为我们知道没有完美无缺的玩意儿，哪儿都一样……既然不足以成事我们宁愿安静地等待地老天荒。""人生就是踢足球，一大帮人跑来跑去，可是整场都踢不进去一个球，但还得玩命踢，因为观众在拼命喝彩、打气。人生就是跑来跑去，听别人叫好。"在僵死的传统与浮华的文明的双重挤压下，他们只能以玩世不恭的方式对人生的意义进行一次不动声色的却极其彻底的颠覆。

王朔把这群失去信仰、怀疑一切、不受规范约束的都市青年推到价值倾斜的边界，用以展示现实的某种荒谬性和不完整性，从而欲颠覆以犬儒主义为核心的权威话语秩序和模式化、定型化的思想观念。《一半是火焰，一半是海水》、《动物凶猛》、《玩的就是心跳》、《千万别把我当人》等小说已形成对主流文化和精英价值观念的巨大冲击。他们是作为某种文化危机的警醒而存在的，这正如陈晓明所说："毫无疑问，他们的所作所为与现实价值范型产生尖锐的冲突，作为一群边缘人，他们当然无力代表一种新型的文化，王朔揭示的也不过是些非常个人化的经验。但是，当代文化的价值倾斜及其深刻危机正是从这里开始的。"[1]

3. "新京味小说"的文体

王朔对宏大的主流话语和启蒙叙事的解构主要是通过语言的调侃来实现的，并因而形成了一种被称为"新京味小说"的文体。这种"新京味小说"当然是相对于老舍的京味市民小说而言的，虽然都以北京市井语言为底色，但是它淡化了老北京市民的"胡同"文化与价值，而融入了新北京人"大院"青年的亚文化内涵，以一种神侃神聊的方式拆解一切传统的价值与规范。其中一个重要的话语模式就是把两种极端的因子纳入一个语言单位（句子），先是造成强烈的反差与荒诞，继而由于两个因子正负相抵、美丑并存、善恶同在，获得一种似是而非的折中主义效果，意义也就被播撒得无影无踪了。例如《一点正经没有》

---

① 转引自吴小美等《现代作家与东西方文化·鲁迅与东西方文化》，兰州大学出版社1990年版。

中"我是主张文学为工农兵服务的，为工农兵玩文学"，"忧国忧民成毛病了，从来不拿自己当人"。《千万别把我当人》中"学好容易学坏难光脸厚心不黑也不行百年树木十年树人么"，"中国人死都不怕，还怕活着么？""我从来都没有欺负过妇女，总是见一个爱一个"。《我是你爸爸》中"一个人做点好事并不难，难的是一辈子做好事……关键是夹起尾巴做人"，等等。在上述例子中，每一个话语表达式里都存在着相互对立、互相颠覆的要素，二者之间产生既悖谬又折中的审美张力，客观的、一元的意义中心令人难以捉摸，能指的运作不能抵达所指，语符链的确定性消失，读者能根据自己的需要与倾向参与和填充，审美主体选择即使没有结果而只形成一个过程也可以激活审美主动性和强化审美魅力，传统的审美阈限的消失可使审美意识获得一种自由的愉悦感、轻松感。读者或因之蹙眉或捧腹而不能自已，这或许就是有论者所说的谐谑美。

同时"新京味小说"还形成了一种杂语式语体，它拆除了日常语言和文学语言的界限，各种话语（包括语言、语义）错杂并置而又兼容并包，政治语汇、相声式对白、公文式陈词滥调、日常流行语中的机智幽默等不仅相安无事地并存于同一文本之中，而且同时消泯了它们彼此之间的语言等级差别。"各种话语都有存身之地，话语之间并不构成互相排斥的关系；而且各种话语之间也不存在严格的界限，可以随意嫁接、移易。如果说它也依据某种诗学原则的话，那么就是弗耶阿本德的那句名言'什么都行'的无限开放的原则。这类文本无疑隐含着对传统诗学原则的强烈的颠覆性。"① 诸如"深沉"、"思想"等崇高性语汇和"卑鄙"、"无耻"等卑俗性语汇都发生了意义的偏转。《顽主》以嘲弄文学青年和文学开始。"三T"公司所办的授奖仪式则将这种嘲弄推向高潮。业余作者宝康写了一些作品，渴望得到社会承认，"三T"公司"替人解难"，特设"三T文学奖"。授奖大会上，台上是伪劣作家和假冒政府官员，台下是奔免费饮料和舞会而来的男男女女，奖品是副食店废弃的咸菜坛子。作者将严肃的内容化为荒诞的形式，用表与里、内与外、现象与本质的矛盾暴露人对精神价值追求的毫无意义。小说写

---

① 祁述裕：《市场经济下的中国文学艺术》，北京大学出版社1998年版，第172页。

道："大会继续庄严隆重地进行，宝康代表获奖作家发言，他很激动，很感慨，喜悦的心情使他几乎语无伦次，他谈到母亲，谈到童年，谈到村边的小河和小学老师在黑板上写字的吱吱呀呀声；他又谈到少年的他的顽劣，管片民警的循循善诱，街道大妈的嘘寒问暖；他谈得很动情，眼里闪着泪花，哽咽不语，泣不成声，以至一个晚到的观众感动地对旁边的人说：'这失足青年讲得太好了。'"此处，作者先是很正面地描述着宝康在讲述自己创作道路时的动情、投入，读者受着这种描述的感染而欲一样地动情、投入时，他突然引进一个不明始终的观众，把宝康和读者的真情实感一下子推入难堪的境地，使真诚仿佛显得滑稽可笑。到了两年后发表的《一点正经没有》，王朔就把对文学的否定性评价发展为小说的核心主题，文学遭到轻慢和亵渎，文学事业被当成"一点正经没有"的玩闹。

　　或许正是这样一种语言的嬉戏与喧哗，常常造成王朔小说各种语言碎片万花筒般狂欢性爆炸。如在《千万别把我当人》中"高雅的古汉语书面语言、纯文学优美语言、政治术语、经典语录、俚语、俗语、行话、黑话、'文革'语言、封建颂圣语言和种种隐晦的或从《金瓶梅》借来的性语言"进行着天马行空般的激情表演。[①] 几乎完全忽略和破坏了旧有的语法规则和习惯，无限度地试验着语言的弹力，从而以日常口语的凡俗性消解了知识分子书面语的深度性、超越性和批判性，标示出一种新的时代语言的向度。如小说中描写赵宇航等人借着为民族"争光"、"弘扬民族文化"的名义，假公济私，胡作非为。下面一段话就是作品中他们关于吃的一番理论："'宝味堂'的菜有个特点，那就是寓教于吃。每道菜都渗透着中国文化的博大精深，吃罢令人沉思，不妨称之为'文化'，在这里吃一次饭就相当于上了一堂生动活泼的中国文化集锦课。纵观世界历史，一个民族的文化传统通过吃世代相传地保存下来，我们还是独自一家。这也是我们民族数千年绵延不绝、始终屹立于世界民族之林的一个根本原因。辫子可以剪掉，脚可以放大，大褂可以换成西服，但不能不吃，于是就产生了民族凝聚力。于是我们就感到了身为炎黄子孙的自豪——下面开吃。"这套吃的理论，似乎不吃就是

---

① 张国义：《生存游戏的水圈》，北京大学出版社1994年版，第313页。

炎黄不肖子孙，不吃就会把中国传统文化葬送在我们手里。这真是堂而皇之的理由，何况不用自己掏腰包，谁不愿将这种民族文化发扬光大呢？这真是对公款吃喝风的绝妙嘲讽。在《一点正经没有》中，一个女大学生谈对文学的看法："我们学西方现代派。"一个女孩子说："两眼一抹黑两耳不闻窗外事就在文学本体上倒腾先谓语后主语光动词没名词一百多句不点标点看晕一个算一个。"一串专业术语夹带着北京方言倾泻而出。这是追求无度的个性在话语方式上的极致表演，它完全忽略了和破坏了旧的语法规则与语言习俗，几乎是无限度地试验着语言的弹力，直到《我是你爸爸》。这种语言轰炸性的试验在一定程度上破坏了读者的审美张力，并使不少读者感到了厌烦。

因为王朔所描写、所反映的是这样一个低文化层次的"无业游民"阶层，所状绘的是都市社会中的浪子浪女们的生活，所以，不可避免地要把他们的语言特征带进作品。这就使街头上、胡同里的口头语大量进入作品，既鲜活，富于表现力，又"侃"味十足。王朔以他的聪颖、敏捷吸摄了这种现实存在，转化为他的话语方式，甚至可以说他把这种"侃"的方式转化为他的文学方式，他的作品就是一种故事化、情节化的"侃"，也就是用文学的形式来"侃"。王朔大量使用口语，在新时期小说创作中亦属少见，这和他所描写、所反映的对象以及他的反映方式是联在一起的，应当说是一种新的尝试和新的现象。但是，过分的不加提炼地原始搬用，一方面使一些粗鄙因素得以张扬，另一方面也影响了语言的规范化。

如果说五四文学革命以白话取代文言实现了由农耕文明思维向工业文明思维的转型，开辟了一种现代人的生存话语的话，那么同样王朔的破碎、混杂、悖谬的"痞子语言"对板滞、僵固、单一的精英分子的"书面语言"的冲击也预示着一种新的思维转型和大众文化时代的到来。诚如巴赫金所说，这种语言杂多的"前提是语言语义中意识形态中心的解体"。①

三　王朔小说的意义与局限

正如刘心武所说："王朔其人其作可以批评、批判，却不可抹煞其

---

① 祁述裕：《市场经济下的中国文学艺术》，北京大学出版社 1998 年版，第 158 页。

存在，似乎中国大陆的八十年代中期到九十年代中期，没有这么个人，没有那些作品，是无论如何也说不过去的。"① 王朔小说及其在当时轰动一时的"王朔现象"，对于理性地揭开罩在文学实体上的那一层层光怪陆离和浮躁虚幻，尤其是对于我们正确探讨中国新时期以来文学前进方向中的文学观念的演进仍具有较大的范式意义。"王朔现象"出现至今，都体现了一种新崛起的市民文化。有人说"王朔小说给读者提供了达成愿望的一种梦境"。的确，它们的出现满足了当今那些可称之为"新市民"阶层的人们的三个梦想，即反叛梦、自由梦和金钱梦，而这些正是新崛起的市民文化在流变过程中逐渐确定的时代观念。无论说它是梦与否，但"梦"和"满足"本身就起到一种张扬和潜移默化的影响，"王朔现象"的社会意义正在于此。

王朔小说在轻松、逍遥的情调背后蕴藏了浓厚的思辨色彩，表达了作者对生活的充满哲理的沉思，王朔小说的情节和叙述策略不再仅仅是吸引读者阅读兴趣的一种手段，它本身就是目的性的，对布局的重视使王朔小说形式感增强了。而叙事中的戏剧性细节的配置及策略的叙述技巧进一步深化了王朔小说对人生的思考，使王朔小说具有了浓厚的怀疑色彩，表现他对未来的困惑与迷惘，对人生的思考与担忧，这在某种意义上是与主流意识形态和中国文人传统的忧患意识相契合的。王朔的意义还在于告别政治意识形态，告别一种盲目的对于神圣的崇拜与非理性的狂热。正如王蒙指出的："多几个王朔也许能少几个高喊'捍卫江青同志'去杀人与被杀的红卫兵。王朔的玩世言论尤其是红卫兵精神与样板戏精神的反动……他撕破了一些假崇高的假面。"②

王朔的小说以及他的散文随笔对于我们重新反思文学的性质、知识分子的角色定位、文化在社会生活中的地位与作用也具有一定的启示意义。中国知识分子的传统历来是强调忧国忧民，强调作家的社会责任感与使命感，具有强烈的启蒙主义情怀。这当然是一种可贵的传统，但是同时我们也应该承认，可贵的传统并不就是不需要反思的传统。与此相应，中国文学的主流传统自古至今一直强调传"道"，而发展到极端则

① 刘心武：《王朔哪里去了?》，《文学自由谈》1997 年第 4 期。
② 王蒙：《躲避崇高》，《读书》1993 年第 1 期。

沦为政治的附庸，压制多元化。王朔的一些极端化的言论在这方面也具有一定的矫正意义。

但也必须指出的是，王朔小说中的反文化与反智主义的姿态是值得批判的，他在消解特定意义上的政治文化与意识形态的同时也消解了人文精神，他把假崇高与真崇高一起加以调侃与嘲讽。王朔喜欢狂轰烂炸，他的批判是没有建设性的批判。王朔并没有真正消解与破除精英/痞子、精神/物质、灵魂/肉体的等级秩序，他不过是把这个秩序颠倒了过来，从而制造了另一个正好相反的新等级，正因如此，王朔的小说缺少真正的多元与宽容，缺少真正的平民意识而的确存在把痞子神化的倾向。在这个意义上说，王朔与他的小说依然缺少真正的贫民与平等意识。

第五章　女性主义小说:"她"的自塑

第一节　"女性文学"的内涵

中国的"女性文学"（或"妇女文学"）这一提法在 20 世纪20—30年代就已出现，但作为一个引起广泛争议的范畴，却是出现在 1984—1988 年间。这是 1949 年后中国内地首次从性别差异角度讨论女性与文学的关系，它的提出有着明确的针对性，即针对 50—70 年代妇女解放理论及其历史实践的后果。"女性文学"无论是对于中国和世界文学史来说，还是对于文学作者和读者来说，都是一个崭新的概念。

目前，较一致的看法认为"女性写作"和"女性文本"的特质有三：女性主义意识或视角；颠覆性或解构性；大胆展露女性独特的经验和体验。

在文学发展的主要历史过程中，一直是以男性为中心的社会，女性在这个漫长的历史中，始终没有自己独立的地位，也不可能有"女性文学"的产生。因此，"女性文学"的提出，既可以说是一种历史的进步，也可以说是一种历史的嘲讽。女性文学从它产生的那天起，就处在一种艰难的境地中。数千年的文化积淀形成的传统重压是造成困境的最主要原因，女性这个概念在 20 世纪 20 年代与 80 年代和女性文学一起两次浮出现代文学话语，是一件意味深长的事情。它们在历史的逻辑的进程中呈现出同浮沉、共命运和互相促进、互为因果的关系，女性概念的质的规定性是女人作为人的主体性，而女性文学概念的质的规定性是女人作为创作主体言说主体在文学中对自己作为人的主体位置的探寻。这是 20 世纪文学史上一件划时代的事情。

"女性主义"的产生有其独特的历史文化背景。首先，资产阶级启蒙思想，特别是资产阶级的人权观念，为女性主义的产生提供了思想武器。随着 18 世纪欧洲工业革命的到来、资本主义经济的迅速发展，资产阶级启蒙思想家为了给新兴资产阶级夺取政权制造舆论准备，提出了人性论的观点，即用"人道"对抗"神道"，用"人类理性"来否定中世纪的"封建迷信"，倡导"自由"、"平等"是"天赋人权"的观点。但这里的"自由"、"平等"、"博爱"的权利，只适合于具有理性的男性，而不适用于女性。这促使已经觉醒的妇女拿起了启蒙思想家的理论武器，开始了轰轰烈烈席卷全球的争取平等自由的女权运动。其次，风起云涌的社会革命推动着女性主义理论的发展。1789 年，在法国大革命中，妇女与男子一道参加了战斗。然而，法国革命的《人权宣言》实际上是"男权宣言"，为了反抗这种不平等的待遇，阿伦普·德·古杰发表了《妇女和女公民权利宣言》一书，指出："在法律面前所有男女公民一律平等"，非常明确地提出了妇女参政的要求。该书的发表，标志女权主义思潮和运动的正式形成，《女权宣言》成为女性主义理论的先声。在美国，两次女性主义浪潮都与社会革命相伴而行，19 世纪的奴隶解放运动使女性认识到自己的"奴隶"地位，从而引发了第一次女权运动，在其纲领文件《女性独立宣言》中，她们把"人"这个词改为"男女"，并提出妇女要有参政权、教育权、就业权。20 世纪 60 年代，美国的反战运动和黑人争取公民权的运动，强化了女性的公民意识和平等意识，从而推动了女性主义理论的第二次发展。再次，工业革命为妇女提供了走上社会的场所，从依附男性的"次性"附属物变为经济上独立自主的强者，为女性主义的产生奠定了现实基础。

所以，"女性主义"（Feminism）首先起于政治运动，它针对社会中男女不平等、不同工同酬等一系列社会问题而提出了男女平等、男女同工同酬等具体的政治革新。随着妇女文化水平的提高以及政治和经济地位的改善，女性主义的触角开始由政治运动领域伸向文化批判领域。它发现，种种表明男女平等的现象仅仅具有社会学的意义，而在文化的层面上，妇女的境况并不因社会政治经济地位的提高而改变，她们仍面对着父权制的压抑。美国著名的女性主义者阿德里安娜·里奇（Adrienne Rich）说："父权就是父亲的权利，父权制指一种家庭——社会的、意识形态的和政治的体系，在此体系中，男人通过强力和直接的压迫，或通过仪式、传统、法律、语言、习俗、礼仪、教育和劳动分工来决定妇女应起什么作用，同时把女性处置于男性的统辖之下……"①

这样，进入文化批判的女性主义企图通过揭示人类文明中的父权制的本质，强烈要求打破现存的两性秩序，重新确立女性的地位和角色。因此，并不像某些对女性主义的误读所认为的：女性主义与男性为敌。女性主义越来越是一种文化批判，与它对立的不是男性，更不是一个个具体的男人，而是父权制，它提倡用独特的女性视角重新审视父权制社会的一切现象及一切价值判断，它不愿承认和服从父权社会强加给它的既定的价值体系，不仅如此，它潜藏着巨大的隐隐的对父权体制的颠覆欲望。这是处于文化弱势和边缘的阵营所常有的心态。不过，值得强调的是，女性主义对父权制的不论是不承认和不服从也好，还是极具颠覆性也好，一切都是在语言中进行的，所以，有人认为女性主义实际上是一种解构主义。

第二节 20 世纪 90 年代女性主义小说繁荣之因

女性文学在 20 世纪 90 年代形成了难得的文学热潮。而之所以形成规模，引人注目，首先是得益于新时期一大批优秀女作家的涌现，以及批评家、学者对这一热潮的关注和评析，但有意无意间为商业卖点所利用，也就有迎合卖点的，总之，形形色色各不同。

一 文化转型带来的发展契机

当女性文学在新时期再度崛起，并于 90 年代达到辉煌时，便昭示着中国文化又开始了新一轮现代化转型。对于这一时期的文学状态，王晓明先生有过非常准确地描述："显而易见，第二次文化转型开辟了新时期文学的黄金时代。没有内战，没有大的灾荒，50 年代中后期形成的种种物质和精神规范，都开始有了松动。当然还是贫困、匮乏，但整个民族都激动起来了，渴望自由、富足，想张开双臂、拥抱新生活的冲动，弥漫于社会的上上下下。文学，就自然而然成了表达这些冲动的先锋。从 70 年代末到 80 年代后期，最活跃的作家们大都自觉到文学的这

---

① 转引自罗颂华《女性的呐喊》，《零陵学院学报》2004 年第 5 期。

种意义，种种不乏悲苦的个人生活经验，又给了他们敏感社会心声的充沛能力，于是，他们各逞己意，四面出击，文学开拓的精神领域一寸一寸逐渐扩大。创作能及时表达社会的各种冲动，读者就自然给予热烈的响应，文学杂志的销量动辄几十万上百万。就在那随处可见的思想和技术的幼稚当中，文学的丰富多样的潜力一点一点地冒出头来。"①

20 世纪 80 年代末至 90 年代初，中国社会、文化发生了急剧的转型。随着这次转型的主要成果——市场经济的出现，文学被一种难以遏制的力量全面推向市场。女性文学作品也以各种系列形式纷纷出版。尤其是在 1995 年，借北京世界妇女大会召开的东风，女性文学作品出版数量达到了历史的最高点。1995 年之后，女性文学由"爆发期"转入平稳发展时期，虽然作品与论文数量有所减少，但一直占据着国内出版市场与各类文学刊物相当显眼的位置。由此我们可以看到，社会、文化转型中的知识分子所面对的主要困境，并不是选择还是拒绝市场经济的问题，而是如何在市场经济的社会体制下保持和发扬知识分子原有的精神传统。

显赫一时的 90 年代女性写作便是市场经济这种"双刃剑"效用最鲜明的体现。首先，市场经济对传统意识形态的一元性规范的消解，为女性写作空间的拓展提供了理论上的可能。在此之后，女性文学借助市场经济的力量，也由于北京世界妇女大会的东风，于 1995 年前后达到创作、评论与商业出版的巅峰。在 90 年代文学日趋边缘化的现实面前，女性文学与市场经济的联手取得了"双赢"，这也许可以给处境困窘的文学提供一些启示。在另一面，市场经济、商业出版是以最大利益的获得为旨归的，因此，在此意义上的女性文学实际上是经商业包装之后而推出的商品，它必须符合市场的热点和卖点。这样，我们可以看到林白《一个人的战争》这部讲述女性主体成长历程的小说，其封面却被设计成了一个没有头部，只有躯干的裸体女人。尽管如此，从市场经济的兴旺促进了 90 年代女性写作的繁荣，而且这个高度不仅是 80 年代女性文学，甚至连现代女性文学都无法比肩。从这一点来看，也许，我们可以说，中国文化第二次转型的主要成果——市场经济对于女性文学来说是

---

① 王晓明：《从"淮海路"到"梅家桥"》，《文学评论》2002 年第 1 期。

利大于弊，甚至是利远大于弊。关键是女性文学既要适应市场经济，借助其发展自己，同时又要坚持和固守文学品格，不被其异化为其体制、规范内的一部分。

二 "女性主体意识"的极力张扬

很长一段时期以来，在"男女平等"、"妇女能顶半边天"等话语的规范与制约下，很多"妇女问题"的存在都在一定程度上被忽略、忽视了。伴随着"文革"后思想解放运动的开展，中国社会又进入了一个历史发展的"新时期"。在新时期文学的发轫期，就有张洁、王安忆、铁凝和张抗抗等女作家用自己的创作回应着"伤痕"、"反思"和"改革"的文学浪潮，取得了创作上的最初业绩。在这之后的许多"文学事件"中，女作家的身影都显得异常活跃。王安忆的《小鲍庄》成为"寻根文学"的经典文本之一；残雪在"先锋文学"实践中，以独特鲜明的艺术个性和非凡的艺术胆识提升了整个当代文学的现代主义精神品质，对后来的"先锋作家群"产生了潜移默化的深刻影响；在"新写实"浪潮里，方方、池莉等又各领风骚。透过张洁、王安忆、铁凝等女作家的一系列文学文本，我们可以强烈感受到女性知识分子对"女性主体意识"的极力张扬，她们的"女性视角"越来越明晰而锐利，她们的"言说方式"也更加具有鲜明的性别特征。进入20世纪90年代，文学更加多元，在新的文化语境里，女作家的创作与艺术个性更加鲜明，她们的美学追求更为自觉，女性意识也更加强烈，围绕"话语权"，坚定捍卫女性独立的性别立场和精神空间，从而赢得了人们普遍关注的目光。

随着女作家对社会上和文学创作中的男性中心主义的批判的持续深化，终于在我国出现了明确标榜女性主义的文学创作潮流，它同文学理论批评中的女性主义批评汇聚在一起，形成了一股颇有声势的女性主义文学思潮，其代表作家、批评家有林白、陈染、徐小斌、徐坤、斯妤、海男、虹影、孟悦、戴锦华、王绯、林丹娅、陈惠芬、刘慧英等。如果说女性主义因为它的激进而多少使人有些生畏的话，那么这些女作家、女批评家的创作和批评实践则起到了联合女性写作的纽结作用，它们营构出浓郁的女性主义氛围和语境，尽可把张洁、王安忆、铁凝、方方、池莉、蒋子丹、迟子建等较为"传统"的女作家和张欣、周洁茹、卫慧、棉棉、戴来、须一瓜等晚出或新锐的女作家统摄其中。如果再将伊蕾、翟永明、唐亚平、海男、陆忆敏等的女性诗歌和王英琦、唐敏、叶梦、周佩红、苏叶等的女性散文囊括进来，那么随着女性写作不断深化的历程，女性文学获得了空前的创作空间和突破点。

三　西方女性主义理论的传入

女性文学的繁荣态势，也是西方女权主义思想冲击中国本土的结果。从20世纪80年代起，中国文艺理论界的权威杂志《文学评论》、《外国文学评论》、《上海文论》、《文艺理论研究》等开始发表介绍传统女性主义理论的文章。

传统女性主义理论的基石是社会性别论，它指出形成男女差异的原因不是两性间的生理差异，而是社会造成的。这种观念也被称为经典女性主义或自由女性主义。它成为最早进入中国女作家思想脉络中的女性主义观点。尽管中国自1949年建立新政权以来一直从政治上推行男女平等的观念，但这除了造就一批男性化的铁姑娘外，大多数女性一直处于一种性别的无意识状态，这种无意识不是指因绝对平等而使男女难以区别，而是由于强调"不爱红妆爱武装"而使女性忽略了自己真正的性别，"忘却"了自己真正想要的是什么。属于女性"个人的"、"自我的"意识都被一种"国家的"、"集体的"思想同化了，女性的生存体验，女性的独特声音被高亢的经济建设的大合唱盖住了，正如荒林所言："中华民族渴望现代化进程的国家运动，是对于妇女的工具化和政治化。"①

当早期的女性主义理论出现在中国女作家的视野中时，她们对它的感觉远远超过了当时蜂拥着闯入中国的各种后现代文学流派的主张。尽管一些激进的女性主义观点让她们一时难以接受，但有一点她们意识到了：作为一种个体生命的权利和作为一种弱势性别，她们确实处于受压抑的状态。她们感受到了女性的困境——一方面面临着个人与社会的矛盾；另一方面，又面临着男性与女性之间的矛盾。这或许是自1949年

---

① 荒林、王光明：《两性对话》，中国文联出版社2001年版。

以来她们第一次注意到了性别区分的问题，注意到了在妇女解放的招牌
下被挤压、排斥的女性形象。于是在 1981 年，也就是西方女性主义理
论刚刚迈进中国大门的第二年，有两部具有传统女性主义思想的代表性
作品在中国诞生了。一部是张辛欣的《在同一地平线上》，另一部是张
洁的《方舟》。这两部作品的纪念意义在于它们是中国女性主义文学的
起点，代表中国女性创作中女性意识的初步萌醒。正如她们的小说标题
所标明的，《在同一地平线上》表现的是性别、两性在竞争中的权力对
抗关系；《方舟》则表现出了"性的差别"这样一种强烈的、自觉的意
识。这两部小说不约而同地展示了性别对抗情境中的女性意识，以反抗
男性中心和男权统治为主要特色。

　　20 世纪 90 年代，女性小说创作以超乎以往任何时期的盛势，兴起
于中国文坛。但可以断言，若无域外女性主义思想的传播，若无域外女
性主义小说文本的直接启迪，中国的女性小说创作"高潮"就无从谈
起。这层关系，在中国一些有代表性的女性作家言论里表露极明显。她
们的立场、她们的说法、她们的语词、她们文本中常用的意象，大量来
自域外女性主义文学理论，例如她们喜欢谈论的"逃离"、"菲勒斯中
心"、"身体"……，都是域外女性主义文学词典中的经典术语。[①]

　　1988—1989 年，是中国女性文学批评的发展阶段，国内以女性研
究为主体的学者产生了一批女性文化和女性主义文学批评的论著和著

---

　　①　徐小斌："我的女主人公虽然仍然向社会选择了逃离的方式，却是以逃离的形式在进
行着反抗。"（《逃离意识与我的创作》，《当代作家评论》1996 年第 6 期。）陈染："写作，更
经常地作为我离家出走的替代，它是不是一种逃避呢？我真的说不清。"（《写作与逃避》，见
兴安编《蔚蓝色的天空》，中国对外翻译出版公司 1995 年版。）徐坤："当整个历史与现实都
已变成了男性巨大的（实际上非常屡弱）菲勒斯的自由穿行场，未来的支层和地面上竞相布
满了男性空洞的阉割焦虑的时候，女性以她们压抑已久的嘶哑之音，呼喊与细语出她们生命最
本质的怨闷与渴望。"（《因为沉默太久》，《中华读书报》1996 年 1 月 10 日。）徐小斌："在
《双鱼星座》中，我第一次自觉地写了逃离的对象那就是这个世界，这个菲勒斯中心的世界。"
（同上）陈染："那个附着在我的身体内部又与我的身体无关的庞大的精神系统，是一个断梗
飘蓬、多年游索不定的'孩子'。"（同上书）徐坤："男人们受引诱去追求世俗功名，妇女们
则只有身体，她们是身体，因而更多地写作。"（《女性写作：断裂与接合》，《作家》1996 年
第 7 期。）林白："她有些病态地喜欢自己的身体，喜欢精致的遮掩物下凹凸有致的身体。有时
候当她一个人的时候她会把内衣全部脱去，在落地穿衣镜里反复欣赏自己的裸体。"（林白
《致命的飞翔》，见小说集《回廊之椅》，云南人民出版社 1995 年版。）

述。此时，承认并乐于接纳探讨女性文学及其批评这个命题的作家、批评家越来越多。从 80 年代后期开始，国内批评家在介绍女性主义的同时，也开始运用女性主义批评理论来研究文学，其中较具代表性的有：孟悦、戴锦华《浮出历史地表——现代妇女文学研究》，康正果《女权主义与文学》，刘慧英《走出男权传统的樊篱——文学中男权意识的批判》，王绯《睁着眼睛的梦——中国女性文学书写之召唤》，戴锦华《镜城突围——女性·电影·文学》，林丹娅《当代中国女性文学史论》，林树明《女性主义文学批评在中国》，陈惠芬《神话的窥破——当代中国女性写作研究》等。

四　众语喧哗

20 世纪以来，女性文学一直仅限于在知识分子圈子，以知识分子精英立场通过对抗性主题来表达，把男权社会作为反抗的对象书写集体愤怒的情绪。现实生活中，既有倍受男权压抑身心疲惫的女性奴隶，也有仅仅接受了一点女权知识就错误地以为只要牢牢控制住男性，让女性占上风就是妇女解放的人。一方面是知识精英们在策划如何改变女性受歧视的现状，一方面是大众女性积极用出卖自己的捷径换来世俗的幸福；一方面是知识精英们大声疾呼还女性文化创造的权利，一方面是世俗女性主动迎合市场文化的窥探欲望，成为被看的欲望化对象。

20 世纪 80 年代后期以来，随着社会变革的深化和商品大潮的冲击，作家面对迅速变化的现实和纷繁复杂的人生，产生了创作上的困惑。当市场经济搅乱了人们的思维定势、带来精神上的躁动不安时，伴随而来的是作家对现实、人生的深沉思考。人的生存状态、生命体验、人生价值、人性弱点和精神涅槃，均成为作家探索和表现的主题。作家探索的笔端伸向现实人生的凡人琐事和生活深层，表现当代女性隐秘的内心世界、女性性意识的觉醒和劳碌艰辛的生活情状，表现改革阵痛期女性爱情婚姻的新的不幸。有影响的作品有：池莉的《烦恼人生》和《你是一条河》，方方的《风景》，铁凝的《玫瑰门》，谌容的《人到老年》，张洁的《红蘑菇》，王安忆的《弟兄们》，程乃珊的《祝你生日快乐》，范小青的《瑞云》，王晓玉的"上海女性系列"（《阿花》、《阿贞》和《阿惠》），江灏的《纸床》，刘西鸿的《黑森林》，阿真的《我

爱你，孩子》，竹林的《女性——人》，迟子建的《原始风景》，苏叶的
《痴心》，张辛欣的《纯属偶然》，陈丹燕的《玻璃做的夏天》，等等。
这些作品有的沿着一度繁荣的女性文学的创作道路向纵深开拓，有的对
历史、人生继续作深层的开掘与反思，有的则对当代人繁琐忙碌、平庸
单调的生存状态作白描式的展示……

　　本时期，女性作家视野更开阔，题材范围更广泛，女性文学更贴近
普通妇女的生活，其触须伸向各阶层妇女，尤其是生活在下层的女性。
当然，在探讨妇女解放问题上，女性文学的发展与承续性，比之 80 年
代中前期，少了些激情和浪漫，多了些冷峻和深沉。如王安忆的《长恨
歌》是一部"被叙述"的历史和女性史，我们过去所熟悉所司空见惯
的一种历史方式皆被她用王安忆式的叙事、王安忆式的幽情、王安忆式
的将感觉诉诸理念而叙述重写了。这里无关乎革命，无关乎战争，无关
乎政治与经济，而只是宿命，是流年。

　　20 世纪女性文学只是在政治、文化、性别、社会等方面的夹缝中
露出的微弱的现代性光芒，还没有形成一种真正深入人心的成熟的现代
女性文学传统，无法以强大的冲击力颠覆固若金汤的男权社会。所以这
种反抗很难坚持到底，陈染的《声声断断》是她个人抗争失败的见证，
也是整个女性精英们失败的见证："像草木一样没有（刻意）的思想生
活对我来说也许是一种达观而超然的境界，从某一侧面讲这也是我将来
的生活姿态。"①

第三节　从新时期女性小说看女性意识的发展

　　西方女性文学最早选择了小说这种样式，在早期的女性小说创作中
就鲜明地体现了女性意识，具有极浓的性别特色。《简·爱》是一部不
朽的体现女性意识的小说，作者夏洛特·勃朗特刻画了一个不美的，但
却独立坚强的女性形象，这种女性意识的萌兴是早于中国作家的，同时
期的中国女性还被困囿在家庭中而不知天下。中国女性对女性意识的觉
醒直到五四前后才真正"浮出历史地表"。

---

①　陈染：《声声断断》，《作家》2000 年第 6 期。

一　樊篱中的思考与探索

20 世纪，女性创作开始更执著地探索她们自己的性别，用一种过去从未有过的方式描写女性。英国的弗吉尼亚·伍尔夫、多丽丝·莱辛，法国的西蒙娜·德·波伏娃、玛格丽特·杜拉斯都以她们的创作显示了女性写作的实绩。弗吉尼亚·伍尔夫在小说《奥兰多传》中提出了一种"双性同体"的观念，并把它作为一种写作理想，而埃莱娜·西苏则不留情面地批评她的观点："妇女必须参加写作，必须写自己，必须写妇女。"① 波伏娃在她的《第二性》这一早期女性主义理论著作中就阐明了她鲜明的女性主义观点，她说："写作是一种使命，它是对一种呼唤的回答。"② 这部著作充满着女性的勇气和智慧。但西方的女性文学创作是同西方的文学精神分不开的。对于女性作家来说，波伏娃所说的这种呼唤往往来自于她们对自身价值的审视，而对自身价值的审视又总是与各种复杂的社会意识密切相关。在作品中，她们强调的是男女平等的社会意识，笔锋针对男性世界，她们希望用自己的创作从根本上颠覆以男性为中心的统治秩序。

而中国的女性小说创作除了强调性别特色之外，更注重完成对女性现实人生或现实文化模式的批评，以至于扩展到对全民族甚至全人类的深切关怀。在她们的创作中，我们总能找到某种永恒的东西。我们知道，在中国古代尽管有女性及女性文化的真实存在，也有已被符号化的显性遗存（如蔡文姬、薛涛、李清照、朱淑真、顾太清、陈端生等女作家的诗文词曲），但作为"女权主义思潮"却并没有形成，些微的女权思想也没有产生广泛的影响。因此应当说相对完整的女权主义思潮不是本土自发的，而是由 20 世纪之交开始从西方"导入"的，并在文学中有相当自觉的追求和表现，如秋瑾及其诗文代表的女权主义便是政治色彩很浓的"女权主义"，喊出了"男女平权天赋就"的强音，并为此不惜"雄化"。真正的"女性意识"的觉醒和严格意义上的女性文学是从

---

① ［法］埃莱娜·西苏：《美杜莎的笑声》，见张京媛《当代女性主义文学批评》，北京大学出版社 1992 年版，第 188 页。

② ［法］西蒙娜·德·波伏娃：《妇女与创造》，见张京媛《当代女性主义文学批评》，北京大学出版社 1992 年版，第 68 页。

五四时期才开始的。此一时期不仅有冰心、庐隐、冯沅君、石评梅、苏雪林、凌淑华等女性作家的大合唱，而且有鲁迅、陈独秀、胡适、周作人、郭沫若、沈雁冰等众多男性作家、批评家的大唱和。一时间掀起了热烈的女性解放的浪潮，并对五四文学和后来的文学（包括新时期文学）产生了深刻的影响。但在 20 世纪早期的中国，该思潮及其影响下的女权主义文学创作和批评，始终未能成为真正意义上的"主潮"，充其量只能说是"主潮"中的一个比较重要的侧面。但相对而言，作为多向度、多样化的文化文学追求中的一种思潮，在五四时期业已初步生成，其标志便是"易卜生主义"影响下的女性解放思潮和冰心等女性作家群的崛起。

进入当代社会后，男女平等的观念虽然被提出，但由于女性的社会实践历史的有限性、女性自我话语形成的艰难性，女性的作用仍然处在被遮蔽状态。直到西方女权主义运动蓬勃兴起与快速的传入，她们找到了自己的意识、语言及实现自我价值的方式——包括文学创作，作家们终于可以摆脱庸俗社会学的阴影，将文学创作向人的本体的文学本体复归。伴随着时代的巨大变革，文学的首要任务，是给从十年内乱过来的饱受创伤的人以心灵的慰藉，肯定人的价值，呼唤人的尊严，在此女作家表达对于人的关怀的契入点是女性的视角。舒婷在《致橡树》中，既否定了将女性定义在被动的位置上，像"攀援的冰霄花"，或"痴情的鸟"；也否定了将女性抽象为空洞的政治社会符号。"我必须是你近旁的一株木棉：作为树的形象和你站在一起"，"你有你的铜枝铁干，像刀像剑又像戟；我有我红硕的花朵，像沉重的叹息，又像英勇的火炬"。诗人在此将男性比喻为充溢着阳刚之美的"橡树"，女性则为富于阴柔之美的"木棉"，尽管二者各具特性，但作为"树"，本质上绝无高低主次之分。男女之间的关系亦如此。作者在吟咏爱情的诗句中，蕴涵了 80 年代文学的审美理想：从女性自我发现、自我体认，最后达到人格意义上的男女平等。

女性命运与女性问题在改革开放与思想解放的崭新历史背景下，再次引起了理论界与文学界的普遍关注。新时期文学在新的历史背景与思想高度下，延续并推进了五四文学关于女性命运思索的主张，涌现了张洁、铁凝、王安忆、陆星儿、张欣、舒婷等一批具有自觉主体意识的女性作家，她们创作了《爱，是不能忘记的》、《岗上的世纪》、《没有钮扣的红衬衫》、《啊，青鸟》、《致橡树》等一批具有鲜明女性意识的文学作品，理直气壮地表达了对爱与美的呼唤，对本体生命的张扬，对精神理想的讴歌，使得在封建积淀与"左"倾思潮双重压抑下的女性意识得以苏醒。女性文学在"伤痕—反思—改革"的文学行程中，留下了自己清晰而深刻的足迹。因此，将这一时期的女性创作纳入主流文学的框架予以考察，大体上是符合女作家的创作实际和她们的价值认同的。但是，即便如此也应当看到，女作家在写作上表现出许多男性创作所不具备的差异和特质，而这些差异和特质在主流文学的框架中是受到抑制和束缚的，因而也不可能得到恰如其分的评价。比如这时期女作家张洁就是一个很好的例子。

女性主义文学批评家李子云细致地阐释了女性文学伸展的两个维度：一是"呼吁真正爱情的出现，申诉不幸的婚姻带给妇女的痛苦，要求婚姻自由，其中包括正当的离婚权等等。一是如何保证男女两性在发展各自事业的平等权利和如何进一步实现男女两性在人格上的平等。"① 几千年的封建专制和男权文化给女性心灵造成了巨大的创痛，以致在她们的内心里积淀起对男人的仇恨。这种仇恨作为一种集体无意识代代相传地留给了后代女性，使她们在遭逢不幸的时候自然而然地爆发出来。而与她们感同身受的作家也就很容易在这种基础上通过自己的作品对男权文化进行起诉和抗议，那就是对准男权文化表达女性要求解放、平等和自由的呼声。张洁的《方舟》、张辛欣的《在同一地平线上》是她们抨击男权文化的典型文本。张洁在《方舟》的篇首即不无忧虑地写道："你将要格外不幸，因为你是女人。"随之而来她以残酷之极也真实之极的笔触，展示了女人在追求自我价值的实现过程中所遭遇的种种不幸。曹荆华、柳泉、梁倩三位知识女性，皆为感情充沛、品德高尚、才华出众的人，只是因为不能或不愿被丈夫视为保姆、花瓶、生育工具，而遭受婚姻的挫折。这些在事业上充满追求、个性极强的女人，组成三人相依的"寡妇俱乐部"，试图开始新的人生。但正是应了"寡妇门前是非多"那句俗话，那些各有所图而达不到目的的男人的刁难、报复，

---

① 李子云：《近七年来中国女作家创作的特点》，《当代文艺探索》1986 年第 5 期。

那些左邻右舍的流言飞语，使她们陷入进退两难的尴尬境地。李子云评论说："张洁的《方舟》描写了离了婚的妇女在社会上为个人事业奔走的'苦难的历程'。在当前中国社会中，妇女很容易得到起码的工作，但谋取称心的工作并使自己的才能得到施展则很不容易。某些职业妇女即使摆脱了家庭的大男子主义，却摆脱不掉社会上的以男子为中心的轻视妇女的思想……张洁的《方舟》多方面地表现了妇女在争取女性尊严和实现自身价值时所经历的种种磨难，而这些磨难使她们濒于心力交瘁的地步。"① 王绯以同样的价值尺度及相近的语言揭示王安忆《小城之恋》的内涵。她认为"性爱力之于男性总是侵略的、进取的、自私的；男性即使沉溺在最无廉耻的贪欲和肮脏的欢情之中，亦能完整地保持住一个原本的自己，女人却必须以鲜血和生命为代价，用一整个身体独自去承担那'罪孽'，被损害的最终是女人"。② 她高度赞赏王安忆在《小城之恋》里对女性所特有的"母性博大无私"的描写，对男性卑微渺小的讽喻，说这是一个女作家才可能有的对人生的深刻理解。

二 争取爱的权利

爱情作为人性的一部分是人道主义思潮在女性小说创作中的一个重要体现。女性意识的复苏首先就是理直气壮地争取爱的权利。张洁的《爱，是不能忘记的》深入到婚姻、爱情和伦理道德领域，提出了爱情和婚姻的关系问题。张洁对女性命运的关注与思考由此开端。小说写了两代女性对爱情的执著和憧憬，母亲钟雨与已婚的老干部有着刻骨铭心的爱情，这爱不受世俗观念影响，"渴求精神的高度和谐，丰富与统一"，是柏拉图式的精神恋爱，在克制和自我充溢中，她享受了灵魂完满的幸福。女儿珊珊因为没有爱情而不谈婚嫁，她思考着爱为何物，自觉探求爱的本质，预示女性思想的进步和女性意识的发展。两代知识女性执著于爱情的本质的追求，意味着女性作为人的主体意识的觉醒，沉睡已久的女性意识开始苏醒。张抗抗、张辛欣也是其中的佼佼者。张抗抗从《爱的权利》开始，写了《夏》、《去远方》、《北极光》等一系列

---

① 李子云：《近七年来中国女作家创作的特点》，《当代文艺探索》1986年第5期。

② 王绯：《女人：在神秘巨大的性爱面前》，《当代作家评论》1988年第3期。

呼唤个性解放、尊重人格、高扬人生理想的作品，融合在人道主义的文学潮流中。张辛欣的女性系列小说如《我在哪儿错过了你?》、《在同一地平线上》、《我们这个年纪的梦》等讲述了"我们这个年纪的梦"，这个梦的理想境界就是女性和男性站在同一地平线上，体现了"男女都一样"的理想。从80年代初期的女性小说中可以发现，这一时期的女性意识注重女性作为人的价值，倡导人性解放，呼唤大写的人，追求理想的爱情，散发着理想主义的气息。

仅有爱情是不够的，伴随着女性意识的萌生觉醒，当女性意识到自己是与男人平等的人后，还意识到自己作为自然性别的人的价值，因此，自80年代中后期开始，重新认识女性价值，关注女性生存状况，还原生活本相，成为这一时期女性意识的重要内涵。女性小说也转向对女人自身的价值的探寻，如王安忆、铁凝，她们的作品代表了80年代女性文学的最高成就，表现了女性艰难的成长历程及其真切的生命体验，还原出生命存在形态中的本能欲望，把积郁在女性内心深处的生命之痛都表现得十分细腻深刻，同时也展示了女性悲剧命运深刻的社会、历史背景。

80年代中期，第一个自觉张扬起性爱大旗的是女作家王安忆。她直率地认为"如果写人不写其性，是不能全面表现人的，也不能写到人的核心，如果你真是一个严肃的，有深度的作家，性这个问题是无法逃避的"。王安忆认为："性爱本身就在反映人性"，[①]可见她是寻求从性的角度来表现人性的。之后王安忆连续发表的"三恋"和《岗上的世纪》，以一种惊世骇俗的声音发出了生命的呐喊，她充满理智地去探索触摸女性生命本体，对女性性爱世界的复杂做了深入而细腻的考察。

《小城之恋》着重书写了处于成长发育期的女性所受到的来自"自然的本能"和来自文明社会的道德禁忌双重压力下的身心分裂的痛苦，把女性放置到人性的两难困境中来表现女性的生理与文化的矛盾冲突。《荒山之恋》和《锦绣谷之恋》中的观念具有生命与文化双重的意义——通过对女性隐秘的性爱心理的书写，展露女性深层生命体验和精神生长。1989年初王安忆发表《岗上的世纪》。《岗上的世纪》揭示了

---

① 王安忆：《王安忆说》，湖南文艺出版社2003年版，第26页。

性爱所具有的创造力，女主人公在性爱的过程中不仅重新创造了自我，也塑造了男性。被压抑的原始的性爱得以张扬与发泄，不仅不再丑陋鄙俗，反而获得了直达生命本质的智慧而辉煌的美，并使女人创造出崭新的自我。由此，性爱不仅提炼和净化了人性本身，而且创造了人和生命本身。

如果说王安忆在呈现女性性爱意识并探索女性生命世界的文本叙述中，更多的是直接面对性爱意识本身，着重刻画性爱心理、欲望滋长，那么同样以性爱角度来揭示女人的铁凝则更偏重于展现在性爱意识被压抑扭曲或放纵宣泄下，女性生命所受的戕害以及女性存在的历史扭曲。

铁凝的"两垛"叙述了在特定的历史环境中的女性生存及其性爱的表达方式。在《麦秸垛》中，作者第一次表述了女性坦然承认自己的欲望，承认了对生生不息的生命的热情，也展示了"妻性"所塑造的女性悲剧。小说在讲述老一辈女性大芝娘以及新一代女知青沈小凤痛苦的人生故事时，侧重从妇女的天性在她们的人生苦痛中所遭到的扭曲，揭露了传统思想对女性精神上的重压和束缚，以及她们自身的局限及异化现象，暴露了传统的生命方式和生存方式对女性的心灵世界的非人化折磨。鲁迅先生在《南腔北调集·关于妇女解放》一文中谈到，女人的天性中有母性，有女儿性，无妻性。"母性"和"女儿性"是女性内心世界中最基本的欲望，然而在无情的现实中，她们往往连这一最基本的欲望都难以实现，大芝娘、沈小凤，她们有着共同的梦和无法实现的痛楚。《棉花垛》讲述了三个农村妇女的故事，发生在抗日战争之前和之中。米子青年时代美丽诱人，但从不下棉田摘花，专靠同男人睡觉以换取棉花养活自己，她把自己的命运寄托在对男人的依附和取悦上。小臭子是米子的女儿，乔是小臭子的女友。抗日战争开始了，她们一起上抗日夜校。乔爱上抗日干部国，对国的爱使乔成为抗日干部，而小臭子抵挡不住物质与肉体的诱惑与汉奸秋贵鬼混。性使乔和小臭子走上两条不同的政治道路，人生结局却是相同的：正义的乔遭到非正义的鬼子的奸杀，而非正义的小臭子被正义的国奸杀。《棉花垛》体现了非常年代里女性被侮辱被虐杀的无情悲剧。铁凝的"两垛"仿佛是对人类生生不息谜底的一一揭示，又像是对千百年来女性受压迫受扭曲的命运的诉说。

　　"新写实小说"以方方1987年发表的《风景》为创作起点，接下来另一位女作家池莉以她多产的小说把新写实推向普遍与高潮。新写实小说一反过去以男性为首领而女性跟之学步的文学模式，它不仅由女性首创而且由女性挂帅，由女性独领风骚。

　　回顾一下，我们就能看到新写实小说在文坛获得广泛承认，大概有如下原因：其一，她们采用了拥有热烈氛围的小说样式，而回避了正遭冷落的诗歌样式。其二，她们采用了人们习以为常的"现实主义"的写作手法，而避开了以"现代派"手法为主的写作方式。其三，她们描写人们的日常生活而不是发掘人的内心体验，从而使文学回到"社会生活"的层面中来，而不强求人们去理解与观照灵魂世界的孤独与丑陋。其四，她们运用女性自然而细腻的文笔，让"顺其自然"在写作中得到恰如其分的表达，而不搬弄让人头晕眼花的晦涩的概念与外来的理论，使人们可亲可近而无须敬而远之。结果，新写实小说获得了文坛的普遍承认和读者的喜爱与共鸣，成为新时期文学中一座令人仰慕的山峰。并且，引起一大批文学家和文学新人的模仿与跟踪，如刘震云、刘恒、苏童等人。

　　然而，细细解读后你能发现，新写实小说在骨子里是用女性的眼光看待当今世界，看待今日中国的社会生活。这一女性的眼光，在小说中表现出如下特征：其一，消解了陈旧而传统的伦理评价与美学评价，使生活与人回到日常乃至琐碎的生活现象的层面上来，人，不过是为生存而烦恼而奔波的人。其二，消解了理性的光辉与情感的美丽，使人与生活回到不为理性安排也不为情感左右的现实格局中来。顺现实者存，逆现实者亡，几乎是新写实小说中所有人物的共同命运。其三，是极有意味的"女性命运"的重新安排。在新写实小说的笔下，女性命运有着崭新的表现，她们不再是男性压迫下的奴仆，也不再是男性甜言蜜语的受骗者，而是与男人有着不同思维、不同进取方式的独立的女性，如方方的《风景》中的女主角扬朗。扬朗是一个出身高贵而又卑贱的女学生、女知青。说她高贵，因其父母都是知识分子，从小受到良好教育；说她卑贱，是指她"出身不好"，在那个年代是个倍遭歧视的下等公民。《风景》刚发表时，人们对小说中的扬朗形象持有各不相让的对立的看法。有人认为，扬朗是个出卖女性人格与女性肉体的"下贱货"。

确实，扬朗形象一反过去人们对美好女性的思维定势，采取了一种近乎异端的安排。扬朗出身于知识分子家庭，父母双双在"文革"中受到迫害而自杀，而扬朗则成为身背"黑锅"的女知青，这一点令人同情。而后，在艰难岁月中，扬朗无路可走时，抛弃了爱情，而用女性的肉体作代价换取了上调回城的生存生机。这一点是分析评价扬朗的关键。如果我们用早已习惯的思维看，扬朗这一行为，毫无疑问是出卖灵魂出卖女性人格的卑劣的行径。然而，换一个角度看，也许其中含有新意。如果说扬朗在出卖灵魂，那么，试问这一灵魂是什么？是为所爱的男人保持肉体与灵魂的忠贞吗？那么，"忠贞"之魂，是女性自有的呢，还是长期的封建社会与男性文化为女性安装的呢？当时，扬朗面临的选择是：若忠贞，则上天无路，死路一条；若能以肉体与权力者交换，则生机一现并能过上好日子。扬朗选择了后者，同时，她的选择也就否定了前者。扬朗的这一选择意味着对传统的反叛，对男性文化的绝情与告别，这一选择还意味着把女性的过去看作是死亡的图案，把女性今天的生存看做是没有选择的选择。方方在她的一篇小说《随意表白》中借女主人公之口说：我很难说爱情这两个字对现代的人尚存在多大的意义。在每一段惊天动地的爱情之后又有什么不包含外在因素的东西呢？金钱、地位、名誉、职业、户口、背景等诸如此类，看重这些实际当然是聪明人所为。我想很多很多以一种古典浪漫主义精神追求爱情而又业已成家的人会如是说："如果还有一次机会选择，那么，我会把这些物质的东西放在首位。"因为到了现代，人人都终于明白离开了那些，这一生将会活得多么尴尬。这种大彻大悟的爱情观念无疑把情感的成分放逐到了两性交往的边缘，代之而来的是一种完全功利的生命立场。

池莉从 90 年代初就开始透露出向女性主义偏转的信息。1990 年，她连续发表三部讲女性故事的小说（《太阳出世》、《一冬无雪》和《你是一条河》），描写了城市市民（李小兰）、知识分子（剑辉和"我"）和农民（辣辣）的女性形象，赞美了她们以超凡的毅力和能力战胜恶劣社会环境顽强自立的精神风貌。女性主义最大的特点就在于，它不再满足于抒写女子的痛苦和眼泪，也不再停留于对男人败德的揭发和批判。它要求的是对男权中心主义的反抗，是说"不"。池莉正是这样对男权中心主义说"不"的女作家。她的说"不"，便是一批写女性反抗的叙事诗:《云破处》中妻子用奸计识别出丈夫就是当年投毒杀死父母亲的凶手后,就毫不含糊地"消灭"了他;《一去不回头》中,18 岁的少女为了冲破家庭的囚禁,把命运掌握在自己手中,学会了"可以不惜一切代价夺到她想要的东西"这个"真理",从而不仅彻底地摆脱了家庭的羁押,在单位里压倒所有挤兑过她的人,而且还设计从他人手中夺回了自己的爱人;《城市包装》写城市少女不要父母安排的工作,不要父母的人生宣教,甚至不要父母起的名字,逃离家庭,顽固地走自己认定的人生之路,即使这路在读者看来是那样不可靠。而这类作品中,堪称女性主义文学绝唱的,当数长篇小说《小姐你早》。《小姐你早》(1999)写高级知识分子戚润物不经意发现了她如此信赖的丈夫王自力和小保姆乱搞,她憎恶、恶心、悲愤,决心狠狠打击这个负心汉。在和王自力几次失败的较量中,戚润物的女性意识逐步觉醒,对男权中心主义的认识逐日深刻,对之进行斗争的决心、勇气和智慧也迅速增长。她明白了吵闹怒骂制服不了王自力,提出"离婚"不仅吓不倒王自力,反而正中人家下怀。对于凭借金钱胡作非为的,必须剥夺其金钱。她和李开玲、艾月这两个有着被男人凌辱的相同命运的女人紧紧团抱在一起,依靠"姐妹们"的力量,巧妙地运用"美人计",彻底打垮了王自力,让他重新变成穷光蛋。而对王自力们说"不"的这些女人们却从此获得了新生。

总之,在方方、池莉这些新一代女作家的笔下,人生有了另一种活法,这是不同于男性世界或者说无性世界的活法。女性意识,不仅表现在对女性的历史与女性命运的关怀上,而且表现在女性对人生、对世界、对社会一系列的看法与解读中。

如果说,新写实小说在骨子里是女性文学的一个自然的阶段,在这一阶段中,女性文学运用着另一种方式——在普遍的陌生与拒绝下,以妥协与自我模糊的方式,悄悄地表达着女性,而取得了退一步海阔天空的效果,那么,在稍后于她们的另一种女性文学状态中,女性们又开始了"进一步"的尝试,运用"女性自传体"的小说方式,表现较为深层的女性世界。此一状态的女性文学代表,是刚一出现就引起人们惊异的更为年轻的一代女作家,她们以陈染和林白为代表。陈染的中篇小说《与往事干杯》,于她个人,于女性文学,皆有里程碑的意义。《与往事干杯》运用自传体小说的方式,叙述了一个青年女性的昨天、今天和渴望中的明天。在真切而毫不隐讳的叙述中,让女性欲望开始了自在的飞翔。她沉向女性的深层,用宁和的话语表达着以往女性难以体知的生命的奥秘。她以深入女性自身的方式,表达着对民族对人类的深切的关怀。

于女性文学来说,陈染与林白的小说,开始在更深的层次上走向女性体验,她们用女性的笔写女性的肉体与灵魂,实践并坚持了女性文学从肉体和生命出发的女性的写作原则。女性文学,从"无性文学"中走出,走进女性独有的"黑夜意识"。

三 抗拒父权制姿态

西方女性主义理论家认为,女性主义的目标就是提高女性的意识和觉悟,呼唤"被压迫者"起来解构和颠覆以男性或父权制为中心为主宰的权力关系,改变女性因受压抑所处的"沉默"的状态。80 年代的女性文学,已经开始显露出反对男性中心主义和与之相关的社会及文化体制,抗拒父权制姿态。如张洁的《方舟》对男性的失望、怨恨;王安忆的《小城之恋》中男人的萎缩、懦弱等。到了 90 年代,这种抗拒更为明显尖锐。驱逐男性,拆解男性文化成为这一时期女性文学的重要特征。例如池莉写褊狭愚钝、不明事理、无节无行的兵痞的《预谋杀人》(1991),写痴迷于"路线斗争"不要战友之情同学之情乃至于深切恋情的红军高级指挥员的《凝眸》(1992),写为了在反"右"斗争中捞好处往上爬而销蚀人格、奴颜媚骨、虚伪逢迎的知识分子的《滴血黄昏》(1993)。到了 90 年代中期,池莉的女性主义意识愈发自觉,她写下一系列对男人尤其是当代男人表示绝望的小说。例如在《云破处》(1996)中,她描写了一个出身于"将军的摇篮"湖北红安县老红军家庭,却是一个有着父辈"杀人如麻"遗传的坏蛋,他在十岁时就敢于投毒杀人,不仅给党和国家造成重大损失,还使许多家庭落入悲剧,而他居然仗着"红军后代"的保护伞,长期逍遥法外,还一路走红,扶摇直上。而在长篇小说《来来往往》(1997)中,池莉把视角切转到那些"当代英雄"——暴发户身上,写出第一个"一阔脸就变"的道德堕落典型康伟业。康伟业全凭妻子的军队高干家庭的影响,从一个普通工人升到公司老板。他买别墅"金屋藏娇",此"娇"出走后他就再弄到一个更年轻的姑娘,完全不顾妻子和女儿的痛苦。连他自己都发现:"现在的男人完蛋了。现在的男人真他妈完蛋了!……男人绝对是金钱的奴隶。男人绝对是男人的敌人,男人绝对不能信任男人。"

　　在女性文学中,父亲无疑就是男权文化的代名词,要从传统的男权文化里剥离出来并将其消解,首先必须摒弃父权,实现对男权文化的批判、颠覆与解构。林白在《致命的飞翔》中,对男权反叛达到了"弑父"的极致。作品中的女性北诺美丽优雅,有教养,但她缺少工作和钱,缺少自己"一份独立的东西",因此,她只能用男人所需的美丽的肉体来与他们手中的权力交换,她感到权力的压迫和性的暴力,因此对权力的反抗爆发了,北诺杀的不是一个人,而是一种压迫女性的权力,秃头男人就是这种权力的化身。这样,作家就把女性反抗男权的情绪写到了可怕的极致。陈染的作品中也处处流露恋父/惧父情绪,这种心理使陈染和她笔下的女性产生对理想父亲的依恋和对现实父亲的仇恨,形成了作品的恋父/惧父情结,这种情结在女性成长过程中造成了巨大的心理障碍和创伤。《私人生活》中倪拗拗从小对父亲的本能的厌恶恐惧与复仇心理一直伴随着她的成长,《与往事干杯》中灵秀孤寂的少女肖蒙有着孤单自卑的童年,父亲的暴躁,家庭的破裂,在她的心灵烙上了巨大的阴影。林白、陈染的作品结束了80年代女性文学中的两性平衡现象,对男性对父权采取了更加决绝的姿态。

　　戴锦华曾这样评述陈染和她的作品:"在经历了漫长的历史地表之下的生存,经历了短暂的浮现,以及在平等,取消差异——'男女都一样'的时代于地平线上迷失之后,这是又一次痛楚而柔韧的特别的复苏。如果说,新时期中国女性可再次面临着继续花木兰——化妆为男人而追求平等,与要求'做女人'的权力而臣服于传统的性别秩序的两难处境:那么陈染的作品序列及'陈染式'写作标示着诸多第三种选择中的一种。固执并认可自己的性别身份,力不胜任但顽强地撑起一线自己——女人的天空;逃离男性话语无所不在的网罗,逃离、反思男性文化内在的阴影,努力地书写或曰记录自己的一份真实,一己体验,一段困窘、纷繁的心路;做女人,同时通过对女性体验的书写,质疑性别秩序、性别规范与道德原则。"①

　　林白、陈染的写作直面女性,是对女性意识、女性欲望、女性生命的体认和书写,是对女性经验和女性心理的全方位敞开。她们注重自我生命意识,以对生活的执著对女性命运的理解,通过个人化抒写,使女人真正认识自己,发现自我,执著地向内心,向女性意识的精神深处掘进,让女人真正融入人类历史,使女性意识从 80 年代的模糊困惑走向明晰突出,使 90 年代的女性小说精彩纷呈,奏出了女性小说的华彩乐章。

　　90 年代以来,"女权话语"广泛地进入社会文本。张洁、铁凝通过铺陈男性存在的行为方式,不留情面地对男性本真形态和心态予以透视。徐坤的《狗日的足球》则写了一场有世界球星马拉多纳参加的足球赛。在比赛的看台上,男人们用污损女人身体的脏话"傻×"起哄、叫嚷。粗话脏话的声浪排山倒海,男人集体意识的大爆炸,令女观众们张口却找不到发泄自己愤怒的语言。作者意味深长地指出:"所有的语言都是由他们发明来攻击和侮辱第二性的,所有的语言都被他们垄断了。"在这种情况下,一种迥然不同于以往任何时候的新一代女性形象在女性自己书写的文本中共相诞生。90 年代的女作家几乎都拥有自己的女性立场,这里所谓的女性立场就是从性别差异去观察世界和人自身,就是自觉的女性意识表达。值得一提的是,以林白、陈染、徐小斌、徐坤等为代表的新女性小说,是最引人注目的一道文学、文化景观,它标志着批判男权中心文化的女性意识和女性写作从无意识场景走向历史场景。

　　90 年代末就开始登场的卫慧、棉棉等新新人类的作品则以一种另类前卫的方式,将女性小说的创作挺进为"身体写作",她们以一种集体性的狂欢和扮酷式的颓废姿态,在文坛上形成一道奇特的景观。《上海宝贝》、《像卫慧一样疯狂》、《广场》、《糖》、《熄灯作伴》、《抒情时代》执意表现金钱、性、吸毒等主题,充满激情、疯狂、放肆。内中的主人公多是追求欲望狂欢和感官刺激的都市边缘人,在她们媚俗的表演

---

　　① 戴锦华:《陈染:个人和女性的书写》,见陈染《与往事干杯》(跋),江苏文艺出版社 1996 年版,第 403 页。

中，折射出现代都市迷离的文化景观。相对于其他形态的女性小说，她们的小说可以说是世纪末女性文学的极端化发展，或者是一种变异。她们高扬欲望主义的旗帜，推崇更为彻底的个人趣味和更为极端的自恋、自虐意识，追求形而下的审美风尚，把消解理想、消解女性尊严作为写作的前提，表现出女性自甘"消费"的态度，在相当程度上体现了女性意识的衰微。作品女主人公所表现出来的肉体的狂欢与精神的堕落，不由自主地让人联系到"垮掉的一代"。

　　不论是私人化写作，或曰感官化写作、肉身化写作，它的积极意义正如戴锦华所说，是"反抗与解放的强音"、"质疑男权、超越男权"，是对男权文化的叛逆与颠覆。海男的小说中的主人公根本不受父权制道德文化的制约，完全听从女性生命本体的神秘召唤。在《疯狂的石榴树》、《人间消息》等作品中，她以纯粹的女性文化的语言，讲述了一个个关于死亡的故事，表达出对女性生命存在的哲学思考。我们发现，在被评论界称之为"后新时期"的女性主义文本中，女主人公并不是传统文化语境中的"好女人"，而且用惊世骇俗的直率，表达了自己对生命的真诚，在饱满张扬的女性生命体验中，发出了对父权制道德秩序和价值体系的蔑视。

　　总之，新时期女性文学精彩纷呈，让人耳目一新。女性文学文本给人展现的不仅是女性的自我美、女性的世界美、女性的才能美、女性的创造力美，而且向男权文化发出冲击和挑战，是对男权文化的颠覆，标志着新时期中国女性文学已达到一个崭新的高度。女性文学从单纯幼稚走向丰富成熟，女性作家透过性别的目光和体验去写出自己对于生活的观察，对于社会的参与，对于人性和情感的自觉和思索，是对中国文学的补充和丰富，女性文学的兴起和繁荣为文坛增添多姿多彩的景观。王安忆曾经不无骄傲地说："在使文学回归的道路上，女作家作出了实质性的贡献。"①

　　蔚为壮观的女性主义文学已成为世纪之交当代中国文坛上的一道亮丽的风景线，但是，女性作家手中的文学之灯在照得男权文化原形毕露的同时，也形成了灯下的暗区：她们虽然拆解了男权文化的大厦，冲出了男权文化的蕃篱,却无力构建一个超越过去的崭新世界,在迷惘与困惑中的她们只是坚守在一方幽闭而狭小的女性经验世界里喃喃私语,停留在祥林嫂式的喋喋不休的倾诉与情感宣泄的描述层面上,淹没在极度张扬的女性立场与女性意识之中而无法得到提升与超越,虚无缥缈的"女性乌托邦"成了她们看世界的一道屏障,造成了她们的弱视,使她们无法开拓更为深远、更为广阔的文化视野。这种写作也有它的荒诞之处,比如林白、陈染、海男等笔下的女主人公都有一种自我扩大症、妄想狂心理,还有一种多疑的毛病和被迫害妄想症状。陈染《另一只耳朵的敲击声》那个行为古怪的黛二小姐就有从13层楼窗口跳下去的欲望。这不但过分渲染了女性病态的心理,高频率的重复、模式化也令读者倒胃口,甚至对未成年读者还能产生误导。女性主义文学如何走出自身的沼泽地,摆脱这一困境,是当下亟待解决的问题。

回顾新时期女性小说的发展道路,回想女性意识的成熟过程,我们想起西方著名的女性主义者埃莱娜·西苏的话:妇女必须参加写作,必须写妇女,就如同被驱离她们自己的身体那样,妇女一直被暴虐地驱逐出写作领域,这是由于同样的原因,依据同样的法律,出于同样致命的目的,女性必须把自己写进文本——就像通过自己的奋斗嵌入世界和历史一样。

第四节 新时期小说中的女性形象塑造

在传统的男权文化模式里,处于主流状态的男性拥有至高无上的权利与地位,女性作为在场的缺席者长期处于"沉默"状态。"男尊女卑"、"三从四德"的封建伦理教育,压抑、束缚、扭曲着女性的灵魂,女性的形象则被男权话语肆意涂改得面目全非。具有双重叛逆特质的先锋女性文学,首要的任务便是颠覆男权神话,戳穿男权社会里关于女性的假象,解构传统女性形象,走出男权文化的藩篱,打破男权话语禁忌,用女性话语重塑女性新形象。

一 "天使"与"恶魔"

纵观世界艺术长廊,传统女性形象在男性作家笔下形成了两个极端——"天使"与"恶魔"：美之女神维娜斯；蒙娜丽莎神秘悠远的微笑；翩若惊鸿、矫若游龙的洛神；妖狐所化、祸国殃民的妲己；勾结奸夫、谋杀亲夫的潘金莲。人们会发现，在男性作家笔下一类是光彩照人、贤良温顺的"神女"或"圣女"形象，一类是凶残狠毒的"魔女"形象，这显然不能充分概括现实生活中真实存在的女性形象。

美国女权主义者吉尔伯特和格巴揭露了这些形象背后隐藏着的男权社会对女性的歪曲和压抑：把女性神圣化为天使，实际上一边将男性审美理想寄托在女性形象上，一边剥夺了女性形象的生命，把她们降低为男性的牺牲品，"她们都回避着她们自己"，她们的主要行为都是向男性奉献或牺牲，而"这种献祭注定她走向死亡"。① 在中国，"女色祸水论"源远流长，从妲己、褒姒、赵飞燕、武则天到陈圆圆、慈禧，几乎所有动乱的朝代，都可以找出一个甚至几个罪魁祸首。至于死在淫妇手中的男人，亡在女色里的英雄，在文学作品与传说中更是难以胜数。在长诗《失乐园》中，弥尔顿通过亚当之口，发出了男人似的感慨：要是上帝只造男人和天使来充满世界，不造女人，用其他方法来生殖人类的后代，该多好呢！就连莎士比亚也断定凡是一切男人所能列举、地狱中所知道的罪恶，简直是全部都属于女人。他们两人道出了中国封建卫道士的全部心声。妖女的形象体现了男权社会对不肯顺从、不肯放弃自我的女人的厌恶和恐惧，但恶魔的形象恰恰是女性创造力对男性压抑的反抗形式，是令男权社会感到慌恐不安的叛逆者。可见无论天使或妖女都是男权社会以男性为中心对女性形象的定位，是对女性的歧视与压抑，而不是女性的"自主选择"和"自我造型"。

但是，无论是天使还是妖女，都不是男人所愿接受的，传统"尚实"、"中庸"的儒家思想使男人作出了"理想的选择"：他们要像皮格马利翁一样，来创造自己想要的女人，他们抽出女人秉性中的"母性"与"妻性"，用男性中心主义文化重新加以编码，输入到女人集体无意识之中变成她们的"内在指令"，而完成对原本处于三维一体状态的"母性"、"妻性"与"纯粹的女性"的拆解，再将分裂与畸变后的女人

---

① ［美］吉尔伯特、格巴：《阁楼上的疯女人》，见玛莉·伊格尔顿编《女权主义文学理论》，胡敏等译，湖南文艺出版社1989年版，第25页。

从中心驱逐出去，以"他者"的身份作为自己的附属品和泄愤、施虐、传宗接代的工具。

徐坤曾这样说道："在一个男性话语中心统治的社会里，女性要赢得自己的一份话语权很不容易。"① 为什么会出现如此现象，这就涉及到父权社会历史文化的特点和男性写作心理的原因。在男权中心社会里，男性不仅在经济、政治等社会领域里占据统治地位且在意识形态领域里同样占据主导地位，他们拥有着话语权，建立了美的原则和规范，因而也就首先创造了女性形象和其行为范式，规定了女性的价值，创造了有关女性的一切陈述，而这一切是建立在男性写作心理基础之上的。

新时期文学是从"伤痕文学"开始起步的。"黑夜给了我黑色的眼睛，我却用它来寻找光明。"② 顾城的这首诗可谓写出了伤痕文学、反思文学一个总体性的追求，人们以极大的热情投入了对过去的反思与批判之中。而这其中一大批小说是以女性为主角，以女性的生活遭遇为主线的，从女性的角度来反思那个年代的社会政治，从而成为批判极"左"思潮，进行"现代性"宣传的一种转喻。诚然，女性是阐释这一主题的极佳载体，女性的特殊地位与身份往往能全面深刻地折射出这一社会现实，帮助我们清晰、透彻地考察这一社会。但是，创作者们并未立足于女性意识的丰富性和复杂性来考察这一社会现实，虽然他们力图从女性本身出发去建立一个特定的观察国家、社会的角度，但却是将女性之躯处于任人摆布的想象地位之中，使其成为展示国家伤痕的一条捷径，而女性被"抽空了内容，简约成一个被父权制预定了功能的能指"。③ 例如鲁彦周的《天云山传奇》中，当罗群被戴上反革命分子的帽子时，冯晴岚义无反顾地和罗群结婚。冯晴岚"把自己的一生绑在一个屡教不改的被开除公职的右派分子和反革命的身上"，为罗群的理想、罗群的事业默默地奉献。和罗群结婚，她没穿过一件新衣服，没吃过一餐好饭菜，却陪着罗群挨批斗经受身体和精神的双重折磨。但患难与共的道德呼唤使她忍辱负重，陪伴罗群走过了人生最艰难的路程。冯晴岚

---

① 徐坤：《从此越来越明亮》，《北京文学》1995 年第 11 期。
② 顾城：《顾城精选集》，燕山出版社 2003 年版，第 16 页。
③ 转引自刘禾《文本、批评与民族国家文学》，见李小江编《性别与中国》，三联书店 1994 年版，第 76 页。

的道德形态带有精神殉难的色彩。她崇尚罗群执著追求真理的不屈不挠的铮铮铁骨，在她眼里，守护罗群就是守护真理，她是以奉献者的姿态走进罗群生活里的。当真理的曙光普照大地，当罗群平反的消息传来，她带着完成使命的欣慰告别了人世。冯晴岚对真理、对爱情的执著得到了外在的赞赏和内心的满足，完成了作者对道德形态的伸张。

新时期之初，凭借着"拨乱反正"这一时代共名，男性作家不仅要重整中国现实政治经济秩序而且要重新调整男女两性秩序，重振男性的阳刚豪迈之气。然而，新时期文学的开拓者却把男性雄风的重建确立在让女性恢复传统妇女品性之上，走上了一条与五四精神相背离的道路，一条男权复兴之路。此期的男作家的写作不仅采取了塑造一系列美丽、温顺、贤惠、坚贞的女性形象来衬托男性的强悍、伟岸与雄姿勃勃的叙述策略，而且对那些走进传统男性生活空间，尤其是权力领域的女性持批判、嘲弄的态度，甚至采用漫画手法，将其处理成反派人物、背叛者，很少触及在政治风波中沉浮的女性的内心撕杀与搏斗，如李国香（《芙蓉镇》）、郑亚茹（《今夜有暴风雪》）、宋薇（《天云山传奇》）等。在《这是一片神奇的土地》、《大林莽》中，作家对李晓燕、谢晴这些身为男主人公领导者的女性分两步处理，先铺叙她们被政治权力异化，失落女性特征且浑然不觉，然后在真正散发着雄性气息的大自然和意志顽强的男性面前回归自然女性的本真状态，展露女性柔媚多情的品格，最终被强劲的男性真诚、毫无保留地接纳。对事业成功的女性往往将其处理成情感纯真无邪者，男性依然充当她们的情感的征服者与拯救者。解净（《赤橙黄绿青蓝紫》）是位改革文学中难得一见的女改革家，但在桀骜不驯、果敢勇猛的刘思佳面前仍然是衬托者、被征服者，是刘思佳唤醒了她的女性"本色"。童贞（《乔厂长上任记》）曾经留学苏联，是在工作上独当一面的大型机电厂的总工程师，深深被乔光朴"对事业的热爱，以及在工作上表现出来的才能和男子汉特有的雄伟顽强"的性格所倾倒，一直无条件地痴情地等待着这位"战场"上的"英雄"，"骏马"上的"骑手"，她最终与乔光朴的结合，不仅满足中国民众的有情人终成眷属的阅读心理，而且昭示了男性阳刚之气的无穷魅力。当然，男作家写作中流露出的陈腐的女性观和膨胀的男权中心意识都是借助文化启蒙的时代话语理直气壮、名正言顺地进行。在男权社会里最完美的女性形象是"贤妻良母"，用"母性"和"妻性"作为女人的代名词是男权文化分裂、扭曲女人的伎俩。这些文本中的女性基本上具有"圣母"的本质特征，美丽、纯洁、善良、纤弱、多情、坚贞。《芙蓉镇》中的胡玉音，《爬满青藤的木屋》中的盘青青，《许茂和他的女儿们》中的许秀云，《井》中的徐丽莎……这类模式化的形象一方面是创作者对传统男权意识自觉沿袭的结果：长期的男性文本感染使得创作者们对女性意识思考和挖掘成为一个盲点，从而在一定程度上阻碍了他们对人性思考程度的深入；另外，这也是男性"目的论"思维无意识运作的结果：男性本位的起点立场使他们只着眼于对男性命运的关注，所谓对那个年代的人的人文关怀早已被暗换成对男性的人文关怀，所有关于女性特质的理解只剩下"善良"、"纯洁"、"弱小"等空洞的修饰语。于是，"男性作家凭借其性别"，"在他们的小说天地里再现现实世界的性政治"。① 于是，女性话语被放逐，女性处于"失声"状态。而"失声"状态有助于她们全面深刻地领受伤害，成为伤痕最有力的见证，女性的善良和弱小成为一种筹码，使文本的控诉、批判力度进一步加强。而创作者们对善良、弱小的过度赞美在一定程度上暴露出男权中心思维的偏执与虚伪，最终使文本的人文立场成为一种虚无的承诺。

伍尔夫说："多少世纪以来，妇女都是作为一面镜子，映照出两倍于正常大小的男人形象，具有神奇和美妙的作用。"② 通过这些贤惠的女人的映衬，男性越发高大，充满魅力。这些贤惠女性还承担另一项功能：她们还有更神圣的象征意义，因为她们种种贤惠的品质，给予男性无私的关护，象征了男性生命荒原上的"绿化树"，并成为"地母"——坚实的大地的隐喻。在文本中她们往往充当"情人"加"母亲"的双重角度。路遥在《平凡的世界》里表达了所谓"感情丰富的男人"对女性的复杂体验："其中包含对妻子、母亲、姐姐和妹妹的多重感情。温暖的女人怀抱，对男人来说，永远就像港湾对于远航的船、

① ［法］西蒙娜·德·波伏娃：《第二性》，陶铁柱译，中国书籍出版社1998年版，第206页。

② ［英］迪莉亚戴文：《中国的发展模式及其对妇女的影响》，胡泳、范海燕译，见李小江等主编《平等与发展》"性别与中国"第二辑，生活·读书·新知三联书店1997年版，第19页。

褪褓对于婴儿一般重要。这怀抱像大地一样宽阔而深厚，抚慰着男儿们创伤的心灵，给他温暖、快乐和重新投入风暴的力量。"的确，这些广受赞誉的女性总是全身心地抚慰着男性。《绿化树》中马缨花同时与几个男人周旋，以换得粮食，使得章永璘能够在温馨的小屋中就着白面馍啃《资本论》；《男人的一半是女人》中，章永璘通过黄香久拥有了温暖舒适的环境，更重要的是通过黄香久恢复性功能，从而象征性地完成了男人"复苏"的仪式。别有意蕴的是《平凡的世界》中润叶在向前被截肢后却反而承担起妻子的责任，这一行为使其成为优秀的女性代表，其实这只是父权制的一个典型例证而已。"男人在父权制度社会中试图实现自我——这往往要由女性来付出代价。现在，当女人们探询自己的身份和一种对于她们来说是有意义的、独自的，并非由他人来决定的生活时，她们的个体化行为却遭到指责，被斥为利己主义"。① 不想遭受"利己主义"指责乃至身败名裂的润叶注定只能走上父权制为她安排的这条道路，并像"节妇"一样领受永远的赞歌。不客气地说，男性对女性的理解和认同仍旧停留在旧时对女性青春、相貌和牺牲意识的认同上，鲜有对女性的内在价值、对女性性角色的特点的科学的、客观的认同。

　　不要说一般男性对女性的认识仍停留在原有的水准上，即使是有着较为现代意识的男性作家，在其笔下也鲜有对女性的文明的理解和认同。固然，富有同情心，富有牺牲精神，从来就是女性突出的美德。然而，这种美德，并非以付出女性的全部代价为目的。女性首先是以人的内容平等于男性面前，当她付出自己的全部去支撑应受帮助的男性的时候，她是以"人"的价值呈现的，而不是以女性的"原始"意义出现的。男作家们的落伍处不在于他们描写了女性先天具有的优良品质，而在于他们在描写女性时从根本上就认为这就是女性的本质所在。张贤亮的颇遭众议的小说《男人的一半是女人》就曾在文中很骄傲地宣言："啊，世界上最可爱的是女人！但是还有比女人更重要的。女人永远得不到她所创造的男人！"很明显，作者眼里的女人，仍旧是男性的点缀，

---

① ［英］伍尔夫：《自己的房间》，董之林译，见张京媛主编《当代女性主义文学批评》，北京大学出版社 1992 年版，第 43 页。

是男人的一半。女性是作为男性支撑的另一半才具有自身意义的。这并非是女性的殊荣，女性的"原罪意识"中又何尝不是以围绕着男性世界做出牺牲为内容？正是这一本质和内存，一直使女性居依附地位而丧失了自我。所以基于男性作家这种落伍于现代文明的传统意识，当他们笔下出现了具有新潮思想的女性形象时，便表现出概念的、肤浅的、不是速写式就是漫画式的特征。如李国文的《花园街五号》、张笑天的《公开的内参》、张贤亮的《男人的风格》，都把具有一定自我意识的女性不是刻画成桀骜不驯，便是狂放不羁，鲜有对女性出自客观、源于尊重的科学的认识。无怪女作家们一发而不可收地耕耘着属于自己的文学天地，并在这块属于自己的天地里尽情地宣泄心中的块垒和对男性的不平。这实在不是女性一己的功利，而是女性出自对自身尊严的维护和对女性社会地位的争取。

于是，抹掉笼罩在"母性"与"妻性"上圣洁的光环、颠覆贤妻良母的神话便成为迎面痛击男权文化的叛逆行为：铁凝的《玫瑰门》通过描写司猗纹、竹西这些母亲们的叛逆行为和荒谬、反常的精神世界，在"亵渎母爱、亵渎母职"中完成对母亲神话的解构；陈染的《另一只耳朵的敲击声》里黛二与母亲的对峙、林白的《一个人的战争》中多米对母亲的憎恨，揭示出女儿对母亲的抗拒事实上是对自己未来的母亲角色的逃避。把母亲从高高的神坛上拉下来变成有血有肉、有情有欲的活生生的人，是让女人逃脱作为男权文化献祭品而生存的宿命，是在拆解男权文化的祭坛。

二　用女性话语重塑女性新形象

新时期女性文学以"女人是什么"发问男权文化，旨在以女性眼光看待女人，完成对女性的自我命名、自我定义。张抗抗认为："男人写下的历史布下的罗网，全部的精华都在于教女人如何做好女人……"[①]陆星儿也认为："置身在男人的世界里，受制于男人对女人审美的取舍、要求、标准，很容易使女人按男人的眼光修正自己。其命运还是落在男

---

① 张抗抗：《女人障碍》，见《张抗抗散文自选集》，百花文艺出版社 1996 年版，第 164 页。

人的态度而脱不出一个真正的自己。"① 因此，拒绝接受"安琪儿"形象就成为一种与男权文化相对抗的叛逆行为，女作家们要用自己的笔"杀死屋子里的安琪儿"。在《方舟》和《我在哪儿错过了你》等作品中，女作家们塑造了一批"反性特征化"的女性形象，这些有着十足的"男子汉气"的女人鄙视已被男权文化豢养得"雌化"了的男人，她们的坚强与刚毅表现出强烈的"妖气"，张辛欣干脆自称"我们就是女巫"。在陈染、林白、徐小斌的作品里，更是"妖女成群"、"妖气冲天"，这些妖女的使命就是要以最激烈的姿态与男权文化抗争，然后杀死男权文化。

女性要打破这种沉默状态，找回言说自己的话语权利，发出自己的声音，必须拿起笔在"一间自己的屋子"里以女性方式开始在"空白之页"上的书写："她必须写她自己，因为这是开创一种新的反叛的写作……这写作将使她实现历史上必不可少的决裂与变革……只有通过写作，通过出自妇女并且面向妇女的写作，通过接受一直由男性崇拜统治的言论的挑战，妇女才能确立自己的地位。"② 于是，戳穿天使与妖女的假象、颠覆男权社会里"贤妻良母"的神话，寻找"母系文化"之根，重写女性谱系历史便成了女性写作的主要内容。

值得回味的是，女性文学经过半个多世纪的演变之后，走完了一个螺旋式的轨迹，又回到女性文学的自身上，更加充满活力。在这里，我们似乎又在重温冰心笔下的柔情，庐隐心灵焦灼的呼喊，莎菲女士的苦闷。五四女性文学，首先表现为对中国妇女的命运、地位和境遇等社会性问题的关注。即便这些"问题小说"存在这样那样的先天不足，我们还是从中看到了五四女作家对改变中国不幸女子的非人境遇的热切期望。这些不幸女子，大部分是封建家庭和旧礼教直接迫害的对象，首先是丧失了作为"人"，其次才是作为"女人"的与生俱来的各种权利（包括生存的权利），正如石评梅在小说《董二嫂》中愤愤不平地指出的那样："大概他们觉得女人本来不值钱，女人而给人做媳妇，更是命

---

① 陆星儿：《心灵与文学的相伴相辅》，《文学评论》1992 年第 1 期。
② ［法］埃莱娜·西苏：《美杜莎的笑声》，见张京媛编《当代女性主义文学批评》，第 192—193 页。

该倒霉受苦的，……什么时候才认识了女人是人呢?"① 而这"女人是人"的起码要求，又是同当时中国妇女在政治上受到歧视、经济上不能独立、婚姻上无法自主、身心上缺乏保障的社会现实相联系的。因此，在五四"问题小说"中，"女权"（妇女的权利）在很大程度上成了"人权"（做人的权利）的同义语。苏青对当时社会上的男权意识有着清醒的认识，在《结婚十年·后记》中她写道："至于女人呢？我知道男人是不怕太太庸俗，不怕太太无聊，不怕太太会花钱，甚至太太丑陋些也可以忍耐，就怕太太能干而且较他为强。照社会上一般观念，女人在男人跟前似乎应该是个弱者至少也当装得弱一些。甚而至于十足健康的女人对于男子也像一种侮辱，没有一个男子肯当众承认他身体上够不上他的太太的，因此肺病美人林黛玉倒不妨惹人怜爱，而丰容盛鬐的宝钗反而使人缺乏想象。女人不妨聪明，但却不可能干；能干在家务事上犹自可恕，若在社会事业上也要显其才能，便要使男子摇头叹息。还有女人也不能有学识，因为一般男人也是无甚学识的，他们怕太太发出来的议论较自己高明得多。"② 苏青叙事议论坦诚直率、犀利尖锐，写出了她那个时代从五四父权压迫下解放出来，受到一定教育，有了自己的思想、学识、才干与能力的女性的生存困境。在夫权制的阴影里，她们仍难以找到自己的人生定位与社会价值。苏青的写作是40年代一位具有自主意识的女性独有的生命体验的表达，是被遮蔽被压抑的女性的激越声响。女性文学的传统得到延续和发展，而这种延续发展中又带有前代女作家所没有的现代意识。

　　1990年12月5日，冰心为《妇女研究》杂志题词"一个人要先想到自己是一个人然后想到自己是个女人或男人"。她的话正道出了新时期女作家对"人的自觉"与"女人的自觉"相统一的向往和追求。只是基于近现代历史文化的积淀，新时期不少女作家依然不屑于女作家称谓，把"女性文学"提法看做"是一种深层心理结构上女性自卑感的表现"（张抗抗语）；她们还是不愿突出"女"字，认为"成为人，你自然就有了成为女人的一切"（李小雨语），倾向于人的自觉，而忽略、

---

① 石评梅：《董二嫂》，《京报副刊·妇女周刊》1925年11月25日。
② 苏青：《结婚十年》，江苏文艺出版社2009年版，第316页。

轻薄女人的自觉。然而，一旦她们将两者交融于一体的时候，那么，女性意识就会发生质的变化，性别内质会使其人格更加高尚，又富女性风采和魅力。如谌容的《人到中年》中的陆文婷是位好医生，但她抱憾于没有当好人母、人妻；而《献上一束夜来香》里的齐文文，则较好地实现了女人的全面性，她既不屈从于世俗偏见的压力，真诚地赋善良与爱于一位老同事，又活得洒脱而富现代气息。她的文化心理构成富有弹性，丰润而鲜活。新时期女作家随着女性意识的复位、生长和发展，已逐渐地将"人的自觉"与"女人的自觉"及其统一作为自己的女性观，并由此极大地促进了女性文学的拓展与提高。和五四女作家一样，她们带有较强的主体意识，关注妇女的特殊问题和心态，多写妇女和儿童题材。她们也提倡个性解放，但有着更高的思想层次，女性被提高到一个社会人的地位，要获得人格的独立，求得自由、全面的发展……她们同样写家庭婚姻，甚至性爱。但不仅仅去描写妇女的不幸命运，而是从传统的伦理透视中，去表现婚姻、家庭的不合理性，以及家庭离异的种种形态。现代文明冲击着封建的文化意识，使人们长期延续下来的生活定式发生了断裂，而女性往往是这些变革中最为敏感的，这一切都在她们的作品中表现出来。……

　　20世纪70年代末到80年代中期，女性文学尚处于恢复期。新时期一开始，张洁的《爱，是不能忘记的》、王安忆的"雯雯系列"小说，张抗抗的《北极光》、《淡淡的晨雾》等作品在此一时期亦是十分出色的。新时期之初，女作家们的创作更多表现出的是对美好爱情的向往，对真善美的追求。同时，随着新时期女作家、作品的不断涌现，女性意识由复苏开始进一步发展。女作家们笔下的女性不再仅仅满足于追求理想爱情，而是开始走出家庭，走向社会，追求女性自我价值的实现，提出了恢复女性最起码的人的权利的要求。新时期张辛欣的作品《我在哪儿错过了你?》、《在同一地平线上》、《最后的停泊地》是较早表现女性写作转向的。作品中的女主人公在爱情、在家庭与事业之间不约而同地选择了事业作为她们"最后的停泊地"。她们是事业的执著追求者，充分显示了新时期女性对自身独立人格的追求。1982年张洁的小说《方舟》的发表，鲜明地打起了反抗男权社会的旗帜，以强烈的女性意识表现女性生活，展示了女性在爱情婚姻及事业上的不平遭遇。试图让女性

不仅在家庭上，更在两性关系上拥有独立的自主权，而不是低于男性的
"第二性"。

此一时期，女作家们开始解构传统男权社会中所塑造的或为"天
使"或为"妖女"的女性形象，探索属于女性自己的社会角色。女作
家们同时也十分清醒地认识到了女性在当时那种环境中奋斗的艰辛与痛
苦，面对现实社会中男权制度对女性显性或隐性的残酷与严厉，女作家
们对于女性社会身份定位的探索也常常处于困境。就像小说《我在那儿
错过了你?》中的女主人公所说："上帝把我造成女人，而社会要求我
像男人一样！我常常有意隐去女性的特点，为了生存，为了往前闯，不
知不觉变成这样。"在这一时期的女作家笔下的女性形象有着"男性
化"的倾向，确切地说是变相地对传统的男权规范的认同，忽视了女性
所独有的特征。在"传统居家女性"与"现代职业女性"两种角色之
间的挣扎让她们心力交瘁。可以说此时女作家们的创作实际上也处于一
种彷徨的状态，她们笔下的女性形象并不能打破男权文化对女性的束缚
与限定，因为她们的行为"是一种'扮演'或'冒充'男性角色进入
秩序或在秩序中按部就班的'运作'，对秩序本身并不构成'颠覆'和
'瓦解'的威胁，整个社会的文化精神依旧是男权性质的。"① 女作家们
并没有完全排除早已积淀于她们意识深层的认为女弱男强的意识，但女
性意识的发展又使她们想追求女性的独立，所以不自觉的让笔下的女性
处于一种"男性化"的尴尬状态。

比起历史上任何一个时期的女性文学，90 年代女性文学蕴涵着更
多的社会、历史、文化及人性的内质，而其性别敏感、性别特征也最为
鲜活而显见。进入 90 年代，文学创作中那些"独立、温柔、宽容和谦
逊"的现代女性形象充满了女性的魅力和洒脱。她们那份对男子认识的
冷静，对女性人格价值的自我认同，以及面对生活创痛时的冷静与承受
都生成了新的女性风貌。这里没有了女性的雄化，没有了压抑的悲怆，
却有着女性意识的成熟。所有的一切都在表明：女性文学的艳阳天，不
是以摆脱男性为最终标志，而是以女性自我价值的全面实现为最高目

---

① 刘慧英：《走出男权传统的樊篱——文学中男权意识的批判》，生活·读书·新知三联
书店 1995 年版，第 191 页。

的。"太阳女人"就是她们对自我的认知。《叔叔的故事》中，王安忆以含而不露的反叙事把叔叔们所谓的"灵肉冲突"净化的模式消解了，翻出了他们灵魂苍白、孱弱的底色，不无讽刺地验证了苦难非但不能使灵魂净化而且干脆使之放逐了，人成为现实的彻底的肉欲主义者。王安忆还告诉我们，80年代走向辉煌的叔叔更加变本加厉地追逐女性，以性的占有表现着身体与思想的权力，借以证明生命的主体性。然而不幸的是，思想与内在生命力的枯竭越发使他的精神侏儒化和生命动物化。性欲的扩张反衬着精神的虚空与思想的危机。对于这一代知识分子而言，意识形态主流话语与他们的自我主体确认总是在玩着猫捉老鼠的游戏，猎取女性只不过是猎取权力的假象。

林白、陈染的写作无疑是深受西方女性主义理论的影响。法国女性主义理论家埃莱娜·西苏宣称："妇女必须通过她们的身体来写作。"她认为："几乎一切关于女性的东西还有待妇女来写，……"西苏希望通过躯体写作来解除女性压抑，释放女性潜能，"必须让人听到你的身体。只有到那时，潜意识的巨大涌泉才会喷涌"，"解除对其性特征和女性存在的抑制关系"，创造女性自己的语言和历史，确立妇女自己的地位，"夺取讲话机会"，"打进一直以压制她为基础的历史"。① 西苏的理论被林白、陈染们所接受，甚至成为她们写作的纲领。

林白、陈染的写作是一种性别写作，也是一种个人化写作。林白曾经说过："我的写作是从一个女性个体生命的感觉，心灵出发，写个人对于世界的感受，寻找与世界的对立。"② "个人化写作是一种真正生命的涌动，是个人的感性与智性、记忆与想象，心灵与身体的飞跃与踊跃，在这种飞翔中真正的本质是人获得前所未有的解放"。陈染也认为"最个人的才是最为人类的"。③ 基于这种思想，林白、陈染率先积极地实践，她们在作品中抒写属于个人的生活经验和生命体验，这些个人体验远离具有公共性的事物和意识形态性的话题，它不再通过外在斗争和

---

① ［法］埃莱娜·西苏：《美杜莎的笑声》，见张京媛编《当代女性主义文学批评》，北京大学出版社1992年版，第52页。

② 林白：《记忆和个人写作》，《花城》1996年第5期，第41页。

③ 陈染：《陈染对话录——另一扇开启的门》，《陈染文集·女人没有岸》，江苏文艺出版社1997年版，第258页。

冲突来展现人物的心灵运动轨迹，而是直接展示人物在欲望化世界中的内心冲突和挣扎。她们把个人体验从历史文化的背景中剥离出来，她们的写作有着自传的意义，一般说来，叙述者都是"我"，林白的所有作品一律出现"我"及"我的故事"。陈染的大部分小说也是自我讲述的内容，倾听自我是陈染独具的写作姿态，她们所采取的叙述态度不能表明她们写的就是自己的隐私，但可以表明她们在写作的时候正穿行于记忆的隧道，故事来源于作者的记忆深处和个人体验，作者与笔下人物的感受往往由于性别的相同而产生交融。因为"我"的叙述，"我"的故事，从某种意义上讲，她们的全部写作围绕着女性种种隐私的，被压抑的人体经验（其中性经验占了很大的比重）而展开。在《一个人的战争》中，林白对"我"的故事作了集中完整的叙述，讲叙了林多米自童年到初为人妻的一段女性主要的成长历程中的生理和心理的体验。通过多米的人生路，林白找到的是性在女性生命中的无法替代的重要位置。陈染的《私人生活》以同样的姿态撞击着性的大门。作品也讲述了"一个残缺的时代里的残缺的人"倪拗拗的成长故事。与林白相比，陈染更注重挖掘探寻人物复杂的矛盾心理，剥离人物意识、潜意识层面，使作品存在着一种哲学的沉思。如果说《一个人的战争》展示了女性隐秘的内心世界，把女性个人体验推到极致而独树一帜，那么《私人生活》则以精湛独到的精神分析，把女性的情与欲、欲与理之间的矛盾心理剖析得丝丝入扣而自成一家。她们对于女性生命真切的体验和大胆的描述，进一步推动了女性文学的发展，这两部作品也奠定了她们在女性文学中的地位。

由于男权文化的压抑和扭曲而形成的"憎母恋父"的女性集体无意识，是导致妇女间无爱可言的原因，也是男权社会消解女性间的友谊以防女性团结起来反抗男权的手段。"女子情谊在传说中被省略，在匮乏或谎言的话语中丧失了意义而被记忆埋葬起来，它变得难以启齿，而且也是不可言喻的。"① 因此，打破男性话语的禁忌，对女性"同盟军"间的情谊书写就具有了强烈的反叛色彩：姐妹情谊（如张洁《方舟》、

---

① ［英］玛丽·伊格尔顿编：《女权主义文学理论》，胡敏等译，湖南文艺出版社 1989 年版，第 90 页。

陈染《破开》），母女之恋（张洁《世界上最疼我的那个人去了》），自恋（陈染《私人生活》、林白《一个人的战争》），女性同性恋（林白《回廊之椅》、《瓶中之水》），无疑是孤独幽闭的女性通过对躯体的自我触摸从心理上、精神上来感觉自我存在的真实性，是女性同难者自觉靠拢以壮大力量的有效行为。王安忆《纪实与虚构》以巨大的历史覆盖性，通过对母系血脉渊源的追溯梳理，完成了一次女性个人与历史对话的过程，《长恨歌》以女性的隐喻，经由对母女的生存经历来导演上海半个多世纪的沧桑变迁。陈染作品中"姐妈"形象的出现，母亲和女儿共同逃离到"女性城堡"里相依为命，既是母女，又是姐妹，仿佛是一对情人，她们间的情谊既是抵御外界侵扰的坚强屏障，又是无法摆脱的精神负累。女作家们对女性历史的重新书写，撼动了以男性为中心的历史神话的链条，运用理想化的母性隐喻来修改男权话语方式，这种看似变态的、极端的反抗方式，通过虚化男人，造成男人在女人世界的缺席状态以达到驱逐"菲勒斯主义"、彻底否定男权社会的目的，进而重建"母权制价值观"。

当林白、陈染笔下的女性越来越深刻地感觉到对男性的失望、抗拒，甚至是杀死父亲的时候，同性之恋便是她们逃避、削弱、缓解心灵孤独的最好的寄托，她们无法从男人那里获得救赎，不由自主地向自己的姐妹伸出了求援之手。于是，同性恋也成为这一时期女性文学的一个重要主题。美国女性主义批评家认为同性恋可以泛指"妇女共有的经验，它贯穿了每一个女人的生活和整个历史；它并不仅仅指一个女人与另一个女人曾有过或想发生性关系这样的事实。如果把它扩大到包括女人之间很多重要的内心经验的形式，把共享一种丰富的内心生活，结成反对男性暴戾的同盟，以及给予和接受政治的和实际的支持全包括在内……我们就接触到女性的历史和心理"。① 女性主义的先驱西蒙娜·德·波伏娃在《第二性》中把女性同性恋比作"互相观照的镜子"，"女人之间的爱是静观的，而抚摸不再是占有对方，而是通过对方来逐

---

① 转引自康正果《女权主义与文学》，中国社会科学出版社 1994 年版，第 125 页。

渐地再造自己；彼此消除了隔膜，其间也不再有争斗，获胜和失败"。①
陈染在《超越性别意识与我的创作》中，明确地表述了这样的思想：
"我的想法是：真正的爱超越于性别之上"，"有时同性比异性更容易构
成理解和默契，顺乎天性，自然而然，就像水理解鱼，空气理解人类一
样"，"人类有权利按自身的心理倾向和构造来选择自己的爱情，这才
是真正的人道主义！这才是真正符合人性的东西！异性爱霸权地位将崩
溃，从废墟上将升起超性别意识"。② 这是同性恋明白无误的宣言书。
陈染的《空心人诞生》中，命运的不幸和对男人的敌视将黑衣女人和
紫衣女人紧紧地捆绑在一起，她们在心心相印、刻骨铭心的爱的波涛
中，"理智崩溃了，尊严崩溃了，一切都崩溃了"。在《另一只耳朵的
敲击声》中，黛二眼里的伊堕人"光彩照人"，是女性自我的同盟者与
引路人。与伊堕人相仿，禾对于倪拗拗具有生命相依的意义，是拗拗成
长路上的引路人，她们彼此倾心相爱，并走进对方的心灵深处，她们的
爱具有男女性爱所无法取代的内涵。在这里一个女人是另外一个女人的
守护神，是她生命里的希望。如果说这些作品的同性之爱还有些羞怯，
那么，陈染的《破开》将对同性之恋的大胆探索推向极致，女主人公
要与挚友殒楠一起回家，营造同性之爱的家园："我要你同我一起回家！
我需要家的感觉，需要有人与我一起面对世界。"《破开》也因此被称
为"一部关于姐妹情谊与姐妹之帮的宣言"。

　　与陈染相比，林白在表现同性之爱时始终缺乏前者所具有的那种蔑
视世俗观念的勇敢无畏的精神。她一直处于无法摆脱的矛盾冲突中：既
对同性的身体充满憧憬与渴望，又不遗余力地压制这种难以启齿，不为
世人所容的欲望。她的《回廊之椅》和《瓶中之水》就是相当典型的
表现同性之恋的作品，林白称这些作品"清澈而轻盈"，这也可视为她
对同性之恋的一种感觉。《回廊之椅》中，朱凉与七叶的同性之恋在太
太和使女的关系下深深地隐藏着，一种彼此的爱恋超越了太太和使女之
间的权力关系，升华到至死不渝的程度。《瓶中之水》中的二帕和意萍

---

① ［法］西蒙娜·德·波伏娃：《第二性》，陶缺柱译，湖南文艺出版社 1986 年版，第
431 页。

② 陈染：《超越性别意识与我的创作》，《会中山》1994 年第 6 期。

是一对情投意合的朋友，她们彼此发现对方和自己的美妙无比，彼此欣赏，相互吸引，找到了一种共同的内心经验。但这种"友谊"是脆弱的，偶然口角的伤害就导致二人的关系中断，这种处理又显示了林白对同性之爱憧憬渴望之时又存犹疑、恐惧和缺乏信心，也正因为如此，林多米不得不一次次逃跑，从她钟爱之至的姚琼身边跑开，从对她紧追不舍的南丹身边跑开，多米害怕自己，害怕成为欲望的俘虏。

对女人与女人关系的描摹，是 90 年代内地女性文学的精彩之笔。这里不得不说的是 80 年代末王安忆的《弟兄们》曾给女性文学带来过一阵震颤。文中三位女性称兄道弟，想挣脱男人过自己的日子，但最终还是不欢而散，回复到常人的日日夜夜，该作实际上是对女性王国的乌托邦表示一种反拨。90 年代，毕淑敏写了《女人之约》，它不同于《弟兄们》涉笔同性相恋，而投入了同性相斥的思索。女厂长在三角债漩涡中，果断地派出漂亮、娇媚、风骚的普通女工郁秋容充当催款员。郁秋容果然为工厂索回巨额欠款，为挽回危机立下大功。然而，此时的女厂长却不肯屈尊，遵守两人之约，当众对郁秋容鞠上一躬，甚至连郁秋容病危时也不上医院看她一眼。郁秋容最终郁郁死去。女人与女人之间，因为社会角色，包括地位、身份、名声的悬殊，能将其拉开距离；女人与女人之间，还可因为女人自我心理、气度、才智的狭隘而彼此轻视。其实，女人与男人、女人与女人之间的关系是一种文化，能测定人类文明的水准。女作家对它的探索，正为女性文化孕育着新的生机。

尽管女性作家和女性批评家在她们的文本中，给予男权猛烈地颠覆，竭力争取男女平等。可不论是在女性作品还是在现实中，争取男女平等都是令人困惑、迷惘，没有明确结果的。究其原因，是中国女性主义的困惑。平等是作为"天赋人权"引进女性主义思想中的，但对于平等的具体含义，女性主义并未作过精细的阐析。女性主义要求的平等是指两性之间的平等，男性不因他的性别而享有特权，女性也不因她的性别处于劣势。但在很长一段时间内，尤其是在女权运动初期，女性主义争取平等的思路是向社会证明女性能与男性干同样的事，并且干得同样出色。这其实是企图消除两性的社会差异来达到平等，这种平等并非生存机会和权利的平等，而是一种无结果的差异。这种无差异是以男性为参照系的，相当于女性向男性的同化。这对女性是不公平的，实际上也违背了女性主义争取女性权益的宗旨。它的结果有两个：一是使女性在男权社会中争得一席之地，然而却付出了比男性大得多的代价，因此并没有实现男女平权。二是客观上支持了男权制的进一步巩固，等于承认了男权性别结构的合理性，女性依然是男性的对象与客体——即使这一客体从此不可忽视，那也是男人眼里看到的，女人永远改变不了"他者"（other）的命运。所以尽管当代中国妇女争取权利、利益和权力的斗争已发展到新阶段，但历史的传统对妇女争取男女平等和人类解放来说仍然是一个包袱。妇女并不是处于超验的世界内，而是在不同的社会、经济、政治、法律和文化的情境内，因而妇女在社会中的地位和作用呈现多样性，但不管妇女占据多么高的地位，发挥着多大的作用，却往往将男权制"内化"，或起"工具性作用"。李小江曾这样论证道："我曾谈到'男女平等'在中国社会实践中的失与得，及其对中国妇女的影响，在一个曾经苦难深重的中国，拥有'平等'，你就不可能不是苦难的——分享苦难，是'平等'的代价，也是'平等'的一部分。在'男女平等'这面旗帜下，无怪中国妇女再也打不起精神，一则是因为她曾经沧海，尝尽了'平等'的甘与苦，有许多言诉的切肤之痛；同时也因为这一段经历使她更多更深刻地了解了男人的世界——在这个仍然充满苦难和战争的世界上，以男人为目标，实在缺少了昔日它那诱人的魅力。"[1] 如果说 80 年代女性文学在争取男女平等是以失败而告终，倒不如说是中国女性主义在追求男女平等方面陷入了困惑与迷惘。

---

　　[1]　李小江：《我们用什么话语思考女人?》，见邱仁宗等《中国妇女与女性主义思想》，中国社会科学出版社 1998 年版，第 110 页。

参 考 文 献

1. 赵毅衡选编：《“新批评”文集》，百花文艺出版社 2001 年版。

2. ［英］伍尔夫：《论小说与小说家》，瞿世镜译，上海译文出版社 2009 年版。

3. 宗白华：《艺境》，北京大学出版社 1987 年版。

4. ［德］胡塞尔：《现象学的观念》，倪梁廉译，上海译文出版社 1986 年版。

5. ［捷］米兰·昆德拉：《小说的艺术》，董强译，北京三联书店 1992 年版。

6. 王宁：《后现代主义的超越》，人民文学出版社 2002 年版。

7. ［德］彼得·比格尔：《先锋派理论》，高建平译，商务印书馆 2002 年版。

8. ［英］齐格曼·鲍曼：《立法者与阐释者——论现代性、后现代性与知识分子》，洪涛译，上海人民出版社 2000 年版。

9. 余英时：《中国传统思想的现代诠释》，江苏人民出版社 1989 年版。

10. ［美］E·希尔斯：《论传统》，傅铿、吕乐译，上海人民出版社 1991 年版。

11. 康正果：《女权主义与文学》，中国社会科学出版社 1993 年版。

12. ［美］弗雷德里克·杰姆逊：《后现代主义与文化理论》，唐小兵译，陕西师范大学出版社 1986 年版。

13. ［英］阿伦·布洛克：《西方人文主义传统》，董乐山译，北京三联书店 1997 年版。

14. ［德］海德格尔：《存在与时间》，陈嘉映、王庆节译，北京三联书店 1999 年版。

15. 许志英、丁帆主编：《中国新时期小说主潮》，人民文学出版社2002年版。

16. ［美］欧茨：《直言不讳：观点和评论》，徐颖果译，长江文艺出版社2006年版。

17. 刘小枫：《沉重的肉身》，上海人民出版社1999年版。

18. 金元浦、陶东风：《阐释中国的焦虑——转型时代的文化焦虑》，中国国际广播出版社1999年版。

19. 欧阳谦：《20世纪西方人学思想导论》，中国人民大学出版社2002年版。

20. 王晓明：《半张脸的神话》，南方日报出版社2000年版。

21. 吴义勤：《中国当代新潮小说论》，江苏文艺出版社1997年版。

22. 张清华：《中国当代先锋文学思潮论》，江苏文艺出版社1997年版。

23. 陈晓明：《表意的焦虑——历史祛魅与当代文学变革》，中央编译出版社2002年版。

24. 祁述裕：《市场经济下的中国文学艺术》，北京大学出版社1998年版。

25. ［英］特里·伊格尔顿：《历史中的政治、哲学、爱欲》，马海良译，中国社会科学出版社1999年版。

26. 曹文轩：《二十世纪末中国文学现象研究》，作家出版社2003年版。

27. 曹文轩：《中国八十年代文学现象研究》，北京大学出版社1985年版。

28. 吴秀明：《转型时期的中国当代文学思潮》，浙江大学出版社2004年版。

29. 王爱松：《当代作家的文化立场与叙事艺术》，南京大学出版社2004年版。

30. 孟繁华、程光炜：《中国当代文学发展史》，人民文学出版社2004年版。

31. 李建军：《时代及其文学的敌人》，中国工人出版社2004年版。

32. 田中阳：《百年文学与市民文化》，湖南教育出版社2002年版。

33. 吴炫：《中国当代文学批判》，学林出版社 2001 年版。

34. 吴炫：《新时期文学热点作品讲演录》，广西师范大学出版社 2004 年版。

35. 邓晓芒：《灵魂之旅——九十年代文学的生存境界》，湖北人民出版社 1998 年版。

36. 夏中义：《新潮学案：新时期文化重估》，上海三联书店 1996 年版。

37. 陈晓明：《不死的纯文学》，北京大学出版社 2007 年版。

38. 丁帆：《文化批判的审美价值坐标：中国现当代文学思潮、流派与文本分析》，北京师范大学出版社 2009 年版。

39. 李彦萍：《中国现当代女作家研究》，中国文联出版社 2008 年版。

40. 谢有顺：《从密室到旷野：中国当代文学的精神转型》，海峡文艺出版社 2010 年版。

41. 贺绍俊：《建设性姿态下的精神重建》，作家出版社 2012 年版。

42. 廖高会：《诗意的招魂：中国当代诗化小说研究》，学苑出版社 2011 年版。

43. 马大康：《叛乱的眼睛：审美与文化视野中的文学》，宁夏人民出版社 2006 年版。

44. 杨光祖：《守候文学之门：当代文学批判》，中国社会科学出版社 2007 年版。

45. 贾蔓：《中国现当代精品小说研究》，四川大学出版社 2008 年版。

46. 郝春涛：《新时期小说人性发掘历程》，山东人民出版社 2011 年版。

47. 程光炜：《当代文学的“历史化”》，北京大学出版社 2011 年版。

48. 杨庆祥、程光炜：《“重写”的限度：“重写文学史”的想象和实践》，北京大学出版社 2011 年版。

49. 樊洛平：《当代台湾女性小说史论》，河南人民出版社 2005 年版。

50. 杨彬：《新时期小说发展论》，人民出版社 2011 年版。

51. 刘淑欣：《文学与人的生存困境》，中国社会科学出版社 2011 年版。

52. 朱水涌：《叙事与对话：比较视野下的中国现当代文学》，南京大学出版社 2007 年版。

53. 唐小兵：《再解读：大众文艺与意识形态》（增订版），北京大学出版社 2007 年版。

54. 姚新勇：《寻找：共同的宿命与碰撞》，中国社会科学出版社 2010 年版。

55. 雷达：《当前文学症候分析》，作家出版社 2009 年版。

56. 刘巍：《中国女性文学精神》，学林出版社 2008 年版。

57. 西慧玲：《西方女性主义与中国女作家批评》，上海社会科学院出版社 2003 年版。

58. 贺绍俊、巫晓燕：《中国当代文学图志》，春风文艺出版社 2011 年版。

59. 陈惠芬、马元曦：《当代中国女性文学文化批评文选》，广西师范大学出版社 2007 年版。

60. 张志忠：《新时期以来中国现当代文学研究重要现象评述：1978—2008》，武汉出版社 2009 年版。

61. 张桃洲：《"个人"的神话：现时代的诗、文学与宗教》，武汉出版社 2009 年版。

62. 饶芃子：《中西比较文艺学》，广东人民出版社 2009 年版。

63. 姚玳玫：《文化演绎中的图像》，广东省出版集团、广东人民出版社 2010 年版。

64. 路文彬：《理论关怀与小说批判》，东方出版中心 2010 年版。

65. 孙桂荣、王光东、吴义勤：《自我表达的激情与焦虑：女性主义与文学批评》，上海大学出版社 2009 年版。

66. 陈思和、王光东、金理：《中国当代文学 60 年（1949—2009）》，上海大学出版社有限公司 2010 年版。

67. 吴义勤：《中国当代小说前沿问题研究十六讲》，山东文艺出版社 2009 年版。

68. 房福贤：《新时期中国文学生成语境研究十六讲》，山东文艺出版社 2010 年版。

69. 张丽军：《中国现代文学研究方法论十六讲》，山东文艺出版社 2009 年版。

70. 中国小说学会：《1978—2008：中国小说 30 年》，天津人民出版社 2008 年版。

71. 张春梅：《中国后现代语境下的文学叙事》，黑龙江人民出版社 2010 年版。

72. 谭桂林：《本土语境与西方资源：现代中西诗学关系研究》，人民文学出版社 2008 年版。

73. ［日］近藤直子：《有狼的风景：读八十年代中国文学》，廖金球译，人民文学出版社 2001 年版。

74. 张学军：《中国当代文学的艺术探索》，人民文学出版社 2010 年版。

75. 龙泉明、陈国恩、赵小琪等：《跨文化的传播与接受：20 世纪中国文学与外国文学的关系》，人民文学出版社 2010 年版。

76. 陈国恩：《中国现代文学的历史与文化透视》，武汉大学出版社 2005 年版。

77. 黄曼君：《中国 20 世纪文学现代品格论》，武汉大学出版社 2007 年版。

78. 周英雄：《比较文学与小说诠释》，北京大学出版社 1990 年版。

79. 屈雅君主编：《新时期文学批评模式研究》，陕西人民教育出版社 1997 年版。

80. 洪子诚：《问题与方法》，北京三联书店 2002 年版。

后　　记

　　中国的新时期文学，在"文革"十年的文学荒漠化与荒谬化之后而发端的新时期文学，实在是让人回味无穷。当我们回首这 30 余年文学历程的时候，常常会惊异于其热度、其速度及其变化多端。我选择了新时期小说作为新时期文学史研究的出发点。

　　20 世纪是"批评的时代"，批评观念与评论方法出现了色彩纷呈的多样化。在我看来，不管是文化研究，还是后结构主义理论，它们不应该与文学研究相冲突，而是应给现当代文学研究提供更具有学术价值的知识体系和观念方法。这一切的要点，都在于回到文学文本，回到文学的内在品质中。我们需要重新思考在不同学科的信息相互作用的语境中，文学如何保持自身的立足之地和特质的问题。故而这本书既不是新时期小说资料汇编，也不是普通的新时期小说发展史。诚然，它要以翔实而丰富的材料阐释诸多小说领域在新时期里的发展情况，但其主要目的是要从文化社会学的角度对新时期的小说进行全面而系统的审美观照，力图在宏观俯视和微观剖析相结合的基础上，从纵的和横的联系比较中把握新时期的小说创作实践，从中透视出社会变革和人们心态变化的轨迹以及艺术上的重大突破，亦从而总结新时期小说的成就、不足、发展规律及其对当代社会变革的积极影响，进而总结出可供借鉴的规律。

　　本书以 20 世纪 70 年代后期到 21 世纪初小说创作的发展线索为基本框架，每一个时期又作横向展开，采用史论结合的方法，以史串论，以论证史。其中，既有对一些重要文学现象的宏观把握，又有对一些代表作家作品的微观透视，尽力做到纵横兼顾，点面结合。书中所选作品，亦尽可能是那些内容更能经得起时间的考验，在艺术上有更长久的生命力，同时经得住读者阅读、阐释而又难以穷尽底色的作品。但新时期小说数量之多，可以说是前所未有的。这本书是在不断积累的资料基础上撰写而成的，虽然尽量多读一些，但仍难免有遗珠之憾。有的应写的作家未能写，已写的百多位作家，对其作品的评价不会全都准确，有的限于篇幅又没能够充分展开。总之，由于作者水平所限，现在所提交的这一研究成果还存在种种缺憾。对此，恳切希望关心新时期小说创作研究的朋友们不吝赐教，给予批评指正。

我辈之读书人，先天不足，所以后天更应奋发向前。俗语云一日不读书，便觉面目可憎，对此深以为是。聊以自安的是在研究、行文的过程中读书有得，思虑有致，同时也引发了新的兴趣和新的问题。自己常记得鲁迅的名言"总是做"，多年来也是以此为目标，在思想上从未敢懈怠过。

本书导源于一项研究课题，前后历经较长时期的酝酿和磨合，今天得以完成，得以顺利出版，有赖内蒙古师范大学文学院及中国社会科学出版社领导和责编的竭诚支持，我衷心表示敬意和感谢。

谨以此书献给内蒙古师范大学文学院六十华诞。

郭亚明

2012 年元月